KB271516

기하학을 위해 죽은 이상의 글쓰기론

저자 김 윤 식(金允植)

1936년 경남 진영 출생. 문학평론가, 서울대 명예교수. 저서로 『이상소설연구』(문학과비평사, 1988), 『이상연구』(문학사상사, 1989), 『이상문학 텍스트 연구』(서울대 출판부, 1998) 등이, 편저로 『이상문학전집(2~5)』(문학사상사, 1999~2001)이 있다.

기하학을 위해 죽은 이상의 글쓰기론

초판 인쇄 2010년 12월 20일
초판 발행 2010년 12월 30일

지은이 김윤식
펴낸이 이대현
편 집 이소희
펴낸곳 도서출판 역락
　　　 서울 서초구 반포4동 577-25 문창빌딩 2층
　　　 전화 02-3409-2058(영업부), 2060(편집부)
　　　 팩시밀리 02-3409-2059
　　　 이메일 youkrack@hanmail.net
　　　 등록 1999년 4월 19일 제303-2002-000014호

ISBN 978-89-5556-864-6 93810
정 가 25,000원

* 잘못된 책은 교환해 드립니다.

기하학을 위해 죽은 이상의 글쓰기론

탄생 백 주년의 문학사적 의의

김 윤 식

역락

자기의 「종생기」를 제국의 수도 도쿄에서 완결한 사내

자작 묘지명에서 이상은 이렇게 썼다.

> 일세의 귀재 이상은 그 통생(通生)의 대작 「종생기」 일 편을 남기고 서력 기원후 1937년 정축(丁丑) 3월 3일 미시(未時) 여기 백일(白日) 아래서 그 파란만장(?)의 생애를 끝막고 문득 졸(卒)하다. 향년 만 25세와 11개월. 오호라! 상심커다. 허탈이야. 잔존하는 또 하나의 이상 구천을 우러러 호곡하고 이 한산(寒山) 일편석(一片石)을 세우노라. 애인 정희는 그대의 몰후 수삼인의 비첩(秘妾)된 바 있고 오히려 장수하니 지하의 이상아! 바라건댄 명목(瞑目)하라.

이를 쓰기 시작한 것은 1936년 「날개」 발표 직후이고, 완성한 것은 1936년 11월 20일 도쿄(東京)에서이다. 도쿄에서 그는 그의 「종생기」를 마무리했다. 이 묘지명을 작성한 지 5개월 후인 1937년 4월 17일 축시(오전 1~3시)에 레몬을 혹은 멜론을 달라 외치며 제국의 수도 도쿄에서 그는 숨을 거두었다.

이 묘지명은, 느끼는 자에겐 비극이며 보는 자에게는 희극이다. 누구도 살아서는 자기의 「종생기」를 쓸 수 없는데, 왜냐면 죽음이 왔을 때가 그의 종생인 까닭이다. 이 점에서 그것은 비극이다. 죽은 자는 그 누구도 자기의 사후를 근심하지 않는데 왜냐면 죽음이란 본인에겐 무(無)인 까닭이다. 죽음을 가운데 놓고, 기호놀이를 한 것에서, 자세히는 제국의 ‘국어’로 기호놀이를 일삼았음에서 이상문학의 희비극이 왔다.

이 희비극의 근원이랄까 원천은 과연 무엇일까. 그것은 다음 두 가지 사정과 결코 무관하지 않다고 나는 생각한다. 이상 탄생 백 주년이라는 사실이 그 하나. 탄생 백 주년이라면 웬만한 평가는 가능하다고 믿기 쉽다. 그럼에도 유독 이상의 경우는 썩 예외적이다. 요컨대 탄생 백 주년인 이 시점에서도 「오감도」와 「산촌여정」은 미발표 육필원고 「첫 번째 방황」과 더불어 시퍼런 심연으로 사람들을 위협하고 있음이다.

다른 하나는, 이 점이 또한 심각하거니와, 이상 탄생 백 주년이 동시에 한일합병 백 주기에 해당된다는 사실. 식민지 수탈용으로 세운 경성고등공업학교에서 마음 가난한 서울 토박이 아이 김해경(金海卿)은 유클리드 기하학과 비유클리드 기하학의 동시적 성립을 배우고야 말았다. ‘평행선은 절대로 교차하지 않는다’와 ‘평행선은 어느 무한점에서는 교차한다’의 동시적 성립, 이것은 가진 것이라곤 조상의 무덤밖에 없는 이 아이에겐 공포가 아닐 수 없었다. 이 공포에서의 필사적 질주, 그것이 이 아이의 기호놀이였다. 몸에 익힌 것이라곤 기호뿐이었던 까닭이다. 이 기호의 운반체가 제국 일본의 '국어'였음에 주목하지 않는다면 이 아이의 공포의 실체란 어디에서 찾아야 할까. 이상 탄생 백 주년과 한일합병 백 주년의 동시적 음미의 참 의의가 여기에서 온다.

　끝으로 저마다의 세대는 저마다의 감각을 갖고 있음을 힘주어 지적하고 싶었다. 한일 100년의 체험 속에서 형성된 각 세대의 감각이, 어떤 저마다의 체험적 감각으로 이상문학을 대면할 것인가. 장차 이를 새삼 문제 삼는 일이 그것이다.

2010. 9.

김윤식

차 례

I

이상 탄생 백 주년이 특별한 이유

들어라, 소년들이여. 그대들은 담이 큰지라 진시황도 나폴레옹도 우습게 보아야 한다. 그대들은 순정한 이라 세상의 온갖 더러움 없도다. 이 두 불패의 무기로 지체 없이 바다로 가라. 「무정」(1917)의 주인공은 약혼자와 더불어 망설임도 없이 태평양 건너 시카고 대학으로 갔소. 아무도 그들에게 수심(水深)을 가르쳐주지 않았기에 스스로 수심을 재지 않으면 안 되었소. 그것을 재기에 그들의 날개는 너무 얇고 가늘었소. 익사하지 않기 위해 온몸으로 발버둥 칠 수밖에요.

그런 몸짓의 하나에 "나의 청춘은 나의 조국!/다음날 항구의 개인 날씨여!"(정지용, 「해협의 오후 두 시」, 1933)가 있소. 자기 몸을 조국 삼기. 몸 전체를 감각으로 무장하기, 보는 것, 듣는 것, 만지는 것, 온갖 것에 조국만큼의 무게를 둘 수밖에요. "해발 오천 피트 권운층 위에/그싯는 성냥불!"(「비로봉」)이 재롱일 수 없는 까닭이 여기에서 오오. 이 순간 소년은 청년으로 될 수밖에요.

또 다른 청년화 현상은 어떠했을까. "예술, 학문, 움직일 수 없는 진리/그의 꿈꾸는 사상이 높다랗게 굽이치는 동경/모든 것을 배워 모든 것을 익혀/다시 이 바다 물결 위에 올랐을 때/나의 슬픈 고향의 한 밤/

해보다도 밝게 타는 별이 되리라"(임화, 「해협의 로맨티시즘」, 1938) 소년은 어느 새 청년으로 될 수밖에.

성곽으로 둘러싸인 식민지 수도 서울 통인동의 토박이 소년이 있었다면 어떠할까. 그는 보지 않으면 안 되었소. "학문, 움직일 수 없는 진리"가 성곽을 뚫고 들어옴을. 저 완제품 기관차가 경부선으로 달려온 것과 흡사한 것. 바로 식민지 수탈용 고등공업의 교육 말이외다.

유클리드 기하학으로 무장한 이 소년은 대번에 「오감도」(1934), 「날개」(1936)를 썼소. 예술도, 학문도, 그것이 움직일 수 없는 진리일 수 있다면 어째 바다까지 갈까 보냐. 육당의 유혹이 이 소년에겐 통하지 않았소. 바다가 소년에게로 다가갔으니까. 보라, 이 소년의 질주를. 골목은 막다른 골목이오. 아니, 뚫린 골목이라도 상관 없소. 유클리드 기하학의 제5공리를 아시는가. 비유클리드 기하학의 성립 근거를 아시는가.

딱하게도 세상은 이 소년의 청년화 현상을 용납하지 않았소. 이천 편의 「오감도」는 15편으로 중단될 수밖에요. 그 순간 소년은 결심했소. 제국의 수도 도쿄에 가야 한다는 것을. 소년은 갓 결혼한 아내도 물리치고, 현해탄을 건넜소.

제국의 수도 한복판엔 움직일 수 없는 진리가 있었던가. 그가 본 것은 모조품이 아니겠는가. 활동 사진 세트 같은 치사스런 도시. "내달 중도로 돌아갈까 하오"라고 선배 김기림에게 고백할 수밖에(「사신7」). 바로 이 순간 소년은 얼마나 큰 실수를 했는가를 직감했소. 귀환불능의 역리(逆理)가 그것. 더 이상 배울 것이 없기에 갈 수도 올 수도 없다는 것. 이로써 그는 끝내 소년의 반열에 머물 수밖에요. 청년화 현상이 부재하는 이 소년의 이름은 이상 김해경. 탄생 백 주년에 제일 알맞은 이유이오. 영원한 소년배였으니까.

근대문학의 확대와 심화의 두 앞잡이

탄생 백 주년 기념의 일환으로 <청계천에서 만난 사람, 구보 박태원>의 유물 전시회가 청계천 문화관에서 열렸소(6. 16~7. 5). 개막식 날, 입구의 첫 번째 화환이 눈에 띄었소. KBS <진품명품> 감정위원들의 것. 유족 측 해명은 이러했소. <진품명품>에 구보의 결혼 사진첩을 제출했는바(5월 24일 방영), 평가 금액이 놀랄 만큼 높았다는 것. 순간 내 머리를 스치는 것은 이러했소. 그것이 진품임엔 틀림없겠지만, 명품이라고까지 말할 수 있을까가 그것.

고개를 갸웃거리고 있자니 이런 목소리가 들려왔소. 정작 이 물건을 명품 급에 든다고 감정한 것은 그대가 아니었던가 라고. 바로 「날개」(1936)의 작가 이상의 목소리. 그도 그럴 것이 이 결혼 사진첩에 들어 있는 「일체 면회거절 반대」를 쓴 기명자 '以上'이 바로 이상(李箱)이라는 것. "결혼은 즉 만화에 틀림없고……" 운운의 4행시가 바로 명품의 반열에 들 수 있다는 것. 기자들 질문에 이렇게 내가 단정적으로 말한 것은 대체 어떤 근거에서였던가.

두 가지 이유만으로도 충분하오. 이상의 육필에 일치되며 구인회(1933) 동인이며 이상의 다방 <제비>의 단골이 구보였다는 것 등의 정

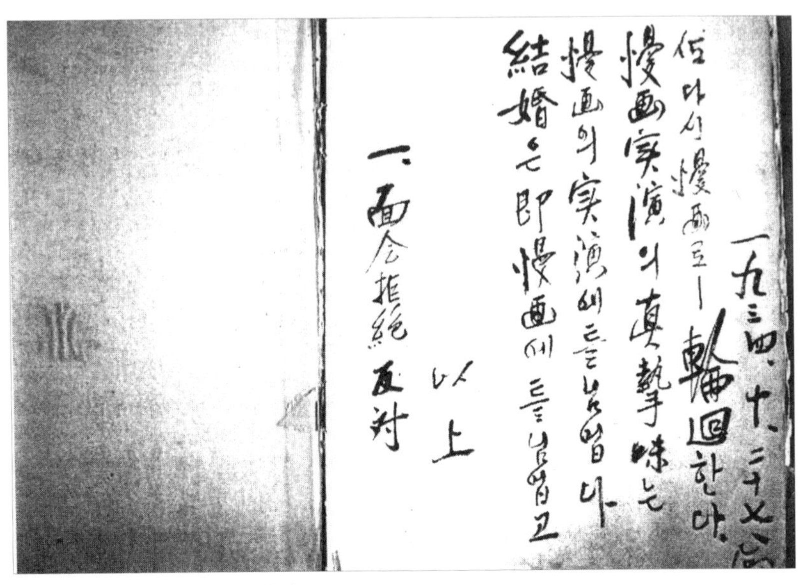

↘ 박태원 결혼식에서의 이상의 축사

황이 그 하나. 다른 하나는, 이 점이 중요한데, 두 사람이 함께 고현학(考現學)의 제일 날쌘 앞잡이였다는 점. 후자에 대해서는 설명이 없을 수 없소. 그것도 조금은 거창하게.

「날개」와 「천변풍경」(1936)이 출현했을 때 당시의 문단은 숨을 죽일 수밖에 없었소. 도무지 종래의 소설 문법과 너무도 달랐으니까. 왈 난해한 작품. 이를 제대로 평가한 것이 최재서의 고명한 평론 「리얼리즘의 확대와 심화」(1936). 「천변풍경」이 확대라면 심화는 「날개」. 이 순간 이 나라 문학은 그 넓이와 깊이가 동시에 새로워졌소. 바야흐로 눈부신 고현학의 출현 장면이오. 잠깐! 그래봤자 선진국에서는 이런 고현학이란 한갓 일상화된 상식이 아니었던가. 신심리주의가 휩쓸던 일본 문단에서는 여름의 맥고모자만큼 흔하다고 지적된 바도 있었소(김문집, 『비평

문학』).

　이러한 후진국 콤플렉스를 물리칠 방도는 무엇일까. 20세기 최고의 소설 『율리시스』(1922)의 작가 조이스의 위상에 주목해보면 어떠할까. 식민지 아일랜드의 수도 더블린의 하루를 다룬 『율리시스』는 식민지적 현실의 형언할 수 없는 빈곤을, 대영제국이 이룩한 최고의 문체와 대응시킨 것. 이로써 종주국과 식민지의 등가성을 확보할 수 있었던 것(이글턴, 『위대한 굶주린 자』). 이러한 논법에 따른다면 식민지 경성의 형언할 수 없는 빈곤을 제국 일본이 이룩한 최고의 문체에 대응시킨 것. 이상이 편집한 구인회 동인지에 실린, 도쿄를 무대로 한 구보의 「방란장 주인」(1936). 단 한 문장으로 소설 한 자루를 써낸 문체의 힘이 그 움직일 수 없는 증거. 이 경우 구보나 이상이 과연 조이스 모양 자각적이었던가의 문제가 남게 되오. 그러고 보니 내년에 백 주년을 맞는 이상에게 다시 이 과제를 넘기고 싶은 마음 간절하오.

이상의 날개, 도쿄에서 다시 한번 날다

　지난 7월 16, 7일 이상 탄생 백 주년 기념 국제학술 심포지엄이 '한일 문학교류의 현재, 과거, 미래'라는 명목 하에 열린 바 있소. 이상문학회, 무사시(武藏)대학 총합연구소, 연세대 BK21 사업단 등이 참가하고 재정지원은 한일문화교류기금. 제목 그대로 이상문학을 중심점에 놓고 한일 문학 교류의 가능성을 점검함이었소. 어째서 이상문학이 한일 문학교류의 현재, 과거, 미래를 재는 측도였을까. 이 물음 속에 천금의 무게가 실려 있지 않았을까.

　식민지 수탈용으로 세운 경성고등공업 건축과에서 이상이 배운 것은 유클리드 기하학과 비유클리드 기하학의 동시적 성립이었소. '평행선은 절대로 교차하지 않는다'와 '평행선은 어느 무한점에서는 교차한다'는 두 명제의 동시적 성립이야말로 토박이 아이에겐 공포의 대상이 아니었을까. 뉴턴과 아인슈타인이 동시에 이 아이를 공포에 몰아넣었으니까. 이 공포의 정체는 또 20세기적인 것이자 동시에 21세기의 것이 아닐 수 없소. 현재적이자 미래적인 이유가 여기에서 오오.

　이 마음 가난한 아이에게 저러한 공포를 직접 가르친 당사자는 누구였던가. 이 점 또한 공포가 아닐 수 없었소. 사람들이 이 점을 간과한 것은 그것이 공기처럼 투명한 존재였기 때문이오. 곧 근대 일본의 '국어'가 그것. 그것은 자연 언어인 일본어가 아니라 번역을 통해 일본 근대국가가 창출해낸 '국어'였소. 이 아이에겐 고도의 추상어, 수식(數式)과 흡사한 것. 그 '국어'를 통해 이 식민지 아이는 글쓰기에 나아갔소. 「오감도」를 비롯 그의 글쓰기는 당초부터 일어로 이루어졌소. 미발표 육필유고가 이를 증거하오.

일본의 '국어'가 일본의 자연어가 아니듯 이상이 쓴 한국어도 자연어로서의 한국어가 아니기는 마찬가지. 「산촌기행」이 이를 증거하오. 요컨대 이 아이는 당초 「서방의 사람」의 아쿠타가와 류노스케(芥川龍之介)의 언어로 글쓰기에 나아갔소. 그러니까 이 아이는 공포의 심연을 직접 확인하지 않고는 견딜 수 없었소. 그가 현해탄을 건넌 것은 「날개」를 발표한 1936년 가을이었소. 제국의 수도 도쿄에서 그가 본 것은 무엇이었던가. 실로 빈강정이었소. 근대국어가 아니라 현지어인 일본어, 자연어가 범람하는 곳.

위기에 놓인 사람 일반이 겪는 일이 그에게도 어김없이 찾아왔소. 살아온 지난날의 되돌아봄이 그것. 도쿄에 도착한 지 한 달 만에 그는 「종생기」를 썼소. 그동안 단편적으로 쓴 것의 집합체. 두 달 만에 쓴 것이 「권태」였소. 한국어로 쓴 가장 기품 있는 글 말이외다. 이 순간부터 이상문학은 일본의 '국어'와 결별, 한국문학 범주로 넘어왔소. 만일 이 도쿄 체험을 통렬히 소화했더라면 필시 그의 문학은 새 지평이 열렸을 터. 한국의 국어로 쓰는 문학 말이외다. 제국의 수도 도쿄는, 이 아이를 포용할 수 없었소. 7개월 만에 이 아이는 레몬을 혹은 멜론의 향기를 떠올리며 숨을 거두었소.

사후 63년 만에 도쿄는 이 아이를 어떻게 포용할까 겸허히 궁리하고 있소. 그 '어떻게' 속엔 일본의 국어와 한국의 국어 위에 군림하는 보편어의 위상이 있소. 이 보편어야말로 제3의 공포가 아닐 것인가. 이상의 날개가 다시 한 번 날아야할 이유이오.

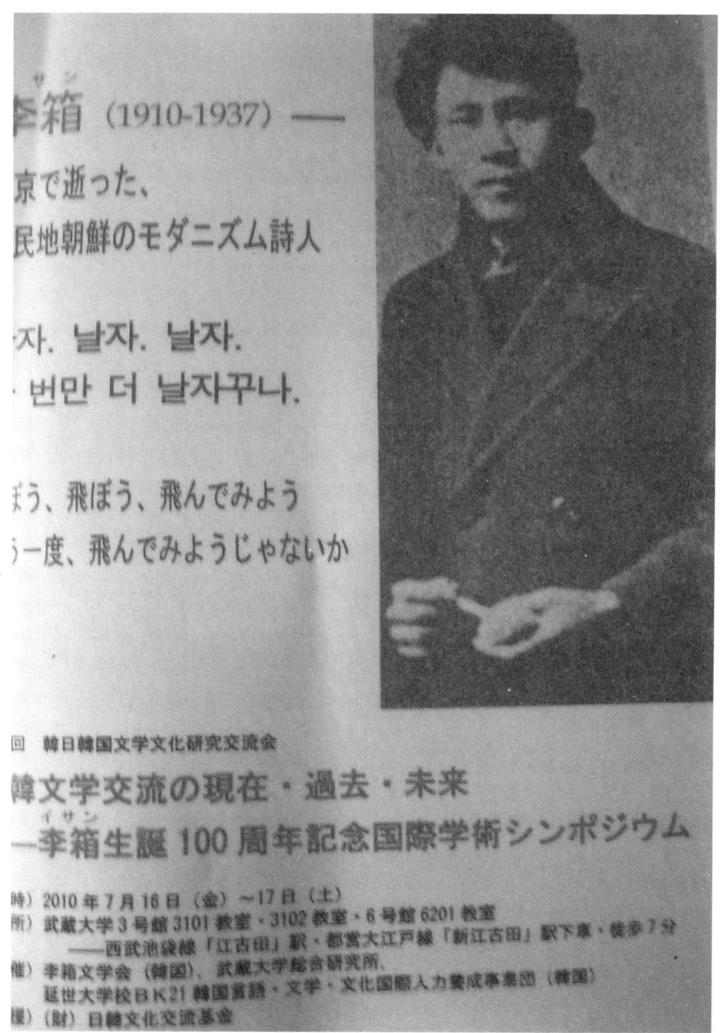

⇲ 도쿄에서 열린 이상탄생 백 주년 국제심포지움(2010. 7. 16~17)

내가 엿본 이상문학의 심연

1. '작품'에서 '텍스트'에로

이상문학에 대한 나의 관심은 작가 이상이 지닌 인간적 매력에서 왔던 것으로 회고되오. 서울 통인동 강릉 김 씨 가문의 장남으로 태어난 아이 김해경(金海卿, 1910~1937)은 두 살 적에 백부집 양자로 갔고, 일자무식의 일꾼인 아비와 명색 없는 생모를 지척에서 바라보기만 하고 자랐다 하오. 이런 아이가 식민지 경영의 효율을 위해 세운 경성고등공업학교(현 서울대 공대의 전신)에서 이른바 근대를 배웠고 그 결과물의 표상이 「오감도」(1931)이오. 이 총명한 아이가 교실에서 배운 것은, 요약컨대 유클리드 기하학, 또 그것은 저절로 비유클리드 기하학이 아니었던가.

전자가 근대의 표상이라면 후자는 초근대의 표상임을 직감적으로 알아차린 이 소년은 대체 어째야 했을까. 전자의 제5공준을 둘러싼 논증에서 드러난 것은 실로 기묘한 것이었소. 평행선은 교차하지 않는다는 (직선 L에 평행된 점 P를 통한 직선은 단 하나뿐) 전자의 공준이, 평행선은 어떤 무한점에서는 교차한다(직선 L과 그 위의 점 P가 주어지면 P를 통하는 L에 평행하는 직선은 적어도 두 개를 그을 수 있다)는 후자의 논증 앞에 직면했을 때, 몸과 마음이 함께 가난한 이 아이는 얼마나 충격을 받았을까. 뉴턴과 이를 부정한 아인슈타인을 이 아이가 감지한 것이야말로 공포 그것이 아닐 수 없었소. 이 공포에서 벗어나기 위한 절망적 질주가 시작될 수밖에요. 이상문학은 탈출구 없음을 알면서도 질주할 수밖에 없는 상황의 산물이라는 것.

이 아이가 온몸으로 감지한 공포의 정체 및 거기에 이른 과정이 포플러 숲 강변 돌밭에서 낳고 자라 까마귀와 붕어를 속이고 공부에 나선 내게 형언할 수 없는 그리움으로 다가왔소. 이 그리움의 산물이 『이상 연구』(1987)이며 그 보조선이 『이상 소설 연구』(1988)이오. 방법론으로 참고한 것은 사르트르의 실존적 심리분석이었소. 보들레르나 플로베르의 평전을 가진 사르트르와는 달리 내게는 이상문학의 작품이 전부였소. 작품을 일등 자료로 하여 이상의 평전 만들기야말로 나의 『이상 연구』의 불발(不拔)의 방향성이었소.

문제는 바로 이 방향성에서 왔소. 작품을 일등 자료로 해서 평전을 복원하다보니, 이상의 작품이 어느새 텍스트로 둔갑하지 않겠소. 이 체험은 나를 아득하게 하기에 모자람이 없었소. 작품이라 했을 땐 작가의 개성과 독창성에 의한 단 하나의 의미가 전제되는 것. 그런데 이상의 작품은 접근하면 할수록 단 하나의 의미로는 판독되지 않고 복수의 해석이 요망되는 장면에 직면할 수밖에 없었소. 선행하는 동시대의 여러 텍스트의 인용, 짜깁기, 또 언어의 인접성과 통합성 등등으로 인해 생기는 복수성에 이상문학은 전면적으로 노출되어 있었소.

이 무렵 작가는 죽었다고 소리높이 외치는 R. 바르트의 목소리가 크게 들려왔소. 텍스트란 방법론적 장이며 언어 활동의 영역인 만큼 독자(연구자)란 의미생성의 공동 집필자로 된다는 것. 나의 『이상 연구』도 따지고 보면 작품을 텍스트로 읽었던 것이 아니었을까. 이런 의문을 물리치기 어려웠소. 내게 필요한 만큼의 것을 읽어내어 평전을 구성했기 때문이오. 통렬한 자기반성이 뒤따를 수밖에요.

작품에서 텍스트로 넘어오는 대목에서 내가 해야 할 일은 작품을 모조리 수집하여 전체를 다시 검토하는 것이었소. 그 첫 번째 작업이 『이상문학전집』 만들기. 『이상문학전집』(전5권, 문학사상사, 1993~2001)이 그것이오. 이중 (2), (3)은 내가 편집한 것으로 소설집과 수필집이었으며 이에 멈추지 않고 전집 4, 5권인 『이상문학 관련 논문집』(각 1995, 2001)을 엮었소. 이로 볼진댄 내가 편집한 『이상문학전집』(2~5)이란, 이상문학을 작품으로부터 해방시켜 텍스트화하는 작업으로 정리되오. 다시 말해 나의 『이상문학 텍스트 연구』(1998)를 낳기 위한 준비작업의 일환, 또는 보조선의 성격을 띠는 것이라 하겠소. 한 번 더 말하건대, 내가 편집한 이상전집이란 내 공부를 위한 방편이었던 만큼 그 자체가 목적일 수는 없었소.

그럼에도 불구하고 전집 만들기의 과정에서 나는 이상문학의 심연을 보고 말았소. 이를 어떻게 설명해야 적절할까. 이상문학의 심연이란 무엇인가. 당초부터 당대 최고 수준의 일본의 '국어'로 글쓰기에 임했다는 것에 알게 모르게 관련되오. 그것은 텍스트의 심연이 아닐 수 없소. 실로 기괴하게도 그 심연은 R. 바르트식 생성적 의미로서의 연구자(독자)의 참여 영역에 그치지 않고, 이를 초월하고 있었다는 점이오. 진위판단 불능의 자기 해체, 소멸하는 기호이기도 하다는 것이오. 그 과정을 거칠게나마 묘사해 보임이 이 글이 겨냥한 곳이오.

2. '감무량'과 '냉정한 열정'

내게 있어 이상문학의 대상은 두 가지 선행 전집에 전적으로 의존되어 있었소.

(A) 임종국 편, 『이상문학전집』(전3권, 1956)

이 전집 출현의 의의는 전후 문학의 전개와 결코 무관하지 않습니다. 6·25의 포화가 멎은 지 겨우 3년째인 시점, 화전민으로 표상되는 황량한 땅에 불을 지르고 씨를 뿌려야 하는 그런 곳에 제일 잘 어울리는 것이 이상문학이었다는 것은 일반적 평가이겠지만 나의 개인적 감회는 따로 있소. 편자가 '감무량'이라 한 그 대목이 지금도 눈에 선하게 떠오를 정도이지요.

> 원작이 일문으로 된 9편의 미발표 유고, 왕연 상(箱)이 작고했을 무렵 상의 미망인이 동경서 가지고 나온 고인의 사진첩 속에 밀봉된 채 있었던 것이다. 그 후 20년 간을 유족(자당과 영매)께서도 사진첩으로만 여기고 보관하던 중, 이번 출판을 계기로 비로소 발견이 된 것이다. [……] 편자의 목전에서 그 밀봉이 뜯길 때 그것이 고인의 많은 말인 양 감무량(感無量)이었음을 말하며 이상 입수 경위를 밝힌다.
>
> 제2권, p.4

(1) 9편의 원작이 일문으로 되었다는 것, (2) 그것이 시(詩)로 분류된다는 것, (3) 20년만에 세상에 드러난 미발표 유고라는 것. 이를 처음 발견했다는 사실이야말로 이 전집의 불발의 의의가 아닐 것인가. 이를 임종국은 우리식 '감개무량' 대신 '감무량'이라 했던 것. 이러한 열정 없이는 전집이 전집답게 편찬되지 않음을 증명해 보인 첫 번째 사례라

고 나는 믿고 있소.

(B) 이어령 편(교주), 『이상문학전작집』(전4권, 1977)

'감무량'이 여기에도 어김없이 작동되어 있었소. 그것은 두 가지로 정리되오. 하나는 '언어=문학'이라는 형태. 언어(기호)=문학의 도식은 『문학사상』 창간(1972. 10)의 모토였거니와, 이는 문학을 지방성에서 해방시킬 수 있는 계기를 마련했다는 점에서 평가될 수 있지요. 이상문학이야말로 탈지방성이며, 따라서 그가 사용한 언어란 일어도 한국어도 아닌 기호에 해당된다는 그 선두주자 이상문학이 이어령의 주도에 의해 무더기로 발굴되었음이야말로 '감무량'이 아닐 것인가. 장편 「12월 12일」을 비롯, 졸업 앨범 사진 등의 발굴은 정히 가슴 벅찼을 터이오. 다른 하나는, 이 점이 중요하거니와, 교주에 철저했다는 점. 당시 수준에서 거의 완벽한 교주에 이르렀던 것은 새 자료 발굴에 대한 열정과 맞물린 것으로 평가되오. 그 후에 나온, 또 나올 전집들은 많건 적건 이 교주에서 자유롭다고 할 수 없겠지요. 제1권 시편(이승훈 편)도 그렇지만 내가 편한 전집(2) 소설편, 전집(3) 수필편은 이 교주에 힘입은 것이오. 임종국의 '감무량'이 자료 발굴에 있었고, 이어령의 '감무량'이 자료 발굴과 교주에 있었다면 나의 '감무량'은 어디에 있었던가.

이 물음에 대한 해답으로 나는 다음 두 책을 내보일 것입니다. 『이상문학전집(4)』(1995)와 『이상문학전집(5)』(2001)이 그것. 부록으로 편찬된 이 두 책은 이상 연구에 관한 대표적 논문을 모은 것. 내 '감무량'은 부록이 본론이었던 것으로 회고되오. '김무량'이긴 하나 따지고 보면 '냉정한 열정'이 아니었을까. 곧 『이상 연구』에서 골치 아픈 『이상문학 텍스트 연구』에로 나아가기 위한 부산물이었으니까. 그 과정에서 작은 개인적 '감무량'도 적지 않았지요. 재미학자 월터 류의 표연한 출현, 재야학자 조수호의 야성적인 대면, 그리고 끝내 포기했던 문종혁의 행적에 마주친 일 등등(졸고, 「"오감도 시 제16호"의 행방을 찾아서」, 『한국문학』, 2010년 가을호 예정).

이상 전집은 계속 나올 것이오. 각 세대는 저마다의 감각과 언어로 편집과 교주를 해야 할 의무가 있지 않겠소. 김주현 편 『이상문학전집』(전3권, 2005 ; 증보판에는 시의 각주만도 907개, 소설 각주는 1,473개로 되어 있음), 권영민 편 『이상 전집』(전4권, 2009, 이상의 일본 거주 번지 조사 등) 등이 정밀을 더하고 있소. 이러한 전집엔 필시 어떤 '감무량'이 있었을 터. 이것 없는 전집이란 무의미할 것입니다. 그러나 학문이란 M. 베버의 말대로 예술과는 달라서 반드시 능가당하게 되어 있음이 그 운명이지요(『직업으로서의 학문』). 남는 것이 있다면 이 '감무량'이 아닐 것인가. 나의 이상문학 전집은 거듭 말하지만 이상문학을 '작품'에서 '텍스트'에로 향하는 과정의 산물인 만큼 내게는 한 방편이었소. 이 점에서 '감무량'은 '냉철한 열정'이라 평가될 수 있을 법하지요. '작품'에서 '텍스트'에로 향하면 할수록 또 그 논의의 깊이가 더해질수록 내가 거기서 언뜻언뜻 모종의 '심연'을 엿보았음이 그 증거이오. 그것은 나에겐 일종의 공포로 다가오는 것이었소.

3. 심연의 세 가지 장면

텍스트를 문제 삼는 경우 이상의 전 작품은 다음과 같이 정리되오.

(A) 일어로 된 「오감도」 이하의 기발표 자료

(B) 한글로 된 「12월 12일」 이하 기발표 자료

(C) 김소운이 변조한 「청령」 등 2편

(D) 미발표 육필 유고

    a) 임종국 발견의 「척각(隻脚)」 이하 9편

    b) 조연현 소장의 미발표 육필 「1931년-작품 1번」을 비롯 총 64장(이들 육필 유고는 김수영, 김윤성, 유정, 최상남 제씨에 의해 거의 국역되었음).

전집에서 우리가 접할 수 있는 것은 이것들이 전부라 하겠지요(새 발굴 자료란 기발표의 수습에 지나지 않음). 이러한 텍스트를 앞에 놓고 난감한 것의 하나는 (D)의 육필에서 오오. 임종국은 이상의 사진첩에서 찾았다 하나, 그것을 과연 증명할 수 있을까. 조연현은 64장으로 된 미발표 육필이 이상의 것으로 추측한 근거를 다섯 가지로 들었지만, 그것은 어디까지나 가능성에 해당되는 것이 아닐까. 과연 이 육필 유고가 이상의 것이냐 여부에 대해서는 저 후설의 내재(內在)와 초월의 논리를 들어 얼마든지 시비를 걸 수도 있겠으니까.

가령 여기 커피가 있다고 치자. 만져보고 맛을 보고 향기를 맡아도 틀림없어 보이지만 아무리 그렇더라도 그것이 한갓 과학적 합성물일 가능성을 '완전히는' 배제할 수 없소. 의식이란 작가의 대상 존재의 타당성을 따지지만 그 타당성에는 반드시 절대적인 확신을 초월하는 가능성이 남으니까. 이를 '초월'이라 하오. 이에 대해 내가 커피를 맛 볼 때 '맛이 좋다'고 느꼈다면 그 느낌의 감각 자체는 '맛이 좋지 않았는지도 모른다'라는 의심이 결코 남지 않소. 진짜 커피가 아닐지라도 그 맛은 절대적인 것으로 남는 것이오. 이를 '내재'라고 후설의 현상학은 말하고 있지요(후설, 『이덴(1)』, 42절). 이상의 육필 유고 앞에 서면 이 난

문에서 완전히 자유로울 수 없소. 그것은 제논의 패러독스인 '1/2+ 1/4+1/8……1' 또는 '0.9999…… 1'에서 오는 찜찜함에 비유됨직하지 않겠소.

이것이 내가 엿본 심연의 하나라면 두 번째 심연은 어떠했던가. 64장의 미발표 육필이 여러 역자에 의해 한국어로 번역되었다고는 하나, 잘 살펴보면 두 가지 점이 지적될 수 있소. 하나는 "원고가 산란하여 문맥의 연결을 맞추기 어려운 몇 편만 그대로 나에게 남아 있다"(『문학사상』, 1976. 7, p.219)라고 한 조연현의 판단이오. 뿐만 아니라 내가 본 바로는 누군가의 낙서까지 섞여 있었소. 원고 자체의 판독에도 문제가 있다면 대체 어째야 할까. 다른 하나는, 이 점이 중요하거니와, 64장의 이 유고가 그 자체의 질서랄까 어떤 의도가 감지된다는 점. 「獚의 記―작품2번」이 이에 잘 해당되오. 조어 '獚'(누렁개)을 가운데 두고 꽤 장대한 체계적 논의를 전개하고 있는 만큼 이 의미의 동선을 따르지 않고 개별적으로 번역해도 되는 일일까(졸고, 「이상의 유고 소개 및 번역 경위와 그 문제점들」, 『서정시학』, 2010년 봄호).

세 번째 심연은 유고 1985편의 행방찾기이오. 2천 편 중 15편만이 「오감도」란 이름으로 발표되었다 하지 않았소. 그렇다면 나머지 1985편의 행방은 오리무중일까. 이 물음에 대해 "아니다!"라고 외친 자가 있다면 어떠할까. 「오감도 시 제16호」가 발견되었다고 누군가가 주장하고 그 실물을 제시했다고 칩시다. 과연 이를 부정하며 일소에 부칠 수 있을까. 만일 이를 한갓 픽션으로 치부해 버리는 사람은 「지도의 암실」과 「오감도 시 제6호」의 관련성에 주목하지 않은 아마추어이기 쉽소(김연수, 『굳빠이 이상』, 2001). 더구나 「二十二年」과 「진단0:1」이 「오감도 시 제4호」와 「오감도 시 제5호」에 반복되었음에랴. 그러니까 이상

↘「한일 문학 교류의 현재·과거·미래―이상 탄생 100주년 기념 국제 학술 심포지엄」, 2010. 7. 16~17. 이상문학회·무사시(武藏) 대학 종합연구소·연세대 BK21 사업단 공동 주최. 장소 무사시 대학. 한일문화교류기금 후원

의 기발표 중의 어떤 것이 행방불명된「오감도 시 제16호」로 반복되거나 변형될 가능성이 열려 있지 않겠는가.

실상 이런 작업은 일찍이 김소운이 한 바 있소. 자기 앞으로 온 이상의 성천에서의 편지를「청령」,「하나의 밤」등 시형식으로 변형했소. 이런 현상들은 유동하는 기호 단계에서 생성하는 기호 단계에로 진행됨이라 정리될 법하오. 그런데 딱한 것은 생성하는 기호에서는 그 진위를 판단하기가 절망적이라는 점이오. 생성과 해체의 진위도 사정은 마찬가지일 터(이 진위 판단 불능의 과제는 가다머가 주장하는 해석학적 순환과는 별개이오).

내가 엿본 저러한 심연들이 나를 공포에로 몰아갔다고 하나, 행인지 불행인지 한 동안에 지나지 않았소. 생성하는 기호와 원작과의 거리재기, 곧 그 진위 판단의 아포리아에 직면한 내게 계속 '냉정한 열정'이 뒷받침되었다면 필시 나는 괴델의 저 불완전성 이론에로 나아갔을 터. 나는 그렇게 하지 못했는데, 왜냐면 나도 숨은 쉬어야 했으니까.

문득 이 장면에서 내가 우정 어린 충고 한마디를 여러분에게 하면 안 될까요. 왈, 이상문학을 아끼는 여러분은 그러니까 이 심연들을 흘깃흘깃 엿보면서 피해가는 것이 어떠할까요.

II

『이상연구』에서 『이상문학 텍스트 연구』에 이른 과정

「오감도」 시 제16호의 행방을 찾아서

『이상연구』에서 『이상문학 텍스트 연구』에 이른 과정

1. 이상 탄생 백 주년과 한일합방 백 주년

이상의 탄생 백 주년과 한일합방 백 주년이 겹쳐 있음으로 말미암아 생기는 이상문학의 위상을 조금 알아보기 위해 붓을 들기는 했으나, 후자 쪽으로 저울추가 너무 기울어져 균형감각을 유지하기 위한 노력이 억지로라도 요망될 것 같은 예감이 머리를 스친다. 이상문학의 무게와 한일합방의 무게 사이의 균형감각 확보를 위해서는 전자를 문학의 범주에서 일단 해방시킬 필요가 있을 터이다. 군은 금방 이런 조치의 의미를 직감했을 줄 나는 믿는다. 이상문학을 문학의 범주에서 해방시킨다면 그것은 과연 무엇일까. 이 논의에서는 이 물음만큼 크고 또 결정적인 것은 달리 없는 만큼 내가 또는 누군가가 나서서 말할 것이 아니라 이상 스스로의 입으로 말하게 해야 할 사안이 아닐 수 없다. 예상대로 과연 그는 이에 망설임이 없었다.

왜 미쳤다고들 그러는지 대체 우리는 남보다 수십 년씩 떨어져도 마음 놓고 지낼 작정이냐. 모르는 것은 내 재주도 모자랐겠지만 게을러빠지게 놀고만 지내던 일도 좀 뉘우쳐보아야 아니하느냐. 여남은 개쯤 써보고서

시(詩)를 만들 줄 안다고 잔뜩 믿고 굴러다니는 패들과는 물건이 다르다. 이천 점(點)에서 삼십 점을 고르는 데 땀을 흘렸다. 31년 32년 일에서 용(龍) 대가리를 떡 끄내어 놓고 하도들 야단에 배암 꼬랑지는커녕 쥐 꼬랑지도 못 달고 그만두니 서운하다. 깜빡 신문(新聞)이라는 답답한 조건을 잊어버린 것도 실수지만 이태준(李泰俊), 박태원(朴泰遠) 두 형이 끔찍이도 편을 들어준 데는 절한다. 철(鐵)—이것은 내 새 길의 암시요 앞으로 제 아무에게도 굴하지 않겠지만 호령하여도 에코가 없는 무인지경은 딱하다. 다시는 이런—물론 다시는 무슨 다른 방도가 있을 것이고 위선 그만둔다. 한동안 조용하게 공부나 하고 딴은 정신병이나 고치겠다.

「오감도(烏瞰圖)」 작자의 말(박태원, 「이상의 편모」, 『조광』, 1937. 6, pp.303~304)

「오감도」계 30편 중 15편 연재로 중단당한 것에 대한 이상의 항의이거니와 이 경우 주목할 것은 「오감도」가 당시의 인식으로는 문학의 범주에서 벗어났다는 점이다. 그렇다면, 이상문학의 대표격인 「오감도」계가 문학의 범주가 아니라면 무엇으로 규정해야 적절할까. 한마디로 그것은 '남들보다 수십 년씩 떨어진' 그 무엇이 아닐 수 없다. 거칠게 말해 '근대' 그것이 아닐 수 없다. 일찍이 육당의 꾐에 빠진 담 크고 순정한 소년배들이 일제히 바다를 건넜다. 더러는 수심을 몰라 길을 잃기도 했고 더러는 네 칼로 너를 치리라고 외치며 이를 악물었고, '나의 청춘은 나의 조국'이라 외치며 조국의 무게를 청춘에서 실현코자 했다. 이 모두는 근대를 배우기 위함으로 정리된다. 그들이 공부한 근대가 비록 다양하고 때로는 격하기도 했지만 그것들은 「오감도」계에 비할 때 질적으로 달랐다. 「오감도」계란 유클리드 기하학에 바탕을 둔 근대의 추상화였던 것이다. ''오감도」계=근대'라는 도식이 이로써 그 성립근거가 있었는바 유클리드 기하학이 성립됨은 곧 비유클리드 기하학도 동시에 성립된다는 근대의 사유가 「오감도」계 속에 장전되어 있었던 까닭이다. 군은 유클리드 기하학의 제5공준을 알 것이다. 정의(23)에 대한 논증 불투명성에 관한 것. 평행선은 직관에서 표리일체인 까닭에 절대로 교차하지 않는다는 것. 그러나 비유클리드 기하학에서는 사정은 아주 다르다. 평행선은 어느 '무한점'에서는 교차한다고 주장되고 또 증명되기에 그러하다. 지구적 직관적 인식에서 추상적 우주적 인식의 전환 혹은 뉴턴에서 아인슈타인에의 전환. 무한점, 극한, 극소 등의 인식이 이로써 가능했던 것이며, 이를 작동시켰을 때 성립된 것이 원리적인 근대였을 터이다. 이른바 모순의 동시성이 그것이다(가토 후미하루, 『수학하는 정신』, 中公新書, 2007). 이 모순의 동시성을 서울의 통인동 하층민 출신의 강릉 김씨 후손인 소년 김해경(金海卿, 1910~1937)은 능히 소화해 낼 수 없었다. 식민지 수도 경성에서 낳고 자란 토종 소년이 원리적으로는 근대의 원리를 조금은 알아챘을지라도 그것이 실감으로 다가오지 않았다.

> 東京이란 참 치사스런 都십디다. 예다대면 京城이란 얼마나 人心 좋고 살기 좋은 '閑寂한 農村'인지 모르겠습니다.
>
> 「사신(7)」, 『이상문학전집(3)』, 문학사상사판, p.234. 이하 이에 준함

「오감도」계란 그러니까 평행성의 모순성의 이상식의 반응에 다름 아니었다. 가령 '⅓=0.3333……'라든가, '1=0.9999……' '½+¼+⅛+……=1' 등으로 표상되는 무한대 또는 극대와 극소의 동시성 앞에 직면했을 때의 당황스러움은 이상의 기호놀이 도처에 잠복해 있지 않았던가. 그것의 수용이란 거북과 토끼의 경주에 관한 제논의 불쾌감 또는 찜찜한 감정에 흡사한 것이었다.

이만하면 이상문학이 문학범주의 초월이거나 미달, 요컨대 벗어났음

이며, 곧 그것은 추상적 레벨에서 말해지는 근대가 아닐 수 없다. 이상
의 탄생 백 주년과 한일합방 백 주년이 맞서는 근거도 이에서 온다. 후
자란, 그러니까 근대라는 것의 결과물인 까닭이다. 망설임도 없이 이상
이 일어로 글쓰기에 나아갔음이 이를 웅변으로 말해준다. 군이 또 군의
세대가 번번이 놓치는 것이 바로 이 대목이 아니었던가. 이상의 글쓰기
의 출발점인 「이상한 가역반응(1931. 7), 「오감도」(1931. 8), 「삼차각 설계」
(1931. 10) 등이 한결같이 일문이었다는 사실만큼 결정적인 것이 달리
없다고 생각하는 세대에 내가 서 있다면, 군의 세대는 어떠한가. 이중
어 글쓰기에서도 한발 나아간 군의 세대란 다국어 글쓰기, 정확히는 보
편어 글쓰기에 전면적으로 노출되어 있는 만큼 이상문학이란 군의 세
대와 나의 세대의 낙차를 재는 하나의 인식표랄까 잣대의 구실을 한다
고도 볼 수도 있을 것이며, 바로 그 때문에 이 글은 이상문학에 대한
세대별 논의이자 동시에 근대에 대한 때늦은 논의일 수도 있다.

2. 임종국과 이어령의 이상전집

이상문학이 문학의 범주에서 크게 벗어났음에도 불구하고 기를 쓰고
이것을 문학의 범주에로 이끌어 넣으려는 시도가 20세기 중반에서부터
모닥불처럼 뜨겁게 타오르기 시작했음을 먼저 군에게 상기시키고 싶다.
문학 초월 또는 문학 미달인 이상문학을 다룰 수 있는 곳이, 당시로서
는 마땅한 데가 없었음에 주목할 것이다. 근대 또는 추상적 기하학의
놓일 자리가 없었기에 이상문학은 그것이 글쓰기의 일종이라는 점에
근거하여 문학범주로 끌어넣고자 하는 힘이 문학 쪽에서 일어났다. 문
학을 구심점으로 한 이 구심력은 그것이 크면 클수록 이상문학은 근대

그것처럼 어떤 무한점을 향해 이탈 또는 질주하고 있었다. 이 구심력과 원심력이 어느 수준에서 균형감각을 모색한 다음 네 가지의 세대적 감각을 군과 더불어 음미해보고자 한다.

이상문학에 대한 단편적인 언급은, 최재서의 『리얼리즘의 심화와 확대』(1936)에 의해 박태원의 『천변풍경』과 더불어 당대적 실험작으로서의 평가를 받긴 했으나 그것도 어디까지나 소설 「날개」에 국한되었으며, 구인회(1933~36) 후기 동인으로서의 이상의 문단적 평가는 기행적 행위에 중점이 놓인 형국이었다. 심지어 그의 죽음조차도 이러한 풍문과 맞물려 있었다. 이러한 원심력을 문학 범주의 구심력으로 이끌어 들이고자 시도했고, 마침내 이 두 세력의 균형 감각이 기왕의 김기림 편 『이상전집』(백양당, 1949)에서 벗어나, 제일차적으로 이루어진 것이 임종국 편 『이상전집』(태성사, 1956)이다.

구인회의 창단 멤버인 영문학자 조용만 교수의 서문을 인 이 전집은 제1권 창작집, 제2권 시집, 제3권 수필집으로 구성되어 있고, 이상의 사진(1936. 8. 29), 편지(자당 박세창 소장), 자화상을 비롯한 미발표 유고 9편(친필 원고)이 포함되어 있다. 특히 이 친필 유고의 소개는 각별한 의미가 담겨 있는바 임종국의 그 소개의 변을 잠시 음미하기로 한다.

> 원작이 일문으로 된 다음 9편의 미발표 유고는, 왕년 상이 작고했을 무렵 상의 미망인이 동경서 가지고 나온 고인의 사진첩 속에 밀봉된 채 있었던 것이다. 그 후 20년간을 유족(자당과 영매)께서도 사진첩으로만 여기고 보관하던 중, 이번 출판을 계기로 비로소 발견이 된 것이다. (……) 편자의 목전에서 그 밀봉이 뜯길 때 그것이 고인의 많은 말인 양 감무량(感無量)이었음을 말하며 이상 입수경위를 밝힌다.

제2권, p.4

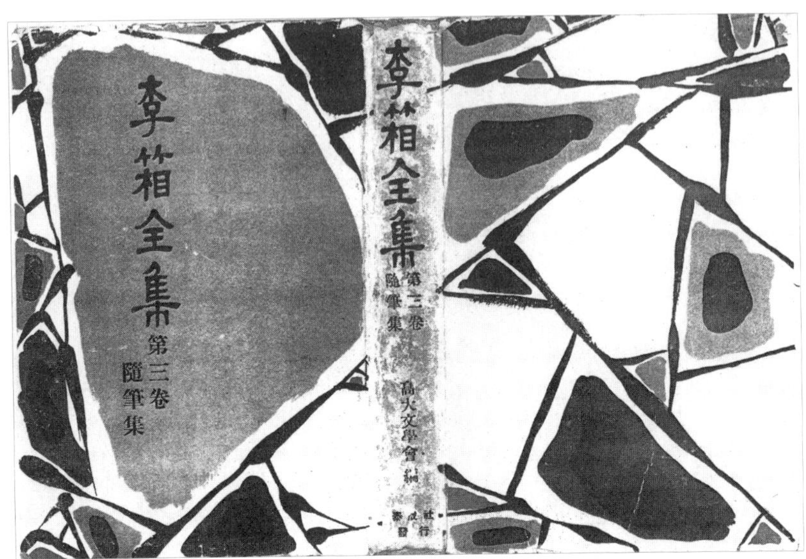

↘ 임종국의 『이상전집』 표지

두 가지 점이 지적될 수 있다. 자료 발굴에 대한 수준이 그 하나라면 그것에 대한 열정이 그 다른 하나이다. 이상문학에 대한 가능한 모든 자료(친지들과의 접촉 포함)의 수집이란 열정 없이는 불가능한 작업이다. '그 밀봉이 뜯길 때'의 '감무량'이란 말이 이를 웅변하고 있다. 문제는 어째서 1956년에 와서 이상전집이 발간되었는가에로 향하기 마련이다. 앞에서 지적한 바대로 이상전집 출간이란 근대에로 질주하고 있는 이상을 문학 쪽으로 이끌어 들이고자 하는 힘의 균형의 산물이라면 어째서 하필 1956년도에 그것이 가능했을까를 묻지 않을 수 없다. 군도 알다시피 1956년도라면 무엇보다 6·25 휴전 3년의 시점이다.

"엉경퀴와 가시나무 그리고 돌무더기가 있는 적료한 지평 위에 우리는 섰다. 이 거센 지역을 찾아 우리는 참으로 많은 바람과 어둔 속을 유랑해 왔다. (……) 그리하여 우리는 화전민이다"(이어령, 「화전지역」, 『경향신문』, 1957. 1. 11)라고 전후 세대의 한 평론가의 목소리를 군도 공부했을 것이다. 이 화전민 지역에 대한 인식이 이상전집을 탄생케 했다고 나는 믿는다. 폐허 위에서이기에 아무것도 가능하지 않지만 동시에 모든 것이 가능한 것이었다. 이상문학의 성격과 이 상황은 흡사했다. 이상문학이 아니고는 이 화전민 상황을 그 무엇으로도 돌파할 수 없었다. 아우슈비츠 이후에 서정시가 불가능했듯 6·25 폐허에서는 이상문학의 저 기괴한 몸짓과 고도의 기하학적 사고가 아니고는 다른 대책이 떠오르지 않았다. 모든 것이 불가능하지만 모든 것이 가능한 것. 그것이 이상문학임을 직감한 것이 편자 임종국이었다. 정치학과(고대)를 다닌 임종국이 시인으로 데뷔한 것이 「비(碑)」(1957. 8)였다. 『이상전집』과 때를 같이한 이한직 추천의 시인 데뷔란 그만큼 시대에 민감히 반응했음을 말해주는 징표의 하나이다. "박제가 되어 버린 천재"(「날개」 서두)라고 자부하지 않고는, 저 황량한 화전을 일구어낼 수 없다고 직감하고 있지 않고는 아래와 같은 발언은 불가능하다.

> 끝으로 본론 부제는 작품에 즉하여 엄격히 설정하는 한 '근대적 자아의 절망과 동요'다. 그의 예술이 지향하던 최후의 결론과 근본정신, 그리고 50년대의 정신적 현실 등을 염두에 둠으로써 그의 '외향적 반발'을 고가로 샀고, 그 결과 '항거'라 한 것임을 말해둔다.
>
> 『이상전집(3)』, p.314

'근대적 자아의 절망과 동요'야말로 화전민 상황을 문학으로 이끌어들일 수 있다고 이렇게 힘차게 말해놓았다. 「날개」란 일상적 자아와 본래적 자아의 분열에 대한 절망적 몸부림이라 편자 임종국은 외쳐 마지않았는데, 여기에서 주목되는 것은 '근대'에 대한 지향성이다. 구심력과 원심력의 균형 모색이 이상전집 탄생의 명분이자 그 저울추라면, 이 경우 임종국이 선 곳은 현저히 원심력 쪽으로 끌려가고 있는 형국이다. 이러한 불균형이 시정되어 어느 수준에서 균형감각을 이루기 위해서는 한국문학의 힘의 성장이 요망되었다.

두 번째 전집은 이어령 편 『이상소설전집(1)(2)』, 『이상시전작집』, 『이상수필전작집』 등 4권(갑인출판사, 1977)인바 여기까지 이른 시간은 21년이 요망되었다. 그것은 강산이 두 번이나 변할 만큼의 시간이었는데, 그동안의 구심력으로서는 한국문학의 힘이 원심력을 견제할 만큼 세어졌음을 가리킴이다. 군도 알다시피 그것은 월간 문예지 『문학사상』(1972)의 탄생과 분리될 수 없다. 구구한 설명은 피하거니와 이 잡지의 표지만큼 인상적인 것은 달리 없다. 구본웅이 그린 파이프를 문 이상의 초상을 창간호 표지로 삼았거니와, 이는 이 잡지의 존재의의를 강력히 제시한 직접성의 시위였다. 이상문학 전체의 무게가 구본웅의 그림으로 표시된 것이거니와, 이 사실을 주간 이어령은 '문학=언어'라는 단순 명쾌한 도식으로 정리했다.

> 분노의 주먹을 쥐다가도 결국은 자기의 가슴이나 치며 애통해 하는 무력자를 위하여 지하실처럼 어두운 병실에서 5월의 푸른 잎을 기다리는 환자들을 위하여 (……) 우리는 역사의 새로운 언어와 문법을 만들어가는 이 작은 잡지를 펴낸다. 그리하여 상처진 자에게는 붕대와 같은 언어가 될 것이며 폐를 앓고 있는 자에게는 신선한 초원의 바람 같은 언어가 될 것이며 역사와 생을 배반하는 자들에겐 창끝 같은 도전의 언어, 불의 언어가 될 것이다. 종의 언어가 될 것이다. 지루한 밤이 가고 새벽이 어떻게 오는가를 알려주는 종의 언어가 될 것이다.
>
> 창간사, pp.20~21

‘언어=문학’의 선언이 얼마나 굉장한 인식전환인가를 확인하고자 하면, 이 무렵 경쟁 잡지인 『현대문학』지의 창간사와 비교할 때 뚜렷해진다. 민족 전통적 정서 등을 표방한 『현대문학』에 비해 『문학사상』은 ‘언어=문학’의 도식으로 나섰던 까닭이다. 이 도식의 지향점은 너무도 단순 명확하다. ‘언어’일 뿐 그것이 한국어일 이유는 아무 데도 없다. 이 순간 한국어는 편의상 기호의 일종으로 둔갑하지 않을 수 없다. 바로 이상문학이 그러했다. 이상문학, 그것은 조선어가 아닌 일본어였고 그것은 또 기호의 일종이어서 일어에 앞서 무색 투명한 것이었다. 기하학과 흡사한 인식이 거기 작동하고 있었다. 그렇다면 그 언어가 어째서 바로 ‘문학’일 수 있는가. 이 문제 역시 이상문학이 열쇠를 쥐고 있었다. 이어령은 임종국 편 『이상전집』이 간행되기 두 해 전에 이미 이 점에 주목한 바 있다. “그의 눈에 비친 역사란(전통) ‘모혈에 계신 백골까지가 내게 무엇인가를 강청하고 있는’ 완고한 의지의 소유자이며 그 인감이 이에 실효된 지 오래인 현대에 있어서의 한 노망한 시대착오자일 따름”(「이상론 ― 순수의식의 우옥과 그 파산」, 문리대학보, 1955. 9, p.147)이라고 파악했거니와, 이 전통, 과거와의 단절이 스스로를 순수의식의 우옥에 감금하는 일이며 그것에 상응하는 언어=문법이 요망되었는바 이것은 이상문학이 갖고 있는 텍스트성이 아닐 수 없다. 문학=언어의 도식이란 그 텍스트성의 측면에서 볼 땐, 문학=기호가 아닐 수 없다. 이 순수성은, 한국어도 일어도 기호의 차원에 나란히 놓일 따름이다. 그것은 파이프를 문 이상의 초상화나 혹은 스스로 그린 자화상과 같은 차원에 놓여 있는 것이기도 하다. 그것은 또 방안지에 설계도를 작성하는 기하학적 구도이기도 하다. 적어도 원리적으로는, 이러했다고 볼 것이다. 그러나 이어령 편의 전집은 이러한 원리적 측면 못지않게 임종국의 전집에 버금가는 열정(감무량)이 함께 있었다. 『문학사상』을 통한 자료발굴의 성과가 이를 말해준다. 이상의 첫 작품인 장편 「12월 12일」을 비롯, 이상의 졸업앨범, 기타 유고들의 발굴로 말미암아 전집으로서의 의의를 높였다. 또한 직접 작품의 교주(校註)을 모든 수단을 동원하여 전면적으로 행했다. 이 전집의 정식명칭이 즉 "문학사상자료연구실 편, 이어령 교주"로 되어 있음이 이를 말해준다.

(A) 『이상연구』에서 『이상문학 텍스트 연구』에 이른 과정

세 번째 전집은 『이상문학전집』(문학사상사, 1993)이다. 제1권 시편의 편자는 이승훈, 제2권 소설편과 제3권 수필편의 편자는 김윤식이었다. 시와 산문을 나눠서 두 사람의 편자를 가진 이 전집은 그 자체로 앞의 두 전집에 비해 턱없이 초라할 수밖에 없었다. 주석은 앞의 두 전집에서 조금은 나아간 점이 있다 하더라도 그것으로 전집을 구성할 만한 힘이 될 수 없다. 그렇다면 이 기묘한 형태의 전집이 나올 수밖에 없는 이유를 군은 물어야 할 것이다. 최근까지 적어도 군이 대학원에서 공부할 때 이 전집에 의존했음을 상기시켜 보길 바란다. 그것은 이 전집이 갖고 있는 시대적 의의에서 왔다. 군은 상기하기 바란다. 내가 관여한 이 전집이 총 5권임을. 제4권(1995)은 이상에 대한 14편의 논문모음집이며, 제5권(2001)은 9편의 논문집이었다. 자료 발굴의 열정과도 무관하고 또 약간의 새로운 각주도 무관한 곳에서 나온 이 전집의 존재 이유는, 바로 제4권과 제5권이 웅변하고 있다. 이 제4, 5권을 위해 전집 1, 2, 3권이 요망되었던 까닭이다. 그러니까 이상전집 1, 2, 3권의 텍스트란 연구논문을 위한 부록의 성격을 띠고 있었다. 이를 두고 본말전도 현상이라 할 것이다.

대체 이런 현상을 어떻게 설명하면 적절할까. 군이 나보다 더 잘 설명할 줄로 나는 믿는다. '냉정한 열정'으로 이 사정을 총괄할 수 있다. '감무량'도 아니고, 발굴의 가슴 벅찬 열정과 환희도 아닌 '냉정한 열정'이란 무엇인가. 어떤 것에 대한 지속적 집착이란 열정을 동반한 것이라면 냉정한 열정도 있을 수 있다. 이를 두고 나는 해석학(문학연구)이라 부를 것이다. 적어도 1990년대의 한국근대문학연구의 수준은, 군이 이 세대에 속하거니와, 그 유연성에서 가히 세계성을 띠고 있었다. 세계적 수준에 닿은 것이기보다 세계 최고의 문학이론들이 번역을 통해 거침없이 수용되고 있기에 이상문학도 이 속에 전면적으로 노출될 수밖에 없었다. 수많은 학위논문이 이상론으로 쏟아졌음이 이를 잘 말해준다. 이상문학이 세계문학 속으로 진입하는 현상이라 부를 만한 사건성이었다.

여기서 잠시 내 애기를 하지 않으면 안 될 것 같다. 나는 서구의 현란한 해석학을 수용할 능력이 없었던 만큼 이 대열에 참가할 수는 없었지만 그 대신 다른 영역이 나를 손짓하고 있었는데, 전집을 통해 이상의 '문학과 삶의 관계'를 탐구함이 그것이었다. 졸저 『이상연구』(1987)는 이어령 편 이상전집에 의존하여 이상의 '문학과 삶의 관계'를 탐구한 것으로 일종의 평전형식이라 할 것이다. 이 경우 일등 자료가 바로 '이상문학작품 자체'였기에 나는 이 사실을 강조함으로써 감히 '연구'라는 말을 사용했다. 이어서 나는 『이상소설연구』(문학사상사, 1988)를 간행했는바, 이 두 연구서의 보조수단으로 전집 (2) (3)을 편한 것은 그로부터 수년이 지난 1993년이었다. 식민지 서울의 하층민 출신의 한 소년이 식민지에 세워진 고등공업학교의 건축과에서 공부했고, 거기에 가로놓인 유클리드 기하학과 비유클리드 기하학의 동시적 성립현상에 몸둘

바를 몰라 혼자서 막다른 골목을 질주하는 장면을 나는 『이상연구』에서 탐구하려 했다. 거듭 말하지만 이 연구의 일등 자료가 그의 작품 자체였다. 이 사실만큼 중요한 것이 내게 따로 없었는데, 그것이 마침내 나로 하여금 해석학이라 부를 수 있는 영역 쪽으로 나를 이끌어갔기 때문이다. 『이상문학 텍스트 연구』(서울대출판부, 1998)가 그 결과였다. 여기에까지 이른 과정이 무려 10년이 넘게 걸렸음을 군에게 상기시키고 싶다.

먼저 주목할 것은 『이상연구』란 서울 통인동 하층민 출신의 소년 김해경이 어떻게 「날개」「오감도」에 이르렀는가, 그리고 어째서 제국의 수도 동경(東京)에서 죽지 않으면 안 되었는가를 그가 남긴 작품들을 통해 탐구한 것이었다. 군이 주목할 것은 '작품' 쪽이 아닐 수 없다. 작품이라 했을 땐 상식 중의 상식이지만 무엇보다 작가가 전제된다. 작품이란 작가라는 개인, 인격적 통일체로서의 창조주체에 의해 만들어진 것이며 독자(연구자)란 작가가 의도하고 주장하고자 한 것을 향수하는 존재에 지나지 않는다. 작자만이 생산자이고 독자는 소비자일 뿐이다. 작품에 있어서는 생산자인 작가가 기호 표현을 통해 전달코자 하는 기호내용이 중요하며, 따라서 단 하나의 기호내용만이 기호표현에서 판독되어야 하는 것. 그러니까 해석의 정답은 언제나 하나여야 한다. 『이상연구』가 바로 이 범주에서의 산물이다. 그러나 『이상문학 텍스트 연구』는 이와는 다른 차원에 놓여 있다. 작품이 아니라 텍스트의 시각에서 검토된 저술이기 때문이다. 텍스트란 새삼 무엇인가. 무엇보다도 이는 복수성의 장소로 규정된다. 이 말의 본뜻이 직물임에 주목할 것이다. 한 장의 직물이 씨줄과 날줄의 짜임이듯, 텍스트는 다양한 요소의 착종체이다. 그것은 선행 또는 동시대의 여러 텍스트가 인용된 작품이며 범례(파라디굼)와 연사(씬따굼)의 교차이며(R. 야콥슨은 전자를 메타포, 후자를 메토니

미의 기능으로 파악하여 언어 이외의 기호들에 적용하는 길을 열었다) 여러 코드의 상호교환의 장이고 다른 언어와의 대화의 장이며, 무엇보다 스스로가 여러 텍스트의 착종체인 만큼 독자가 거기에 관여함으로써 의미가 생산되는 동적인 장이다. 그러기에 텍스트를 읽는 독자(연구자)는 쓰는 것과 읽는 것의 상호관계를 의식화하는 텍스트의 의미생성에 흡사 공동 집필자와 같이 스스로 참가한다. 생산행위를 행하는 주체가 되는 셈이다. 기호표현과 기호내용은 결코 안정된 쌍면체로의 관계를 갖지 않으며 독자에 의해 기호표현에 새로운 관계를 부여함으로써 안정된 것으로 여겨진 기호내용만의 것이 아니라 다양하고 복수적인 기호내용이 생겨난다. 텍스트는 결코 작가가 만든 일의적인 구축물이 아니라 독자의 읽기를 통해 기호표현과 기호내용의 새로운 결합관계가 만들어져 끊임없는 의미생산이 전개된다. 유동하는 세계가 아닐 수 없다(R. 바르트, 『이야기의 구조분석』, 일역판, 미스스서방, 1979). 작가는 죽었다고 선언한 바르트의 논법으로, 하면 작품이 물질적 단편으로 도서관의 책의 공간을 점하는 것이라면 텍스트는 방법론적 장이자 언어활동 속에서만의 존재로 된다. 여기에 바흐친의 대화이론까지 가세하면 한층 복잡화될 처지에 놓이게 된다. 그것은 세 가지 차원 곧, 쓰는 주체, 이를 수용하는 측, 그리고 외부의 텍스트로 된다.

먼저 쓰는 주체를 따져보자. 그는 선행하는 텍스트 혹은 동시대의 텍스트의 수용자이다. 그가 뭔가를 언어로 쓰고자 하는 것(글쓰기)은 선행한 또는 동시대의 문학 자료의 읽어 얻음이며 다른 텍스트를 자기의 텍스트에 흡수, 변형해가는 과정이며 다른 여러 텍스트에 대한 스스로의 텍스트를 통한 응답이다. 이 행위의 실천과정은 받아들이는 측 곧 독자의 행위와 거의 같다. 읽는 일은 독자 자신의 기억 속에 있는 다양한 장르의 기억과 지금 읽고 있는 텍스트를 상호 관련시키는 일이며 이렇게 함으로써 독자 자신의 텍스트를 짜내는 것에 다름 아니다.

『이상연구』가 작품을 전제로 한 것이라면, 『이상문학 텍스트 연구』는 이처럼 그 차원이 다르다. 위에서 이처럼 상식적인 것을 되풀이 언급한 작품과 텍스트의 차이에서 주목되는 것은 굳이 눈치챘겠지만 이상문학이야말로 텍스트성에 가장 접근된 것임을 드러내기 위해서이다. 이 진술에 군이 주목해주길 특히 바라는데, 그것은 내가 뒤늦게 바르트의 텍스트론을 읽었음과는 거의 무관하다는 사실에 대해서이다. 아무리 둔감한 연구자인 나도, 루카치식 작품 위주론만이 제일이라 믿은 것은 아니었다. 어떤 작품도, 일의적 해석으로 종언되지 않음은 연구자라면 누구나 직관할 수 있다. 중요한 것은 『이상연구』가 먼저라는 점에서 온다. 이상이라는 인격주체가 풍문 속에 놓여 기인행세를 하고 있음에 대한 첫 번째 단계로 그 풍문을 걸어낼 필요가 있었다. 거듭 말하지만 그 방식이 이상의 작품 자체 분석에서 왔다. 그것이 전면적으로 가능했던 것은 이어령 편의 이상전집(4권)이었다. 이로써 나는 이상을 둘러싼 풍문을 걸어내고 이상의 소안 그러니까 과학을 이루었다고 믿었다. 그러나 그것이 매우 큰 착오였음을 직감하지 않으면 안 되었다. 이상문학 작품의 전체성을 문제삼고 분석하는 과정에서 내가 직면한 것은, 이상의 작품이 점점 '텍스트성'에로 이끌어 들임이었다. 그것은 흡사 블랙홀을 연상시킴이었다. 말을 바꾸면 이상작품이 나로 하여금 텍스트성을 강요한 형국이 빚어졌다. 이 점에서 그것은 R. 바르트의 장대한 텍스트론과는 무관한 일이 아닐 수 없다. 이상의 작품이 어느새 스스로 거대한 텍스트성이 되어 독자를, 연구자를 속수무책으로 몰고 갔다. 이 현상만큼 충격적인 것을 나는 일찍이 체험한 바 없었다.

대체 이상의 텍스트란 어떤 것인가. 이 물음은 네 가지 범주를 전제한다. 한글의 텍스트와 일어의 텍스트 그리고 수학적 기호(비문학)와 문학적 기호가 그것들이다. 이중 일어 텍스트와 수학적 기호가 주체할 수 없게 나는 텍스트성의 유혹에로 이끌어갔다. 금방이라도 나는 군 앞에서 그러한 사례를 줄줄이 이끌어낼 수 있을 정도이다. 이상의 최후작 「종생기」(1936. 11. 20. 東京에서)의 첫 대목은 이렇게 되어 있다.

> 郤遺珊瑚－, 요 다섯자 동안에 나는 두 자 이상의 오자를 범했는가 싶다. 이것은 나 스스로 하늘을 우러러 부끄러워할 일이겠으나 인지가 발달해가는 면목이 실로 약여하다.
> 죽는 한이 있더라도 이 산호 채찍을랑 꽉 쥐고 죽으리라 네 폐포파립(廢袍破笠) 위에 퇴색한 망해(亡骸) 위에 봉황이 와 앉으리라.
> 나는 내 「종생기」가 천하 눈 있는 선비들의 간담을 서늘하게 해 놓기를 애틋이 바라는 일념 아래 이만큼 인색한 내 맵시의 절약법을 피력하여 보인다.
>
> 『이상문학전집(2)』, p.375

손님을 초청해 놓고서는 문간에서 주인이 막아서는 형국이 아닐 수 없다. 수수께끼놀음이라고나 할까. '郤遺珊瑚－' 그러니까 이 기호 5자 속에는 두 자 이상의 오자가 들어 있다고 했다. 이를 풀지 않으면 「종생기」 속으로 들어올 수 없다는 것. 말을 바꾸면 들어와도 소용없다는 것. 이 수수께끼 속에 「종생기」의 내용, 구성법 등등이 고스란히 들어 있기 때문이다. 이 기호 5자란 겉모양으로 보면 한문이다. 한시의 5언으로 된 절구이거나 율시의 한 대목일 수 있다. 한시라면 당시(唐詩)가 중심인 것. 당시를 모조리 펼쳐볼 수밖에. 대번에 최국보(崔國輔)의 「少年行」(악부) 5언절구에 닿는다.

遺却珊瑚鞭 白馬驕不行 章臺折楊柳 春日路傍情. (산호 채찍을 잃고 나니
백마가 교만해서가지 않는다. 장대(유곽 있는 지명)에서 여인과 희롱하니
봄날 길가의 정경이여.)

최국보, 「소년행」 전문[졸저, 『이상문학 텍스트 연구』, p.302]

「소년행」의 첫 줄과 비교해보자. 글자는 두 자(邰자와 ─로 된 곳) 틀리
고, 遺자의 순서가 却의 뒤로 간 점을 염두에 두면 석 자 틀린 셈이다.
이러한 식으로 글자를 농락하는 지적 트릭과 더불어 중요한 것은 이른
바 「少年行」이라는 글쓰기의 형식이 아닐 수 없다. 이런 형식은 비단
최국보뿐 아니라 두보도 이태백도 선용한 것. 홍안의 귀공자가 말을 타
고 산호 채찍을 휘두르며 세상 속으로 나와 호령하기에 해당되는 것.
오늘날의 표현으로 성장소설 형식이겠다. 필시 이 소년은 화류계에도
드나들었을 터. 소년이 청년으로 성장해가는 관문이었으니까. 요컨대
「종생기」의 지향점이랄까 창작동기는 「소년행」의 행각에 있었던 것.
홍안의 귀공자인 천재 이상 김해경이 산호채찍을 잃었다면 어떠할까.
백마가 교만해져 말을 듣지 않는다. 이쯤 되면 저잣거리의 웃음거리가
될 수밖에. 여자들 때문에 소년행을 탕진했을 때 그는 노옹이 되어버렸
다. 청년행, 장년행을 한꺼번에 건너뛰었던 까닭,

만 26세와 30개월을 맞이하는 이상 선생님이여! 허수아비여!
　자네는 노옹일세. 무릎이 귀를 넘는 해골일세. 아니, 아니, 자네는 자네
　의 먼 조상일세.

『이상문학전집(2)』, 문학사상사, p.396

이러한 수수께끼식 글쓰기에 군은 이제 정확히 이에 응답할 수 있으
리라 믿는다. '작품'에서 해방시킬 수밖에 없다는 점을 군은 힘주어 말

해야 한다. 이러한 글쓰기가 '텍스트'임을 강조할 때 이상문학은 유례 없이 풍요로워질 수 있기 때문이다. 이것은 우리가 멋대로 그렇게 함이 아님에 주목할 것이다. 이상의 글쓰기가 그렇게 하기를 우리에게 강요 하고 있었고 이에 응한 것이 졸저 『이상문학 텍스트 연구』이다.

당초 내가 겨냥한 것은 이상문학을 작품으로 보고, 그 작가의 탐색에 나아갔다. 정해진 길은 하나. 『이상연구』가 그 결과물이었다. 그러나 이 상문학은 '작품'으로서는 열리지 않았다. '텍스트'로 향하게끔 강요하고 있었는데, 여기에는 이상문학 자체의 강요사항이기도 하지만 또 90년 대의 근대문학 연구상의 시대성도 작동되었음을 군에게 상기시키고 싶 다. 이른바 '구조주의' 또는 후기구조주의라 부르는 현란한 연구방법론 이 이상문학을 작품에서 텍스트로 향하게끔 재촉했음도 사실이다.

이러한 지적들은 물론 내 개인적 체험론에 관련된 것이기에 객관성 여부에 군이 머리를 갸웃거릴 수도 있다. 그렇지만 내가 『이상연구』에 서 『이상문학 텍스트 연구』에 이르는 과정이 거의 8년이 걸렸음에 주 목했으면 한다. 거기에는 이상문학만이 갖는 '텍스트성'이 따로 미정형 의 얼굴로 나를 기다리고 있었는데, 그것은 공포의 일종이었다.

(B) 미발표 유고가 지닌 무한대성

『이상문학 텍스트 연구』의 부록을 군도 눈여겨보았을 것이다. 일어 로 된 「오감도」(1931)에서 경성고등공업학교(오늘의 서울대 공대 전신) 시 절의 이상의 성적표(서울대 보관)까지 무려 28면에 걸친 자료가 실려 있 거니와 이 중 대부분이 이상의 육필로 되었음이다. 임종국 편 이상전집 속에 들어 있는 육필 9편을 빼면 일찍이 아무도 본 적이 없는 이상의 육필로 채워져 있다. 조연현 소장의 미발표 유고인 까닭이다. 「공포의 기록」을 비롯하여 「제일의 방랑」 「회한의 장」 「1931년-작품 제1번」
등의 유고 육필이 모두 일어로 씌어졌음이야말로 문제적이지 않으면
안 되었음을 강력히 시사하고 있었다. 그 순간 직감적으로 내가 알아차
린 것은 이러했다. 곧 이상문학이란 작품으로도 텍스트로도 감당할 수
없는 또 다른 차원이 있다는 느낌이 그것. 이 느낌은 나는 『이상문학
텍스트 연구』를 낸 한참 뒤에야 또렷이 깨닫기에 이르렀다. 그 느낌은
공포의 실감으로 다가오는 바, 이를 군에게 꼭 말해두고 싶은 심정이다.
블랙홀에 직면한 그런 느낌 말이다.

　내가 이상의 육필 유고 64장을 본 것은 『이상문학 텍스트 연구』를
마무리하던 1997년 여름이었다. 소장자 최상남(조연현 씨 미망인) 여사는
흔쾌히 내게 그 원고를 보여주었다. 이상 미망인이 동경서 가져온 일문
유고 9편을 임종국이 처음 개봉할 때의 그 '감무량'이 64편을 처음 대
할 때의 내게도 있었던가. 아니라고 그때는 굳세게 말할 수 있었다. 해
석학이란 냉철해야 한다는 생각이 강렬히 나를 압박하고 있었던 것이
다. 이상문학이 작품의 차원에서 텍스트의 차원으로 옮겨난 후의 상황
이었음을 군이 상기한다면 어째서 '감무량' 대신에 '냉철한 열정'이었
는가를 헤아릴 수 있지 않겠는가. 그런데 그 '냉철한 열정'이 『이상문
학 텍스트 연구』 이래 시간이 흐를수록 '뜨거운 열정'으로 다가오지 않
겠는가. 이 현상을 어떻게 설명해야 적절할까. 아직 그 방도를 잘 알지
못하지만 분명한 것은 64장으로 된 이상 육필 유고와 결코 무관하지
않다고 하면 어떠할까. 공포의 느낌이 그것이다. "우연한 일로 이상의
미발표 유고가 발견되었다. 이것이 발견되고 또 그것이 나의 수중에 들
어오게 된 경위는 다음과 같다."(『현대문학』, 1960. 11)라고 서두를 삼은
이 잡지 주간 조연현(1920~1981)은 이것이 어째서 이상의 유고인지를

다음 6가지로 추정했다.

> (1) 필체가 이미 그의 전집 속에 발표되어 있는 것과 동일한 것.
> (2) 작품의 특성이 이상의 그것과 같다는 것.
> (3) 이상이 즐겨 사용하는 '十三' '方程式' '三次角' 등의 용어로서 작품
> 이 구성되어 있는 점.
> (4) 이상이 일본어로서 시를 많이 습작한 사실.
> (5) 초고 중의 연대가 1932년 또는 1935년 등으로 되어 있는데 이 시
> 기는 이미 발표된 그의 미발표 유고와 시기가 일치되고 있는 점.
> (6) 이와 같은 원고는 타인이 조작하여 창작할 이유가 없는 점.
>
> 『현대문학』, 1960. 11, p.163

이러한 전제 아래 조연현은 5편을 골라 우리말로 옮겨 발표했는바 역자는 시인 김수영이었다. 이어서 김수영은 6편을 옮겼다(『현대문학』, 1960. 12, 1961. 1, 1960. 2). 이로부터 6년 뒤 김수영, 김윤성에 의해 두 편이 옮겨졌고, 한 편은 원문(일어)으로 실었다. 「悔恨ノ章」이 그것이다.

이 무렵 『문학사상』에는 초기 장편 「12월 12일」 등 이상의 학교 시절의 앨범을 비롯한 갖가지 자료를 발굴함과 동시에 조연현 소장 유고에 주목했다. 이에 응한 조연현은 이렇게 해설했다. 군은 이 해설 속에서 깨친 바가 있을 것이다. 어째서 조연현은 그가 관장하고 있는 『현대문학』에 싣지 않고 『문학사상』의 요구에 마지못해 응했는가를.

> 본지(문학사상, 인용자)에 소개하는 이상의 일문유고는 1960년에 입수하여 그 일부를 『현대문학』(1960년 11월부터 익년 1월호)에 발표하고 그 나머지를 내가 보관하고 있었던 것이다. 원고가 산란하여 문맥의 연결을 맞추기 어려운 몇 편만은 그대로 나에게 남아 있다. 이번에 소개하는 것 중에도 문맥을 찾기 어려운 것이 몇 개는 들어 있다. (……) 이번에 『문

<u>학사상』에 소개된 유고는 번역하기 상당히 까다로운 글이 아닌가 싶다.</u>
이 유고를 넘기면서 이것이 일문이 아니고 국문으로 된 것이었다면 얼마
나 더 좋았을까 하는 생각이 들었다.

『문학사상』, 1976년 7월호, p.219, 밑줄은 인용자

세 가지 점이 지적될 수 있다.

첫째, 소장자 조연현 씨는 더는 이 유고에 흥미를 잃었다는 점.『현
대문학』에 계속 소개하기를 포기했음을 암시하고 있기 때문이다.

둘째, 『현대문학』으로서는 그 유고를 더 이상 소개하기를 꺼린 이유
로, 유고의 판독에 난점이 있다는 점. "번역하기 상당히 까다로운 글"
이라고 조연현 씨는 보았다.

셋째, 유고 중 '문맥의 연결을 맞추기 어려운 몇 편'은 자기가 보관
하고 있다는 것.

이로 보건대, 유정 씨의 번역도 조연현 씨의 안목으로 볼 땐 "번역하
기 상당히 까다로운 글"이라는 것, 그보다 더 까다로운, 그러니까 문맥
을 맞추기 어려운 유고는 자기가 그냥 보관하고 있다는 것으로 정리될
수 있다.

그럼에도 『문학사상』은 집요히 남은 것을 옮겼는바 시인 유정에 의
해 이루어졌다. 참으로 용하게도 『문학사상』은 이에 멈추지 않고 또다
시 도전했는바 이번의 역자는 최상남이었다. 역자 최상남은 번역과 더
불어 그 경위를 아래와 같이 밝혔다.

『현대문학』에 번역, 발표하고 남은 몇 편을 70년대에 와서『문학사상』
지에 마저 발표하고 원문을 알아보기 힘들고 미완성인 몇 편이 남아 있
던 것을 이번에 번역, 발표하게 되었다. 남편이 이 원고들의 발표를 미루

어온 정확한 이유를 나는 알 수 없지만 이번에 발표하는 작품들이 일부 심하게 낙서가 되어 있어서 알아보기 힘든 부분이 있었다는 것과 완성된 것이 아니라고 본 때문이 아니었나 생각된다.

이번에 『문학사상』지에서 이러한 점을 감안하고도 굳이 이것을 발표하는 것은 문학적 가치는 차치하고라도 문학사적인 측면에서 이상을 연구하고자 하는 많은 분들에게 도움을 드리기 위한 것이 아닌가 생각된다. 습작원고 한 줄이라도 소홀히 다루어서는 안 될 만큼 우리 문학사에 있어서 이상의 비중이 막중함을 새삼 느끼지 않을 수 없었다.

『문학사상』, 1986. 10, p.141

이로써 미발표 일어 이상 육필의 우리말 옮김은 거의 남김 없이 이루어졌다고 해도 별로 틀린 말은 아니다. 일급에 속하는 역자들이 각고 노력했음은 의심의 여지가 없기 때문이다. 김수영의 첫 번역부터 최상남에 이르기까지 무려 26년의 세월이 요망되었다. 군은 어째서 26년의 세월이 요망되었는가에 대해 큰 느낌이 있지 않으면 안 된다. 그 느낌의 속내를 나는 또 어김없이 짚어낼 수가 있다. 그만큼 이상 육필이, 정확히는 이상문학 전체의 중요성이 거기 한가운데 자리 잡고 있었던 까닭이다.

대체 일어 미발표 유고란 무엇인가. 내가 본 그것의 전모를 나름대로 정리해보면 아래와 같다.

(A) 지질

대학 노트 크기의 방안지. 네모난 칸으로 촘촘히 채워진 것으로 이는 건축 설계용으로 제작된 것.

(B) 분량

원본에는 아무런 숫자와 페이지 표시가 없으나 총 면수는 64쪽. 원본 상단에 누군가(조연현 씨로 추정됨)에 의해 아라비아 숫자로 △1 에서 △64 로 매겨져 있음. 그러니까 유고의 총 면수는 필자가 본 바로는 64면인 셈.

(C) 독법

왼쪽에서 오른쪽으로 읽게 되어 있음. 일본식 표기이기에 세로쓰기이며, 구두점 역시 일어 표기식임. 띄어쓰기 역시 같은 방식임.

(D) 수정부분

오자를 바로잡기도 하고, 빠진 부분을 첨가한 대목도 더러 보이나, 놀라울 만큼 완벽한 문체로 되어 있음. 건축설계도의 기하학적 구성을 연상시킴.

(E) 길이

제일 짧은 것은 두 행으로 된 「與田準一」이며 제일 긴 것은 「第一の 放浪」(「첫 번째 방랑」, 유정 역)으로, 원본번호 △50 에서 △60 까지 총 10장에 해당됨.

성천(成川) 기행의 체험에서 얻어진 것으로 추정되는 기행 수필문. 판독 상태가 제일 확실한 것으로 보이는바 기행문인 까닭. 경성, 평양 등 지명을 비롯하여 기차를 탄 내용과 기타의 정황이 뚜렷하기 때문. (『현대문학』에서 조연현 씨가 이 수필을 번역 소개하지 않은 것은 시라든가 단상 또는 이상 특유의 문학적인 밀도가 높지 않은 것으로 판단한 까닭이 아닌가 추측됨.)

(F) 판독 불능

심한 제3자의 낙서로 판독 불능의 상태에 놓은 것으로는 ⑬ ⑭ ⑯ 등등(다음 인용 자료 참조).

아마도 이러한 낙서들은 문학에 관심 있는 누군가가 이 유고의 여백에다 매우 서툰 필체로 이를테면, 자기식 메모를 한 것으로 추정됨. 가령 ⑫나 ⑯의 사례. 殺人者, The Killers, Ernest Hemingway, The door of the Henrys lunch room opened and come two men. 등등, 조금 특이한 것은 ㉕의 오른쪽 하단에 서툰 위와 같은 제3자의 필체와는 다른 달필의 낙서가 있는 바, '李箱'으로 표기된 한자 흘림체이다. 그러나 이 역시 이상이 직접 사인한 것으로는 보기 어렵다. 또 다른 제3자(아마도 이 유고를 본 조연현 씨거나, 역자)들이 아닌가 추측됨. (이 부분은 중요하기에 pp.240~242에서 다시 상론함)

이 장면에서 나는 다음 두 가지 문제계에 마주칠 수 있었다. 하나는 이 유고에 대한 후설 적인 음미사항이 그 하나.

이연복(한양공대 야간부 대학생)이 조연현에게 가져온 이 유고가 이상의 것으로 추정했지만 그 사실 여부는 단정할 수 없을지도 모른다는 사실 앞에 군도 나도 서 있는 셈이다. 가령 여기서 커피가 있다고 치자. 만져 보고 맛을 보고 향기를 맡아도 틀림없어 보이지만 아무리 그렇더라도 그것이 한갓 과학적 합성물질 가능성을 완전히는 배제할 수 없다. 의식이란 각자의 대상존재의 타당성을 따지지만 그 타당성에는 반드시 절대적인 확신을 초월하는 가능성이 남는다. 이를 후설은 '초월'이라 했다. 이에 대해 내가 커피를 맛볼 때 그 맛이 좋다고 느꼈다면 그 느낌의 감각 자체는 맛이 좋지 않았는지 모른다는 의심은 결코 남지 않는

I don't know what

I want to 太白 at 重鐵

The bus was at the

Counter I read the

outside it was getting dark

The place light came up

The Tibi men inside the

The Tibi men at the

Counter I found 殺人音

"I don't know" one of the

two men……

Heidenröslein

Weiner 女

what do you want

to eat? 婦 女

I from the 女

The place light came up

from the other window. Catina, Im

ride the … watched

Neb Adams   the place I left

come on out

The window

다. 진짜 커피가 아닐지라도 그 맛은 절대적인 것으로 남는다. 이를 '내재(內在)'라고 후설은 주장하고 있다(『이덴』(1), 42절). 이상 유고란 그러니까 이 초월/내재 속에서 벗어날 수 없다. 이러한 상황의 연장선상에 이상문학 전체가 닿아 있다고 하면 어떠할까. 나는 『이상문학 텍스트 연구』이래 이런 느낌에서 자유로울 수 없었다. 이것이 바로 공포의 정체였다.

　일어로 된 이상 육필 유고란 새삼 무엇인가. 그것은 이상 김해경의 것이 아닐 수도 있다는 차원이 요망된다는 사실에 연결된다. 그것은 단지 방안지에 새겨진 기호의 집적물에 지나지 않는 것. 그 기호는 일어도 아니지만 조선어도 아니라는 것. 또 달리 말해 그것은 우리의 것도 아니지만 일본의 것도 아니라는 것. 유고가 갖는 초월/내재의 상황이 가까스로 열어놓는 이 지평을 군은 어떻게 부르면 적절할까. 군은 이제 직감했을 터이다. 나의 오랫동안의 '느낌'이 무엇이었는가를. 이상의 일어 육필이란 일종의 블랙홀이 아닐 수 없다는 느낌 말이다. 나는 이것을 '근대'라 부르고자 한다. 파국을 향한 자본주의의 말로 같은 것. 그것은 우리 것도 아니지만 동시에 남의 것일 수도 없다. 무한대, 극소/극대를 향해 질주하는 오감도적 상황이 여기에 해당된다. 이 상황을 향해 모두가 공포에 질려 질주할 따름이다. 블랙홀에 직면할 때까지 질주하기, 이것이 공포의 정체이다. 이 점에서 이상문학 텍스트는 구심력으로서의 문학 쪽이 아니라 원심력으로서의 근대의 편이 아닐 수 없다. 문학에서 근대에로 무한대로 도주하기가 그것. 이것이 미발표 유고에 직면하는 첫 번째 문제계이거니와 이 속에 놓인 또 다른 문제계는 어떠해야 할까. 그것은 이 유고 자체 내의 구심력/원심력의 검토에 해당된다. 유고를 문학 쪽으로 끌어넣고자 하는 구심력은 유고 작품 제2번 '獚'(자전에 없는 글자, 누렁이개를 뜻함)에 관련된 사안이라 할 것이다. 이 유고 입구에 놓인 撰의 정체란 무엇인가를 물을 때 그것은 구심력을 묻는 것이다. 그러기에 그것은 유고의 내적 질서에 관련된다. 이를 돌보지 않은 채 김수영, 유정, 최상남 등의 우리말 옮김이란 거의 무의미하기 쉽다. 이 撰이 끊임없이 원심력 쪽으로 끌려가고 있는 형국을 번역된 것으로는 결코 측정할 수 없기 때문이다(자세한 것은 졸고, 「이상의 유고 소개 및 번역 경위와 그 문제점들」, 『서정시학』, 2010년 봄호).

텍스트를 문제삼는 이런 문제계에서는 또 다른 복병이 잠겨 있음도 군은 이미 알고 있을 것이다. 두루 아는바 현존하는 「오감도」(1934)는 15편이다. 당초 30편을 발표하기로 예정된 것인데, 독자의 항의로 15편에 그쳤다. 그런데 이상의 실토에 기대면 당초 이천 편이 있었다는 것, 그중에서 30편을 고르는데 진땀을 흘렸다고 했다. 그만큼 모두가 그 수준면에서 막상막하였기 때문이다. 그렇다면 이 1985편 미발표 유고는 어디 있는가. 조연현 소장의 미발표 유고가 혹시 그 일부일까. 어느 편이든 미발표 유고는 무한대의 제로 개념을 모르는 사이에 형성하고 있다.

이러한 두 가지 문제계가 시퍼렇게 살아 있는 '느낌'으로 군림하는 한 이상의 일어 유고는 무한대가 아닐 수 없다. 중요한 것은 이 느낌이 이에서 나아가 이상문학 전체에로 쉼 없이 뻗어가고 있음에도 온다.

3. 무한대로서의 원심력

여기까지 이르렀을 때 군은 다시 이상문학이란 무엇인가를 물어야 한다. 작품으로서의 이상문학이 당초에 있었다. 이 굉장한 산을 바라보며 뒤로 걷다보면 어느 지점에 이르자 그 산이 작아지면서 그림자처럼 솟아오르는 또 다른 산이 있지 않겠는가. 바로 텍스트로서의 이상문학이다. 중요한 것은 이 그림자로서의 텍스트성이 비유클리드 기하학의 무한대에 해당됨에서 온다. 평행선이 어느 무한대에서는 교차한다는 사실이 여기 실천되어 현장성으로 존재하는 있다. 그것은 문학의 구심력이 거의 무화되어 근대(자본주의)라는 원심력이 압도적으로 작동하는 현장성이 아닐 수 없다.

군도 이미 짐작했겠지만 이런 현장성에 이르는 과정에 이정표로 작동한 것이 다음 세 가지이다.

(A) 임종국의 이상전집

당시의 수준에서 가능한 기발표 작품의 수록에 그치지 않고 미발표 9편을 일어 원문대로 수록한 점에서 이 전집은 움직일 수 없는 무게를 획득했다.

(B) 이어령의 이상전집

두 가지 점에서 거의 결정적이라 평가된다. 하나는, 대대적인 자료의 발굴이다. 작품뿐 아니라 그림을 비롯한 기타 주변자료의 수록은 그 규모면에서 또 그 신선도에서 미증유의 것이었다. 다른 하나는, 이 점이 참으로 소중하거니와, 전례 없는 각주의 전면적 실시였다. 이후의 어떤 이상전집도 이 각주의 도움 없이는 다른 각주가 이루어질 수 없다고 보아도 크게 틀리지 않을 정도이다. 군은 이런 지적이 갖는 의미를 짐작할 수 있으리라 믿는다. 『정본 이상문학전집(전3권)』(김주현 주해, 2005)이 있다. 각주면에서 또 원전의 오자까지 찾아낸 주밀성에서 돋보임도 사실이다(이백의 『玉壺吟』 2권, p.352). 뿐만 아니라 증보판에는 시의 각주 907개, 소설 각주 1,473개, 수필 기타 각주 1361개로 되어 있다. 한자를 모르는 세대를 위한 배려가 돋보인다. 한편『이상전집(전 4권)』(권영민 편, 뿔, 2009)의 사정도 이에 못지않다. 죽기 전 이상이 하숙한 동경의 주소 확인을 위해 치밀하게 조사했음도 나름대로의 빛을 뿜어내고 있다(『이상 텍스트 연구』, 뿔, 2009, p.6).

그러나 중요한 것은 아무리 그렇더라도 머지않아 누군가에 의해 이상전집이 이루어진다는 사실에서 온다. 각 세대는 자기 세대의 언어감각에 따라 각주도 해석도 재창조해야 된다. 말을 바꾸면 어떤 학문도 후대에 의해 능가당하게 되어 있다. 그것이 인문학의 운명이자 성립근거가 아닐 수 없다. 이 점에서 예술은 학문과 어느 수준에서 구별된다. 막스 베버의 논법으로 하면, 예술이란 어느 수준에서 완성도에 이르면 후대의 누군가에 능가당하지 않지만 학문은 그렇지 않다. 누군가에 의해 능가당함이야말로 학문연구의 '의의'이다(M. 베버,『직업으로서의 학문』, 고병익 역, 광일문화사).

(C) 조연현 소장의 미발표 유고

이 미발표 유고가 지닌 의의는, 텍스트성의 영역인 만큼 해석도 있기 어렵지만 각주란 당초 기대할 수 없는 바. 비유클리드 기하학의 무한대 현상에 접근되어 있기 때문이다. 유고 자체가 스스로 내적 질서를 이루고 의미 증식을 일으키는 만큼 이를 한국어로 옮김이란 거의 의미가 없다. 이 점에서 그것은 미정형이자 미완성이라 하지 않을 수 없다.

군이 이 장면에서 혹시 당황해하지 않을까 나는 저어한다. '작품'에서 출발하여『이상연구』에 이르고, 여기에서 나아가 텍스트에 닿아『이상문학 텍스트 연구』에 이르는 과정에까지 걸린 시간이 11년이었다는 점을 조금 서툴게 고백한 이 글이 군의 비위에 거슬릴지 모르지만, 단

지 내 개인의 편력에 지나지 않음에 주목했으면 한다. 이상문학 텍스트가 미정형이자 미완성이라는 주장 앞에 당황하는 군의 표정이 선연하지만 또 군은 세계 속의 군인지라 금방 미소를 띨 수도 있지 않을까 싶다. 그렇다면 내가 조금 용기를 낼 법하지 않겠는가. 서두에서 암시했듯 금년은 한일합방 백 주년이자 이상 탄생 백 주년이다. 이상문학을 둘러싸고 많은 문학인이 골머리를 앓지 않으면 안 되었음이야말로 감출 수 없는 진실이 아니었던가. 어째서 그러했을까. 문학 쪽에서 수용하기엔 너무도 벗어나 문학의 구심력으로서는 감당할 수 없는 원심력이 거기 작동하고 있었기 때문이다. 그 원심력의 정체란 무엇인가. 이를 밝히면 그럴수록 그것은 무한대였다. 근대라는 괴물, 이른바 자본주의라는 그 무한대의 괴물이 그것의 정체가 아니었던가. 한일합방이란 새삼 무엇이뇨. 근대라는 이름의 이 괴물의 결과물이 아니었던가. 식민지 경성 하층민 출신의 천재 이상은 당초에 이 무한대에 맞서고 이를 탐구코자 했다. 그 끝에서 제국의 수도 동경이 있었다. 그는 목숨을 걸고 그 괴물의 정체를 보고자 했다. 병든 몸으로 현해탄을 건너는 것은 1936년 가을. 수개월 뒤 그는 김기림에게 이렇게 썼다. "나는 참 東京이 이따위 卑俗 그것과 같은 シモノ(물건-인용자)인 줄은 그래도 몰랐소. 그래도 뭐이 있겠거니 했드니 果然 속빈 강정 그것이오"(「사신(7)」)라고. 그는 거기서 죽어야 했다. 식민지 수탈용으로 세운 경성공등공업학교에서 그는 관념상의 근대를 확실히 체득했던 만큼 이 기준에 미달인 어떤 것도 그의 지적 욕망을 채워줄 수 없었다. 그의 미발표 유고가 현실에서는 없는 관념상의 놀이였다. 그가 숨쉴 수 있는 영역이 거기인만큼 그것은 무한대가 아닐 수 없었다. 이 점에서 그는 불멸이 아닐 수 없다.

「오감도」 시 제16호의 행방을 찾아서

1. 유클리드 기하학과 비유클리드 기하학의 동시적 성립

올해는 한일합방 백 주년이자 이상 탄생 백 주년이다. 이 둘이 전혀 무관하다고 군은 말하고 싶으리라 믿는다. 나 또한 그러함을 먼저 고백하고 싶다. 그렇기는 하나, 경성 통인동에서 태어난 이 아이가 훗날 총독부 기사(국가 공무원)의 신분으로, 또 일본인 중심의 「조선과 건축」 학회 회원자격으로, 그들 기관지에 「烏瞰圖」(1931. 8. 11)를 본명인 金海卿이란 서명으로 발표했음에 주목한다면, 그리고 이것이 이상문학의 시발점이라면 그는 일어로 글쓰기의 출발점을 삼았음이 지적될 수 있다. 한 발 물러서, 처녀 장편 「12월 12일」(『문학사상』, 1975. 9~12에 발굴 소개된 것, 잡지 『朝鮮』 1930. 2~7에 발표된 것)이 모국어인 한국어로 씌어졌다 할지라도, 그것의 발표지에 주목한다면 어떠할까(서두에 1930년 4월 26일 義州通 工事場에서 李○으로 되어 있음). 발표지 『朝鮮』은 총독부 소관 월간지로, 총독부 소속 공무원 전용의 잡지였다. 총독부 기사 金海卿인지라, 일어가 중심이고 조선어도 간간이 섞여 있는 이 잡지에 등장할 수 있었다고 볼 것이다. 이렇게 말해도, 다국적 시대 속에서 한국문학을 공부

하는 군의 처지에서는 큰 울림이 오지 않으리라 짐작된다. 조선어학회
사건(1942. 10. 1)이 갖는 의의를 내세워보아도 군을 설득하기는 역부족
임을 나는 잘 알고 있다. 내 세대의 감각에서 보면 이 사건만큼 문학사
적인 것은 거의 없다. 논리적으로는 군도 승복하는, 근대문학이란 국민
국가를 전제로 한 것이다. 그러기에 근대문학은 국민국가의 언어 곧 국
(가)어로써 하는 것. 우리에 있어 그것은 상해 임시정부(1919. 4)가 아닐
수 없었다. 이 정부(국가)의 언어상의 대행기관이 바로 조선어학회임에
주목해보라. 또 일제 통치부는 한일합방 이후 문학만은, 통치부에서 제
외시켰다는 사실에 주목해보라. 한국 근대문학은 이로써 성립, 발전할
수 있었다. 그러나 일제 통치부는 1942년 10월에 이르러 문학제도조차
도 행정, 교통, 교육, 재정 등의 제도와 같이 통치부 속으로 이끌어 들
이고자 했다. 총독부 시정일(공휴일)을 기해 33인을 구금한 이 사건은,
3·1운동을 방불케 한 것이기도 했다. 당연히도 한국 근대문학사의 시
선에서 보면 이 시기(1942. 10. 1~1945. 8. 15)는 암흑기로 처리될 수밖에
없다. 그러나 군의 세대에서 보면 사정이 크게 달라진다. 일어와 한국
어의 이른바 이중어 글쓰기 공간이 거기 질펀하게 펼쳐져 있지 않겠는
가. 군의 세대의 감각에서 보면 이 이중어 글쓰기 공간의 표정은 이러
했다.

　　이 시기의 언어상황은 이중어 상황이라 할 수 있는데, 그것은 두 가지
　　언어가 우열관계에 있으면서 서로 뒤섞이는 것을 말하는데, 문학에서는
　　일본어를 사용하면서도 조선적인 감정을 부여하기 위해 그것을 뒤틀어
　　서 사용하는 전위행위로 나타났다. 이것은 제국주의 언어를 사용하면서
　　도 조선의 고유한 특성을 드러내는 방식으로, 조선의 현실이 일본어를
　　통해 엑조티시즘으로 떨어지는 것을 막기 위해 일본어를 조선어의 영향

권 내로 이끌어 사용한다. 이것은 언어사용만으로 드러나는 것은 아니고, 김사량의 「풀 속 깊이」나 최병일의 「배나무」처럼 언어비틀기가 제국주의 담론을 비트는 것으로 나타나기도 했다."

윤대석, 『1940년대 '국민문학' 연구』, 2006. 2, 서울대 박사학위논문 서문

군의 시선이 머무는 곳은 이러한 이중어 글쓰기 공간이 아니었을까. 제국의 언어와 식민지의 언어가 등가로 작동하는 공간이 아니었던가. 또 나아가면 제국어의 언어도 식민지의 언어, 중심부의 언어도 지방성의 언어도 서로 맞먹는다는 것. 어쩌면 지방성의 언어가 중심부의 언어와 뒤섞여 괴물 같은 형상의 새로운 제3의 언어에로 창출될 가능성도 이에서 나온다는 것. 그것은 제국의 것도 아니면 그렇다고 조선의 것도 아니라는 것. 그것은 일단 글쓰기의 일환이라는 것. 텍스트성일 뿐 작품의 차원과는 무관하다는 것. 바로 보편어의 지평이 신기루처럼 군의 앞에 떠오르지 않았을까.

이러한 신기루를 1931년에 떠올린 인물이 바로 이상이 아니었던가. 그러니까 「오감도」의 글쓰기를 깃발처럼 들고 나온 고유명사가 군의 선배인 김해경이었다. 이 선배의 안목에 따르면 당초부터 제국이나 식민지는 존재하지 않았다. 경성고등공업학교(서울대학교 공대 전신)에서 그는 관념상에서 그 점을 원리적으로 배워버렸던 것이다. 유클리드 기하학의 제5공준 말이다. 정의 23에 왈, 평행선은 절대로 교차하지 않는다는 것. 이에 대한 제5공준의 설정이 그것(야노 겐타로, 『기하학의 발상』, 講談社學術新書, 1990). 그러나 비유클리드 기하학은 어떠한가. 평행은 원리적으로는 어느 '무한점'에서 교차한다에로 나아갈 수 있겠다(가토 후미하루, 『수학하는 정신』, 中公新書, 2007). 참으로 딱한 것은 유클리드 기하학이 옳다면 비유클리드 기하학도 동시에 옳다고 논증되지 않겠는가. 직관적

지구적 인식과 우주적 인식의 공존이 그것(졸고, 「유클리드 기하학과 광속의 변주」, 『이상문학 텍스트 연구』, 서울대출판부, 1998, 수록). 제국의 언어도 식민지 조선어도 글쓰기의 처지에서는 등가라는 것. 이는 수학에서는 이미 증명된 사실임을 깨달았을 때 이상만큼 놀란 사람은 일찍이 없었다. 그것은 근대라는 이름의, 자본제 생산양식이라는 이름의 자본주의의 물신성이 아니었던가. 그것은 실로 공포의 대상이 아니면 안 되었다. 머리가 둘 달린 이 괴물의 기하학적 공포에서 살아남기 위해서는 절망적으로 도망치지 않으면 안 되었다. 13의 아이들의 막다른 골목의 질주가 바로 그것이다. 「오감도」(한글, 1934)의 세계란 여기에서 연유된 것. 근대와 근대의 초극이 동시에 벌어진 상황에 다름 아니었다.

이상 탄생 백 주년과 한일합방 백 주년의 동시적 현상이란 새삼 무엇이뇨. 이 물음 앞에 군도 나도 함께 서 있다. 중요한 것은, 군에 있어 이상은 직계 선배라는 점이다. 이에 비해 한국 근대문학사를 임시정부에다 기반을 놓고 살아온 나의 처지에서 보면 이상은 일종의 괴물이 아닐 수 없다. 내 힘으로는 어떤 방식으로도 견제할 수 없는 특수한 현상이었다. 임시정부의 시선으로는 도무지 잴 수 없는 그런 것이었다. 나는 오랫동안 이 '이상현상'을 혹은 가까이, 혹은 멀리서 지켜보며 많은 세월을 보냈다. '이상현상'이라도 그것이 한 인간이 아니겠는가. 이런 관점에서 나는 『이상연구』(1987)와 『이상소설연구』(1988)를 시도했는바, 이는 이상을 주체적인 작가(인가)라 믿었던 조치였다. 인격체(작품)로 본 이상연구였다. 그러나 이로써는 '이상현상'이 부분적으로밖에는 해명되지 않았다. '이상현상'이란 본격적으로는 텍스트성으로 존재했던 까닭이다. 내가 『이상문학 텍스트 연구』(1998)에 이른 것은 무려 11년의 시간이 요망되었다. 내가 『이상문학전집』(제2권~제5권, 문학사상사, 1993~

2001)을 간행한 것은 그 부산물에 지나지 않았다(이 전집 제1권은 이승훈씨
가 편자임). 굳이 주목할 것은 이 전집의 성격이다. 이 전집은 시, 소설,
수필 등 3권이 이상의 작품들이고, 그 너머에 제4권(1985)과 제5권(2001)
이 편찬되었던 것이다. 『이상문학연구논문집』이 그 정식명칭이다. 1995
년에서 2001년에 걸쳐 그동안 학계에서 논의된 이상론의 중요한 논문
을 선별하여 엮어냄으로써 살아 숨쉬는 이상문학을 제시하고자 한 것
이다.

이 동안에 내게 일어났던 이상문학을 빌미로 한 몇 가지 에피소드랄
까 뜻밖에 벌어진 사전들을 군에게 들려주면 어떠할까. 다시 말해『이
상연구』에서『이상문학 텍스트 연구』에 걸친 11년의 시간 속에서 일어
났던 일화들도 내게는 저 아라비안나이트의 "열려라 참깨"처럼 소중한
것인 까닭이다. 매우 외람되게도 나는 이것을 세상에 알릴 권리뿐 아니
라 의무까지 있다고 지금도 여기고 있다.

2. 영어 상용권의 이상연구-제임스 리와 월터 류

1994년 새 학기 개강 무렵 나는 풀브라이트(한미교육위원회)로부터 한
통의 전화를 받았다. 한국에 공부하러 온 미국 대학생을 위해 시간을
좀 내어줄 수 없겠느냐는 것이었다. 이름은 제임스 리. 컬럼비아대학에
서 석사과정(창작분야)을 마쳤으며 교내 문학관계 잡지의 편집 경험도
있다 했다.

연구실에 나타난 리씨는 키가 자그마한 교포 2세였다. 서툰 우리말
탓이었을까. 씨의 민첩성에서 말미암았을까 말의 속도가 심히 빨랐다.
이상의 소설에 흥미가 있어 번역을 계획 중이라 했다. 어째서 하필 이

상문학인가. 이렇게 대놓고 물을 수 없었다. 그때나 지금이나 사정은 마찬가지이거니와, 단순한 흥미의 대상으로 이상문학을 택한 경우이든가 이것이야말로 해볼 만한 그 무엇이라 본 경우 중 하나이지 중간이란 없다고 내가 믿고 있기 때문이다. 만일 후자라면 다음 사실을 알고 있었을 터이다. 곧, 『Korean Culture』(1992년 겨울호)가 그것. LA 한국문화에서 발간하는 계간지 문예 특별호에「오감도」15편이 영역되어 있었다. 뿐만 아니라 장문에 걸친 해설까지 해놓았다. 호기심이나 구색 갖추기식 한두 편 번역하기와는 차원이 달랐다. 역자는 월터 K. 류. 역자 소개란에 따르면 류씨는 시인이자 TV프로듀서로 브라운, 컬럼비아, 예일 등의 대학에서 수업했음으로 되어 있었다. 내 관심은 15편 전역에도 있었지만 두 면에 걸친 작품 해석에 있었다. 그중 인상적인 것은 다음 두 대목.

(1) 시 제2호를 후기구조주의적 시각에서 바라보고 있다는 점. 띄어쓰기 없애기란 한글 텍스트에서는 구두점 없애기와 함께 매우 낯선 현상이라고 전제한 류씨는 이러한 이상의 기교란, 후기구조주의자들의 시각에서 보면 이성 중심주의적 방식(logocentric processes)에 대한 훌륭한 장난기 어린 파괴 작용에 해당된다고 보았다. 일상적 의미를 파괴하는 행위를 두고, 이성 중심주의적 사고에 대한 파괴 공작의 일종이며 따라서 후기구조주의적인 징후라 본 것은 아주 그럴 법한 일이다. 당대에 이상을 깊이 이해한 김기림은 이상을 최후의 모더니스트이자 모더니즘을 초극한, 그러니까 모더니스트이자 근대의 초극이라 규정한 바 있었다(김기림,「모더니즘의 역사적 위치」,『인문평론』, 1939. 10). 근대의 초극자인 이상이 막바로 후기구조주의자(가령 데리다 같은 학자)들의 견해를 의미하는 것은 아니지만 그러한 연결점의 실마리는 있을 수도 있지 않겠는가.

류씨는 다만 이러한 암시만 해두었을 뿐이다.

(2) 이상의 시가 당대의 일본 및 유럽의 사조를 단지 복사한 것이 아니라는 시각. 류씨는 한편으로는 그러한 영향 관계를 시인하면서도 이상문학의 역사성을 강조하고 있다. 이상의 시도 시대의 산물이며 그가 한국인이기에 일제에 억눌린 지식인의 고민이 문제될 수 있다는 것. 그렇더라도 시 제1호의 '무서운 아이들(Enfant Terribles)'을 식민지적 현실과 결부시키는 해석은 억지에 가깝다고 류씨는 보았다. 아마도 류씨는 차라리 13인의 아이들이 직면한 공포란 프랑스의 모더니스트 전위시인 장 콕토의 심리소설 「무서운 아이들」(1929)의 그것에 연이 닿고 있다고 말하고 싶었는지 모른 일이다.

리씨가 나를 찾아왔을 때 나는 이 류씨의 「오감도」 번역을 떠올리고 있었다. 「오감도」 15편을 번역한 류씨의 희망이랄까 독자를 향한 당부의 말이 아직도 내 머릿속 한구석에 남아 있었음에도 이 사정이 관련되어 있다. 류씨는 이런 희망을 비치고 있었다. 「오감도」의 영역이 '만일 골치 아픈 원 텍스트를 신나게 읽게끔 하는 원 텍스트의 힘(능력)의 어느 부분을 전달하기만 하면 된다'라고. 만일 리씨가 이상문학을 공부할 만큼 관심이 있었다면 틀림없이 류씨의 「오감도」 해설 및 번역을 읽고 검토해보았을 것이다. 류씨와 달리, 리씨가 소설 쪽에 관심을 갖고 소설 번역 및 연구에 임하고 있다면 아마도 류씨와는 다른 그 나름의 이상문학에 대한 견해를 품고 있을 것이라고 나는 생각했다. 그러나 이러한 사실들을 나는 다만 혼자만 짐작하고 있었다.

첫 만남에서는 이것 저것 물어볼 만한 상황이 아니었다. 상대방 쪽도 마찬가지 사정이었을 것이다.

그로부터 몇 달이 지난 뒤, 나는 풀브라이트의 『뉴스레터』 제3권 5

호(1994. 6)를 받았는데, 그 속엔 논문 한 편이 실려 있었다. 제임스 리의 「이상의 상반되는 미학」이 그것이다.

세 개의 에피그람이 논문 머리에 실려 있거니와 그 첫 번째가 '왜 미쳤다고들 그러는지 우리는 남보다 수십 년씩 떨어져도 마음 놓고 지낼 작정이냐'에 해당되는 것. 「오감도」가 독자의 항의로 중단되었음에 항의한 이상의 「산묵집」의 첫 줄이다. 두 번째 인용은 졸저 『이상소설연구』(문학과 비평사, 1988) 머리말의 일절인 '그 기호 때문에 이상문학은 비로소 관념이랄까 이념, 곧 저 헤겔이 말하는 회색의 세계를 처음으로 조금 엿볼 수가 있었던 것 (……) 우리 문학이 이 순간 비로소 근대적 성격을 조금 갖추었던 것이다'가 그것이며, 세 번째 인용은 「날개」 서두에 나오는 유명한 에피그람인 '박제가 되어버린 천재를 아시오? 나는 유쾌하오. 이런 때 연애까지가 유쾌하오'가 그것이다. 대체 이러한 에피그람을 세 개씩이나 내세운 리씨의 의도는 무엇일까. 모더니즘의 범주에서 이상문학을 해방시키기로 이 사정을 요약할 수 없을까. 「오감도」와 「날개」를 통해 리씨가 강조하고 있는 것은 이상문학을 해체주의의 시각에서 다시 검토해야 한다는 것이다. 이 논문의 신선함은 이 점에 관련된다.

리씨는 소쉬르와 데리다의 이론으로써 「날개」를 분석했고, 또 「오감도」 시 제2호야말로 데리다의 차연 개념의 좋은 사례라 보기까지 했거니와, 이러한 현란한 이론보다 내 관심은 딴 데 있었는데, 리씨가 문제 삼은 텍스트가 그것이다.

먼저 시 제2호야말로 데리다가 말하는 차연 개념의 좋은 사례라고 본 리씨의 주장을 살펴보자. 하나의 기표는 '나'를 다른 기표로 넘겨주며 그것은 또 다른 것에 '나'를 넘겨준다. 이전의 의미들은 나중의 의미들에 의해 변화를 겪으며, 문장이 끝날지라도 언어 과정 자체는 끝나지 않는다. 일차적 의미보다는 항상 더 많은 의미가 존재하는 것이다. 의미의 사슬에서 모든 기호는 다른 모든 기호에 의해 영향을 받거나 그 자취가 넘겨지며 그 결과 밑바닥이 드러나지 않는 복합적인 조직망을 형성한다. 시 제2호가 이런 것에 썩 어울리는 것이 아닐까.

리씨의 견해를 내가 대충 보충하여 설명해본 것이거니와, 물론 이러한 기호의 그물 속에 빠져들어 길을 잃게 된다는 해석에도 신선함이 느껴지지만 그보다 내 흥미는 딴 데 있었다. 리씨가 문제삼은 텍스트가 바로 그것이다.

POEM NO. Ⅱ

when my father dozes off beside me i become my father and also i become my father's father and even so while my father like my father is just my father why do i repeatedly my father's father's father's··· when i become a father why must i lopingly leap over my father and why am i that which while finally playing all at once my and my father's and my father's father's and my father's father's father's roles must live?

이것은, 바로 월터 류씨의 「오감도」 전역 중의 것임이 판명된다. 내가 젊은 대학생 제임스 리씨를 처음 대하고 그의 잠재력을 직감적으로 감지한 것도 이 사정에 관여되어 있다. 적어도 영어 상용권에서 이상문학을 문제삼은 사람이라며 류씨의 「오감도」 전역을 틀림없이 알고 있었을 것이다. 그런 사정도 모르는 이상문학 연구자라면 더불어 말할 수 없지 않을까.

이상의 미학적 전략이란 무엇이었던가. 의식적이든 아니든 어떤 기호도 온전한 의미스러움을 갖추었다든가 완전히 순수함을 영원히 유지할 수 없음(no sign can ever be fully meaningful or completely pure)을 확인함에 있지 않았을까. 젊은 교포 2세인 한 문학도가 이상문학에 던지는, 해체주의적 시선은 주장할 만한 사건이 아닐 수 없다. 이러한 수준에 이르기 위해서는 그 뒤에 또 하나의 이상 연구가가 숨어 있었음을 나는 지적하지 않을 수 없다. 월터 K. 류, 그는 누구인가.

1994년 한여름, 내 연구실로 조금 서툰 우리말을 구사하는 40대쯤의 남자가 찾아왔다. 월터 K. 류라 했다. 직함은 뉴아시아 미국시 가야 앤솔러지(The Kaya Anthology of New Asian American Poetry) 『징조(Premonition)』의 편집인. 누구의 소개도 없이 그가 나를 찾아온 이유는 단순 명쾌했다. 이상 때문이었다. 왕년의 이상처럼 턱수염을 기른 것은 아니지만 류씨의 표정에서 나는 그 턱수염을 연상한 것은 웬일이었을까. 그의 말투에서 교포 2세임을 금방 알아차릴 수 있었다. 그의 경력이나 지난날의 삶에 대해 나는 묻지 않았고 그 역시 말해주지 않았다. 그럴 필요가 전무했기 때문이다. 오히려 그러한 인간적인 대화란 이 경우 방해거리가 아니었을까. 왜냐하면 나는 그가 완역한 「오감도」 15편을 이미 보았으며, 그 역시 내가 쓴 『이상연구』(1987), 『이상소설연구』(1988) 및 『이상문학전집(2), (3)』을 보았기 때문이다. 이것만큼 구체적인 자기소개가 달리 있을 수 있겠는가. 우리는 이로써 대화를 할 바탕이 마련되어 있었던 셈이다.

류씨가 내게 보여준 것은 세 가지였다. 첫 번째가 『Lingo(3)』(1994)로 매사추세츠 주에 있는 하드 프레스사에서 발행하는 이 대형 예술지의 편집자는 M. 기치 씨. 이 잡지 속에서 번역란이 소설 다음으로 크게 나와 있으며 그 첫 번째에 이상의 시 6편이 실려 있었다. 「오감도」 중에서 시 제1호, 시 제3호. 시 제4호, 시 제5호, 시 제7호, 그리고 「지비(紙碑)」, 「소영위제(素榮爲題)」가 그것이다. 역자 류씨가 어째서 하필 이런 작품을 선택하였을까를 추측할 근거란 뚜렷하다. 잘 따져보면, 시 제1호는 간판격이며, 제3호는 순한글이며, 시 제4호는 숫자 나열, 제5호는 그림이 들어 있으며, 제7호는 복잡한 국한혼용(당시의 일반문자)으로 되어 있음이 판명된다.

원시를 그대로 앞에 제시하고(전경화) 번역을 그 아래 깔아놓음으로써 원작의 다양성과 번역의 동시성을 일시에 보여주고자 함이 류씨가 겨냥한 것이 아니었을까. 이상이 류씨로 하여금 그렇게 하도록 시켰음에 틀림없다.

POEM NO. V

LnaUniqueTracethatRemoveaBeforeandAfterLeftandright

The Wings are Grand but Cannot Fly Eyes Do Not See Much

InFrontoftheEyesofaChubbyDwarfGodtheOccurrenceBeforeMeofaFallingAccident.

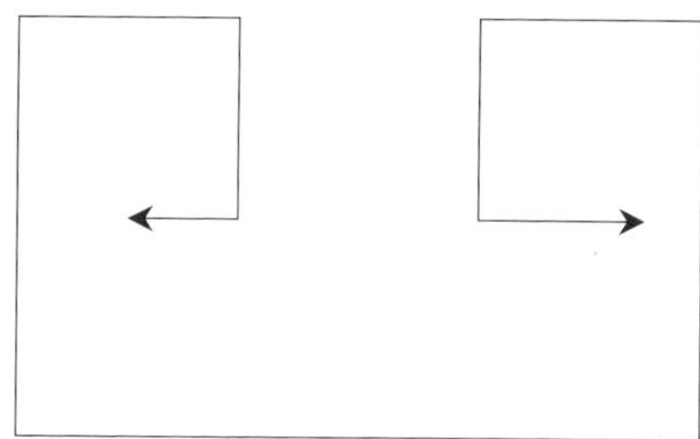

AsforoursocalledVitalOrgansandViscerawilltheyverbedistinguishablefromaFloodedCatteShed?

원작과 역시의 동시성이란 무엇인가. 이상이 일찍이 기획했고 실천했던 모더니즘의 기법 바로 그것이 아니겠는가. 이로써 1994년의 세계의 독자(타자)는 1934년 조선의 작가·문자·시작품과 동시적 존재 감각을 얻게 되었을 것이다. 이 기묘한 기호(한글, 한자, 아라비아 숫자, 도표)가 보여주는 의미의 불확실성이 영어 속으로 또는 문학 공간 속으로 끊임없이 흩어지는 놀라운 장면은 이로써 연출될 수 있었다. LA 한인 교포 사회(공동체)에서 벗어난 「오감도」가 다른 공동체(타자)인 『Lingo』 속으로 확산되어 갔다. 류씨의 필사적인 도약에 의해 '대화' 하나가 겨우 이루어진 것으로 보였다.

류씨가 보여준 두 번째 것은 미완 상태에 있는 장문의 이상론이었다. 이상의 생애와 사상, 특히 그가 입은 영향 관계를 추적한 점이 특징적이었다. 이 논문은 무크지 『muae』(1995)에 실려 있다(상세한 것은 이 책 제4부의 2장을 참조할 것). 「무서운 아이들」의 저자 장 콕토와 이상의 관계를 잘 살펴본다면 의외의 성과가 나올지도 모를 일이다. 시인이자 불어를 구사하는 류씨여서 그러한 기대를 갖게 하는 것이 아니다.

류씨가 내게 보여준 세 번째 것에 이 과정이 관여된다. 류씨가 내게 보여준 것은 여러 장으로 된 신문지 복사였다. 예의 「오감도」가 발표된 당시의 『조선중앙일보』였다. 류씨가 주목한 것은 「오감도」가 실린 곳이 아니라, 「오감도」와 함께 실려 있는 광고 그림, 광고 문자, 그리고 다른 사람들의 글과 그 삽화들에 있었다. 이는 내가 「혈의 누」를 분석할 때 사용한 방법이었다.

'이걸 보십시오. 이 펭귄 말입니다.'

「오감도」와 함께, 한여름을 시원하게 하기 위한 납량수필란에 커다란 펭귄의 삽화가 실려 있었다. 어째서 류씨는 이 삽화에 주목하였을까.

류씨가 이 대목을 내게 보여준 것으로 미루어 그가 이상의 「산촌여정」
의 일절에 주목하였음을 나는 새삼 알아차릴 수 있었다. 시골 성천에
간 이상은 어느 날 밤 마을 소학교 마당에서 벌어진 활동 사진을 보았
다. 이상은 그 장면을 이렇게 적었다.

> 밤이 되었습니다. 초열흘 가까운 달이 초저녁이 조금 지나면 나옵니다.
> 마당에 멍석을 펴고 전설 같은 시민이 모여듭니다. 축음기 앞에서 고개
> 를 갸웃거리는 북극 펭귄새들이나 무엇이 다르겠습니까.
>
> 『이상문학전집(3)』, p.111

나는 『이상연구』(pp.262~264)에서 이 대목을 두고 도시에서 자란 이
상의 근대에 대한 우월주의라는 윤리적 해석을 내린 바 있거니와 류씨
쪽에서 보면 어불성설일 것이다. 축음기 앞에서 '고개를 갸웃거리는 펭
귄'의 이미지란 「오감도」의 발표 현장에 동시적으로 존재해 있었던 것
이니까. 몽타주 수법에 해당되는 것이 아니겠는가.

여기까지 이르면 잠깐, 하고 군이 나설 만한 계제가 아닐까. 내가 편
한 『이상문학전집(5)』 속에 실려 있는 월터 K. 류의 「이상의 '산촌여정
－성천기행 중의 몇 절'에 나타나는 활동사진과 공동체적인 동일성」(조
은정 역)을 군이 알고 있기 때문이다. 방대한 자료를 사용하여 전개한
이 논문을 읽은 군의 반응을 지금도 나는 기억하고 있다. 줄리아 크리
스테바의 상호텍스트론이 이 지경에까지 이를 수 있느냐는 것이 군의
반응이었다. 요양차 이상이 평남 성천에 갔고 거기서 영화 한 편을 본
수필을 두고, 일제의 만주관광까지 끌어들이는 것은 좀 심하다고 볼 수

내일 떠난다는 류씨를 보내고 혼자 연구실에 앉아 있자니 더위도 저
만치 물러가는 기척이 들렸다.

있다 해도, 이 논문이 보여주는 열정과 기호판독에 영화적 이미지를 이끌어들인 것은 평가될 만한 것이었다. 특히 '펭긴새'(『매일신보』, 1935. 9. 20)의 사진까지 내세운 것은 썩 인상적이라고 나는 보았다.

활동사진을 난생 처음 보는 촌사람들을 이상이 '펭긴새'에 비유하고 있는 「산촌여정」은 총독부 기관지 『매일신보』(1935. 9. 27~10. 11)에 실린 것이거니와 같은 신문에 실린 '펭긴새'의 사진에서 오는 이미지인 만큼 기호의 연속성이어서 신선하다.

이로 볼진대, 적어도 영어 상용권에서의 이상 연구는 작품 번역 소개의 범주에서 해석의 범주에로 진입했다고 평가될 수 있을 터이다.

3. 재야 연구가 조수호 씨의 6년 만의 성과

군을 포함한 여러 명의 초보 연구자들이 내 연구실로 찾아왔거니와 이상문학의 경우로 하면 김주현, 이현수 양군이 뚜렷이 회고된다. 주석에 뛰어난 역량을 보인 쪽이 김주현이라면, 이현수는 이상이 직접적으로 영향 받은 텍스트 찾기에 그 역량을 보였다(훗날 이들은 학자로 경북대 교수로 근무하며 이상문학학회의 연구지 『이상리뷰』(2002)에서 활동하고 있다). 그러나 이들은 모두 정규 대학원에서 공부하는 이른바 제도권 연구자들이었다. 논문을 써야 하고, 그것으로 학위도 받아야 하는 형편이어서 아무리 대단한 업적을 낸다 해도 별로 놀랄 일이 못 된다. 그들은 그 방면의 최고수준의 교수와 동료 속에서 최신 정보에 접하고 있었던 만큼 업적성과는 고하간에 당연한 사안이 아니면 안 되었다.

그러나 이러한 제도권의 연구만이 전부일까. 이 물음에는 이상문학만이 그 존재의의를 갖는다고 나는 생각한다. 그것은 재야 학자 조수호의 등장에서 새삼 증명되었다.

조수호 씨가 아무런 소개도 사전 연락도 없이 내 연구실로 찾아온 것은 1998년 봄으로 기억된다. 나이는 20대 중반이거나 30대 초반. 넥타이도 매지 않은 표한한 이 사내는 실로 저돌적이었다. 첫마디가 이러했다. 당신이 쓴 이상문학론들을 모조리 읽고 검토했지만 실로 허무했다. 기호의 논리를 구사하지 않았기에 그러한 참담한 결과에 이른 것이 아닌가, 라고.

하도 이어가 없어 천장을 바라보고 있자니, 두툼한 노트를 내밀지 않겠는가. 6년에 걸쳐 쓴 이상론이라 했다. 한 달 후에 다시 올 테니 그때 토론을 하자고 하면서 재빨리 방을 나서는 것이었다. 완전한 일방적 통보였다. 이런 무례한 행위란 일찍이 겪은 적이 없었던 만큼 내 호기심은 컸다. 미치광이의 광태이거나 아니면 정말 뭔가 있거나 둘 중의 하나가 아닐 것인가. 노트 첫 장을 열자 그것이 후자임을 나는 직감했다. 군은 그 일부를 『이상문학전집(5)』에서 바로 대면할 수 있다. 그 후에 조수호 씨는 내 연구실에 두 번씩이나 왔고, 그때마다 토론했음은 물론인데, 내가 듣는 쪽이었다. 그 와중에서도 나는 조 씨의 주소나 직업 따위를 물은 적이 없었다. 그가 비제도권의 언어와 몸짓 그리고 목소리를 고루 갖추고 있었던 까닭이다. 그의 첫 대목은 이러했다.

이상의 시에 대한 충분한 이해가 없이 진행된 글들이 많았다고 생각한다. 이상의 글의 내용에 대한 이해가 없이 이상의 테두리에 머물렀다고 할 수 있다. 이상이 천재인지 희대의 문학 사기꾼인지 그것이 궁금했다. 그리고 이상에 대한 어느 정도의 만족할 만한 결과를 얻었다. 이상에 대해 하나의 흐름을 찾아냈다.

李箱연구에 관한
대표적 논문 모음

李箱문학전집 5
(이상) 부록

김윤식(문학평론가·서울대 교수) 편저

한국 근대문학의
정상에 우뚝 솟은 李箱—
그의 문학이 난해한 만큼,
무수한 연구 논문이 속출하는 가운데
가장 최근에 발표된
국내외 학자들의 대표적인 9편을
엄선 수록하였다.

문학사상사

　이 글은 이상이 쓴 글들의 의도와 이상의 실체를 밝히기 위해 6년 동안 매달리며 연구한 결과이다. 이상이 글 속에서 이야기한 대로, 이상의 표현을 토대로, 있는 그대로 쫓았다. 그리고 이것은 이상 연구에 하나의 획기적인 전환점을 마련할 것이라 개인적으로 생각한다. 이 글을 통해서 독자들은 기존의 이상에 대한 이야기에서 얻지 못한 이상의 글쓰기의 의도와 그의 사상에 대하여 하나의 흐름을 알게 될 것이다. 그가 무엇을 말하고자 했는지를, 더불어 그가 천재인지 사기꾼인지를. 이 글에 사용된 텍스트는 이상문학전집(문학사상사)임을 밝힌다.

『이상문학전집(5)』, p.46

보다시피 대단한 결의와 야망이 넘쳐 있거니와 6년의 세월 끝에 도달한 결론은 어떠했을까. 먼저 조 씨는 이상문학에 대한 규칙을 세우고 그 규칙성을 기초하여 해석을 시도했다. 이 규칙성을 세우기에 앞서 조 씨는, 일단 시를 위주로 했다. 이유는, 이상이 '의도적으로 발표한 노력이 강하며, 난해한 만큼 의도된 바가 시에서 잘 나타난 까닭'이라 보았기 때문이다. 그렇다면 조 씨가 세운 규칙성이란 무엇인가.

　제일 먼저 조 씨는 이상문학으로 가는 길이 '도형'이라 보았다. 그 도형의 기본은 △, ▽, □, ○이라 주장했다. 이것들이 어떻게 결합되며 그 결과 어떤 의미를 갖는가를 이해한다면 이상에 대해서 반 이상을 이해했다 해도 과언이 아니며 어쩌면 이상의 대부분을 이해했다고 해도 과언이 아니라고 조 씨는 주장했다. 그가 이 도형에서 이끌어낸 결론은 다음과 같다.

△ + ▽ = □ = ○

이 점을 증명하기 위해 조 씨는 이상의 시 「선에 관한 각서」(7)(6)(1)(2)(3), 「二十二年」, 「오감도」(일어로 된 것. 1931. 8. 11.), 「신경질에 비만된 삼각형」 등 모두 8편을 들었는바, 모두가 1931년과 1932에 쓴 것이며 또 모두가 일어로 된 이상의 초기작이다. 「선에 대한 각서」(7)의 분석부터 조 씨는 시작했는바, (1)(2) 등의 순서를 제치고 (7)에서 시작한 것은 이 속에 들어 있는 다음 대목에 주목했기 때문이다.

視覺의이름을가지는것은計劃의嚆矢이다. 視覺의이름을 發表하라.

□ 나의이름

△ 나의아내의이름(이미오래된過去에있어서나의 AMOUREUSE는 이와같이도 聰明하리라)

視覺의이름의通路는設置하라. 그리고그것에다最大의速度를附與하라.

이에 대한 조 씨의 해명은 이러하다.

여기서 사각형은 나의 이름이다. 그리고 나의 아내의 이름은 삼각형이다. 사각형은 무엇을 뜻하는가? 사각형을 입체화시켜야 함이다. 이상의 글에 있어서 평면과 입체는 변형을 거듭하며 나타난다. 정육면체 이것이 이상의 이름 箱(상자 상)이다. 김해경에서 이상으로 바꾼 이름인 것이다. 그리고 삼각형은 아내이다. 여기서 이상의 다른 시에 자주 등장하는 역삼각형을 등장시켜야 한다. 이것은 남편이다. △+▽=□ 이것은 아내와 남편이 결합된 사각형이다. 즉 이것을 이상은 자신의 이름이라고 말하고 있다. 이것은 이상의 시 전체를 주도하는 대단히 중요한 공식이다. 기존의 연구가 이상의 본질을 찾아내지 못한 이유 중의 하나가 이 기호에 대한 이해가 없었기 때문이라고 할 수 있다. 형이상학(形而上學)을 형이하학(形而下學)으로 단순 처리해버렸기 때문이다. 이 기호는 상당히 복잡한 양상을 띠기 때문이다.

여기서 주목할 것은 '시각의 이름을 발표하는 것은 계획의 시작'이며 '시각의 이름의 통로를 설치하라'는 것이다. 그리고 '시각의 이름은 사람과 같이 영원히 살아야 하는 숫자적인 어떤 일점이다'라고 말하고 있다. 이 구절은 이상을 이해하는 데 있어 가장 핵심이라고 말할 수 있다. 여기서 시각의 이름, 즉 □은 '숫자적인 어떤 일점'이라는 것은 시각의 이름, 도형의 숫자로 치환됨을 암시한다. 이상의 도형은 점을 기본으로 인식하고 있다. 즉, 꼭짓점이 개수에 의한 도형의 숫자로의 변환이다. □=4가 된다. '시각의 이름은 운동하지 아니하면서 운동의 코오스를 지닌다'는 것은 시각의 이름 사각형이 운동을 함을 암시한다.

p.51

정리하면 이렇다. (A) 도형 □=나, 이상이라는 것. (B) □=4라는 것. 도형 □=수식화 하면 4라는 것. (C) △+▽=□=○이라는 것. △=현실, 아내, 음, 좌이며 ▽=이상, 남편, 양, 우인 것. 여기에 멈추지 않고 조 씨는 한발 더 나아갔다. 곧 (D) □(△+▽)의 원형이 ◇라는 점.

이러한 논점은 이상이 일어로 쓴 초기작에 국한된 것이어서 썩 제한적이지만 그 점에도 도형 추구에서 조 씨 특유의 논리적 추리력의 번득임은 결코 과소평가할 수 없다.

위에서 밝혔듯이 이상이 2,000점 중에서 30점을 골랐는지 어쨌는지는 알 수 없는 일이다. 그의 허풍일 수도 있고 진실일 수도 있다. 그러나 그의 2,000점 중에 30점을 골랐다는 강경한 어조 속에서도 이미 발표되었던 「진단 0:1」과 「이십이년」을 「오감도」에 그대로 반복해서 발표했다는 사실이다. 기발표된 「진단 0:1」은 숫자판을 뒤집어놓아 약간의 변화를 주었고 이 시의 제목을 붙이지 않고 「진단 0:1」과 나란히 「오감도」 시 제4호와 시 제5호에 그대로 발표하였다.

이 시에 대한 이상의 애정(?)이 남달랐으리라 짐작이 간다.

기존에 발표된 시를 다시 발표한 것이다. 반복이며 이것은 이상에 있어서 강조의 표현이며 의미를 지니고 있다고 하겠다. 이 시에서 주목할 것은 이상의 도형 △, ▽에 또 다른 이름이 발생된다는 사실이다. 지금까지 밝혀지지 않은 이상의 포석이 또 숨죽이고 있는 것이다.

> '전후좌우를 나누는 유일한 흔적'은 공간을 동서남북으로 나누는 방위 표시 4를 의미한다. 그것은 곧 □이다. 앞서 이야기했듯이 이상의 □(△ +▽)의 원형은 ◇이다.
>
> pp.76~77

두루 아는 바 한글로 된 「오감도」의 기발표작(1934)은 모두 15편이며 당초 예정은 30편이었으나 신문독자의 항의로 중단된 바 있다. 이천 점 중에서 30편을 골랐고 15편만 발표된 것이라고. 박태원이 이상의 말이라 하여 전하고 있다. 이 사실을 그대로 믿는다면(믿지 못할 이유가 없으니까) 이상은 어째서 15편 속에다 「건축무한 6각체」의 「진단 0:1」(1931)과 「二十二年」을 「오감도」(한글) 시 4호와 시 5호에 그대로 내세웠을까. 이런 의문을 제기한 것은 내가 아는 한 조 씨뿐이었다.

조 씨는 여기서 □=◇의 도형을 이끌어낼 수 있었다. 내가 재야 연구가인 조 씨를 평가한 것도 이에서 말미암는다. 제도권 연구자인 군은 이 점을 어떻게 생각하는가. 어떤 외국의 문학이론의 도움도 없고 오직 작품을 꿰뚫어보는 재야인 조 씨의 연구 태도에 경의를 표할 만하지 않을까. 그만큼 이상문학은 풍요롭고 매력적인 까닭이다. 누구를 향해서도 그것은 열려 있는 텍스트인 까닭이다.

4. 르나르의 「전원수첩」과 황순원, 김소운 그리고 이상

프랑스의 박물학자 쥘 르나르(1864~1910)의 산문집 『자연이야기(박물지)』가 『전원수첩』(성광관서점, 1934)이라 개칭하여 일본에서 간행되었는데 이 책을 이상이 읽고 상당한 영향을 받았음은 그 자신의 작품 특히 기행문 「성천기행」에서 눈에 띄게 드러나 있으며 또 김기림, 박태원의 기록에서도 엿보인다(김기림, 「봄은 사기다」, 1935. 1 ; 박태원, 「이상의 편모」, 조광, 1937. 6). 이를 근거로 해서 『전원수첩』과 이상의 수사법을 검토한 것은 『이상문학전집(5)』 속에 들어 있는 김현수 군의 『이상시학과 "전원수첩"의 수사학』이다. 당시 김 군은 박사과정을 수료하고 논문을 구상하고 있을 무렵이었다. 나는 이 논문을 조수호 씨의 논문 바로 다음 차례에다 실었다. 그것이 의도적임은 군도 알아차렸으리라 믿는다. 맨 앞에 박사과정 수료생인 김주현 군의 논문 이상문학의 「텍스트확정을 위한 고찰」을 실었기에 조수호 씨의 논문은 그 둘 사이에 낀 형국을 빚었다. 제도권 논문이란 무수한 각주가 달렸고 또 요란한 와부의 증거 및 이론 도입으로 자못 현란하며 따라서 모종의 권위가 갖추어져 있다. 그러나 조 씨의 경우는 각주가 없을 뿐 아니라 어떤 이론의 도입도 없다. 오직 혼자의 힘과 논리로 일관했거니와 그의 시선에서 보면 제도권의 저러한 겉모양은 일종의 희극으로 보였을지도 모를 일이다. 그렇지만 조 씨의 논문이 일직선의 단선적 질주라면, 제도권의 논문은 복선적 질주이며 따라서 풍요롭다고 볼 것이다. 내가 무슨 말을 하고자 하는지, 졸저 『문학사의 새 영역』(강, 2007)을 읽은 바 있는 군은 그 속의 「'방가'에서 '늪'까지의 거리재기 - 황순원론」을 보았을 것이다. 이 논문은 김 군이 제기한 이상의 수필과 『전원수첩』의 수사학의 비교의 연장선상에 놓인다. 이번엔 『전원수첩』의 수사학이 황순원에게로 전이되었던 것이다.

이상이 『3·4문학』의 동인이 된 것은 『3·4문학』 제5호(1935. 8)로 보겠는데, 거기에 이상의 「I Wed A Toy Bride」가 실려 있기 때문이다. 동경에 간 이상(1936)이 김기림에게 『3·4문학』에 원고를 줄 수 없겠느냐고 권한 바도 있었다(「사신(6)」). 동경에서 이상은 자기보다 젊은 세대인 『3·4문학』 동인들을 여러 명 만나고 있었다. 그 속에 황순원이 있었다고 볼 것이다. 황순원이 『3·4문학』 동인이 된 것은 1935년이었고, 그 이듬해 와세다대학 문학부 영문과에 입학한 것으로 연보에 적혀 있거니와 이 조숙한 청년은 첫 시집 『방가』(1934)와 제2시집 『골동품』(1936)을 일본에서 간행했던 것이다. 훗날 이 두 시집에 대해 황순원은 이렇게 자기분석을 해 보였다.

> 시집 『방가』에서 높은 목청은 내 소심성과 결백성에 대한 자기 확인일 수도 있고, 시집 『골동품』에서는 『방가』에서의 내 감정 비만증에 대한 확인일 수 있고, 단편집 『늪』(『황순원 단편집』의 개제)에서는 시가 없어 뵈는 나 자신에 대해 소설로써 내게도 시가 있다는 확인을 해보인 것은 아닐까.
>
> 『황순원전집(12)』, 문학과지성사, pp.192~193

시집 『방가』가 자기의 소심증과 결백성의 표출이어서 일부러 가장된 목청으로 노래했다 함은 요컨대 감정 과잉이거나 센티멘털리즘의 일환임을 가리킴이라면 『골동품』에서는 그러한 감정 비대증을 불식하고자 했음이 드러난다. 『골동품』이란 제목에서 말해주듯 오래된 사물의 일종이다. 그것은 어디까지나 사물로 존재하는 것. 감정이나 정서 따위가 끼어들 여지가 별로 없는 영역이 아닐 수 없다.

'나는 다른 하나의 실험관이다'라는 부제를 단 『골동품』은 '동물초' '식물초' '정물초' 등 3부로 구성되어 있다.

점은
넓이와 길이와 소리와 움직임이 있다

「종달새」

잇몸까지
드러내고
웃고 있다

「옥수수」

하모니카
불고 싶다

「빌딩」

등에서 보듯 동물, 식물, 정물 등을 아포리즘식으로 썼다. 이러한 방식은 자기감정을 읊는 서정적인 표현형식과는 일정한 거리가 있거니와, 이를 지적방법이라고 범박히 부를 것이다. 굳도 알다시피 인식이라 불리는 것의 근원에는 반전의 힘이 크게 작용한다. 게슈탈트 심리학을 생각해보라. 루빈의 술잔에서 보듯 술잔으로도, 두 사람의 얼굴로도 보이는 현상을 반전의 양상이라 한다. 이 반전의 현상에서 중요한 것은 동시적 현상일 수 없다는 사실이다. 술잔으로 일단 보게 되는데 이것이 두 사람의 얼굴로 반전되기 위해서는 일단 다른 시각에 서야 한다. 같은 사물인데도 이렇게 보이다가 어느 한순간 다르게 보이는 것은 인식하는 쪽의 직관에서 온다. 이 직관은 단연 지적방법의 작용이 아닐 수 없다. '옥수수=웃음' '빌딩=하모니카' '소리의 움직임=종달새' 등이 이른바 지적 반전현상인 셈이다.

『3·4문학』 동인 황순원의 『방가』에서 『골동품』에의 전환은 르나르의 박물지(『전원수첩』)와 결코 무관한 것이 아니다. 그것은 『3·4문학』 동인 이상이 『전원수첩』을 밑에 깔고 『성천기행』의 도시적 수사학을 펼친 것과 족히 대응된다. 차이가 있다면 이상이 본격인데 비해 황순원은 일시적이란 점이다. 이를 증명하기에 안성맞춤인 것이 『전원수첩』 속의 「청령」(蜻蛉, 잠자리)이다. 그 전문은 졸역으로 보이면 이러하다.

> 그녀는 눈병의 치료를 하고 있다. 강기슭을 여기 저기 가기도 하고 이쪽 기슭에 오기도 하며 그녀는 부풀어진 눈을 맑은 물에 식히곤 한다. 철철 소리를 내며 날면서 흡사 전기장치로 날고 있는 것 같다.
>
> 『전원수첩』 일역판, 성광관서적, p.116, 졸역

이 글의 핵심은 과학적(도시적) 사유에 있다. 잠자리의 동작 전체가 전기장치에 의한 인형놀이로 전이되어 있거니와, 이로써 자연이 배제될 수밖에 없다. 자연(박물)을 과학적 분석의 대상으로 삼을 때 그것을 드러내기 위해서는 원리가 요망된다. 잠자리의 비상에 전기장치의 원리가 도입됨으로써 자연은 한순간 인공적인 장치로 반전된다. 작품 「청령」에 주목할 것은 이상의 작품에도 「청령」이 있다는 사실에서 온다. 여기에는 상당한 설명이 없을 수 없다.

군도 알겠지만 이 이상의 작품은 (A) 기존 발표의 것(① 일어로 쓴 것, ② 한국어로 쓴 것)과 (B) 미발표의 것(임종국 발굴, 조연현 발굴 포함)으로 구성되어 있거니와, 그중 「청령」은 위의 어느 범주에도 들기 어렵게 되어 있다. 이 사실은 강조될 성질의 것인바 번역가 김소운이 개입되어 있기

때문이다. 그런데 그 개입됨의 매우 특이함이다. 이상의 시라 하여 김
소운이 번역한 「청령」 전문을 우리말로 보이면 아래와 같다.

건드리면손끝에묻을듯이빨간鳳仙花
너울너울하마날아오를듯하얀鳳仙花
그리고어느틈엔가南으로고개를돌리는듯한一片丹心의해바라기ㅡ
이런꽃으로꾸며졌다는고호의무덤은참얼마나美로울까.

山은맑은날바라보아도
늦은봄비에젖은듯보얗습니다.

포푸라는마을의指標와도같이
실바람에도그뽑은듯헌출한키를
抛物線으로굽혀가면서眞空과같이마알간大氣속에서
遠景을縮小하고있습니다

몸과내래도가벼운듯이잠자리가活動입니다
헌데그것은果然날고있는걸까요
恰似眞空속에서라도날을법한데,
或누가눈에보이지않는줄을이리저리당기는것이아니겠나요

「청령」은 「하나의 밤」과 함께 김소운의 일역시집 『조선시집』(1943)에
수록된 것이다. 이 경우 난처한 것은 그 '원문'을 김소운 외에는 그 누
구도 본 적이 없다는 사실이다. 김소운이 일역하는 과정에서 원시를 얼
마나 훼손했는가를 검정할 수 있는 어떤 기준이나 방식도 없다는 사실
은 대체 무엇을 가리키는 것일까. 왜냐면 김소운은 일역 과정에서 원시
를 많건 적건 훼손시킨 경우를 우리가 알고 있기 때문이다(그 대표적인

觸れば手の先につきさうな紅い鳳仙花

ひらひらと今にも舞ひ出さうな白い鳳仙花

もう心持ち南を向いてゐる忠義一遍の向日葵——

この花で飾られてゐるといふゴッホの墓は　どんなに美

↘ 김소운 역『조선시집』(興風館, 1943)에 수록된「蜻蛉」첫부분(일부)

것이 박용철의 시 「고향」을 들 수 있다. '마을앞시네도 옛자리 바뀌었을라'를 '동네우물도 옮겼으리라'로 훼손시킨 것이다. 번역의 효과 때문이겠지만 누가 보아도 정도가 심한 경우라 할 것이다. 졸저『한・일 근대문학의 관련양상신론』, 서울대출판부, 2001). 이 작품에 대해 정작 김소운은 그 경위를 이렇게 밝힌 바 있어 의혹은 더욱 증폭될 수밖에 없다.

> 병세가 날로 짙어 가서 이상은 어느 시골로 정양을 가게 되고 나는 '아동세계사'와 같이 서대문으로 옮겼다. 일역『조선시집』속에 있는 이상의 시 「청령」과 「하나의 밤」 두 편은 정양 간 시골에서 상이 내게 보낸 편지를 사후에 원문에서 추려 시형으로 고친 것이다.
>
> 『하늘 끝에 살아도』, 동아출판공사, 1968, p.293. 밑줄 인용자

편지 속의 수필을 김소운이 시형으로 고쳤다 함이 사실이라면 「청령」 「하나의 밤」은 원칙대로 하면 수필기행문이지 이상의 시에 속할 수 없다. 이는 누가 보아도 유례가 없는 기묘한 사건이 아닐 수 없다. 김소운은 이상의 편지도 공개되지 않았음에 주목할 것이다. 그러나 다행히도 이상의 수필 「산촌여정—성천기행 중의 몇 절」(『매일신보』, 1935. 9. 27~10. 11)이 온전히 남아 있음에 주목할 것이다. 그 속에 일정을 보이면 김소운에게 보낸 편지의 내용을 어느 수준에서 엿볼 수 있거니와, 어쩌면 여기서 김소운의 시적 재능의 일부까지도 탐지할 수 있을지 모른다.

> 그리고 備忘錄을 꺼내어 머루빛 잉크로 山村의 詩情을 起草합니다.

> 그저께新聞을찢어버린
> 때묻은흰나비
> 鳳仙花는아름다운愛人의귀처럼생기고
> 귀에보이는지난날의記事

얼마 있으면 목이 마릅니다. 자리물−深海처럼 가라앉은 冷水를 마십
니다. 石英質 鑛石 내음새가 나면서 肺腑에 寒暖計 같은 길을 느낍니다.
나는 白紙 위에 그 싸늘한 曲線을 그리라면 그릴 수도 있을 것 같습니다

『이상문학전집(3)』, p.104

　아마도 김소운이 받은 편지 속의 내용도 이와 유사한 것이 아니었을
까. 이런 편지를 친우 정군에게도 보냈다. 위의 「산촌여정」의 일절과
김소운이 시형으로 바꾼 「청령」을 비교해보면 어떠할까. 맨 먼저 봉선
화와 해바라기가 있는 화단(무대)이 설정되었거니와 그것이 반 고흐의
무덤이라 본다면 미의식이 되겠지만 이상의 시선은 미의식과는 무관하
다. 의식의 백지 위에 싸늘한 곡선을 그릴 수도 있다는 쪽에 이상의 시
선이 있다. 하루의 '집'이란 마당 가득 새빨간 잠자리의 활동이 어떤 직
선 또는 곡선의 행동궤적에 있는가를 탐색하기였다. 포물선, 진공, 축소
가 키워드로 작동하는 세계. 공기가 차단된 진공이야말로 선·공간으로
구성된 기하학적 사고가 선명해진다. 그 진공 속에 잠자리가 있다. 이
때 잠자리란 새삼 무엇인가. 동물도 아니지만 식물도 아닌 한갓 인공물
이 아닐 수 없다. 르나르의 『전원수첩』이 이에 이어졌다. 전기장치를
해놓아 그 힘으로 인공물인 잠자리가 날 수도 있다는 것, 이것이 르나
르의 박물학적 관찰 과학이었다. 르나르가 생명배제의 도시적 인공적인
인식으로 자연을 인식한 것과 이상은 같은 인식 위에 섰다. 그러나 이
상은 누군가에 의해 진공 속에서 보이지 않는 줄을 당기고 있는 잠자리
라 했고, 그 잠자리가 '원경을 축소하고 있다'고 봄으로써 르나르보다
한층 설계도적이라 할 것이다. '진공 속에서도 날 수 있는 잠자리' 이것
이야말로 이상다움의 경지가 아닐 것인가. 그것은 미학의 세계가 아닌
기하학이었다.

여기까지 이르면 군은 내게 또 자신에게 이렇게 물어봄 직하다. 르나르의 『전원수첩』의 영향권에 『3·4문학』 동인들이 한동안 머물기도 했지만 이상만이 이를 완전 소화함으로써 이상식 독자의 경지에 이르렀음에 대해서. 군은 또 물어야 한다. 김소운의 「청령」 일역은 김소운의 것인가 이상의 것인가 둘의 합작인가를. 그 해답의 열쇠가 「산촌여정」 속에 있다고 나는 생각한다. 이 속에는, "정형! 그런 석유등잔 밑에서 밤이 이슥하도록 호까(담뱃갑 종이) 붙이던 생각이 납니다. 배쨍이가 한 마리 등잔에 올라 앉아……"(「산촌여정 – 성천기행 중의 몇 절) 여기 나오는 정형은 정인택으로 추정되거니와(『이상문학전집(3)』, 문학사상사, p.115) 그러니까 「산촌여정」이 바로 정씨에게 보낸 편지에 해당된다. '습니다체'로 씌어졌음이 그 증거이다. 이런 편지를 김소운에게도 보냈음에 틀림없다. 그 편지가 김소운의 시적 자질을 촉발해 「청령」 곧 시의 형태로 변형되었다. 군이 알아야 될 것은 르나르의 「청령」에서 이상의 「청령」 사이에 놓인 거리 측정이 아니겠는가. 이 거리측정의 원점에 르나르가 서 있었다. 그리고 최종점에 이상이 있고, 그 중간점에 김소운이 있었던 것이다.

5. 29년 만에 만난 이상에 대한 증언자, 문종혁

이상문학과 더불어 반세기를 살아오면서 내가 직면한 의혹은 부지기수이다. 그것은 대부분 이상문학 자체에서 왔다. 또 그것은 문학 자체의 속성에서 말미암는 것인 만큼 별로 놀랄 일이 못 된다. 그러나 이상의 생애에 대한 증언의 측면에서 나를 당혹케 한 것이 있었는데, 문종혁의 「몇 가지 이의(異議)」가 그것이다. 이상 연구자인 군이기에 이 논문의 자리를 잘 알고 있으리라 믿는다. 당시 『문학사상』은 「한국근대문학의 재정리」라는 제목의 특집을 창간호부터 기획했는바 그 제1회가 춘원 이광수 편이었고, 제14번째(1974. 4)가 이상 편이었다. 이상의 문학사적 위치를 점검한 것이 「어둠에의 인식」(김윤식), 시론이 「무의미의 의미」(김종길), 소설론이 「자아의 진실과 허위」(오생근), 문체론이 「부정의 미학」(김상태), 증언적 이상론이 「몇 가지의 이의」(문종혁), 자료검토가 「새 자료로 본 이상의 생애」(이성미) 등이었다. 이 중 문종혁(文鍾爀)의 증언은 내가 아는 범위에서는 어떤 증언보다 유별났다. 작품론이라면 아무리 정치하고 유연한 것일지라도 일종의 가능한 해석의 범주에 지나지 않으며 누군가에 의해 어차피 극복당하기 마련이지만 생애, 곧 증언적 이상론이라면 사정이 크게 달라진다. 생애란 그것도 같이 살고 교섭한 사람의 증언이라면 단 일회성이 아닐 수 없다. 편집자는 이 글의 부제를 '소설 "지주회시"의 인물 "吳"가 증언하는 이상'이라 했고, 다음과 같이 놀라운 해설을 글머리에 실어놓았던 것이다.

지난봄에吳는인천에있었다. 십년—그들의깨끗한우정이꿈과같은그들의
소년시대를그냥아름다운것으로남기게하였다. 아직싹트지않은이른봄건강
이없는그는吳와사직공원산기슭을같이걸으며吳가긴히이야기해야겠다는이
야기를듣고있었다. …(中略)… 그리고뒤미처태풍이왔다. 오너라—와서내
생활을 좀보아라—이런吳의부름을빙그레웃으며그는인천에吳를들렸다.

「蜘蛛會豕」 中에서

李箱의 소설 「지주회시」에 등장하는 인물 吳는 앞에서 인용한 本文이 사사하듯이, 이상의 知己였으며 또한 이상과 더불어 화필을 들고 그림수업에 어깨를 나란히 했던 사이이기도 하다.

그 吳가 아직 생존해 있다. 생존해 있으면서 지금까지 껍질을 다 벗기

지 못한 李箱 그 인간과 예술에 대한 우리의 의문에 답을 준다. 「지주회시」 속의 吳, 그는 허구의 인물이 아닌 실제의 인물인 것이다. 다만 허구가 있었다면 ‘吳’라는 이름이 소설에서는 ‘文鍾爀’이라는 본명 대신 사용되었다는 사실을 들 수 있을 따름이다.

吳―그 ‘文鍾爀’(현재 64세, 충남 보령군 대천읍 신시지 거주) 씨가 본지를 위해 특별기고를 해 왔다.

『문학사상』, 1974. 4, p.347

李箱의 소설에 등장한 인물의 하나가 자기라고 주장하는 문종혁은 대체 누구인가. 그의 글은 (1) 이상의 습작시대, (2) 「오감도」와 가롯유다, (3) 수녀와 나체행진, (4) 상의 시력과 「오감도」 제4호, (5) 담배와 우인상(友人像), (6) 우수…… 기타로 구성되어 있다.

문종혁은 서두에서 이상과 5년간 같은 집에서 살았고, 이상의 사망 때까지 10년지기라 했다.

李箱과 나(文鍾爀, 이하 ‘나’로 통일)는 18세(1927년)부터 5년여 동안 같은 집에서 생활했다. 즉, 이상이 경기고등공업학교 2학년 되던 해부터 최초의 詩作 「異常한 可逆反應」을 발표하던 해까지이다. 그리고 李箱이 사망하던 1937년까지 우정을 나누었다. 이른바 十年知己였다.

이상과 18살 동갑내기로서 通洞 154번지 그의 伯父 집에서 처음 만났을 때 그는 이미 詩作에 열을 올리고 있었다. 1인치가 넘는 두꺼운 無卦紙 노우트에는 바늘끝 같은 날카로운 만년필촉으로 쓰인 詩들이 활자 같은 정자로 빼꼭 들어차 있었다. 그는 그 노우트를 책상 설합 속에 소중히 간직하였다.

『문학사상』, 1974. 4, p.347

내가 아는 한 이상과의 관계에서 이처럼 생생하고도 당당한 우인은 일찍이 없었다. 정신병자가 아닌 한 거짓을 썼을 이치가 없고 보면 또 증언이 정확할 뿐 아니라 새로운 것이고 보면 문종혁이야말로 이상의 생애복원에 제일인자가 아니면 안 되었다. 옆에서 잠시 관찰했거나 풍문에 의한 증언과는 본질적으로 달랐다. 그렇지만 의문이 또한 뒤따랐다. 그가 18세(1927)부터 5년간 같은 집에서 생활했다면 1927년에서 1931년까지이겠는데, 1927년이라면 이상이 보성고보를 졸업한 연도이자 경성고등공업학교 건축과에 입학한 해이다. 이 학교를 졸업한 이상이 총독부 관방회계과 영선계에 근무한 것이 1931년이자 동시에 결핵으로 제1차 각혈을 한 해이기도 하다. 또한 장편 「12월 12일」을 총독부 기관지 『朝鮮』에 연재한 1년 뒤이자 「오감도」 「3차각 설계도」 등 일어로 된 시를 건축회 기관지 『조선과 건축』지에 연달아 발표한 해이기도 하다. 문종혁의 증언대로라면, 문종혁은 보성고보를 졸업하고 경성고등공업학교에 입학한 이상과 총독부 기사시절 때까지 5년간 같은 집에서 하숙한 것으로 볼 수 있다. 그렇다면 문종혁은 보성고보 동창인가? 혹은 이상과 더불어 같은 경성고등공업학교에 진학했는가? 아니면 문종혁은 그냥 놀았거나 어떤 직장에 다녔을까? 백부집에서 이상은 이무렵 나와서 문종혁과 하숙을 했을까. 문종혁이 1930년 그림공부를 위해 일본에 갔다가 1931년에 돌아왔다고 했는데 그렇다면 그는 화가지망생이었던가? 의문이 꼬리를 물었다. 이러한 문종혁을 내가 꼭 만나고 싶었던 것은 그의 증언에 상당한 신빙성이 깃들어 있다고 판단되었던 까닭이다. 가령 다음과 같은 지적들.

(1) 상에게는 민족이나 국가를 운운하는 모습도 볼 수 없었다.
(2) 상은 안경을 쓴 일은 없지만 강렬한 빛을 정시하지 못하였다. 시력이 약한 편이었던 것이다.
(3) 상은 담배를 퍽 즐긴 듯한 인상을 주며 일찍부터 담배를 피웠으리라는 추측을 가지는 사람이 많은 것 같다. (……) 실제로 그는 담배

를 피우지 않았다.

(4) 내게 가장 인상이 깊은 그의 성격은 그가 성낼 줄을 모른다는 점이었다. 10년 교우 동안 나는 상이 남과 언성을 높여 다투거나 눈에 노기를 띠는 것을 본 일이 없다. 파리 한 마리 때려 죽이거나 돌멩이 하나 발길로 차는 모습도 못 보았다.

(5) 게으르고 해괴하게 묘사되는 그의 생활상에도 나는 이의를 달고 싶다. 상이 민활하지 못하고 게을렀던 것은 사실이나 학생시절이나 직장시절의 그를 돌이켜볼 때 상처럼 충실하고 정상적인 사람도 드물었다.

(6) 「지주회시」는 나와 금홍(錦紅) 여인이 등장하는 작품이다.

(7) 금홍 여인은 성은 분명치 않으나 蓮心이라는 본명을 가지고 있다. 그의 여동생의 이름은 一心이다.

(8) 「실화」「동해」「종생기」「환생기」 등은 卞東琳과의 일이 중심이 되어 있다.

(9) 상의 집 뒤뜰에서 거행된 추도식의 광경이 생각난다. 마루 위에 놓인 그의 유해상자 그리고 길진섭이 데상한 상의 사화상(死畫像)

　　이러한 증언은 이상과 5년간 동거한 자가 아니고는 결코 이루어질 수 없다. 군도 알겠지만 (7)에 주목해보라. 「날개」에는 아내의 이름이 어느 곳에도 없다. 그러나 이 작품 한가운데에 이런 대목에 마주쳤을 것이다. 한달간 이불을 뒤집어쓰고 게으름을 피우던 주인공 '나'가 아내의 화장대 앞에 앉아 화장품 병 마개를 뽑고 그 냄새를 맡는다. 그러자 몸이 배배 꼬일 것 같은 아내의 체취가 전해왔다. '나'는 아내의 이름을 속으로만 한 번 불러보았다. 蓮心이! 하고……. 이 蓮心이 금홍 여인임을 지적할 수 있는 문종혁은 대체 누구인가. 화가지망생으로 일본 체류 1년에서 귀국한 문종혁은 그림뿐 아니라 문학에도 상당한 수준에 있었음에 틀림없지 않겠는가. 특히 이상의 작품을 지금 펼쳐놓고 지난

날을 회고하며 이 글을 썼음에 틀림없는 인물이 아닐 수 없다.

이만하면 어째서 내가 문종혁을 만나고자 했는지 그 이유로 충분하지 않겠는가.

내가 취한 첫 번째 조치는 문종혁 앞으로 편지를 내는 일이었다. 그러나 답장이 오지 않았다. 이번엔 내용증명의 편지를 보냈는데도 주소 불명으로 되돌아왔다. 두 번째 조치는 자료수집에 민첩한 대학원생 K군을 파견했으나, 역시 그 주소에 있지 않았다. 이쯤 되니까 내 의혹은 한층 증대될 수밖에 없었다. 필시 문종혁은 실명이 아니라는 의혹이 그것이다. 어떤 상당한 수준의 이상 연구자가 문종혁이라는 가명으로 자기의 실력을 이런 방식으로 제시한 것이라는 의혹. 나는 이 의혹을 떨칠 수 없었다. 군은 소월을 죽게 한 병인 저다병(楮多病)의 정체를 기를 쓰고 알아낸 내 나름의 방식을 알고 있을 것이다. 김억의 기록에 의하면 소월은 저다병으로 죽었다. 그렇다면 대체 이것이 어떤 병일까. 의대교수 L씨에게 문의해도 알아낼 수 없었다. 막판에 나는 세상에다 대고 광고를 할 수밖에 방도가 없었다. 수필 「소월과 저다병」(『월간조선』, 1987. 3)이 그것이다. 요지인즉 저다병을 아는 분이 있으면 가르쳐 달라는 것. 한 달 만에 효과가 나타났다. 내 연구실로 3월 25일, 편지 한 통이 왔는데, 발신인은 이계송(李啓松) 씨. 최세진의 『사성통해』를 보라는 것. 첫 시간 강의도 물리치고 도서관으로 달려갔다. 『한청문감』『동문유해』등에도 이 말이 실려 있지 않겠는가. '저다'란 '절다'는 우리말의 이두식 표기였던 것. '다리를 저는 병' 그러니까 오늘의 말로 하면 각기병에 해당되는 것. 그 병으로 죽을 수도 있다고 의학사전에 적혀 있었다. 소월이 각기병으로 죽었는지의 여부는 별도로 하고라도 소월의 선생 김억의 「요절한 박행 시인 김소월에 대한 추억」(『조선중앙일보』, 1935.

1. 22~26)엔 그렇게 되어 있기 때문이다. '모르면 물어라!'가 그때의 내 모토였다. 딱하게도 이러한 방식이 문종혁 경우엔 통하지 않았다. 그러나 기적은 다른 곳에서 왔다.

2003년 저물어가는 12월 중순, 한 통의 편지가 집으로 왔다. 그럴 수밖에 없는 것이 정년을 맞은 지 3년씩이나 지났으니까. 뜻밖에도 문용(文龍) 교수가 아니겠는가. 1949년에 영문과에 입학한 문용 교수(서울대 사대 영문과)는 나보다 6년 선배. 문 교수의 매력은 참으로 남달랐는데, 연구실 전체가 원서로 된 추리소설로 가득 채워졌음에서도 능히 엿볼 수 있었다. 편지의 첫줄은 이렇게 시작되었다. "김 선생, 전북 군산에 가보신 일이 있소?"라고. 군산역 근방의 땅 전부가 문씨 가문의 문전옥답이었다는 것. 조부가 채만식 「탁류」에 나오는 그 미두(米豆)로 큰 밑천을 잡아 졸부가 되었다는 것. 아들 셋이 있었는데 장자(문 교수의 부)는 일본 유학, 차자는 독일 유학을 시켰다는 것. 1920년 말이니까 문 교수가 태어나기 전이었다는 것. 그런데 딱하게도 조부가 이번엔 미두로 쫄딱 망했다는 것. 그 때문에 셋째 아들(문 교수의 숙부)은 보성고보에 겨우 다닐 수밖에 없었다는 것. 그 숙부는 보성고보를 나와 일제 말기 군산 세관에 근무했고, 해방과 함께 목포 등지의 세관의 감시과장을 지냈다는 것. 복마전 같은 그 자리를 마음껏 누리다가 부정사건에 연루, 목이 잘렸다는 것. 그 뒤 파주의 미군부대에 간판 그림으로 연명하다가 말년엔 가족과 별거, 충청도 대천에서 외롭게 파락호 신세로 죽었다는 것. 자살했다는 소문도 있다는 것.

여기까지는 문씨 가문의 흥망사라 할 만한데 이 숙부의 일대기에서 놀라운 사실이 적혀 있었다. 그대로 옮기는 것은 이 나라 근대문학사적 장면인 까닭이다.

“나는 1949년 서울대 문리대 영문과에 들어갔는데 영작문 시간에 6·25 사변으로 총살당한 이인수 교수가 그 해에 출판된 이상의 작품집에 나오는 「날개」를 대본으로 썼고, 그것이 계기가 되어 나는 이상에 매료되었습니다.”

엘리엇의 「황무지」(『신세대』, 1949. 1)의 역자이자 한국에서 제일 영어를 잘한다는(유진오, 「편편야화」, 『동아일보』, 1974. 3. 27) 이인수 교수의 강의를 들었다는 것도 「날개」를 대본으로 강의를 했다는 것도 놀라움이었다. 그런데 더욱 놀라운 것은 편지의 다음 대목.

“그해 겨울이었던지 목포의 둘째 숙부집에 놀러 가니까 책하고는 거리가 멀었던 그의 서가에 이 이상의 문집이 꽂혀 있어 나는 그것이 굉장히 의아스러웠습니다.”

곡절은 이러했다고 문 교수는 적었다. 이 둘째 숙부가 파주에서 미군부대에 그림을 그리면서 연명한 것은 소싯적에 화가지망생이었기 때문이라는 것. 보성고보 나온 다음 그는 그림을 그렸다는 것. 누구와? 그때 어울리던 야수파 화가이자 등이 조금 굽은 구본웅(具本雄)이 그 하나. 또하나는 바로 경성고등공업학교 학생 이상이라는 것. 이렇게 적은 문 교수의 마지막 구절은 이러했다.

“그런 이야기를 나는 언젠가 숙부님에게 들었어요. 그리고 그 숙부님이 바로 문종혁(文鍾爀)입니다.”

다정다감한 문 교수는 편지 말미에다 이렇게 적기까지 했다. “김윤식 선생, 나한테 이런 편지를 받으니 깜짝 놀랐죠? 왜 이런 편지를 썼을까 하고 (……) 그저 읽어보시오. 나도 책은 닥치는 대로 읽습니다”라고. 문 교수가 읽은 책이란 졸저 『이상문학 텍스트 연구』(1998)에 틀림없다. 거기 괄호 속에 “필자가 1990년 문씨 앞으로 확인 편지를 보냈으나 되돌아온바 있었다. 이상과 문종혁이 한집에 5년간 살았다는 것은 믿기 어려움"이라 적었던 것이다.

여기까지 이르면 문종혁이 누군가는 대번에 확인된다. 보성고보의 후신인 보성고등학교로 직행하면 되는 것. 이상을 기리는 거대한 조각물이 있는 보성고등학교엔 제17회 졸업생이 이상 김해경이었으니까 문종혁도 여기에 있어야 했지만 불행히도 명단에 없었다. 오영식(吳榮植) 선생의 도움으로 밝혀진 바를 그대로 옮기면 이러하다.

(1) 「而習」(1928. 3. 10. 보성고보 문예반 발행) : 3학년 2조에 文鍾爀(전북 옥구군 개정면 옥석리)
(2) 「교무회원 명부」(1942. 11. 보성중학 발행) : 제21회 (신고보) 졸업생(1930. 3. 3) 文鍾爀(旧名 鍾旭 전북 옥구군)
(3) 「보성교우명부」(1992. 보성교우회) : 제21회(1930. 3. 5. 5년제 졸업, 89명) 文鍾爀(旧名 鍾旭) 전북

문종혁은 보성고보 21회인만큼 17회인 이상과는 무려 4년이나 늦다. 아마도 중도에 일본행 등으로 늦게 졸업했지만 입학동기였던 것으로 추단할 수 있다. 그것은 둘의 나이가 1910년이었음에서도 엿볼 수 있다.

여기까지 오면 군은 조금 이마를 찌푸릴지도 모르겠다. 그런 개인적 체험을 무슨 자랑거리라고 들추어내는가라고. 이에 대해 내가 뭐라고 대답해야 적절할까. 내 나이 고희를 넘어 수년이 지났음에 주목하면 어떠할까. 이것은 자랑도 후회도 아닌 사실 자체다. 이상과 관련된 사실이기에 결코 내 개인의 것일 수 없다. 굳이 말해 그것은 문학사의 몫이 아닐 것인가. 문학사란 그러니까 연구자도 일종의 '자료화'되어 더불어 존재할 수 있음이 아닐 수 없다. 나는 군과 더불어 이 점을 언급하고

싫었을 따름이다.

6. 「오감도」시 제16호를 찾아서

군도 보았겠지만 내가 편한 『이상문학전집(5)』에 9편의 논문이 실려 있거니와, 이 전체를 해설하는 마당에서 이런 제목을 달았다. 『이상연구를 위한 변명』이 그것. 이 글은 신진 작가 김연수 씨의 장편 『꾿빠이 이상』(『문학동네』, 2001)을 논한 것이다. 정확히는 작가 김연수가 제기한 창작적 주제를 통해 이상문학이 갖고 있는 문제계를 드러내고자 시도한 것이다. 먼저 이 이 소설의 내용을 일단 검토하기로 한다.

주인공 고등학생. 이름은 피터 주. 부모는 한국인이었다. 그러니까 한국계 미국인 2세인 셈. 밴드부에 든 그는 한국적인 음악(민요)을 요구받고 당황한다. 방법은 하나. 한국에 와서 한국어부터 배우고 한국의 음악 기타를 공부해야 했다. 당연히도 그에게는 한국의 모든 것이 난해했다. 「오감도」 연구에 몰두한 것은 그것이 제일 난해한 것으로 정평이 나 있었기에 이를 돌파하기만 하면 그는 한국인이 될 수도 있다고 믿었기 때문. 그 첫 번째 시도가 「지도의 암실」과 「오감도」 시 제6호와의 관련성의 해명이었다.

JARDIN ZOOLOGIQUE
CETTE DAME EST-ELLE LA FEMME DE
MONSIEUR LICHAN?
앵무새당신은 이렇게 지껄이면 좋을 것을 그때에 나는
OUI!

김윤식 편, 『이상문학전집(3)』, 문학사상사, p.168

앞줄은 불어로 '동물원'을 가리킴이고, 두 번째 행과 세 번째 행은
'이상 씨, 그 여자가 당신 부인입니까?'이며 다섯 번째 행은 '예'에 해
당된다. 동물원에서 앵무새가 사람 목소리로 흉내내고 있다. 이에 대해
사람들은 재미있어한다. 어째서? 사람과 달리 흉내만 있으니까. 사람이
라면 흉내내는 대신 자의적 호오 감정으로 반응할 터이니까. 이 대목
다음에 '원숭이와 절교한다'고 막바로 이어짐에서도 짐작할 수 있는 일
이다. 물론 중요한 것은 이런 해석 따위에 있지 않다. 이 대목이 「오감
도」 시 제6호에 그대로 들어 있다는 사실, 또 그것이 무슨 의의를 갖는
가에 그 중요성이 있다.

　　　앵무 ※ 이필
　　　　　　이필
　　　　　※ 앵무는포유류에속하느니라.
　　내가이필을아아는것은내가이필을아알지못하는것이니라. 물론나는희망
할것이니라.
　　　앵무 ※ 이필
　　『이소저(小姐)는신사이상의부인이냐』『그렇다』
　　나는거기서앵무가노한것을보았으니라. 나는부끄러워서얼굴이붉어졌었
겠느니라.
　　　앵무　이필
　　　　　이필
　　물론나는추방당하였느니라. 추방당할것까지도없이자퇴하였느니라. 나
의체구는중축을상실하고또상당히창랑(蹌踉)하여그랬던지나는미미하게체
읍(涕泣)하였느니라.
　　『저기가저기지』『나』『나의－아－너와나』
　　『나』
　　sCANDAL이라는것은무엇이냐. 『너』『너구나』

『너지』『너다』『아니다 너로구나』

나는함뿍젖어서그래서수류(獸類)처럼도망(逃亡)하였느니라. 물론그것을
아는사람혹은보는사람은없었지만그러나과연그럴는지그것조차그럴는지.

「오감도」 시 제6호[김연수 씨가 원시의 한자를 한글로 바꾸었음]

어째서 「오감도」 시 제6호에 「지도의 암실」의 한 장면을 그대로 옮겨
졌을 뿐 아니라, 좀 더 복잡하게 발전된 형태를 취하고 있을까(이에 대해
서는 사에쿠사 교수의 『이상의 모더니즘』(1991)에서도 지적된 바 있다).
이 물음은 「오감도」의 생성 과정을 밝히는 일에 일정한 해답을 던져줄
수 있다.

『이상문학전집(5)』, pp.369~371

이러한 추리력은 촘촘히 텍스트를 검토해본 연구자라면 자주 부딪치
는 것의 하나이다. 한 작품에 들어 있는 내용이 다른 작품 속에서도 부
분적으로 박혀 일종의 퍼즐을 연출하고 있음이 이상 텍스트의 특징인
까닭이다. 그렇긴 해도 주인공 피터 주에 있어 이러한 발견(공부)는 자
기의 한국인으로서의 정체성 확보에 유효한 사안이었다. 작가 김연수가
여기에 머물렀다면 씨가 제일 미워하는 '왕따사상'(민족주의)에 나아가는
지름길에 해당될 터이다. 이를 넘어서는 방식, 곧 세계인으로, 인간 자
체로 되는 길을 모색하지 않으면 안 되었는데, 그것은 피터 주에게는
우연성으로 다가왔다. 그의 부모가 한국인이기에 자연스럽게 한국계 미
국인(2세)으로 알고 있었지만 실상은 어떠했던가. 중국인 미혼모가 낳은
아이였던 것. 이 동양계 아이를 한국인 부부가 입양시켰던 것. 이 사실
을 사회보장국 서류에서 확인했을 때 그는 어떻게 자기의 정체성을 찾
아야 했을까. 「오감도」를 통해 한국인의 정체성을 찾아냈지만 이 방식
으로 이번엔 세계인(인간 자체)으로서의 정체성에 도전할 수밖에 없었다.

군은 시방 나를 소설 한 편의 해설자로 오해하지 말기를 바란다. 「오감도」로 대표되는 이상문학이 한국인의 정체성은 물론이고 그것을 훌쩍 넘어서 세계인의 정체성에로 열려 있음을 드러내기 위함이지 그 이상도 이하도 아니다. 그 과정을 작가 김연수는 신선하게 보여주고 있어 퍽 인상적이다. 이상 연구자라면 응당 음미될 만한 장면이라 하면 어떠할까. 그 과정은 「오감도」 시 제16호의 존재가능성에 관련된다.

두루 아는 바 「오감도」는 총 15편밖에 없다. 30편 중에서 그 절반만 발표되었기에 그것도 2천 점 중에서 뽑은 것이기에 논리상으로는 최소한 30편은 어딘가 있을 것이고, 잘하면 1,985편도 있어야 마땅하다. 이 유실된 작품을 찾아낼 수 있는 방도는 없는가. 이 물음을 유발할 수 있는 것이 이상문학의 특이성이었다. 이상문학은 이런 유혹을 그 자체로 안고 있는 비범한 존재체였다. 이 유혹을 물리칠 만한 연구자가 있다면 필시 그는 이류급이거나 삼류급이 아닐 수 없다. 소설의 주인공 피터주는 어떠했을까. 그에게 「오감도」 이외는 선택의 여지가 없었다. 자기의 정체성 확보를 위해서는 절체절명의 처지에 내몰려 있었던 만큼 그는 「오감도」 시 제16호의 복원에 매달릴 수밖에 없었다. 이 문을 열기만 하면 그는 "열려라 참깨!"처럼 세계인으로 거듭날 수 있었다. 「오감도」 시 제16호 17호…… 30호, 마침내 1895호에로 나아감은 시간문제였다. 이 바위문을 어떻게 열 수 있을까.

잠시 여기서 군에게 세 가지 기호형태를 문제 삼아 두고 싶다. (A) 확정된 기회범주, (B) 유동하는 기호범주, (C) 생성되어가는 기호범주가 그것이다. 이상문학은 이 세 가지 기호범주로 인해 많은 연구자들이 당황했고 또 그 나름의 성과도 일정하게 얻었다고 볼 것이다. 그러나 (D) 소멸되어가는 기호범주도 있다면 어떠할까. 작가 김연수가 서 있는 자리가 바로 (D) 범주였다. 어째서 그러한가.

소설을 따라가 보자. 이상 탄생 90주면 심포지엄(실제로 이상 탄생 60주년 심포지엄은 1997년 11월 세종문화회관)에서 권진희의 폭탄선언이 있었다. 「오감도 시 제16호 실화」가 발견되었다는 것. 그 작품이란 어떤 것일까에 앞서 어떻게 그것이 가능했을까를 묻지 않을 수 없다. 이 물음은 「오감도」 자체에로 향하기 마련이다. 「오감도」 전체를 면밀히 검토하여 그 어법, 그 분위기, 그 단어, 그 토씨 그대로를 원재료로 하여 시 제16호를 만들어낼 수가 있기 때문이다. 연구자 권진희는 단지 「오감도」가 시키는 대로 대필했던 것이다. 이는 두 선수의 특징을 입력하여 TV화면에서 가상게임을 연출함에 흡사하다. 바로 이 점에서 「오감도 시 제16호 실화」의 진위는 판단이 불가능해진다. '모든 크레타인은 거짓말쟁이라고 한 크레타인이 말했다'는 식의 자기언급적 상황에 놓였기 때문이다. 권진희가 발견했다고 주장하는 「오감도 시 제16호 실화」의 진위 판단은 불가능하다. 피터 주라고 해서, 또 날쌘 전직기자 김연화라고 해서 그것을 만들어내지 못할 이유는 없다. 정작 그들이 만든 「제16호」란 이런 것이었다.

나는내兒孩다. 아버지가나의거울이무섭다고그런다. 사람의팔그속의 水銀. 싸움하지아니하는二匹의平面鏡은없다. 네가보아도좋다. 싸움하는上脂에사기컵이손바닥만한하늘을구경한다. 銃은鸚鵡의꿈이었다. 그러나그것으로부터그중의나비떼가죽었다. 무서워하는혹은자살하는비둘기의손. 들窓이하얀帽子를쓴나를날아가게하려한다. 드디어나는城으로들어간다. 또무서운무엇이白紙처럼거대한가슴의걸인이었다. 13을아는게적당하다. 試驗에서나는쏘지아니할것이로다. (위조된 「오감도」의 시 제16호)

『이상문학전집(5)』, p.380

　권진희가 발견한 오감도 시 「제16호 실화」와 김연화가 발견한 시 「제
16호」란 실상은 모두 피터 주라고 해서 발견 못할 이유란 아무 데도
없다. 그가 국내 권위적 학자 김태일을 향해 이렇게 외치는 것이 그 증
거다.

김연수, 『꾿빠이 이상』, 문학동네, 2001, pp.226~227

　여기까지 오면 권진희의 발견도 김연화 또는 피터 주의 발견도 깡그
리 부정하기에 이르게 됨이 드러난다. 끊임없이 새로운 「제16호」 「제
17호」가 창출될 것이지만 동시에 그것은 누군가에 의해 끊임없이 해체
될 수밖에 없다. '소멸되어 가는 기호'의 차원이라 할 것이다. 판단 불
능성, 그것은 「오감도」 15편에서 제16호가 나왔기에 자기언급적인 사
안이었던 것. 이를 세계성이라 부르면 어떠할까.

　군은 아마도 눈살을 또 찌푸릴지도 모르겠다. 한갓 허구적인 소설을
끌어들여 이상문학을 들먹이었다고. 그런 태도는 좋다. 군의 결벽증이
또 연구대상에 대한 열정이기도 하다고 내가 믿기 때문이다. 이 점에서
이상문학은 '창녀적 성격'을 띠고 있다. 열려 있는 텍스트, 유혹하는 「오
감도」, 이 생성하면서도 소멸하는 매력 앞에 그 누가 머뭇거리지 않을
수 있으랴.

7. 보편어 속에 노출된 이상문학

군도 아는 바와 같이 또 어떤 시각에서 보면 나는 『이상연구』(1987)
에서 『이상문학 텍스트 연구』(1998)에 이르기까지 이상문학과 더불어
걸었고, 그 과정에서 『이상문학전집』(문학사상사, 2-5)을 편하기도 했다.
그 과정은 '작품'에서 '텍스트'에로의 진행과정으로 정리된다. 그러나
'작품'이라 했을 때도 그것은 벌써 '텍스트성'으로 되어 있었음에 주목
하지 않으면 안 되었다. 당초부터 이상문학은 기호였던 것이다. 일어로
씌어졌을 뿐 아니라 기하학의 언어였다. 여기에 한국어라는 지방성이
끼어들 때의 현상이 이상문학이었다. 일어라는 기호, 기하학이라는 기
호란 바로 지방성과는 무관한 세계성이 아니었던가. 여기에 지방성인
한국어가 끼어들 때 발생하는 난처함이야말로 「오감도」의 표정이 아니
면 안 되었다. 이 표정을 읽어내는 일이야말로 오늘의 과제라 할 것이
다. 군은 이 말 속에 들어 있는 뜻을 잘 알고 있으리라 믿는다. 세계성
이란 새삼 무엇일까. 오늘의 우리가 놓여 있는 현실의 지향점이 아니겠
는가. 다국적 시대에 살아가기 위해서는 보편어가 필수적이 아니겠는
가. 그 보편어가 영어일지는 모르지만 그것은 또 보편성으로의 기호가
아닐 수 없다. 보편성으로의 기호가 보편어라면 지방성과의 관련성은
어떻게 처리해야 할까. 나의 세대가 이에 대응할 수 있는 길은 겨우 이
중어의 상황이 아닐 수 없다. (A) 지방어의 우위에 두고 보편어를 하위
로 하여 나아가기였다. 군의 세대는 어떠할까. 군의 세대도 이중어의
상황에 해당되겠지만 나의 세대와는 달리 (B) 보편어가 우위이며 지방
어는 하위의 구성으로 될 것이다. 군의 세대의 그 다음 세대는 어떠할
까. 아마도 (C) 이중어 상황에서 벗어나 보편어 일변도의 상황에 놓일

것으로 예측된다.

이제 결론을 맺기로 하자. 지금까지 「오감도」를 둘러싼 나의 세대의 모든 논의는 이중어 상황의 (A)형의 범주에 들 것이다. 그러기에 그것에 상응한 장단점이 있을 터이고 그 한계도 뚜렷한 터이다. 이중어 상황의 (B)인 군의 세대가 쓴 「오감도」론들 역시 그 나름의 장단점, 또 한계도 응당 있을 것이다. 문제는 (C) 범주가 아닐 수 없다. 소멸되어 가는 기호범주의 『꿀빠이 이상』도 그러한 사례의 하나이리라. 그들은 「오감도」 앞에서 어떤 표정을 지을지 실로 궁금한 사안이 아닐 것인가. 그렇다고 해서 (A)에 속하는 나의 세대가 벌써 침묵할 수는 없다. 「獚」에 대한 목소리 때문에 내 이야기가 아직 끝난 것은 아니다. 그것은 이상의 미발표 원고(조연현 소장) 64장의 검토사항이 나를 기다리고 있음에 관련된다. 이 중 「獚」에 관련된 과제는 어쩌면 산문으로 된 「오감도」인지도 모를 일이다(졸고, 「이상의 유고 소개 및 번역 경위와 그 문제점들」, 『서정시학』, 2010년 봄호). 요컨대 이 일어 텍스트를 우리말로 옮기는 것 자체가 어불성설이 아니었을까. 보편어가 당초에 있었던 것이다. 내가 지금은 구조주의자 소쉬르 도당이 비꼬곤 하던 촘스키 편에 서기 때문이다.

III

식민지 서울의 현실 빈약성에 맞선
자의식 과잉의 정교한 언어

이상과 박태원

주피터 신상과 골고다의 예수상

이상과 김기림

식민지 서울의 현실 빈약성에 맞선 자의식 과잉의 정교한 언어

▌이상과 박태원

1. 다방 '제비'의 흰 벽에 걸린 자화 상

'제비'는 1934년 시인 이상(1910~1937)이 경영한 다방 이름이다. 제국의 수도 동경에서 멜론을 달라고 외치며(변동림, 증언) 「오감도」 「날개」의 이상이 객사한 지 두 해 뒤, 그러니까 『천변풍경』(1936)을 쓴 지 한 해 뒤 박태원은 이 '제비'를 이렇게 회고했다. '이제까지 있었던 가장 슬픈 찻집이다'라고. 또 이상을 두고 '우리의 가장 슬픈 동무이다'라고. 어째서 그러한가. 이 물음 속엔 이상과 박태원으로 대표되는 문학의 고현학적(考現學的) 창작 방법이 잠겨 있는 만큼 많은 설명이 요망될 수밖에 없다.

대체 고현학적 창작 방법이란 무엇인가. 그 밑그림을 드러내기 위해서는 '제비'의 내용 분석이 안성맞춤이다. 이 글은 다음 5가지 사건을 안고 있다.

(A) '제비'는 이층에 있었다./ 아니 그런 것이 아니다. 사무소 아래층에가 '제비'는 있었다./ 이것은 얼른 들어 같은 말인 법하되 실제에 있어

이렇게 따지지 않으면 안 된다./ 왜 그런고 하면 그 빈약한 이층 건물은 그나마도 이상의 소유가 아니요, 엄연히 사무소의 것으로 '제비'는 그 아래층을 세 얻었을 뿐. 그 셋돈이나마 도박도박 치르지 못한 이상은 주인에게 무수히 시달림을 받고 내용 증명의 서류 우편 다음에 그는 마침내 그곳을 나오지 않으면 안 되었던 것이니까.

「조선일보」, 1939. 2. 22

요컨대 '제비'엔 손님이 없었던 탓이었다. 손님이 오지 않는 이유로 들 수 있는 것 중의 하나에 실내 장식도 포함된다.

(B) 하얗게 발라 놓은 안벽에는 실내 장식이라곤 도무지 이상의 자화상이 하나 걸려 있을 뿐이었다./ 그것이 어느 날 황량한 벌판(?)으로 변하였다. '제비'가 그렇게 변하였다는 것이 아니라 그림말이지만 결국은 '제비'도 매한가지다.

「조선일보」, 1939. 2. 22

다방의 재산 목록 제일호인 '포르노 라디오 나나오라'도 팔아먹고 전화도 떼어간 다방은 주인의 자화상의 그 황량과 등가였다. 이 속에 16세의 소년 수영이란 놈이 혼자 지키고 있었다. 주전자 두 개. 홍차와 커피만이 준비되어 있을 뿐.

(C) 나는 이상을 보러 매일같이 '제비'를 찾으면서도 그러한 까닭으로 하여 그곳에서는 즐겨 가배(커피)도 홍차도 마시지 않았다./ 그러나 공교롭게 이상이 밖에 나가고 있을 때 언제 돌아올지 알 수도 없는 벗을 담배만 태우고 앉아 기다리는 수는 없었다./ 그럴 때 나는 한 푼의 백동화를 수영이에게 내어주고 말한다. '너, 사과를 사오너라.' 뒷골목 일진옥에서 수영이는 능히 10전에 다섯 개를 받아온다.

「조선일보」, 1939. 2. 23

여기 나오는 '나'는 소설가 구보다. 수영이와 구보는 이상을 두고 이런저런 실없는 대화를 하곤 했다.

> (D) 이리하여 나는 이상의 집에를 그처럼 드나들면서도 도무지 차 한 잔 선선하게 팔아 주지 않았지만 그래도 이상은 아무 소리도 내 앞에서는 못하였다. 그것은 어인 까닭인고 하면 나는 일찍이 그로 말미암아 정신적으로 적지 아니 피해를 받은 일이 있기 때문이다./ 이상이 「오감도」라는 도무지 까닭을 모를 시를 조선중앙일보 지상에 연재하고 연재하고 있을 때의 일이다. 당시 이상은 문단적으로 완전한 무명인이었으므로 사람들은 그 난해시를 구태여 음미하여 보려고도 않고 무턱대고 작자를 욕하려 들었다. (……) 우선 사내에서도 가진 욕설이 많았다. 그러한 때 내가 중앙일보사로 놀러 갔었던 것은 아무래도 경거망동이랄 수밖에 없다.
>
> 「조선일보」, 1939. 2. 23

그도 그럴 것이 구보 박태원이 조사실에서 화가 심전(노수현)과 잡담하고 있을 때, 인쇄 공장 사람들 7, 8명이 번갈아 올라와 보고 가는 것이었다. 까닭을 모르고 있자니 사회부장 여수(박팔양)가 올라와 인사를 한 뒤에 '이상 씨가 오셨다니, 가셨습니까?'라고 하지 않겠는가. 누가 왔다고 그래요? 라고 되묻자, '아 지금 공장에서 야단인데요, 오감도 작자가 왔다구……'. 구보를 이상으로 착각하고 '미친놈' 구경차 인쇄공들이 드나들었던 것이다. 그만큼 구보와 이상은 그 모던한 복장이나 스타일은 물론 단발한 얼굴까지도 닮았음이 이로써 판명된다. 더욱 중요한 것은 그들의 정신 상태다. 구보=이상의 등식이 당초 생활 터전에서 성립되어 있었다.

> (E) '제비'가 마침내 내일 모래면 정말 문을 닫치게 되는 날 밤 나는

이상과 함께 인사동 초입에 있는 ツル(학)라는 카페로 술을 먹으러 갔다./ ツル는 내일모레면 이상의 손으로 영영될 운명을 가지고 있는 술집이었다. 그러나 우리는 그러한 것을 여급들에게는 일체 알리지 않고 참말 손님처럼 꿀을 먹기로 방침을 세웠다.

「조선일보」, 1939. 2. 23

이 카페도 손님이 없어 망하기 직전. 세 명의 여급들이 합창했다. 새로 올 주인 작자는 멍청이라고. 이 소리에 맞춰 이상이 말했다. '따는 참, 누군지 정신없는 친구로구먼. 그렇지 않소 구보?'라고. 구보도 한마디, '정신없다마다. 그 아주 미친놈이 아닌가?'라고. (A)~(E)가 박태원의 소설 「애욕」에서 통째로 활용되었음에 주목할 것이다. (A)의 대목과 다음 대목을 비교해 보면 '통째로'의 뜻이 선명해질 것이다.

구보는 맞은편 벽에 걸린 하웅의 자화상을 멀거니 바라보았다. 십호인물형(十號人物型). 거의 남용된 황색 계통의 색채. 팔년 전의 하웅은 분명히 '회의' '우울' 그 자체인 듯싶었다. 지금 그리더라도 하웅은 역시 전 화면을 누렇게 음울하게 칠해 놀께다.

「애욕」, 「조선일보」, 1934. 10. 10

이 그림을 두고 바람둥이 모던 걸이 다방을 지키는 소년 영수('제비'에서의 수영이)와 대화하는 대목.

(모던걸) : 저 그림 누가 그렸어?
(영　수) : 선생님이요.
(모던걸) : 하웅 씨? 누구 얼굴이게?
(영　수) : 선생님이요.
호호호. 여자는 웃고 다시 그림을 보며 무슨 말인지 알 수는 없어도

‘곡게이’(익살맞음, 골계) 그런 말을 한 듯싶다.

「애욕」, 「조선일보」, 1934. 10. 19

위에서 보듯 알몸으로 노출된 「오감도」의 시인 이상이 스스로 그 알몸을 보고 있다. 소설가 구보 역시 알몸의 이상과 그것을 보고 있는 이상을 동시에 보고 있다. 이러한 사실을 그대로 그려내기가 『소설가 구보씨의 일일』과 「애욕」이다. 『소설가 구보씨의 일일』「애욕」『천변풍경』 등이란 새삼 무엇이뇨. 소설이 그 정답이다. 이들 소설을 박태원은 어떻게 썼을까. 또 이상은 어떻게 이에 응수하며 「날개」와 「종생기」를 썼을까. 이 물음 속에 전례 없는 모더니즘계 문학의 창작 방법론이 고스란히 들어 있었다. 그것은 이 두 사람의 지적 게임이자 동시에 모더니즘계 문학의 방법론이기도 했다. 이 사실의 중요성이랄까 새로움은 표나게 내세울 성질의 것이 아닐 수 없다.

종래의 리얼리즘계 창작 방법과 일정한 선을 긋고 있기에 그러하다. 곧, 작가 박태원과 이상의 게임이 아니라 인공물인, 창작 속의 『소설가 구보씨의 일일』과 「날개」의 게임이라는 점이 그것이다. 이렇게 되고 보면 구보라든가 이상도 실인생이 아니라 한갓 인공물(기호)로 되지 않을 수 없다. 기호론의 게임인 까닭이다. 『소설가 구보씨의 일일』은 그러니까 박태원 혼자서 쓴 것일 수 없다. 그 삽화를 매회 그린 「오감도」의 시인 이상과 합작품이었던 것이다. 이 소설에서 이상은 구보를 그림(기호)로 그렸고, 구보는 이상을 대학 노트에 적었던 것이다. 그리기와 적기란, 새삼 무엇이뇨. 기호가 그 정답이다.

이런 고현학적 글쓰기, 기호론의 습득은 어떻게 유독 이 두 사람에서 표 나게 드러났을까. 이 물음은 L. 골드만식의 발생적 구조론의 연구

방법의 도입을 요하는 별개의 영역이다. 다만 여기서는 다음 사실 하나만을 암시함에 그치기로 한다. 박태원과 이상의 출신 계층 분석이 그것이다.

먼저 박태원부터. 그는 1909년 서울 다옥정에서 박용환의 4남 중 차남으로 태어났다. 밀양 박씨 가문의 선대는 공조(工曹)참판 또 군자감정(軍資監正)을 지냈고 그 숙부 박용남은 의사였으며(『정선가정구급방』의 저자) 부친은 제약 회사 공애당(共愛堂)을 경영했다(장남 진원이 물려받은 것은 1928년. 부 사망 직후). 서울 청계천변 제약 회사 약방을 경영한 알부자의 둘째 아들인 그는 그 계층에 알맞게 경성사범부속학교, 경성제일고보에 들고, 또 동경 법정대학 예과(1929~1930)를 중퇴했다. 글쓰기에 관심이 있었지만 학문과는 일정한 거리가 있었다. 그의 아우 박문원(1920~1973)이 연희전문을 거쳐 동경제국대학(미학과)에 든 것과는 대조적이라 할 것이다. 이 아우는 남로당 간부였고, 월북하여 북한에서 크게 활동했거니와 박태원의 월북도 이 아우와의 관련에서 해명될 수 있다. 서울의 중산층 상인 계층의 처세술과 기능적 삶의 습속과 이 모더니즘적 글쓰기가 직결될 수 있었던 것에는 많은 설명이 요망될 터이다.

박태원의 글쓰기가 상인적 계층의 장부 기입 또는 신문 광고란의 글쓰기에 이어진 것이라면 이상 김해경(1910~1937)의 경우는 사정이 썩 다르다. 강릉 김씨 이상 역시 서울 태생(경성부 북부 순화방 반정동)이며 김석호의 차자인 김영창을 부친으로 했고, 두 살 적에 백부 김연필의 양자로 갔고, 보성중학을 거쳐 경성고등공업학교(건축과)를 나왔다. 같은 서울이지만 박태원이 이른바 근대 한복판의 적자라면 무식하고, 동네 이발사로 산 미천한 아비를 가진 이상은 변두리이자 서자의 처지로 비유될 수 있다. 이런 서자의 출세 방법, 신분 상승의 길은 학교 교육뿐이었다. 비록 식민지 수탈용으로 세워진 '고등공업학교'란, 이른바 근대 학문(과학)을 있는 그대로 가르치는 곳. 그 정규 과목에 그림 그리기도 있었다. 이상의 자화상도 그 연장선상에 있었다고 볼 것이다.

정리하면 이렇다. 박태원의 고현학이란, 그가 속한 중산층 상인 계층의 힘에서 왔다. 그러기에 그것은 생리적이며 따라서 억지가 없고 자연스럽다. 『천변풍경』이 그런 사례이다. 즐겁게 쓰는 글쓰기인 증거이다. 이에 비해 이상은 「날개」에서 보듯 억지에 가까운 자의식의 덫에서 자유롭지 않다. 「오감도」만큼 억지스런 행위란 이로써 설명된다. 공교육에서 배운 근대, 그것은 일제의 것도 아니지만 조선의 것도 아니었다. '근대'라는 괴물의 소관이었다. 이 괴물을 수용하는 길이란 스스로 괴물 되기였던 것. 「오감도」가 그 증거이다. 이상문학이 이 땅에서 '근대'를 문제 삼기에 한층 본질적인 것은 이 때문이다.

2. 고현학의 방법론

소설가 구보와 삽화가 이상의 관계란 새삼 무엇인가. 이 물음에는 이 관계를 가능케 한 제도적 장치로서의 신문 저널리즘이 크게 얼굴을 내밀고 있다. 이른바 1933년 이태준, 김기림, 정지용 등 9인으로 된 구인회가 신문 학예면을 쥐고 있는 계층의 집합체랄까, 적어도 그것에 깊이 관여되었다는 점을 강조하면 할수록 뚜렷해지는 것은 그들의 온갖 문자 행위가 기호론의 수준에서 논의될 성질이라는 측면이다. 말을 바꾸면, 모든 기호 행위가 그러하듯 가치중립적인 인식 행위는 모든 것에 우선하는 것이며, 따라서 거기에는 인간의 주체성 따위는 성립되지 않는다. 이상이 「이상한 가역반응」(1931. 7)을 비롯 「오감도」(1931. 8) 등의 시 작품을 일본어로 태연히 쓴 것은 이 사실을 가장 잘 보여 주는 사례라 할 것이다. 기호를 다룸에 있어 한국 문자란 일본 문자나 서양 문자와 동격이자 등가이지 그 이상도 이하도 아니며, 따라서 기호 놀이의 마당에서 일본어로 시를 쓴 것은 조금도 이상한 일이 아니다.

이상·박태원을 중심으로 한 30년대 우리 근대문학에서의 모더니즘은 일제강점기 속의 서울근대화(건축·영화·카페·다방·약국·철도·학교 등등)와도 관련이 있지만 30년대 신문 저널리즘과의 관련이 제1차적이라고 할 것이다. 이 점에서 구인회가 조직되어 계급 문학과 맞서고자 했다는 것, 그 방편으로 신문 학예면 확보를 제일 중요한 요건으로 인식했다는 것은 강조되어야 할 곳이다.

따라서 구인회의 성격 분석에서 가장 중요한 것은 신문 학예면이 갖는 속성의 파악이다. 신문 학예면은 신문이라는 가장 근대적인 제도적 장치의 특성을 반영하는 것인 만큼 그것이 어떤 기호 놀이를 펼쳐 보이는가를 알지 않고는 구인회의 기호 놀이의 성격을 올바로 파악할 수 없는 노릇이다. 신문 학예면의 성격 곧 편집 방법·컷의 처리·활자의 크기 및 모양·제목 뽑기 등이 기호의 성격에 속하는 것이다. 신문 학예면 편집이란 미술가·건축가·삽화가·소설가·시인 등이 총동원되는 것인 까닭에, 이 연장선상에서 박태원의 연재소설『소설가 구보씨의 일일』(「조선중앙일보」, 1934)에 이상이 삽화를 그릴 수가 있었다. 신문 학예면의 이러한 성격에 의해 구인회 모임, 그리고 한국의 30년대 모더니즘 운동에 음악가가 끼지 못한 것을 설명할 수 있다. 음악이란 신문 학예면으로 대표되는 기호 놀이에서 제일 먼 거리에 놓여 있었던 것이며, 그것은 다만 다방 '제비'라든가 '동방싸롱'의 유성기가 대행했던 것이다.

구인회의 특징을 신문 학예면에 관련시켜 분석할 때의 중심 과제는 기호 놀이의 일종으로 문자 행위를 바라보아야 되며, 따라서 이는 제도적 장치가 앞서 있고 인간으로서의 구체적 측면을 무의미하거나 제2차적인 의미밖에 가질 수 없음을 전제로 한다. 이때 드러나는 것이 모든 기호 놀이가 장난이고 인공적인 제작물이라는 기본적 인식이다. 이 기본적 인식을 검증하는 일은 지금까지 소홀히 해 왔던 것이 아닌가 한다. 다음 두 가지 사례를 두고 조금 상세히 분석해 보기로 한다.

(A) 암만해도 성을 안 낼 뿐 아니라 누구를 대할 때든지 늘 좋은 낯으로 해야 쓰느니 하는 타입의 우수한 견본이 김기림이다.

좋은 낯을 하기는 해도 적이 비례를 했다거나 끔찍이 못난 소리를 했다거나 하면 잠자코 속으로만 꿀꺽 업신여기고 그만두는 그러기 때문에 근시안경을 쓴 위험인물이 박태원이다.

업신여겨야 할 경우에 '이놈! 네까진 놈이 뭘 아느냐'라든가 성을 내면 '여! 어디 덤벼 봐라'쯤 할 줄 아는, 그러나 그저 그럴 줄 알다 뿐이지 그만큼 해 두고 주저앉는 판에, 고만 이유로 코밑에 수염을 저축한 정지용이 있다.

모자를 홱 벗어던지고 두루마기도 마고자도 민첩하게 턱 벗어던지고 두 팔 훌떡 부르걷고 주먹으로 적의 멀마구니를 발길로는 적의 사타구니를 격파하고도 오히려 행유여력에 엉덩방아를 찧고야 그치는 회유의 투사가 있으니 김유정이다.

누구든지 속지 마라. 이 시인 가운데 쌍벽과 소설가 중 쌍벽은 약속하고 분만된 듯이 교만하다. 이들이 무슨 경우에 어떤 얼굴을 했댔자 기실은 그 교만에서 산출된 표정의 데폴메이션 외에 아무것도 아니니까 참 위험하기 짝이 없는 분들이라는 것이다. 이분들을 설복할 아무런 학설도 이 천하에는 없다.

김윤식 편, 『이상문학전집─소설』, 문학사상사, 236쪽

이 대목은 이상이 쓴 '소설체로 쓴 김유정론'이란 부제를 단 단편 「김

유정」(1939)의 서두이거니와 이 대목을 두고 작가 이상이 얼마나 날카로운 눈매를 가졌다든가, 구인회 중 그가 좋아하는 순서대로 인물을 나열했다든가, 문체에 특유한 멋을 부렸다든가를 논의할 수도 있겠지만 그러한 논의는 별다른 의미가 없는데, 그것은 다른 범속한 작가라든가 리얼리즘 계열 작가들과 다르지 않기 때문이다. 그러한 논의의 시각은 「표본실의 청개고리」를 두고 염상섭이 얼마나 3·1운동 실패의 청년 지식인들의 우울한 허무 의식을 잘 그렸는가를 문제 삼는 논법과 흡사한 것이다. 이 대목에서 문제되는 것은 이상이 종래의 소설 개념을 해체하고 있음에 있다. '김유정'이라는 친구 그것도 동업자의 이름을 내세운 점은 우리 소설사에는 낯선 부분이라 할 만하다. 소설을 쓰는 김유정을 소설가 이상이 소설 재료로 삼아 소설을 썼다는 것은 무엇인가. 유진 런의 규정에 따르면, 이것은 '미학적 자의식 또는 자기 반영성'에 해당된다. 그에 따르면 모더니즘이란 워낙 다양한 것이어서 도식적으로 규정하기란 어렵지만, 그럼에도 불구하고 모더니즘 일반에서 미학적 형태와 사회적 전망의 중요한 지향은 ① 미학적 자의식 또는 자기 반영성 ② 동시성·병치 또는 몽타주 ③ 패러독스·모호성·불확실성 ④ 비인간화와 통합적인 개인의 주체 또는 개성의 붕괴인데, 이 네 가지도 잘 따져 보면 ①에서 말하는 미학적 자의식에 모두 흡수될 수 있는 성질의 것이다(유진 런, 김병익 역,『마르크시즘과 모더니즘』, 문학과지성사, 1986, 46~49쪽). 미학적 자의식이란 작가의 자기 반영에 지나지 않는데, 그것은 자기가 작업하는 미디어나 재료를 통째로 드러내어, 그것에 자기의 재능이 어떻게 작용하는가를 겉으로 드러내는 행위를 가리킴이다. 이는, 창작이란 물건 만들기라는 점, 그것도 한갓 인공적인 물건 만들기임을 강조함이다.

소설가들은 자기 작업에서 소설쓰기의 문제를 탐구하고(가령 조이스의
『율리시즈』나 지드의 「위폐 제조자」), 시각 예술가들은 색채의 환기적
구성적 기능을 회귀적인 주제로 만들기, 현재까지 공인된 2차원적 표면
의 기능성을 탐구한다. 그 이후의 시인들은 시 언어의 본질에 대한 고도
의 자의식을 보여 주며 언어를 자신들이 권리를 가진 대상으로 간주하고
극작가들은 의도적으로 자기들 연극 구성을 드러낸다.

유진 런, 김병익 역, 『마르크시즘과 모더니즘』, 문학과지성사, 1986, 46~49쪽

이들은 예술을 반영 또는 표현으로 간주하는 자연주의도 배척하지만
낭만주의의 중심부에 놓인 개성으로부터도 벗어나 예술을 구성물, 인공
물로 보는 것이다. 이러한 일을 소설에서 집중적으로 그리고 가장 선명
하게, 또 지속적으로 감행한 작가로 박태원 오른편에 나설 작가는 없다.

(B) 여자는 얄미운 표정을 지어 보이고 그리고 웃었다.

교남동 서쪽으로 양복점과 포목점 사이에 있는 경구장(競球場) 안에는
언제나 마찬가지로 사람들이 모여 있고, 그리고 한 게임이 끝날 때마다
오사까이찌(오사까나시) 후꾸오까니(후꾸오까나시) 게이조 상(게이조 상)
규슈시(규슈시) 다이렌고(다이렌나시) 그러한 종류의 소리가 그들에게 들
려왔다.

"대체 지금 계신 하숙은 어디쯤이에요?"

여자는 장난꾼같이 포목점과 경구장 사이의 깊은 골목을 손꾸락질하
였다.

"이, 안이에요."

"그 안, 어디?"

여자는 갑자기 얼굴에서 웃음을 거두고 머언 하늘을 바라보았다.

그 모양을 이윽히 보고 있다가 남자는 이내 단념하고,

"자, 그럼 들어가세요. 나는 그만 갈 테니……."

"……."

귀엽게 또 얄미웁게 여자는 고개를 갸웃둥하고,

"내일, 내 또 전화 걸게, 꼭 걸게……."

감영 앞까지 왔을 때, 뒤에서 어깨를 치며,

"하웅!"

소설가 구보(仇甫)다.

"애인들의 대화란 우습구 싱겁군. 그래도 참고는 됐지만……."

하웅(河雄)은 쓰게 웃고,

"보고 있었소? 여긴 또 왜 나왔소?"

"고현학(考現學)!"

손에 든 대학 노트를 흔들어 보이고 구보는 단장을 고쳐 잡았다.

박태원, 「애욕」, 「조선일보」, 1934. 10. 9

이 작품에 등장하는 하웅은 하융(河戎)에 해당되며, 따라서 박태원의
소설 『소설가 구보씨의 일일』(1934. 9)의 삽화를 그린 작가 이상을 가리
킨다. 이상이 묘령의 처녀와 밤에 덕수궁 담을 끼고 데이트하는 장면과
그것을 취재하는 대학 노트를 낀 구보는 물론 소설가 박태원이다. 구보
의 기록에 따르면 이상의 몰골과 처녀의 표정이란 다음과 같다.

남자는 이십 칠팔 아니 한 삼십이나 되었을까 모자 안 쓴 머리가 협수
룩하니, 넥타이도 매지 않고, 마른 탓도 있겠지만 키는 퍽 커 보였고, 여
자는, 이 여자를 노동자(길가는 사람 – 인용자)는 왜장녀라고 단정하는데,
정강이가 나오는 양복을 입고 나이는 스물 한둘은 됐을 듯, 과히 밉게
생기지는 않았으나 아무래도 머리 바른편으로 빼뚜름이 달려 있는, 아마
그것도 모자라면 모자인 듯싶은 것이 그에게는 일종 망측하게까지 생각
되었다. 망측하다면 젊은 것끼리 밤늦게 이런 데로 붙어 다니는 것부터
말이 안 되지만 그래도 그들은 아무 일도 없었다는 듯싶은 얼굴로 흘깃
그를 보고, 그리고 그와는 반대의 방향으로 걸어갔다.

「조선일보」, 1934. 10. 6

여기 등장하는 왜장녀 같아 보인다는 여자는 누구인가. 전기적인 사실에 견주어 보면 이상이 3년간 동거한 것으로 되어 있는, 배천 온천서 사귄 작부 금홍[蓮心]이 아님은 명백하다. 이상이 결핵 치료차 화가 구본웅과 더불어 배천 온천으로 간 것은 1933년(23세) 봄(3월)이었으며, 총독부 기사직을 사임하고 다방 제비를 연 것은 여름(7월)이었는데 다방 마담으로 배천 온천서 사귄 작부 금홍을 오게 하여 그 후 계속 동거한 바 있다. 이상과 금홍의 동거 생활이라든가 다방 제비의 경영의 실태에 관해 자세히 알려져 있지 않으나, 「봉별기」에 따르면 금홍이 신던 버선을 벗어 놓고 자주 가출했고, 그 때문에 다방 경영도 순조롭지 않았으며, 이상은 혼자서 삶을 꾸려 가곤 했던 것으로 보인다. 말을 바꾸면 이상은 금홍의 가출 여부와는 별로 관계없이, 왜장녀 같은 차림의 18세의 모던 걸과 밤이면 덕수궁 돌담을 끼고 철늦은 연애에 골몰하곤 했던 것이라 할 수 있다. 이 처녀가 과연 누구인지, 뒷날 이상과 관련 있는 여인인지의 여부는 물론 확인할 길이 없으나 문제는 구인회 회원의 하나인 친구 이상의 사적 생활 속으로 작가 박태원이 침투해 들어왔음에 있다. 작가 박태원이 침투해 들어왔음이란 본질적인 점이다.

한 개인이 다른 사람의 삶 속을 엿보는 일과는 달리, 그리고 작가 박태원이 임의의 한 개인의 삶을 엿본 것과도 달리, 작가 박태원이 노트를 가지고 작가이자 구인회원인 이상의 삶 속으로 침투해 들어왔다는 점에 작품 「애욕」에 주어진 특별한 의미가 있다. 이를 박태원은 '고현학'이라 불렀다. 고현학(modernology)이란 현대인의 생활을 조직적으로 조사 연구하여 현대의 풍속을 분석 해설하는 학문을 일컫는데, 박태원이 자기가 쓰는 소설(작업)을 고현학이라 했다면, 응당 거기에는 합당한 방법론이 있는 것이다. 방법론 없는 것은 학문이 아니기 때문이다. 박태원이 구사하는 방법론이란 무엇보다도 그 대상으로 친구이자 구인회 회원이며 작자·시인·화가인 이상을 선택한 점에 직접 간접으로 관련된다. 다른 말로 하면 작가 이상은 공적인 인간이란 사실, 그러니까, 그런 공적인 인간을 대상으로 하여 소설을 쓴다는 것은 소설이라는 예술의 창작 과정을 누구나 엿볼 수 있게 깡그리 드러낸다는 것으로 된다. 이때 드러나는 것은 물을 것도 없이 이상이라는 공적인 인간의 (가) 사생활이라는 측면과, (나) 그것을 소설화하는 과정을 통해 소설 작법이 겉으로, 누구나 알아볼 수 있게 드러나는 측면이다. 이 두 측면이 관여하는 것이야말로 고현학을 성립케 하는 방법론(미학적 자의식)이며, 이 두 측면에서 생기는 긴장력이 고현학의 가치인 셈인데, 이를 작품 「애욕」을 통해 좀 더 상세히 검토하기로 한다.

3. 사생활의 측면 - 「애욕」 분석

주인공은 하웅. 27~28세의 청년이며 직업은 다방 마로니에의 주인. 마담으로 있던 계집은 두 달 전에 가출하고 영수라는 이름의 소년이 실무를 담당하고 있는 마로니에는 벽에 하웅의 자화상이 걸려 있다. '십호인물형. 거의 남용된 황색 계통의 색채. 팔 년 전의 하웅은 분명히 회의, 우울 그 자체인 듯싶었다. 지금 그리더라도 하웅은 역시 전 화면을 누렇게 음울하게 칠해 놀 것'이다.

그런데 하웅에게는 세 사람의 여인이 관련되어 있다. 첫째 번 여자는 시골서 십 년 전에 몇 번 만난 어여쁘지 못한 얼굴을 한 처녀다. 그리고 어머니가 시골서 기다리고 있다. 그러니까 하웅은 시골에 그리운 어머니가 있고 또 색시감으로 시골 처녀가 있었던 셈이다. 그런데 이 처녀를 하웅은 사랑하지 않는다. 다만 의리로 결혼할 대상으로 보고 있다. '사랑 없는 결혼'이라 표현되고 있다. 두 번째 여자는 두 달 전에 가출한 마로니에의 마담 계집. 정황으로 보아 이 계집이 바로 금홍이다. 금홍이 두 달 만에 돌아왔을 때 하웅은 이렇게 말하고 있다.

> 여보, 당신이 나를 배반하였을 때, 내가 얼마나 마음이 아팠는지 당신은 모를게요. 나는 당신이 만일 다시 돌아오면 내 맘이 시원하도록 흠뻑 때려 주고 그리고 용서하여 주려 하였었오. 그러나 당신은 너무 오래 나를 잊었소. 두 달. 두 달은 너무 길었오. 나는 거의 당신을 잊고 있었오. 그런데 당신은 이제야 내게로 돌아오려 하는구려. 둘이서 이제 예전같이 다시 살 수 있을 듯싶소? 다시 예전으로 돌아갈 수 있을 듯싶소? 역시 헤어지는 수밖에 무슨 도리가 있소.
>
> 「조선일보」, 1934. 10. 15

하웅은 이 계집을 과연 어떻게 했을까. 작가는 계집이 하웅의 말을 듣고 일어나 밖으로 나가 문 옆에 기대어 소리 없이 울었다고 보고하고 있다. 그러나 하웅은 계집을 결국 보내 버렸는데 그녀의 초라한 뒷모양을 보고 있는 동안 뺨에는 눈물이 흘러내렸다고 적었다. 만일 이 계집이 금홍이라면 하웅의 금홍에 대한 사랑은 별다른 것이라 할 만하다.

세 번째 계집은 누구인가. 작품 「애욕」에서 하웅이 마주치고 있는 여자 주인공인 이 계집은 18세의 '왜장녀' 같은 '야옹의 천재'이자 종잡을 수 없는 괴물이다. 소설가 구보가 그의 최고의 실력을 발휘하여 대학 노트에 기입해 넣은 연구 논문이야말로 이 '왜장녀' 같은 모던 걸에 관한 것이고 이를 '고현학'이라 불렀다. 그 연구 노트에 따르면 그 계집의 특징은 이러하다.

(a) 그 웃음은 몇 번이든 남자의 마음을 어지러웁게 만들어 놓는다. 결코 고혹적인 까닭이 아니다. 그렇게도 맑고 또 아릿따운 웃음.

(b) 한편으로 순진하기 짝이 없으나 다른 한편으로는 창녀 중의 창녀였다. 하웅에게 마음을 주는 척하면서 다른 한편으로는 교묘히도 다른 남자를 상대하는데 그 대상은 천하 건달 최창기, 오창순, 김춘봉 등이다. 이 계집은 하웅을 며칠째 기다리게 해 놓고는 마로니에에 나타나, 하웅이 몰래 엿듣고 있음도 모르고 두 번째 남자를 꾀내고 있다.

거기 브라질이죠? 오창순 씨 계세요? 네……나야, 나. 그럼 혼자서. 여기 종로예요. 마로니에는 웬 마로니에야. 내가 거기 무슨 상관있나? 헤헤헤. 지금 곧 나올 수 있수? 볼일? 그럼 몇 시? 이제 두세 시간? 어디서? 꼭 시간 돼서 와야 하우.

「조선일보」, 1934. 10. 19

이를 들은 하웅은 이 계집에게 절교장을 쓴다.

(c) 모든 것이 이제 끝났오. 나는 다시 두 번 그 너무나 선량한, 그리고 너무나 딱한 「바보」가 되지 않을 꺼요. 그러나 내가 맡은 창이는 의외도 큰 것 같소.

비 내리는 하룻날 저녁 나의 순정의 고백을 그대는 눈물을 가져 들었었오. 그러나 그것은 비가 나리고 있었던 때문인지도 모르오.

나는 그 순간의 그대를 가장 아름다웁다 생각하여도 그대는 두렵건대 그때의 그 눈물을 낭비라 뉘우칠 게요.

그러나 얼마나 놀랍고 또 두려운 일이오. 감정의 유희—그 가증하고 잔혹하고 또 천박한 장난을 그대는 오십 명 백 명의 사나이와 더불어 한다 하오. 그리고 나도 그 장난의 상대자의 한 명으로 선택되었다고…… 이 얼마나한 영광일까. 그러나 나는 감히 그 영광을 사퇴하려 하오.

「조선일보」, 1934. 10. 20

(a)(b)(c)에서 왜장녀인 이 모던 걸의 성격이 분명히 드러났으며 이 모던 걸을 연구한 대학 노트가 바로 박태원이 말하는 고현학이며 이를 두고 박태원은 소설이라 불렀다.

소설 구성법은, 「애욕」에서 이러하다. 곧 세 여자에 둘러싸여 고민하던 하웅은 마침내 선택의 길목에 도달한다. 서울 생활 모두를 팽개치고 시골의 어머니를 찾아가는 길이 그것이다. 하웅은 밤차로 귀향을 결심한다. 소년 영수더러 짐을 싸놓으라 하고 있는데, (b)에서 언급된 두 번째 계집이 술에 취해 등장하여, (c)에서 언급된 모던 걸과 도망치고자 하는 것이 아니냐고 덤빈다. 그러나 원래 사실이 그렇지 않은 만큼 그 계집은 설득되었다. 그 순간 모던 걸로부터 속달이 도착했다. 내용은 간단했다.

> 선생님 뵙고 싶어요. 하고 싶은 이야기도 많고 오늘 열점 반 정각에 원남동 육교 아래서 기다리겠습니다. 선생님을 지극히 사랑하는 아이는 올림.
>
> 「조선일보」, 1934. 10. 21

이 속달을 보고 하웅은 저도 모르게 택시를 타고 달려가는데 그의 온몸은 애욕의 홍염 가운데 화끈하게 익어 갔다는 것이다.

이것이 고현학에서 말하는 (가) 사생활의 측면의 전모이다. 이 사생활은 작가의 대학 노트에 기록된 것이며 조사된 그대로이다. 하웅이란 이상이 『소설가 구보씨의 일일』의 삽화를 그릴 때 사용한 필명인 '하웅'을 가리킴은 앞에서 지적한 그대로이다. 그런데 '하웅'과 '하융' 사이에는 점(획수) 하나의 차이밖에 없다. 바로 이 획수 하나의 차이가 다방 '제비'의 이상과 다방 마로니에의 주인과의 차이점이라 할 수 있다.

사생활을 드러내는 고현학적 방법은 '획수 하나의 차이'로써 실생활과 작품 속의 그것이 대응되는 것에 설정되어 있다. 그러니까 이 고현학의 방법론은 획수 하나의 차이가 모든 것을 결정하는 매개항이자 변수여서 이 사실을 망각하면 방법론 자체가 무너지는 셈이다. 따라서 이 방법에 따른 사생활 드러내기란, 결정적인 대목을 은밀히 감추고 있다. 패러독스·아이러니·풍자 등 지적인 방법을 비록 병치 현상·몽타주 수법 등이 끼어드는 것도 바로 이 '획수 하나의 차이'라는 것에서 말미암는다.

박태원이 보여 주는 이러한 고현학의 방법론을 한층 직접적으로 실험해 보인 작가가 이상임은 새삼 말할 것도 없다. 그 직접성의 예를 보이면 이러하다.

(ㄱ) 鳥瞰圖 → 烏瞰圖(조감도 → 오감도)

(ㄴ) 童孩 → 童骸(어린아이 → 어린아이의 시체)

(ㄷ) 姸이는 음벽정에 가던 날도 R 영문과에 재학 중이다. 전날 밤에는 나와 만나서 사랑과 장래를 맹서하고 그 이튿날 낮에는 깃싱과 호손을 배우고 밤에는 S와 같이 음벽정에 가서 옷을 벗었고, 그 이튿날은 월요일이기 때문에 나와 같이 동소문 밖으로 놀러 가서 베제(키스의 프랑스어─인용자)했다. S도 K교수도 나도 연이가 엊저녁에 무엇을 했는지 모른다. S도 K교수도 나도 바보요 연이만이 홀로 눈 가리고 야옹 하는 데 희대의 천재다.(『이상문학전집─소설』, 362~363쪽) → (야옹 → 주인공 하웅)

(ㄹ) 郤遺珊瑚─, 요 다섯 자 동안에 나는 두 자 이상의 오자를 범했는가 싶다(「종생기」의 서두) → (당나라 시인 崔國輔의 「少年行」의 한

구절인 遺却珊瑚鞭을 모델로 하고, 거기에서 3字를 어긋나게 해 놓
은 것)

이러한 것들은 획수 하나의 차이로 상황이나 뜻이 정반대로 되는 것
인데, 이러한 지적 놀이는 기호 놀이의 극치라 할 수도 있거니와, 요컨
대, 다만 이러한 지적 놀이가 그 자체로 멈춘다면 그것은 한갓 말장난
에서 벗어나지 않을 것이다. 말장난을 두고 고현학의 제일차적 방법론
이라 할 수는 없다. 이점에서 고현학을 문학 속으로 끌고 들어온 최초
의 작가 박태원의 방법론은 정치한 것이다. 획수 하나를 가운데 두고,
실생활과 작품 속의 생활을 판가름하게 만드는 것이 최소한의 고현학
으로서의 소설의 성립 근거로 삼은 것이다. 획수 하나를 가운데 둔 지
적인 운용 방식은 그 획수 하나가 양의적 성격을 머금는 것이어서, 이
른바 이성이 지배하는 플라톤 이래의 형이상학의 기본 항으로 되어 있
는 소위 '이항 대립'을 무너뜨릴 수 있는 근거조차 생각해 볼 수 있다.
　말을 바꾸면 이 방법론을 포스트모더니즘에로 나아갈 수 있는 통로
의 일종이라 할 것이다. 이 점에서 박태원과 이상은 몸이 한데 붙은 쌍
둥이이다.

4. 소설 제작 과정의 드러내기 —『소설가 구보씨의 일일』

고현학의 두 번째 방법론은 소설 작법을 속속들이 겉으로 드러내는
방식인데, 비유컨대 이는 건축의 구조를 겉으로 드러낸 것이어서 충격
적이라 할 수 있다. 종래의 건축이란 모든 구조물을 은밀히 감추어 감
히 겉으로 드러나지 않게 함이었고, 그로써 미학적 의미를 획득한 것인

데 반해, 가장 추악한 부분을 속속들이 드러낸 건축물은 그 자체가 스캔들이자 낯설음이라 하지 않을 수 없다. 그것이 독특한 미의식을 불러일으키는 것은 다름이 아니라 건축이라는 구조물(작품)의 제작 과정을 속속들이 만천하에 드러냄으로써 만들어진 건축 자체의 아름다움(완성도)뿐 아니라 그것이 제작되는 과정 자체의 아름다움(완성도)을 동시에 보여 주는 것이며, 이 동시적인 보여 줌에서, 종래의 미학과는 비교도 안 될 정도의 미의식의 영역을 확대해 놓을 수가 있는 것이다.

건축의 설계도·재료·제작 과정 자체를 소상히 드러내 보여 주는 일은 구경꾼을 건축가와 더불어 현장 속으로 이끌어 가는 것이어서 그 자체가 하나의 새로운 경험이 아닐 수 없다. 이러한 낯선 경험을 우리 소설사 속으로 끌고 들어온 것이 박태원의 『소설가 구보씨의 일일』(「조선중앙일보」, 1934. 8. 1~9. 19)이다. 이 작품이 제기한 문제의 중요성 곧 고현학의 방법론은 장편 『천변풍경』(1936) 따위를 낳고도 남을 폭약을 지니고 있다.

> 직업과 아내를 갖지 않은, 스물여섯 살짜리 아들은 늙은 어머니에게는 온갖 종류의 근심 걱정거리였다. 우선 낮에 한번 집을 나서면 아들은 밤 늦게나 되어 돌아왔다
>
> 을유문고판, 1947, 149쪽

라고 시작되는 이 작품의 주인공은 소설가 구보이며 오직 그 한 사람뿐이다. 그렇다면 구보는 누구인가. 이 작품을 발표한 지 13년 뒤에 작가 박태원은 이렇게 적어 놓았다.

> 다만 『소설가 구보씨의 일일』을 발표하였던 인연으로 하여 이래 10

여 년, '仇甫'가 나의 아호 행세를 하고 있다는 것을 여기서 밝힌다. 지금도 '仇'자를 불쾌히 생각하여 '九甫'로 대하려는 이가 있거니와 내 자신도 결코 이 아호 아닌 아호에 조금이나 애착을 느끼고 있는 것은 아니다. 당장의 의사나 감정을 털끝만치도 존중할 줄 모르는 문우제군이 기어코 일을 그렇게 꾸며 버리고 만 것이다. 이제부터 나는 단연 '丘甫'인 것을 선언한다.

을유문고판, 후기

'仇甫 → 九甫 → 丘甫'로 표정을 바꾸는 일은 획 한 개를 두고 장난질하는 고현학의 제일차적 방법론의 흔적이겠지만, 요컨대 구보가 자연인 박태원이 아니라 소설가 박태원임을 극히 '의도적으로' 선언해 놓았다는 것, 그 선언이 『소설가 구보씨의 일일』 이래 10여 년이 되었다는 것을 위의 인용이 잘 보여 주고 있어 인상적이다. 자연인 박태원은 『소설가 구보씨의 일일』 이래 문학판에서 사라진 것이거나 투명 인간으로 변해 버리고 이 작품 이후부터 소설가 구보가 문학판에 나선 형국인데, 이 엄청난 사실이야말로 한국 근대문학 이래의 한 사건이며, 이를 두고 박태원은 구보의 입을 빌려 '고현학'이라 불렀다. 바로 이 순간 우리 근대문학에서는 모더니즘의 방법론이 탄생하였다. 그 방법이란 참으로 구체적이고 분명한 것인데, 곧 소설 제작 과정을 속속들이 까발려 길가는 사람에게 보여 주는 것에 다름 아니다. 소설의 오장육부를 펼쳐 보이는 행위가 그것인데, 이는 해부학이 과학이듯 과학이자 동시에 해부학이 불쾌감(인간을 동물의 수준으로 낮추는 것에서 오는 도덕적인 판단 행위)을 일으키듯 불쾌감을 동반하게 된다.

소설가 구보의 고현학이란 대학 노트를 들고 어머니가 걱정하는 집을 나와서부터 밤중 집으로 들어가 잠자리에 들기까지의 자기 자신의 행적에 대한 기록과 보고에 지나지 않는다. ① '어머니는'이라는 첫 항목에서 구보는 집을 나서고 ② '아들은'에서 어머니와의 대응 관계를 보여 주는데, 우리는 이 실업자이자 장가가기 전의 소설가 구보의 뒤를 따라가 보기로 한다. ③ '구보는'에서 그는 집을 나와 천변 풍경을 지나 광교를 거쳐 약방 광고를 보며 걷는다. ④ 다시 '구보는'에서 그는 전차를 탄다. ⑤ '전차 안에서'에서 그는 차장의 표정, 승객의 표정을 이것저것 살핀다. ⑥ '행복은'에서 그는 전차 속의 한 여자에 관한 공상을 펼친다. ⑦ '일찌기'에서, 동경 유학을 한 바 있는 그는 일찍이 친구의 누이를 사랑한 일을 회상하다가, 조선은행 앞에서 내려 장곡천정(長谷川町, 지금 충무로) 입구에서 전차를 내린다.

⑧ '다방의'에서 그는 다방에 들러 등의자에 앉아 차를 마시고 또 벗이 그리워진다. ⑨ '그 사내는'에서 그는 벗 대신 신통치 않은 사나이를 만나 기분이 좋지 않다. 다방을 나선다. 어디로 갈까, 방향을 잃는다. 골동점을 경영하는 화가인 친구를 찾아갔으나 없다. 갑자기 구보는 두통이 난다. ⑩ '얼마 있다'에서 구보는 걷기 시작한다. 두통이 인다. 신경쇠약인 증거이다. 문득 그는 '홍염'의 작가인 고 최서해를 생각한다. 그는 그 창작집을 읽은 바 없다. 길에서 친하지도 않은 친구를 만난다. 걷기 시작한다. ⑪ '조그만'에서 그는 남대문을 안으로 밖으로 나가 보기로 한다.

구보는 고독을 느끼고 사람들 있는 곳으로, 약동하는 무리들의 있는 곳으로 가고 싶다 생각한다. 그는 눈에 경성역을 본다. 그 속에는 마땅히 인생이 있을께다. 이 낡은 서술의 호흡과 또 감정이 있을께다. 도회의 소설가는 모름지기 이 도회의 항구와 친하여야 한다. 그러나 물론 그러한 직업의식은 어떻든 좋았다. 다만 구보는 고독을 삼등 대합실 군중 속에

피할 수 있었으면 그만이다.

을유문고판, 180쪽

⑫ '개찰구 앞에'는 두 사내가 서 있다. 돈에 미친 사내들이다. 그중 아는 얼굴이 있다. 악수를 나눈다. 전당포집 둘째아들이다. 억지로 끌려 근처 다방에 들어가 차를 마신다. ⑬ '월미도로' 구보는 혼자 역 밖으로 나온다. 돈에 미친 사나이, 돈에 끌려 다니는 여인들을 관찰하며, 그는 단장을 짚고 남대문으로 걷는다. 조선은행 앞까지 온다. 친구를 불러낸다. ⑭ '다행하게도' 다시 돌아온 장곡천정의 다방엔 사람이 얼마 없다. 카운터 가까이 자리를 잡은 구보는 강아지와 희롱한다. ⑮ '마침내' 벗이 왔다. 벗은 시인임에도 불구하고 건장하며 신문사 사회부 기자 노릇도 겸하고 있다. 벗은 구보의 소설을 읽고 평하는 독자인 만큼 오늘도 그 얘기를 할 것이다.

> 오늘은 그러나 구보는 그의 말에 귀를 기울이지 않으면 안 된다. 벗은 요사이 구보가 발표하고 있는 작품을 가리켜 작자가 그의 나이분수보다 엄청나게 늙었음을 말했다. 그러나 그뿐이면 좋았다. 벗은 또 작자가 정말 늙지는 않았고, 오직 늙음을 가장하였을 따름이라고 단정하였다. 혹은 그럴지도 모른다. 구보에게는 그러한 경향이 있었을지도 모른다. 그리고 다시 돌이켜 생각하면 그것이 오직 가장에 그치고 그리고 작자가 정말 늙지 않았음은 오히려 구보가 기꺼하여 마따한 일일께다.

을유문고판, 192쪽

⑯ '문득' 구보는 벗과 『율리시즈』를 논해 본다. 제임스 조이스의 『율리시즈』가 새로운 시험을 한 점에서 경의를 표해야 할 것인가, 그 이상의 가치를 가졌기 때문일까를 토의하는 일이 무의미함을 느끼고 둘이

식민지 서울의 현실 빈약성에 맞선 자의식 과잉의 정교한 언어　135

다방을 나오니 황혼 때이다.

⑰ ‘전차를 타고’ 벗은 집으로, 구보는 종로 네거리에 내린다. 종로 경찰서 앞을 지나 납작하고 작은 다방을 들른다. 주인은 없다(주인은 이상). 주인인 벗을 기다린다.

⑱ ‘여자를’ 동반한 청년이 앉아 있다. 다방엔 축음기가 돌아간다. 일본 유학 시절을 회상한다. 거기도 다방이 있고, 여인들이 있었다. 주인인 벗이 왔다.

⑲ ‘다료에서’ 구보와 벗은 설렁탕집 대창옥으로 간다.

⑳ ‘이곳을’ 나와, 그들은 한길가에 우두커니 선다. 서울은 너무 좁다고 느낀다. ‘동경이면 이러한 때 구보는 우선 은좌(銀座)로라도 갈께다.’ 그러니까 구보에 있어 모델은 언제나 동경인 셈이다. 구보는 황토마룻에까지 왔다.

㉑ ‘광화문통’ 그 멋없이 넓고 또 쓸쓸한 길을 그는 걷고 있다. 여인의 뒷모양을 본다.

㉒ ‘이제’ 어디로 갈 것인가.

㉓ ‘그래서’ 구보는 결국 다시 다방으로 향한다. 그는 전보 배달부를 보고, 단편소설 한 편을 구상한다.

㉔ ‘다방을’ 찾는 사람들을 관찰한다. 다방에서 보험 회사 사원이 된 중학 동창을 만난다. 이 천하 속물과 대화를 하지 않을 수 없는 처지에 놓인다.

이 사내는 어인 까닭인지 구보를 두고 반드시 ‘구포’라고 발음하였다. 그는 맥주병을 들어보고 아이 쪽을 향하여 더 가져오라고 소리치고 다시 구보를 보고 그래 요새도 많이 쓰시우 무어 별로 쓰는 것 ‘없습니다’. 구보는 자기가 이러한 사내와 접촉을 가지게 된 것에 지극한 불쾌를 느끼며, 경어를 사용하는 것으로 그와 사이에 간격을 두기로 하였다.

을유문고판, 218쪽

구보는 벗이 나타나자마자 단장과 노트를 들고 다방을 나온다. ㉕ '조선호텔' 밤늦은 거리를 그는 벗과 걷고 있다. 이 벗은 조그만 다방을 경영하고 있는데, 그것이 신통치 않아 석 달째 집세를 물지 못해 내용 증명의 서류 우편을 받고 있는 형편에 있다. 벗은 또한 시인이다. 둘 다 고독하다.

㉖ '나의 원하는 바를 月輪도 모르네' 문득 일본 시인 春夫의 시구를 외어 본다. 둘은 종로를 다시 헤매고 있다. 종각 뒤, 그들이 가끔 들르 는 술집으로 간다. 늘 보던 여급이 없다. 그 여급이 옮긴 카페를 찾아 나선다.

㉗ '처음에' 벗은 구보의 말을 좇지 않다가 이윽고 함께 낙원정 카페 로 간다. 여급이 세 명이다. 벗은 음주 불감증이다.

㉘ '그러면' 세상사람 모두가 신경증 환자이거나 미치광이가 아닐까.

구보는 그의 대학 노트를 탁자 위에 펴놓고 그 병의 환자와 의원 사이 의 문답을 읽었다. 코는 몇 개요. 두 갠지 몇 갠지 모르겠습니다. 귀는 몇 개요. 한 갭니다. 셋하고 둘하고 합하면. 일곱입니다. 당신은 몇 살이요. 스물하나입니다(기실 38세). 매씨는, 여든한 살입니다. 구보는 공책을 덮 으며 벗과 더불어 유쾌하게 웃었다.

을유문고판, 226쪽

㉙ '구보와 벗과' 카페에서 술주정을 한다. 그러나 구보는 냉철하게 노트를 펴 놓고 관찰한 바를 그 자리에서 기록한다. 밖에 비가 내리고 있다. 소녀가 성냥을 가져왔다. 어린 여급이다. 대낮 한동안 이 소녀와

산책을 하고 싶다고 구보는 생각하고 수첩과 만년필을 소녀에게 주며, 내일 정오에 화신 백화점 옥상으로 오겠느냐고 묻고, 가하면 ○표를, 부이면 ×를 하라고 한다.

㉚ '오전 2시의' 종로 네거리. 비가 내리고 있다. 내일 만나자며 벗과 헤어진다.

구보는 벗이 그럼 또 내일 만납시다, 그렇게 말하였어도 거의 그것을 알아듣지 못하였다. 이제 나는 생활을 가지리라. 생활을 가지리라. 내게는 한 개의 생활을, 어머니에게는 편안한 잠을, 평안히 가 주무시오, 벗이 또 한 번 말했다. 구보는 비로소 그를 돌아보고 말없이 고개를 끄떡하였다, 내일 밤에 또 만납시다. 그러나 구보는 잠시 주저하고 내일부터, 내 집에 있겠소, 창작하겠소-.

"좋은 소설을 쓰시오."

벗은 진정으로 말하고 그리고 두 사람은 헤어졌다. 참말 좋은 소설을 쓰리라. 번(番)도는 순사가 모멸을 가져 그를 훑어보았어도 그는 거의 그것에서 불쾌를 느끼는 일도 없이 오직 그 생각에 조그만 한 개의 행복을 갖는다.

"구보-"

문득, 벗이 다시 그를 찾았다. 참, 그 수첩에다 무슨 표를 질렀나 좀 보우. 구보는 안주머니에서 꺼낸 속에서 크고 또 정확한 X표를 찾아내었다. 쓰디쓰게 웃고, 벗에게 향하여 아마 내일 정오에 화신 상회 옥상으로 갈 필요는 없을까 보오. 그러나 구보는 적어도 실망을 갖지는 않았다. 설사 그것이 O표라 하였더라도 구보는 결코 기쁨을 느낄 수는 없었을께다. 구보는 지금 제 자신의 행복보다도 어머니의 행복을 생각하고 싶었을지도 모른다. 그 생각에 그렇게 바빴을지도 모른다. 구보는 좀더 빠른 걸음걸이로 은근히 비 내리는 거리를 집으로 향한다.

을유문고판, 284쪽

은 이처럼 30항목으로 토막을 내 볼 수 있으나, 제목이 말해 주듯 단 하루 동안에 일어난 일의 연속적인 기록에 지나지 않는다. 이 작품을 두고, ① 인구 31만을 헤아리는 식민지의 수도 서울의 근대적 풍경을 산책하는 도식적 유형의 산책자 개념으로 읽음으로써 모더니즘의 한 양상을 지적할 수도 있고 ② 생활을 갖지 않는 거리의 룸펜을 중심으로 한 카페 문화를 두고 모더니즘의 특징을 내세울 수도 있으며 ③ 근대적 수법을 도입한 그림·할리우드 영화·음악·건축·레코드 등에 관련된 모던 아트를 들어 모더니즘 예술의 특징인 전통 단절성을 내세울 수도 있으며 ④ 인간의 심층 심리를 탐구하거나 의식의 흐름을 문제 삼아 근대적 성격을 지적할 수도 있을 것이며 또 기타의 성격을 별도로 찾아 낼 수도 있을 것이다.

그러나, 무엇보다 이 작품에서 중요한 것은 구보가 처음부터 끝까지 들고 다닌 대학 노트에 관련되어 있다. 대학 노트는 소설쓰기 위한 메모판이 아니라 구보 자신의 대명사인데 곧 구보는 소설가 구보이지 자연인 구보가 아닌 까닭이다. 구보를 소설가이게끔 하는 것은 대학 노트뿐이며 구보가 하루 종일 시내를 배회하는 것은 인간 아무개의 배회가 아니라 대학 노트의 배회이다. 그 노트를 펼쳐 놓으면 그대로 한 편의 소설이 되는데, 이를 두고 구보는 '고현학'이라 불렀다.

대학 노트를 들고 다니는 구보를 두고 만나는 사람 누구나 그가 소설가임을 알게 되는 것은 이 까닭이다. 처음부터 구보는 '나는 소설가다'라는 표지를 깃발처럼 내세우고 거리를 산책하고 있다. 다르게 말하면 대학 노트를 들고 거리를 산책하는 것 자체가 소설이다. 그러니까 구보는 거리를 산책한 것이 아니라 소설을 쓰는 과정을 보여 주고 있었을 뿐이다. 소설이란 무엇인가라고 묻는다면 구보의 답변은 일목요연하다. 구보가 아침에 집을 나와 새벽 두 시에 집으로 돌아가기까지가 소설이라고 대답할 것임에 틀림없다. 구보가 소설가인 까닭에 그가 걷는 것은 소설 자체가 걷는 것이다. 소설가 구보라고 했지만, 실상은 소설 자체가 구보인 까닭이다. 바로 여기에 작가 박태원과 소설가 구보의 차이점이 있는데, 이 차이점은 작가 박태원이 의도적으로 고안해 낸 장치의 일종이다. 의도적으로 고안해 내었다는 것은 방법론을 말하며, 이를 통틀어 '고현학'이라 불렀다.

소설가가 가는 길 자체가 소설 제작과정을 보여 주는 길이며, 이때 소설가는 박태원이 아니고 구보이다. 박태원과 구보는 닮았지만 아주 중요한 '글자 획 하나의 차이'가 있다. 박태원은 자연인으로서의 소설가이니까 불순한 이미지를 그 자체가 안고 있지만, '구보'는 오직 소설가, 순수한 소설가의 이미지만 보여 주게 되게끔 고안된 명칭이다. 바로 이것이 '소설가 박태원'이 하루를 방황하는 것과 '소설가 구보'가 하루를 방황하는 것의 차이점이다. 이 차이점이 얼마나 혁명적인가를 알아차리기 위해서는 소설의 정통적인 계보로 알려진 리얼리즘과 대비시켜 볼 필요가 있다.

리얼리즘 계보에서 말하는 소설은 무엇보다도 세계관과 창작 방법론을 분리하지 않음을 원칙으로 한다. 세계관이란 현실적으로 생활 속에 육체와 정신을 갖추고 있는 역사적·사회적 존재로서의 인간인 작가의 역사적 전망(이데올로기)을 가리킴이며 창작 방법론이란 소설을 만들어 내는 방법적 측면인 구성·문체·전형성 등등에 대한 일정한 규칙을 가리킴이다. 이러한 세계관과 창작 방법론은 작가의 매개에 의해 결부되는 것인데, 그 결부되는 방법은 은밀히 진행되는 것이어서 아무도 그 제작 현장을 엿볼 수 없게 되어 있다. 사람들이 볼 수 있는 것은 다만 완성된 작품뿐이다.

이에 비할 때 '고현학' 쪽의 구보는 어떠한가. 구보는 소설가이지 현실적 인간이 아니며, 따라서 세계관이란 끼어들 틈이 없고 오직 창작 방법론만이 그에게는 가능한 영역이다. 구보의 자리에 설 때 비로소 소설가는 제작 방법 자체를 아무런 미련 없이 드러내 보일 수 있다. 제작 방법 자체, 제작 일체를 보여 주는 것 자체야말로 구보가 제일 잘할 수 있는 유일한 길인 셈이다. 이렇게 하여 보여 주는 소설 제작 과정 자체가 곧 소설 자체를 이룬 것이 바로『소설가 구보씨의 일일』의 소설사적 의의이며 '고현학'의 출현이었다. 이 작품의 연장선상에 앞에서 잠깐 살핀 박태원의 「애욕」이 이어져 있음은 주목할 일이자 '고현학'이 구인회와 더불어 한 가지 장관을 이루는 실마리가 되는데, 이를 검토하는 일은 30년대 모더니즘의 내면 풍경에 해당될 것이다.

5. 전대미문의 가공적 문체 '방란장 주인'

구인회(1933)가 이런저런 곡절을 겪으면서 드디어 동인지『시와 소설』제1권 제1호를 낸 것은 1936년 3월이다. '구인회원 편집 월간'이라 밝힌 이 동인지의 회원은 박팔양, 김상용, 정지용, 이태준, 김기림, 박태원, 이상, 김유정, 김환태 등이었으며, 낸 곳은 창문사이며, 그 사주격인 야수파 화가 구본웅의 후원에 힘입은 것이었다. 꼭 40쪽으로 된 이 잡지를 두고, 편집, 장정 기타를 도맡은 바 있는 「오감도」의 시인 이상은 '겉표지에서 뒷표지까지 예서 더 할 수 있으랴. 보면 알게다'(편집 후기)라고 허풍을 떨었다. 파이프를 입에 문 이상의 초상화도 그린 바 있는 구본웅의 호의로, 다방 '제비'도 카페 '69'도 팽개치고 막연한 상태에 있던 이상이 창문사에 취직하여 편집 및 교정에 종사하면서, 김기림의 시집 『기상도』(1936. 7)를 만들고 있을 무렵이다. 그 해 이상은 이전(梨專) 문과 중퇴의 변동림과 결혼했는데, 이 역시 구본웅의 집안과 관련된 것이었다(김윤식, 『이상 연구』, 문학사상사, 1987 참조).

‘예서 더 할 수 있으랴. 보면 알게다’라고 큰소리 친 이 창간호에는, 시 다섯 편, 소설 두 편이 실려 있는데, 비회원의 것으로는 백석이 끼어 있다. 「탕약」, 「伊豆國湊街道」 두 편이 그것이다. 어째서 백석이 끼어들게 되었는지에 관해서는 아무런 해명이 없고, ‘회원 밖의 분 것도 물론 실린다’고 편집 후기에 적혀 있을 따름이다. 편집 후기가 이상이 쓴 것이고 보면 이상의 생각이 있었을 터이다. 「조선일보」 기자이자 『여성』지 편집자인 백석이 시집 『사슴』(1936. 1)을 낸 바 있고, 또 김기림, 이상 등의 많은 수필이 『여성』지에 발표되었음을 염두에 둔다면, 백석의 구인회 등장이란 시간문제였을 터이다. 백석의 창간호 등장에는 또 다른 특별한 것이 함의되어 있는데, 편집자 이상의 치밀한 문학적 계산이 그것이다. 이 문학적 계산이 구인회의 어떤 성격에까지 이어짐과 동시에 이상의 문학적 취향에로 향하고 있다는 사실로 말미암아 이 계산에는 문학사적 개입이 불가피해진다.

먼저 잡지 제목에 주목할 것이다. 『시와 소설』의 단순 이분법이란 무엇인가. 시인과 소설가의 집단인 만큼, 시와 소설 중심의 동인지로 될 수밖에 없겠는데, 그렇다면 평론가 김환태의 동인 가입이란 설명되기 어렵다. 동인 중의 무슨 친분 관계에 의거한 것이라면 이 동인지의 성격을 해명하기에 난점이 생기지 않을 수 없다. 평론가의 설자리를 편집자 이상이 끝내 마련할 수 없었음을 보아도 이 점이 확인된다. 또 다른 의문은 김환태와 함께 가입된 소설가 김유정에게서도 볼 수 있다. 김기림, 정지용, 박태원 등 신감각파라 불린 모더니스트와 스타일리스트 이태준 등이 핵심 세력인 이 판에 「산골 나그네」「동백꽃」의 작가 김유정이 끼어듦이란 또 무엇인가. 이렇게 물을 때 비로소 백석의 끼어듦이 그 의의를 빛낸다고 볼 것인데, 곧 김유정과의 균형 감각이 그것이다.

동인지 『시와 소설』에서 시 쪽을 대표하는 것은, 단연 정지용, 김기림과 이상 자신이다. 「유선애상」(정지용), 「제야」(김기림), 「가외가전」(이상)의 시들이란 누가 보아도 당대 최고의 모더니즘계에 속한다. 이에 맞서는 소설은 어떠할까. 이 물음에 대해 편집자 이상은 답안을 내놓지 않으면 안 되었는데, 이상 특유의 기하학적 감각, 곧 대칭성(對稱性)이 그 답안의 하나라면 이에 못지않은 감각, 곧 문학사적 감각이 그 다른 답안이다.

당대 최고의 시문학에 대칭되는 소설 장르는 어떠한가로 이 사정이 정리된다. 적어도 정지용, 김기림, 이상에 맞설 수 있는 소설을 골라 싣지 않는다면 구인회란 한갓 시 동인지로 한정되지 않겠는가. 이를 물리치도록 강요한 힘이 바로 문학사적 개입인데, 편집자 이상은 박태원과 김유정을 그 대칭점으로 고안해 낸 것이다. 그런데 이상이 발견한 것은 『소설가 구보씨의 일일』로 정평이 나 있는 박태원의 소설만으로는 대칭점이 될 수 없을 만큼 시 쪽이 압도적이라는 사실이었다. 이를 완화하는 방법으로 김유정이 요망되었던 것이 아니었던가. 그러한 추론의 근거로 다음 두 가지 편집상의 기법을 들 수 있는 바, 그 하나는 백석을 등장시킴으로써 시 쪽의 모더니즘의 지나친 강세를 완화시킴이고, 다른 하나는, 이 점이 중요하거니와, 김유정의 소설 「두꺼비」의 '단일 문장화' 편집 수법이다.

이 항목의 의의는 편집자 이상의 눈높이의 어떠함과 그것이 어째서 문학사적 과제인가를 알아봄에 있다. 좀 더 구체적으로 말해 그것은『소설가 구보씨의 일일』과「오감도」의 대칭 구조 및『소설가 구보씨의 일일』과「날개」의 비대칭 구조에로의 전환 과정이 갖는 문학사적 의의에 관련된 것들이다(김윤식,『이상문학 텍스트 연구』, 서울대출판부, 1998). 이를 검토하기 위해서는『시와 소설』에 실린 박태원의「방란장 주인」의 분석이 필수적이다. 구인회의 소설 쪽을 대표하는 이 작품의 무대는 동경. 대학 노트와 단장을 흔들며 식민지 수도 서울거리를 산책하는 고등 유민 구보가 아니라 그의 무대가 제국의 수도 동경임에 주목할 것이다.

1936년 2월 5일에 완성된 소설「방란장 주인」은 7페이지를 내리 한 문장으로 가득 채운 것으로, 일찍이 이 나라 산문계에서는 처음으로 선보인 기묘한 글이어서, 이를 규정할 만한 어떤 잣대의 실마리도 이 나라 문학 속에서는 찾아낼 수 없게 되어 있다(훗날『관촌수필』의 이문구, 그리고『칠조어론』의 박상륭이 이 계보를 잇는다). 이러한 황당하기 짝이 없는 스타일에 비해 그 내용인즉 의외로 선명하여 대조적이라 하지 않을 수 없게 되어 있다.

> 그야 주인의 직업이 직업이라 결코 팔리지 않는 유화 나부랭이는 제법 넉넉하게 사면 벽에 가 걸려 있어도 소위 실내 장식이라고는 오직 그뿐으로, 원래가 3백 원 남짓한 돈을 가지고 시작한 장사라 무어 찻집다웁게 꾸며 볼려야 꾸며질 턱도 없이 다탁과 의자와 그렇나 다방에서의 필수품 가지고 전혀 소박한 것을 취지로 축음기는 자작이 기부한 포터블을 사용하기로 하는 등 모든 것이 그러하였으므로 물론 그렇나 간략한 장치로 무어 어떻게 한 밑천 잡아보겠다는든지 하는 그러한 엉뚱한 생각은 꿈에도 먹어 본 일 없었고 한 동리에 사는 같은 불우한 예술가들에게도 장사로 하느니보다는 오히려 우리들의 구락부와 같이 이용하고 싶다고 그러한 말을 하여 그들을 감격시켜 주었던 것이요, 그렇길래 자작은 자

기가 수삼 년 전 애용하여 온 수제형 축음기와 이십여 매의 묵반 레코드를 자진하여 이 다방에 기부하였던 것이요, 만성이는 또 만성이대로 어디서 어떻게 수집하여 두었던 것인지 대소 칠, 팔 개의 재떨이를 들고 왔던 것이요, 또 한편 수경 선생은 아직도 이 다방의 옥호가 결정되지 않았을 때 그의 조그만 정원에서 한 분의 난초를 손수 운반하여 가지고 와서……

23쪽. 국한혼용체이나 편의상 한글화―인용자

이 첫 대목에서 즉각적으로 제시된 것은 다방 내부이며, 방란장이 이 다방의 명칭이며, 그 주인이 화가라는 사실이다. 곳은 일본의 동경(東京). 장사를 하기보다는 일종의 취향으로 다방을 시작했다는 점이 상세히 밝혀지기 시작한다. 이 독신 청년 화가의 밑천이 겨우 3백 원 정도라는 것, 필수품인 축음기도 '자작'이라 칭하는 친구의 기증품이며, 재떨이는 친구 만성이의 기증이며, 또 다방 명칭은 소설가인 수경(水鏡) 선생의 명명이라는 것 등등의 사실에서 미루어 보면, 이 다방 사업이 일종의 한 동리에 살고 있는, 같은 처지의 불우한 예술가들의 '구락부'의 구실을 하는 것으로 출발했음을 알 수 있다. 다방인지라 응당 마담이 요망되었는데, 그 역시 예쁘지도 품(品)도 애교도 없는 수경 선생집 하녀 미사에를 월급 10원으로 고용했던 것이다. 이 '방란장'이 문을 연 지 2년이 지났을 때의 사정은 어떠했던가. 작가 박태원은 이 다방의 개업에서 만 2년이 경과된 시점, 빚에 쪼들려 거의 망하기 직전까지를 이 작품에서 다루고 있다. 여기서 다루고 있다 함은, 방란장 주인인 독신 청년 화가의 자의식을 그리지 않았다는 것, 그렇다고 다방의 풍경이나 주변의 일을 그린 것도 아님을 가리킴에 관련된다. 굳이 말해 그것은 다방 주인 청년 화가의 '딱한 처지'로 집약되는 세계이며, 이를 초극할 어떤 의지도 상실했지만 아직도 막연히 무슨 방도를 기대함에서 오는 우울증의 일종이다. 우울증이란, 그러니까 일종의 허망감이어서 아직도 낭만적 경향인 센티멘털리즘을 탈각하지 못한 도시적인 비애의 막연함에 속한다. '딱한 처지'가 그 극한에 이른 것이 '권태'이다. 그것은 우울증을 그 자체로 무화시키는 방법으로서의 '우울증 즐김'에 해당되는 만큼 역설적인 극복 방식의 일종이 되는 셈이다. 이상의 「권태」(1936)란 이 점에서 박태원의 우울증과 선명히 구분된다. 방란장 주인을 상세히 분석함은 이 점의 중요성에서 말미암는다.

「방란장 주인」인 젊은 독신 화가가 「오감도」의 시인 이상임은 한눈에 알 수 있게 되어 있다. 작가 박태원의 다음 글에서 이 사실이 새삼 확인된다.

> 내가 이상을 안 것은 그가 아직 다방 '제비'를 경영하고 있었을 때다. 나는 누구한테선가 그가 高工 建築科 출신이란 말을 들었다. 나는 상식적인 의자나 탁자에 비하야 그 높이가 절반밖에는 안 되는 기형적인 의자에 앉어 점안을 둘러보며 그를 괴팍한 사나이라 하였다. '제비' 헤멀슥한 벽에는 10호 인물형 초상화가 걸려 있었다. 나는 누구에겐가 그것이 그 집 주인의 자화상임을 배우고 다시 한 번 치어다보았다. 황색 계통의 색채는 지나치게 남용되어 전 화면은 오직 누런 것이 몹시 음울하였다. 나는 그를 '얼치기 화가로군' 하였다.
>
> 다음에 또 누구한테선가 그가 시인이란 말을 들었다. (……) 나는 그 무슨 소린지 알 수 없는 시가 보고 싶었다. 李箱은 방으로 들어가 건축 잡지를 두어 권 들고 나와 몇 수의 시를 내게 보여 주었다. 나는 쉬르리얼리즘에 흥미를 갖지 않았으나 그의 「운동」 일 편은 그 자리에서 구미가 당겼다.
>
> 박태원, 「이상의 편모」, 『조광』, 1937. 6, 서두

다방 '제비'가 '방란장'으로 바뀐 것을 빼면 둘은 누가 보아도 등가물이라 할 것이다. 다만 다른 것이 있다면 '제비'의 차 끓이는 소년 수영이가 '방란장'에서는 없다든가 '제비'의 주인이 얼치기 화가이자 알 수 없는 시를 쓰는 시인이라면 '방란장' 주인은 단지 화가라는 점이다. 물론 여기서의 문제는 작가 박태원이 관찰하고 있는 이 다방 주인의 '딱한 사정'에 걸려 있다. 처음 다방을 내었을 때는, 제법 손님들이 모여들었으나, 경쟁점이 생긴 이후로 점점 몰락하기 시작, 두 해째가 되는 지금은 집세 빚에 쪼들릴 뿐 아니라 마담 미사에의 월급조차 지불할 수 없는 처지에 내몰린 것이다. 미사에의 처지에서 보면, 어느새 다방 마담 겸 가정부이자, 젊은 독신 주인의 수발까지 들지 않을 수 없는 동반자로 되어 갔다. 한편 주인의 처지에서 보면 미사에에게 월급도 주지 못했을 뿐 아니라 살림조차 맡겨 버린 처지니까 그냥 결혼해서 산다면 어떨까라는, 수경 선생의 권유도 고려해 보았으며, 또 예술가의 아내로서 오히려 겨우 소학을 마쳤으며 자기를 정성껏 보살피는 미사에가 절절할 것도 같았으나, 다른 한편 미사에를 자기도 행복하게 만들어 줄 수 있을까를 생각하자 그는 자신이 없다. 집세 독촉도 이제 어쩔 수 없는 현실 문제로 육박해 왔다('제비'의 주인 이상을 상대로 집주인이 소송을 제기한 사실과 이상이 이에 응하지 않아 가장 불리한 결석 재판을 받았음도 박태원은 지적하고 있다(『이상의 편모』 참조)).

이러지도 저러지도 못한 이러한 상황을 무어라 규정하면 적당할까. '진퇴유곡'이란 비유가 가능할지는 모르나 '절망'과는 질적으로 다른 그 무엇이다. 바로 이 '진퇴유곡'에 대한 태도에서 작가 박태원과 이상의 기질적 차이, 곧 문학적 변별성이 깃들고 있다.

6. 무대가 동경(東京)인 까닭

방란장의 젊은 주인이 놓인 진퇴유곡이란, 절망이기에 앞서 고독임이 판명된다. 고독이되 '자기 혼자로서는 어떻게도 할 수 없음'으로 규정되는 이 고독이란 새삼 무엇인가. 박태원이 본 방란장 주인의 그것은 '황혼의 빈 벌판의 산책'에 해당되는 것이다. 진퇴유곡에 놓인 젊은 화가가 할 수 있는 다음 단계의 방도란 '단장을 휘저으며 황혼의 그곳 벌판의 산책'인 바, 이는 박태원이 삶과 예술을 변별하는 장치의 하나로 설정한 것이다. 수경 선생의 삶도 그 속으로 들여다보면 방란장 주인의 딱한 사정과 오십보백보라는 사실이 이를 뒷받침한다. 이는 「권태」에서 보여 준 「날개」의 작가 이상의 초극 방식과는 질적으로 구별된다. 이상의 진퇴유곡 극복 방식이란, 앞에서도 지적했듯, 진퇴유곡 자체를 역설적으로 즐김에 있었던 것이다. 시골 아이들의 똥싸기 놀음의 생리가 반추하는 소의 생리 닮기로 정리되는 이상의 이 경지는, 진퇴유곡을 자조적으로 처리함을 가리킴이며, 마침내 이 자조적 처리 방식의 생리화에 이른 것이었다. 이를 이상문학의 미학이라 부른다면, 박태원의 산책 방식이란 어떤 미학이라 규정해야 적절할까. 그 실마리는 '산책 방식'에서 찾아낼 성질의 것이어서 생리화의 경우와 구별된다. 그 산책 방식이란 어디까지나 황혼녘이어야 하고, 벌판이어야 하고, 혼자여야 한다는 점이다. 그것은 대상과의 거리감에서 오는 공허감의 일종이 아닐 수 없다. 스스로는 진퇴유곡에 빠져 있지 않으면서, 그러한 경지에 빠져 있는 대상을 상정하고, 이를 바라보는 방식에서 이러한 공허의 미학이 도출되었던 것이다. 이런 태도를 일러, 스타일이라 부를 것인데, 그것은 현실이 안고 있는 진퇴유곡을 어떻게 하든 허구화(비현실화)시킴에서 말미암았다. 엄연히 버티고 있는 현실과 비현실 사이의 거리감의 정조(센티멘트)가 고독이다. 고독이란 그러니까 가벼운 우울증의 다른 명칭이 아닐 수 없다.

그렇다면 무엇으로 박태원은 현실을 비현실화할 수 있었을까. 이 물음에 대응되는 것이 박태원이 구사한 스타일이다. 그것은 현실을 가리게 하는 발(주렴)과 흡사한 것이어서, 저편의 현실을 깡그리 지울 수는 없다. 현실과의 거리감을 일정하게 유지하되, 그 윤곽을 잃지 않는 방식이 그의 문체였던 것이다.

이러지도 저러지도 못하는 딱한 처지에 놓인 방란장 주인 청년 화가가 세수도 안 한 채, 마담으로부터 단장을 달래서 그것을 휘저으며 황혼의 벌판을 한참이나 산책하기란 무엇이겠는가. 그의 발길이 현실에 굳건히 뿌리내린 늙은 소설가 수경 선생 댁으로 향함이란 또 무엇이겠는가. 노처의 발악에 꼼짝 못한 수경 선생의 표정을 떠올리며 그 집 문간에서 그가 발길을 돌리는 것은 또 무엇인가. 이 모두는 '황혼의 가을 벌판 위에서 자기 혼자' 산보하기 위한 방편에 지나지 않았던 것이다. 산책의 스타일, 그것이 박태원의 미학이었다면, 그것은 발(주렴)이랄까 스크린의 미학이 아닐 수 없다. 박태원의 미학이 이러한 스타일로서의 스크린으로 말미암아 '공허의 미학'이라면 남는 문제는 무엇인가. 이 물음의 중요성은 그것이 박태원의 미학이자 문학사적 과제라는 점에서 찾아질 성질의 것이다.

'공허의 미학'의 근거를 물을 때 제일 중요한 요인은 방란장이 놓인 '장소'에 있다. 앞에서 여러 번 되풀이한 대목 '단장을 휘저으며 황혼의 그곳 벌판의 산책'함이란 무엇인가. 이 물음의 결정적인 요소는 그 장소가 식민지의 수도 '서울(경성)'이 아닌 대일본 제국의 수도 동경(東京)

이란 사실이다. 작품 「방란장 주인」의 무대가 서울이 아님은 대체 무슨 까닭일까. 이 까닭에 앞서 던져질 질문은, 서울이든 동경이든 아무런 차이도 없다는 점에 있다.

신숙(新宿)이라 쓰고 '신주쿠'라 읽든, '신숙'이라 읊든 아무런 차이를 느끼지 않음이란 새삼 무엇인가. 박태원에 있어 글쓰기의 원점이 동경임을 가리킴이 아니라면 무슨 설명이 가능할까. 박태원에 있어 글쓰기의 원점이 일본의 당대 문학이며, 그것도 이른바 13인 구락부의 감각파 모더니즘계이며, 바야흐로 조이스의 『율리시즈』에 그 최대의 거점을 두고 있음이 아니라면, 서울 종로에 있는 얼치기 화가이자 「오감도」의 시인이 경영하는 다방 '제비'가 막바로 '방란장'이 될 이치가 없다. 초라하기 짝이 없는 식민지 서울의 다방 '제비'를 제국의 수도 동경에 옮겨 놓았다고 해서 달라진 점이 전무하다는 사실은, 박태원의 글쓰기의 원점이 서울일 수 없음을 웅변함이 아닐 수 없다.

단장을 짚고 대학 노트를 옆에 끼고 종로 거리를 배회하고 있는 구보 씨의 행위란 실상 동경의 은좌(銀座) 거리 혹은 황혼의 무장야(武藏野) 숲을 걷고 있음과 등가이다. 구보에 있어 서울이라든가 다방 '제비'란 한갓 꼭두[幻]이며 허깨비인 까닭이 여기에서 온다. 이 점에서 박태원은 「날개」의 작가 이상과 더불어 '환각의 인(人)'이 아닐 수 없다. 식민지 서울이란, 박태원에게도 이상에게도 한갓 환각이며 헛것이기에 이를 그대로 그려내기만 한다면 막바로 작품(문학)이 되지 않을 수 없는 형국이었다. 서울(현실)이 환각으로 보이는 곳에 박태원, 이상의 글쓰기의 원점이 있었다는 이 명제의 중요성은 이것이 모더니즘계 미학의 존재 방식에 직결됨이라는 점에서 찾아질 성질의 것이 아닐 수 없다.

제국의 수도 동경의 문학, 그리고 또 그것은 저 조국을 스스로 탈출하여 파리에서 『율리시즈』를 쓴 조이스의 글쓰기의 원점과 박태원의 원점이 등가라 함은 이런 문맥에서이다. 대작 『천변풍경』(1936)이 조이스의 『율리시즈』에 대응된다는 시각은 이에서 말미암는다. 엘리어트의 「황무지」와 김기림의 「기상도」가 대응되는 것도 이런 현상의 일종이다.

현실로서의 서울, 그리고 삶이 한갓 환각이며, 진짜의 현실 그리고 삶이 동경이라면, 환각과 현실의 일처럼 모색 방식은 동경으로 가서 사는 방식이 제일 확실할 것이다. 「날개」의 작가 이상의 동경행의 근거도 이로써 설명된다. 그렇다면 박태원은 어떻게 했던가. 다시 동경으로 가서, 거기서 글쓰기에 나아가야 했으리라. 그렇게 했다면 그는 응당 일본 문단에 큰 얼굴을 드러내었을지도 모르며 적어도 '우울증'에 시달리거나 '공허함'의 상태에서 유려하게 해방되었을 터이다. 박태원은 그렇게 하지 않았는데, 그 결과물이 「방란장 주인」이자 그 속편 「성군」(1937)이다. 「성군」은 방란장 주인의 몰락 과정을 희화적으로 그린 것이며 대화체 중심으로 엮은 것이지만, 장소가 동경이란 점을 전면적으로 드러냄으로써 실로 참담한 지경에 떨어지고 만 졸작이다. 「방란장 주인」에서 그토록 은폐하고자 시도했던 장소로서의 동경이 전면적으로 노출됨에 따라 분명해지는 것은 바로 환각의 소멸에서 말미암았다. 「방란장 주인」의 미적 달성은, 그러니까 글쓰기의 기원이 동경이기에, 서울이 지닌 환각에서 말미암았던 것이다. 제국의 수도 동경에다 글쓰기의 원점을 두었을 때, 그것과 서울의 촌스러움의 낙차가 크면 그럴수록 환각의 증대가 이루어질 수밖에 없다. 이 환각에 대응되는 것, 말을 바꾸면 이 환각으로 서울의 그 낙차를 보상하고자 하는 열정이 솟아오르는 법이다. 무엇으로 이에 대처할까. 상상력(문체)이 그 해답이다. 서울 현실의 빈약함을 상상력(환각)으로 초극, 저 동경의 그것과 균형 감각 만들기, 그 결과물의 한 사례가 저토록 높은 「방란장 주인」의 문체인 것이다. 「방란장 주인」의 무대가 동경이란 사실, 그것이 지닌 문학사적 의의란, 이처럼 박태원 미학의 본질이자 모더니즘계 미학의 의의가 아닐 수 없다. 그렇다면 같은 「환각의 인」이면서도, 박태원과 이상은 어떻게 같고 또 다른가. 이런 과제가 우리를 기다리고 있다고 할 것이다.

7. 내용과 형식 사이의 희극적 낙차―현실의 진부성과 자의식 과잉의 정교한 언어

1930년대 현재 국세 조사에 따르면, 식민지 조선의 총인구 2,105만 8천 명이며 그중 97%가 조선 13도 출신이었고, 일본에서 출생한 일본인은 1.75%인 36만 9천 명, 중국에서 출생한 중국인이 9만 2천 명으로 되어 있다. 이중 서울 인구 총 394,246명이며, 이중 일본인은 19%인 74,825명을 차지하고 있었다. 또 서울 인구 중 서울 토박이는 45.5% (179,226명)에 해당되고 있다. 10세 이상의 조선인 문맹률은 남자의 경우 51.7%인 데 비해 여자는 89.5%, 이중 서울의 경우 문맹률은 37.7%로 되어 있다. 특히 주목되는 것은, 서울의 경우 직업 있는 자는 34.7%, 무업자는 65.3%로 집계되어 있다는 점이다.

그런데 더욱 중요한 것은 서울 인구의 직업자의 첫 번째가 주인 가구에 고용된 '가사 사용인(12,094명)'으로 무려 8.9%를 점한다는 사실이다. 가사 사용이란 무엇인가. 머슴이나 하녀가 따로 분류되어 있는 만큼, 이는 행랑살이를 가리킴이고, 그것도 행랑어멈 쪽이 주축을 이루었음이 판명된다. 두 번째 직업은 날품팔이로 7.4%, 세 번째가 물품 판매업자, 네 번째가 점원 등의 순서였다(손정목, 『일제 강점기 도시 사회상 연구』, 일지사, 1996, 130~136쪽).

이러한 형편 아래서 다방이 처음 생기고, 카페, 극장 그리고 백화점이 한둘 생겨났던 것인 만큼 거기에는 아직 군중이 형성되지 못한 형편이었다. 비록 산책자로서의 길이 열린 공간이긴 하나, 그 산책자가 아직 군중을 발견하기 전의 무대였기에, 산책자 구보의 단장과 대학 노트는 공허함으로 가득 찰 뿐, 이 군중의 부재에서 오는 고독이 구보의 우울증의 근거를 이루었다.

군중의 출현 이전의 서울 공간을 규정하는 한 가지 지표로『소설가 구보씨의 일일』이 존재하고 있다는 시선에서 보면, 그러한 분명한 지표의 하나로 밤의 풍경이 지적될 것이다. 구보가 느끼는 압도적 고독은 황혼의 산책에서 왔다. 낮과 밤의 경계선에 섰을 때 구보의 고독은 최고점에 달한다. 이 경계선의 진입과 이탈이 구보가 지닌 지표로서의 역할이다.

'어느 틈엔가 구보는 종로 네거리에 서서 그 곳에 황혼과 또 황혼을 타서 거리로 나온 노는 계집의 무리를 본다(『소설가 구보씨의 일일』, 106쪽)'. 구보 앞에 압도적으로 다가오는 것은 보들레르를 절망케 한 익명성의 군중이 아니라 단지 '노는 계집'이었다. 이 노는 계집들이 비록 굽 높은 숙녀화에 조금은 익숙했다 할지라도, 구보의 시선에서 보면 '가장 서투르고 부자연한 걸음걸이'가 아닐 수 없다. 구보의 산책자의 몫이란, 산책자임엔 분명하나, 이처럼 제한적임이 판명된다. 동경의 번잡을 보고 나서야 시골 같은 서울의 다정스러움을 알아차린 「날개」의 작가가 살았던 식민지 서울이 지닌 미숙성으로 이 사정을 설명할 수 있다. 구보의 고독이란 그가 놓인 서울의 근대적 미숙성의 현실과 이미 구보가 동경에서 체득해 버린 지식(감수성)과의 낙차에서 왔음이 판명된다.

이러한 사례는,『율리시즈』의 작가 조이스의 경우와 대비시켜 볼 성질의 것이기도 하다. 조이스가 당면했던 식민지 아일랜드의 수도 더블린의 현실이란, 현실 자체의 빈약성(자본주의적 기초의 미숙성)에 다름 아니지만 이를 기록한 것이『율리시즈』라면, 이때 문제되는 것은 조이스의 기록 방법으로서의 기묘하고도 화려한 문체이다. 식민지 현실의 빈약성을 기록하기 위해 조이스가 사용한 방법이란 다름 아닌 자의식 과잉의 정교한 언어 사용(the self-consciously elaborate languages used to record it)이었다. 곧 현실의 진부성과 자의식 과잉의 정교한 언어 사이에서 생긴 아이로니컬한 틈새, 내용과 형식 사이의 희극적 낙차가『율리시즈』로 나타났던 것이다. 곧 그것은 기표의 과잉과 언급 대상의 비속성의 틈새를 고통스럽게 의식하는 식민지 작가의 상황을 기막히게 보여준 것이었다(T. Eagleton, Heathcliff and the Great Hunger : Studies in Irish Culture, London : Verso, 1995, 150쪽).

조이스의 경우, 식민지적 특질이 모더니즘과 직결되는 화려한 실례라 할 땐 설명이 없을 수 없다. 종주국 학감이 사용하는 언어와 식민지 학생 조이스가 사용하는 영어의 낙차를 절망적으로 인식하던(『젊은 예술가의 초상』, 이상옥 역, 박영사, 295쪽) 점에 생각이 미친다면, 조이스가 언어의 물질성을 철저히 추구하여 그 가능성을 실험할 수 있었던 것은, 영어가 그동안 이루어 낸 역동적 힘과 결코 무관하지 않을 것이다. 조이스에 있어 영어란 모국어이자 외국어였다. 영어가 지닌 압도적 힘을 이용, 마침내 조이스는 영어를 영어에서 탈락시켜, 초언어(超言語)로 이끌어 올린 형국이 아니었던가. 「피네건의 밤샘」이 그런 사례라 볼 것이다.

이에 견줄 때 구보는 어떠할까. 그가 배운 일어란 모국어이자 외국어가 아니었을까. 구보가 가진 것은 단장과 대학 노트뿐, 그 대학 노트란 것도 동경 어느 다방 구석에서 주운 '윤리학 노트'에 지나지 않았다. 이 '윤리학 노트'가 서울에 옮겨와, 종로 밤거리를 헤매는 광경이『소설가 구보씨의 일일』이다. 그리고 이 '윤리학 노트'가 이루어 낸 가장 화려하고도 공허한 산문이「방란장 주인」이었다. 아직 군중도 없고, 영어가 지닌 압도적 힘도 아직 없는 일본어의 '대학 노트'란, '윤리학'에서 끝내 벗어날 수 없음이 그 한계성으로 지적됨은 이런 문맥에서이다. '단층파'의 등장은 그들이 이 구보의 한계성을 모르는 사이에 직감했음과 결코 무관하지 않다.

문학사적 의의의 일차적인 사항이란 무엇인가.『소설가 구보씨의 일일』과「날개」사이에 교류하는 게임 이론, 곧 고압적 전류가 이에 해당된다.「오감도」와『소설가 구보씨의 일일』이 동시적 현상이었는데, 이 양쪽에 놓인 매개항이 삽화가 하융의 존재였다. 하융이「오감도」와「날개」의 작가임을 염두에 둔다면 삽화가 → 시인 → 소설가의 진행 과정이 뚜렷해진다. 삽화가이자 시인인 이상(하융)이 소설을 쓰겠다고 고백한 것은 김기림에게 보낸「사신」(1936. 4)에서이다. '우리들의 행복을 신에게 과시하기 위해서'가 소설 쓰겠다는 결의의 표면적 이유였다. 그러니까 '해괴망칙한 소설'을 쓰겠다는 것이어서, 스스로가 이를 '흉계'라 규정한다. 그 흉계의 실현이 바로「날개」(1936)이다. 무엇이 어떻기에 흉계라 했을까. 이 물음에 대한 대답은 문학사적 과제의 하나에 해당될 터이다.

이를 정리하면 다음과 같다.『소설가 구보씨의 일일』에 등장하는 구보의 진정한 벗이「오감도」의 시인이자 '제비'의 주인이었다. 이에 대한 시인이자 '제비'의 주인의 흉계가「날개」이다.「방란장 주인」이 '제비'의 주인이자「오감도」의 시인이라는 사실에 대한「방란장 주인」이자 「오감도」의 시인의 흉계가 「날개」이다. 어째서 그것이 흉계일 수 있는가. '소설'이 그 정답이다. 한때 시인이었고 '제비'의 주인이었으나, 이제부터는 시인도 아니고 '제비'의 주인도 아니라는 사실만큼 충격적인 흉계가 달리 있을 것인가. 「날개」가 '기묘한 소설'이며 그 탄생이 바로 '소설'의 탄생에 해당된다는 것이 바로 이 나라의 문학사적 사실이 되는 것은 이 때문이다.

주피터 신상과 골고다의 예수상

┃이상과 김기림

1. 김기림에게 보낸 이상의 「사신」 7편

이 나라 문단사의 시선에서 보면 「오감도」(1934)의 작가 이상은 구인회(1933) 회원이자 34문학(1934)의 회원이기도 하다. 전자가 퇴조하는 카프문학에 뒷발질을 하기 위해 신문사 학예면 중심의 기성 문인들이 조직한 것이라면, 후자는 무명 신인들이 조직한 모임이거니와 어느 쪽에서나 이상은 첫 번째 인선에는 들지 못하고, 결원을 채운 형국의 동인임이 특징적이다. 구보와 이상은 구인회에 끼고 싶어 했고 그래서 조직기획자 조용만에게 의사를 타진할 정도의 형편에 있었다. 그도 그럴 것이 아직은 거의 무명이었고 또 신문사 학예면에 글이라도 팔아야 하는 처지였기에 상허(중앙일보), 무영(동아일보), 조용만(매일신보), 김기림(조선일보) 등의 모임에 매력을 느꼈을 터이다. 그러나 문학적 감수성에 있어 이들 기성 문인들은 순수문학 체질이라고는 하나 낡은 세대라면 구보나 이상은 단연 그 신선함으로 해서 연령과는 관계없이 이른바 세대적 단층이 엿보였다. 이 사실을 문학적으로 정리해 보인 것이 당대 비평가 최재서의 고명한 평론 「리얼리즘의 확대와 심화」(1936)이었다. 그러나 구보 박태원과 이상을 변별하는 측면에 대해 최재서의 평론은 둔감했다. 구보와는 달리 이상은 구인회에 한 발을 걸쳐놓고 다른 한 발은『34문학』에 놓았다는 사실만큼 이상의 그다움을 드러내는 모습은 따로 없었던 까닭이다.

이상이 34문학 동인으로 참가한 것은 1935년이었다. 「I Wed A Toy Bride」(『34문학』 제5호, 1935, 8)을 들고 3·4문학 동인이 되었을 때 그는 자기가 놓인 자리를 정직하게 재고 있었다.

> 이곳(東京-인용자) 三十四年代의 영웅들은 과연 추호의 오점도 없는 20세기 정신의 영웅들입디다. ドストイエフアキ-는 그들에게는 선조에 지나지 않는다는 것을 그들은 생리를 가지고 완벽하게 살으오.
> 그들은 이상도 역시 20세기의 スポーツマン이거니 하고 오해하는 모양인데 나는 그들에게 낙망(아니 환멸)을 주지 않게 하기 위하여 그들과 만난 때 오직 20세기를 근근히 ポーズ를 써 유지해 보일 따름이구려! 아! 이 마음의 아픈 갈등이여

「사신(7)」, 『이상문학전집(3)』, 문학사상, 235쪽

이로써 드러나는 것은 3가지 층위이다. 지용, 상허 중심의 구세대가 (A)층위라면 그중에 낀 구보와 이상이 (B)층위이며, (C)층위는 도일한 이상 주변의 3·4문학파에 발을 들여놓은 이상이 놓인 위상이다.

당대의 문단인과 이상의 관련양상을 문제 삼을 때 일단 (B)층위에 주목할 것이다. 구보와 이상은 우선 무직업이었고 따라서 다른 구인회원과는 격이 달랐다. 구보는 가계상에서 중인출신이고 거기에 걸맞게 생활에 여유가 있어 좋아하는 글만 쓰면 그만이었으나 공직에서 물러난 이상은, 다방 '제비'를 경영하고 있었으나 실상은 그 역시 생활과는 거의 무관했다. 구보는 대학노트를 들고 식민지 서울 거리를 산책하면서

동경에서 배운 문자로 글을 적으면 그만이었다면, 겉으로는 이상도 이 점에서 비슷했다고 볼 것이다. 카페에서 수작할 때의 한 장면이 이를 잘 보여준다.

조용만, 『구인회 만들 무렵』, 정음사, 1984, 74쪽

소한빈이란 일본말의 '스칸핀'을 우리 한문 음으로 발음한 것. "도합 (都合)에 의해서 흠석(欠席)했네."도 마찬가지. '도합'에 의한다는 말은 사 정에 의한다는 일본말. 이상은 구보에 비해 일본어에 매우 능통했음이 잘 드러난다. 뿐만 아니라 그 일본어에다 자기 식의 창의력을 발휘하기 에 골몰했다. 가령, 구보가 일상대화 속에서 '정구죽천(丁口竹天) 할 일인 데' ― 네 글자를 합치면 可笑가 된다 ― 라고 한 것도 이상을 상대로 할 때 비로소 빛이 났다. 이 연장선상에서 조감도(鳥瞰圖) → 오감도(烏瞰圖), 동해(童孩) → 동해(童骸)의 기호놀이가 작품 제목에까지 솟아오른 것이다.

위의 3가지 층위 중 이상이 놓인 (B)층위에서 구보 박태원이 제일 가 까운 술친구였지만, 그것은 어디까지나 같은 세대의 동류의식에 기반을 둔 것이어서 마음을 열고 문학적 대화를 할 수 있는 대상은 아니었다. 그런 대상은 (A)층위에서 찾아야 했는바, 김기림이 바로 그런 대상이었 다. 이상이 남긴 일곱 편의 사신이 이를 증거하고 있다. 어째서 이상의 문학적 대화의 대상으로 김기림만이 선택되었는가를 살피는 것이 이글 이 겨냥한 곳이거니와, 그것은 저절로 이상과 김기림의 차이를 드러냄 과 동시에 이상 특유의 글쓰기의 원점 파악에 이를 수 있는 한 가지 방

도를 보이기 때문이다.

2. '철저히 소설을 쓰겠다는 결심'을 고백한 곡절

구인회의 최고 연장자는 정지용(1902~?)이며, 그 한 살 아래가 좌장격인 이태준이었다. 이상의 시「오감도」열다섯 편을 중앙일보에 발표케끔 주선한 것도 정지용이었다(조용만, 같은 책, 85쪽). 가톨릭 신자인 지용이 기관지『가톨릭청년』(1933)을 맡아 거기에 이상의 시「운동」등을 실은 것만 보아도 모더니즘적 감각에 대한 지용의 취향이 엿보인다. 그렇지만 이상의 처지에서 보면 "중키에 얼굴은 넓적한 게 호남자로 생긴 시인 기림"이 친근하게 느껴졌다. 이상은 박태원과는 짝패의 처지였지만 지적으로 무장한 호남자 김기림이 비록 두 살 아래 터울의 차이이긴 해도 그에겐 친근한 형뻘로 느껴졌다. 겉으로 드러난 두 사람의 관계는 다음 세 가지였다.

첫째, 시인이자 비평가인 모더니즘계 김기림이 시단의 새 흐름을 주도하는 서두에서 이상을 내세웠다는 점.

> 이상은 지금까지 얼마 알려지지 않은 시인이다. 잡지『가톨릭청년』을 읽은 분 가운데는 혹은 그의 일견 기괴한 듯한 시를 기억할 분이 있을 줄 안다. 그의 시는 대부분 우리가 가지고 있는 난해하다는 시의 부류에 속한다. 그러므로 필자는 그이를 맨 꼭대기에 소개한다. 이 시에는 우선 아무런 의미가 없음을 발견할 것이다. 모든 인도주의자를 실망시키도록 이 시인은 시에서 우선 표현하려는 의미나 전달하려는 무슨 이야기를 미리부터 정해놓고 그것을 표현 또는 전달하려고 계획하지는 않았다.
>
> 조선일보 1934. 7, 『김기림전집2』, 심설당, 1988, 328쪽

당대 시의 감각에서 이상의 위치를 김기림만이 정확히 잴 수 있었다
는 사실은, 그저 진귀해서 추단했다는 정지용의 경우와는 차원이 다른
것이다. 이상을 쉬르리얼리스트라 규정한 김기림의 논지에서 주목되는
것은 '스타일리스트'라 평가한 점이다.

> 그러나 시인은 쉬르리얼리즘의 가장 현저한 방법상의 특색인 형태에
> 대한 추구—즉 가지적인 그리고 가청적인 언어의 외적 형태에는 얼마
> 비약적 시험을 하지 않고 그보다는 오히려 언어 자체의 내면적인 에너지
> 를 포착하여 그곳에서 내면적 운동의 율동을 발견하려고 한 점에 그 독
> 창성이 있는가 한다.
>
> 같은 책, 329쪽

이러한 평가를 할 수 있는 시적 안목의 소유자로 김기림 오른편에
나설 자가 없다는 것을 이상이 누구보다 잘 알고 있었다는 사실이야말
로 이상이 김기림에 대해 느꼈던 친근감의 근거이자 또한 함부로 대할
수 없는 친형 같은 느낌을 주게 된 근거이기도 했다.

둘째, 김기림의 시집 「기상도」 교정을 이상이 보았다는 사실.

> 『기상도』는 조판이 완료되었습니다. 지금 교정중이오니 내 눈에 교료
> 가 되면 가본을 만들어 보내드리겠습니다. 최후 교정을 하여 보내주시기
> 바랍니다. 동시에 『시와소설』 몇 권 한데 보내드리겠습니다.
>
> 「사신3」, 『이상문학전집3』, 225쪽

도일하기 전까지 이상은 화가 구본웅이 출자한 출판사 창문사에 근
무했고 여기서 그는 또 구인회의 유일한 기관지 『시와소설』(1936. 3)을
손수 편집까지 한 바 있다.

셋째, 이상 사후에 나온 『이상선집』(백양당, 1949. 3)을 김기림이 손수 편집했다는 점. 해방 후 편집된 『이상선집』을 편집하는 마당에서 김기림은 정작 이상 시의 시사적 위치나 분석이 거의 가려진 형국을 빛을 만큼 실로 안타까움이 앞을 가린 형국을 빚어놓고 있다. "나는 비단처럼 섬세한 육체는 결국 엄청나게 까다로운 그의 시정신을 지탱하고 섬기기에 그처럼 소모된 것이리라 생각했다"라든가 "그 노숙한 풍모는 인생의 산전수전을 다 겪은 늙은이도 당할 수 없었다" 등으로 일관했던 것이다. 다만 김기림만이 알고 있는 직관이 번뜩인 곳은 다음 대목이라 할 것이다.

> 어찌 보면 그가 시 대신 소설을 쓴 것은 속된 독자층, 아니 너무나 상식적인 문단 그것과의 타협인지도 몰랐다. (……) 그러나 그는 이러한 군중의 박수갈채 속에서도 실상은 호주머니 저 밑에 감추어둔 그의 시고를 더 소중하게 주물러보곤 한 것이다.
>
> 『이상선집』 서문

이는 김기림이 이상의 미발표 유고의 핵심을 직관한 증거가 아닐 수 없다.

위에 든 세 가지로 두 사람의 관계가 어느 수준에서 드러났다. 그것은 이상 쪽의 일방통행적 성격으로 규정된다. 심중 깊은 곳에 있는 문학적 열망을 실토할 수 있는 대상이 김기림이었지만, 김기림 쪽에서는 늘 일정한 거리를 두고 있었음이 「사신」에서 엿보인다.

> (A) 졸작 「날개」에 대한 형의 다정한 말씀 골수에 스미오. 방금은 문학 천년이 회신에 돌아갈 지상 최종의 걸작 「종생기」를 쓰는 중이오. 형이나 부디 억울한 이 내출혈을 알아주기 바라오!
>
> 「사신5」, 『이상문학전집3』, 231쪽

(B) 사실 나는 요새 그따위 시밖에 써지지 않는구려. 차라리 그래서 철
    저히 소설을 쓸 결심이오. 암만해도 나는 19세기와 20세기 틈바구
    니에 끼어 졸도하려드는 무뢰한인 모양이오. 완전히 20세기 사람
    이 되기에는 내 혈관에는 너무도 많은 19세기의 엄숙한 도덕성의
    피가 위협하듯이 흐르고 있소 그려.

「사신(8)」, 같은 책, 235쪽

(C) 「나는 지금 참 쩔쩔매는 중이오. 생활보다도 대체 어떻게 했으면
    좋을지를 모르겠소. 의논할 일이 한두 가지가 아니오. 만나서 결국
    아무 이야기도 못 하고 헤어지는 한이 있더라도 그저 만나기라도
    합시다. 내가 서울을 떠날 때 생각한 것은 참 어림도 없는 도원몽
    이었소. 이러다가는 정말 자살할 것 같소.

「사신(8)」, 같은 책, 239쪽

(A)에서 보듯, 내출혈로서의 「종생기」를 호소할 수 있는 곳이 바로
김기림 앞이었으며 「날개」도 「종생기」도 진짜 '소설'이 아님을 (B)에서
확인할 수 있다. 곧 「날개」도 「종생기」도 일종의 '시적인 것'에 지나지
않으며, 최소한, 적어도 「오감도」의 연장선상에 놓인 것이었다. 스스로
20세기 스포츠맨 모더니스트라 자처한 그의 한갓된 기호놀이였던 것이
다. 이러한 놀이들이 갈 곳 없는 허풍이었음을 이상은 동경에 가서야
확연히 깨치고 있었다. <지금부터 소설을 쓰겠다>는 것은, 19세기에서
출발함을 가리킴이 아닐 수 없다. 19세기식 최고의 소설이란, 이상에
있어서는 도스토옙스키였다. '지금부터 소설을 쓰겠다'의 소설인즉, 「오
감도」식 기호놀이인 20세기식에서 벗어나, 19세기적 최고 수준인 도스
토옙스키의 소설이었다.

그 징검다리로 놓인 것이 전반부부터 후반부로 구성된 「날개」이다.
"박제가 되어버린……"으로 시작되는 전반부에 대응되는 것이 「오감도」

라면 '나'의 의식을 일상성 속에서 다룬 "그 三十三번지라는 것이……"
로 시작되는 후반부는 통칭 소설이라 부르는 서사구조의 산물인 까닭
이다. 이 두 부분을 작가는 어째서 유기적으로 통합하지 못하고 엉거주
춤하게 처리하고 말았을까. 말을 바꾸면 전반부가 20세기적인 비유클
리드기하학의 차원이라면 후반부는 19세기식 도스토옙스키의 차원이며
"그 틈바구니에 끼어 졸도하려 드는 무뢰한"(「사신7(8)」)의 문학적 증거라
할 수 있다.

그렇다면 「날개」의 한계를 넘어선 것이 "지상 최종의 걸작"인 「종생
기」일까. 그렇지 않음은 「종생기」 스스로가 입증하고도 남는다. 「동해」
「환시기」, 「단발」, 「실화」 등 이미 발표된 단상적인 서사의 파편들에다
일관된 동일성을 부여한 것에 지나지 않기 때문이다. 이를 완성한 것은
동경에 도착한 한 달 뒤였다. 그러니까 「종생기」란, 그동안 「오감도」의
연장선상에서 써오던 글쓰기의 종합이자 마침표 찍기에 다름아니었다.
「오감도」계에서 벗어난 19세기식 도스토옙스키계의 소설쓰기는 끝내
공백으로 남게 되었는바, 동경에서의 죽음이 그 원인이었다. 만일 그가
동경 체험을 마치고 귀국하여 글쓰기에 나아갔다면 필시 그는 "철저히
소설을 쓸" 것이었음에 틀림없다. 그것은 「날개」 후반부계가 아닐 수
없다. 이때 비로소 이상문학은 한국근대문학의 주류에 합류하되 그 고
도의 수학적 관념성의 날카로움이 극복된 외견상 범속한 문학으로 낙
착되었을 것이다. 동경에서 이상이 깨친 것은 소설을 알되 정직한 소설
곧, 일어로 된, 혹은 수학으로 된 「오감도」계, 「종생기」계가 아니라 「권
태」의 문체를 가진 「날개」 후반부식 글쓰기였을 터이다. 그것은 조금
새롭기는 해도, 정작 저 『단층』(1937)파의 자의식이거나 최명익, 허준의
수준에서 크게 앞서거나 벗어나지는 못했을 것이다. 그것이 한국문학에

의 귀환인 까닭이다. 그것은, 말을 바꾸면 '생리적' 회귀에 다름아닐 터이다.

> 과거를 돌아보니 회한뿐입니다. 저는 저 자신을 속여왔나봅니다. 정직하게 살아왔거니 하던 제 생활이 지금 와보니 비겁한 회피의 생활이었나봅니다. 정직하게 살겠습니다. 고독과 싸우면서 오직 그것만을 생각하며 있습니다. 오늘은 음력으로 제야입니다. 빈자떡, 수정과, 약주, 너비아니 이 모든 기갈의 향수가 저를 못살게 굽니다. 생리적입니다. 이길 수가 없습니다.
>
> 「사신9」, 같은 책, 242쪽 ─ 이것은 안회남에게 보낸 것

이상의 동경체험을 그 문학적 과정에서 엿볼 수 있는 곳은 이처럼 주로 김기림을 향해서였다. 여기서 주목되는 것은 김기림 자체이기에 앞서, 이상에 있어 김기림이란 무엇인가에서 온다. 어째서 이상은 다른 구인회 회원을 제치고 또 단짝인 박태원이나 김소운, 정인택 등을 떠나 유독 김기림에서 문학적 고백을 송두리째 하지 않으면 안 되었을까? 이 물음에는, 이 나라 근대문학에서의 모더니즘의 위상, 곧 김기림의 위상과 이상의 그것이 송두리째 잠복해 있다.

3. 방계 제국대학과 화전민 의식

대체 김기림이 전개한 30년대 이 나라 모더니즘계는 훗날 어떻게 평가될 수 있었을까. 그러한 한 가지 사례를 들라면 주저 없이 『시학평전』의 저자 송욱 교수의 비판을 들지 않을 수 없다. 송욱 교수는 망설임도 없이 이렇게 단언해 마지않았다. "그는 내면성과 전통의식이 없는 시인

이었기 때문에 (……) 천박하게도 외국풍이 즉 모더니즘이라고 생각하였다."라고. 이에 대한 근거를 이렇게 정리해놓았다.

반세기 남짓한 우리 근대시의 역사를 더듬어볼 때, '과학정신' 혹은 '객관주의'를 소리 높이 부르짖으며 시의 근대성을 강조한 점에서 선구자의 구실을 한 사람으로 김기림을 들 수 있다. 그는 시인으로서 또한 비평가로서 눈부시게 활약하였다. 그보다 훌륭한 시인은 이 나라에서 쉽사리 찾아볼 수 있다. 그러나 그보다 더욱 뛰어난 시의 비평가를 이 나라의 신문학사에서 찾기는 어려운 일이다. 실상 그는 이 나라에서 자기 나름으로 근대적 시 이론을 소개한 거의 유일한 존재이기도 하다.

나는 그가 시의 비평가로서는 둘도 없는 사람이었지만 그의 작품은 그리 대수롭지 않다고 했는데 이것은 무슨 뜻일까? 가장 훌륭한 시인은 가장 놀라운 비평가를 자기 안에 지니고 있다는 것을 나는 여러 번 되풀이해서 밝혀 왔다. T.S. 엘리엇, W.H. 오든, 샤르, 보들레르, 포르, 발레리, 모두가 위대한 시인인 동시에 훌륭한 비평가였으니 말이다.

그러나 이러한 실례는 우리 신문학사에는 한 사람도 없다. (……) 그리고 이것은 우리 신문학사가 지닌 가장 큰 불행이며 결함이 아닐 수 없다. 기림보다 훌륭한 시인은 있었지만 그들은 모두가 자기 안에 위대한 비평가를 자라게 할 만큼 오랜 세월에 걸쳐 자기의 예술을 의식화하고 발전시키며 무르익게 할 수 있는 여유와 기회를 가지지 못하였다. 그리고 기림은 우리가 가지고 있는 거의 단 한 권의 시론을 남긴 시인이기는 하지만, 그는 유럽의(주로 영국, 그것도 주로 I. A. 리처즈) 새로운 사조를 받아들이기에 바빴던 탓인지 자기의 예술을 내면적으로 깊게 하고 또한 세련시켜 훌륭한 작품을 많이 만들지는 못하였다. 따라서 그는 비평가로서 가지고 있는 자기의 결함을 자기 시 작품에서 어쩔 수 없이 드러내고 있어 흥미 있는 존재이기도 하다.

송욱, 『시학평전』, 일조각, 1963, 178~179쪽

송욱의 이러한 평가에서 주목되는 것은 시인과 비평가, 시와 비평의 관계이다. "가장 훌륭한 시인은 가장 놀라운 비평가를 자기 안에 지니고 있다는 것"을 전제로 한 이 논의에서 주목되는 것은, 김기림의 불행과 어째서 그것이 이 나라 신문학사가 지닌 "가장 큰 불행"인가에서 온다. 이 나라에서 가장 뛰어난 비평가인 김기림조차 실상은, 따지고 보면 진짜 비평가 축에 들 수 없음이야말로 한국 신문학사의 가장 큰 불행이라는 명제인데 이는 물론 서구의 근대시와 비교한 근대의 경우이다. 이 근대적 잣대에서 보면 김기림의 근대시의 이해는, 매우 부실한 것으로 된다.

송욱의 생각으로는, 서구의 근대시(모더니즘)의 경우 거기에는 '내면성과 전통의식'이 엄연히 살아 있어 그 범주 또는 압력 안에서의 근대적 문명의 새로움을 흡수한 것인 데 비해 김기림에겐 이 '내면성과 전통의식'을 몰각하고 '새로움'만을 추구한 것인 만큼 소학생의 깃발처럼 우스꽝스런 것이 되고 말았다는 것이다. 이 사태의 중요성은 김기림뿐 아니라 이 나라 신문학사도 그러하다는 사실에서 온다. 곧, 김기림이 '가장 훌륭한 비평가'이긴 하나 따지고 보면 그 비평 자체가 매우 부실한 것이었다. 이 나라 가장 훌륭한 비평가인 김기림의 비평 자체가 얼마나 허술한 것인가를 꿰뚫어본 데에 송욱 교수의 혜안이 있었다고 볼 것이다. 그러나 그 원인 천착에 송욱은 무관심했다.

이 과제의 해명을 위한 한 가지 방도는 김기림이 공략한 곳이 동북제대였음에 주목하는 것이다. 제국대학 입학조건인 외국어에 일단 주목해보기로 한다. 원래 구제 고교(日制 高校)의 외국어 교육은 유례없는 철저성으로 되어 있었다. 제1외국어(문과 갑류가 영어, 을류가 독어, 병류가 불어)가 주 아홉 시간이며 제2외국어(영, 독, 불 중의 하나 선택)이 주 네 시간인데 비해 국어(국한과)는 주 여섯 시간에 지나지 않았고, 또 외국어도 철저한 고전 해독에 국한되었음에 주목할 것이다. 이는, 현실과는 너무도 동뜬, 일종의 수학적 추상성이었다. 그러나 동북제대는 영어 하나만으로도 임할 수 있는 예외적 경우였고, 또 검정고시 출신도 허용되어 있었다. 제국대학 중 방계적 위치가 이에서 연유되었다(졸고, 「이양하와 김기림」, 『문학의 문학』, 2008년 가을호).

영어전공인 김기림이 이 대학을 나와(1936~1939) 돌아간 곳은 조선일보 기자직이었다. 문화자본으로서의 대학의 학문이 저널리즘에로 떨어졌음을 가리키는 이 사정은, 정통파 제국대학 출신 이양하가 연희전문 교수직에 나아간 것과 족히 대조적이라 할 것이다. 요컨대 김기림에 있어 제국대학이란 일종의 수학적 처지로 비유될 수 있다. 이러한 수학적 정황의 노출이, 이 나라의 유일한 시론으로 송욱이 평가한 바 있는 김기림의 『시론』의 다음과 같은 결과를 초래한 원인의 하나로 볼 것이다.

『시론』이 갖고 있는 독자성이란 무엇인가. 여기에서 주목되는 것은 김기림의 방계적 성격의 전면적 노출이라 할 것이다. 한국 근대시에 결정적인 가치 전환을 가져온 것이 모더니즘이고 그 운동의 이론가이자 시인으로 자처한 「기상도」의 김기림은 진짜 모더니즘의 조상격인 「황무지」의 시인 T. S. 엘리엇을 망설임도 없이 이렇게 규정해 마지않았다.

> 우리는 일찍이 20세기의 신화를 쓰려고 한 「황무지」의 시인이 겨우 정신적 화전민의 신화를 써놓고는 그만 구주의 초토 위에서 무모하게도 중세기의 신화를 재건하려고 한 전철은 똑바로 보아두었을 것이다.
>
> 『시론』, 백양당, 1947, 45쪽

이 대목은 「과학과 비평과 시」(조선일보, 1937. 2. 21~26면)의 끝부분이

다. 시와 과학이 결코 서로 대립하고 부정하는 것이 아니라 조화해야
한다는 것, 시론이나 미학을 읽느니보다 한 권의 아인슈타인을 읽는 것
이 더 유용하다고 내세운 김기림은 현 시점에서 제일 표준적인 사례로
「오감도」의 시인 이상을 들었다.

> 우리가 가진 뛰어난 근대파 시인 이상은 일찍이 「위독」에서 적절한
> 현대의 진단서를 썼다. 그의 우울한 시대 병리학을 기술하기에 알맞은
> 암호를 그는 고안했었다. 다만 우리는 목표를 바라본 이상 다음에는 노
> 력이 있을 뿐이다.
>
> 같은 책, 41쪽

엘리엇이 아니라 이상이어야 한다는 김기림의 이런 주장에 대해 송
욱은 다음과 같이 비판해 마지않았다.

> 이 구절이 무슨 뜻을 지니고 있는 것일까? 엘리엇이 '20세기의 신화'
> 를 쓰려고 한 동시에 '중세기의 신화를 재건하려고' 했는데, 그 결과는
> '정신적 화전민의 신화'가 되었다는 말이라고. 이 어색한 문장을 고쳐놓
> 고 생각하여 보자. 항상 과학적인 태도를 내세운 그가 실지로 「황무지」
> 와 같은 작품을 대할 때에는 이처럼 순전히 제멋대로 된 비유를 연달아
> 이어놓고는 비평을 한 것처럼 망상에 빠지고 만 것은 놀라운 사실이다
> (오늘날에도 이와 같은 '비유의 혼란'을 내놓고 비평을 했다고 생각하는
> 사람이 있다면 이는 시대착오이리라).
> 작품 「황무지」는 기림이 말한 대로 '중세기의 신화를 재건하려고' 한
> 것은 결코 아니다. 엘리엇은 영적 노력을 상미하는 성반 Holy Grail이 중
> 심이 된 중세기의 전설을 작품 구조의 바탕으로 사용하여 제1차대전 후
> 의 절망과 불안에 빠진 사회와 그 안에 살고 있는 사람들의 정신상, 그
> 리고 이를 극복하려는 정신의 고민과 싸움을 이 작품에서 노래하였다.
> 따라서 기림은 '작품구조의 배경'을 이루고 있는 전설과 이 작품의 '주

제’를 분간할 수 없을 만큼 전혀 「황무지」를 이해하지 못한 사실이 드러
난 셈이다.

　그는 이 작품을 대하고 얼떨떨해진 나머지 이것을 ‘20세기의 신화’
‘정신적 화전민의 신화’, ‘중세기의 신화’(‘신화’라는 말을 자꾸 되풀이하
고 있는 것은 그가 매우 당황하고 있으며 할 말이 없는 까닭이 아닐까
짐작이 간다) 등등과 같은 표현으로 어물어물 넘겨버리려 하고 있다. 이
는 무슨 까닭인가? 사실 풍부한 문학의 전통을 가지고 있는 영국의 시인
엘리엇과 달라서 근대에 살 수 있는 전통이 매우 빈약한 나라에서, 그것
도 무턱대고 모더니즘(기림은 ‘이즘’을 매우 좋아한다!)의 시를 쓰려고
한 기림이야말로 바로 ‘정신적 화전민’(나는 이 말을 정신적·문학적 전
통을 모두 잃어버린 사람의 뜻으로 사용한다)이었기 때문일 것이다.

『시학평전』, 185~186쪽

　엘리엇을 ‘정신적 화전민’이라 단정한 김기림이야말로 정신적 화전민
이 아닐 것인가. 이렇게 송욱이 비판했을 때, 만일 김기림에게 해명의
기회가 주어진다면 어떻게 자기변명을 할 수 있을까. 제국대학 영문학
전공자인 김기림으로서는 입을 열기 어려울 것임에 틀림없다. 적어도
김기림은 제국 대학 영문학의 적자인 이양하처럼 최소한 「황무지」를
알아보고자 노력을 해야 마땅할 터이다(이양하, 「엘리어트와 그의 시상—특
히 「황무지」와 「프루프록」, 동아일보 1938. 2. 13~17면). 김기림은 그렇게 하
기를 소홀히 했다. 무엇이 김기림으로 하여금 그렇게 하기를 말렸을까.
그로 하여금 「황무지」가 무엇인지를 일정한 수준에서 이해하게 하고
그 이상 나아가기를 멈추게 한 요인 중의 하나는 적자가 아닌 서자, 방
계에 속하는 비순수성이었을 터이다. 요컨대 서자의 야성스러움이랄까,
원시적 건강성의 발로였을 터이다. ‘하낫둘/ 하낫 둘/ 일료일로 나가는
‘엇둘’ 소리……’(「태양의 풍속(일요일 행진곡)」, 중에서)를 두고 송욱은 보건

적(保健的)이라 지적했다(『시학평전』, 186쪽).

적자와 서자의 관계를 문화 자본의 시각에서 단순화시켜보면 아래와 같다.

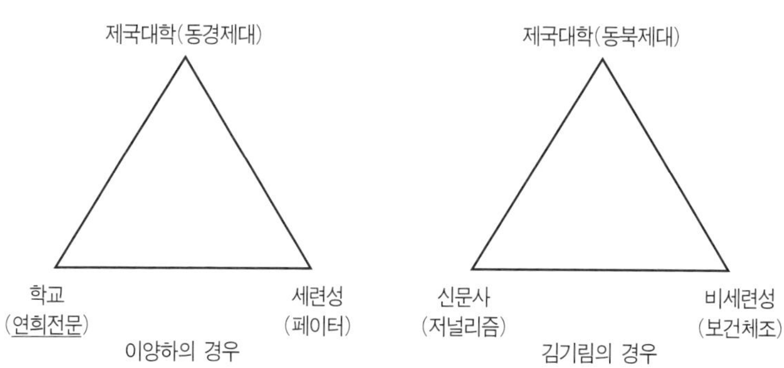

비록 식민지 전문학교라 하나, 학교라는 문화자본에 이양하가 속했고 따라서 영문학적 상상력에 계속 머물며 자기의 자질을 살펴낼 수 있었고 그것이 영국식 에세이라는 세련성의 성과를 낳았다면, 저널리즘에 속했던 김기림은 이 나라 시사에서 거의 유일한 『시론』 한 권을 남겼다. 그러나 앞서서 보았듯 그 『시론』은 "정신적 화전민"의 수준에 지나지 않았다. 제국대학이라 하나 거기에도 중심부와 주변부의 차이가 있었을 터이고(,) 개인적 기질도 작동했겠지만 김기림에게 대외적 지표로 내세울 수 있는 것이 방계 중에도 방계라는 사실이다. 비록 지방이지만 세번째 세워진 제국 대학에서 영문학을 배웠기에 그 나름의 일정한 권력을 얻었겠지만, 방계중의 방계인 출신성분이 김기림을 "정신적 화전민"으로 만들었던 것이다. 당초부터 갖고 있던 김기림의 야성스러움은 제국대학의 영문학적 상상력으로도 굽혀지거나 고쳐질 성질의 것이 아

니었다(그의 아호는 片石村이거니와 이는 박제가의 「花開洞次惠風」의 구절 流水
桃花地 孤雲片石村에서 따왔다).

> 세계는
> 나의 학교
> 족행이라는 과정에서
> 나는 수없는 신기로운 일을 배우는
> 유쾌한 소학생이다.
>
> 「함경선 오백 킬로 족행 풍경」의 서시, 『태양의 풍속』

> 해변에서는 여자들은 될 수 있는 대로
> 고향의 냄새를 잊어버리려 한다.
> 먼 외국에서 온 것처럼 모다
> 동딴 몸짓을 꾸며 보인다.
>
> 「함경선 오백 킬로 족행 풍경」 중 '풍속'

김기림은 "신기로운 일을 배우는 / 유쾌한 소학생"임을 자처했다. 해
변의 여인 모양 "동딴 몸짓"이 모더니즘이라 여겼고, "피묻은 토인의
노래"(「파인애플」)를 역설적으로 염원했고, "국경 가까운 정거장"에서
"발을 굴르는 국제열차"(「기상도-세계의 아침」)에로 향하고 있었다. 눈앞
에 전개된 이 도시적 문명적 현상을 그대로 김기림은 모더니즘이라 불
러 찬양해 마지않았다. 만일 김기림이 영미 시단의 새로운 조류인 모더
니즘이, 프랑스 상징파 시를 철저히 비판, 극복한 관계에서 솟아난 것
으로 설명한 엘리엇의 비평을 공부했더라면 감히 스스로를 "유쾌한 소
학생"이라 자처할 수 없었을 터이다. 내면성이 없는 모더니즘이란 송욱
의 지적대로 갈데없는 "정신적 화전민"이 아닐 수 없다. 그럼에도 김기
림이 이 나라에서 '거의 유일한 시론' 한 권을 남기게 된 곡절은 어디

에서 찾아야 할까. 이 의문에 응해오는 것 중의 으뜸 항목이 문화자본
으로서의 저널리즘이다. 1920년대에서 1930년대에 걸쳐 전개된 3대 민
간신문이라는 이 거대한 문화 자본의 성격은 민족주의적 계몽주의로
규정될 수 있거니와, 이 속에서 차지한 문학 분야의 비중은 실로 힘찼
는데, 그것은 문학이 지닌 이데올로기적 기능에서 왔다. 계급주의와 민
족주의의 이데올로기적 기능이 저널리즘의 두 기능이었다면, 그 중간에
놓인 것이 이른바 모더니즘이었다. 계급사상과 민족주의 양쪽에서 그
야성스러움을 비판할 수 있는 기능적 담당자가 모더니즘이었고 김기림
이 이것을 대표하는 집단 속에 놓일 수 있었던 것은 그가 제국대학의
문화자본에 한쪽 발을 들여놓은 방계 출신이라는 성격에서 왔다. 계급
주의와 민족주의라는 야성적인 이데올로기에 맞선 것으로 모더니즘을
내세울 때, 그 모더니즘이 야성스러울 수밖에 없었다. 「황무지」를 '정
신적 화전민'으로 후려치는 방식이 그것이다. 요컨대 저널리즘이라는
문화 자본이 제국 대학이라는 문화 자본과 절충한 튀기로서의 기묘한
형태가 바로 김기림식 모더니즘이었고 그 성과가 『시론』이었다. "정신
적 화전민"이 쓴 『시론』이 이 나라에서 '거의 유일한 시론'으로 남게
된 곡절은 초보적인 계몽주의 수준의 저널리즘과 제국대학 영문학이라
는 두 문화 자본이 낳은 사생아라 할 것이다.

4. 졸업논문 : I.A. Richards' Theory of Poetry

이 사생아의 시선에서 보면 「오감도」의 1~13의 아이들은 그럴 수
없이 친근한 존재가 아닐 수 없다. 사생아보다 한층 사생아답기에 그러
했다. 그 사생아스러움의 근거는 어디에서 오는 것일까. 동북제대생 김

기림은 1936년 센다이(仙台) 하숙집에서 그 근거를 <영웅>에 두었음이
판명된다.

> 몇 번이고 설계를 뜯어고친 서투른 自敍傳이다. 영구히 만족할 길이 없
> 다. (……) 청춘이 좋다고 하는 것은 그는 꿈과 환상으로써 인생의 유혹
> 을 물리치는 까닭이다. 그러나 조만간 그도 유토피아라는 무기를 꺾어버
> 리고 인생의 군문 앞에 업디고 만다. 예외로, 내 의지 아닌 것에 끌리지
> 않고 스스로의 길을 창조해가려는 무모한 영웅들도 있다. 모든 벗들이
> 인생의 나래 아래서 가정을 가지고 예금을 가지고 田地를 가지고 번영할
> 때, 영웅은 沙場을 피로써 물드리고 자빠진다. 랭보, 고갱, 李箱.
>
> 김기림, 『바다와 육체』, 평범사, 1948, 24~25쪽

삶과 타협하지 않고 예술(자기 의지)을 위해 순사한 영웅급에 이상은
능히 들 수 있다고 김기림이 느꼈을 때, 그의 느낌 속에는 T.S. 엘리엇
은 들어설 수 없었을 터이다. 그의 느낌으로는, 엘리엇은 한갓 정신적
'화전민'에 불과하던 까닭이다. 그렇지만 김기림에게 모더니즘을 가르
치고 이를 실천케 한 원천인 영문학의 시선에서 보면 사정은 어떠할까.
이 물음이야말로 결정적인 대목이 아닐 수 없다.

무엇보다도 먼저 논의될 사항은 김기림이 공부한 동북제대의 방계적
성격이 아닐 수 없다. 오직 영어전공밖에 한 것이 없는 그는 이 보편어
일변도의 사유 범주에서 벗어날 수 없었다. 이 경우 김기림은 (A) 모국
어인 일상어로서의 조선어, (B) 학교 교육용이자 공용어인 일본어, (C)
대학에서 배운 영어의 세 가지 언어 속에 전면적으로 노출되었다고 볼
것이다. 조선어, 일본어, 영어 등이 각각 같은 레벨 중의 하나(primus
inter pares)일 수 없음에 주목할 것이다. 조선어는 모국어인 만큼 현지어
이자 일상어여서 몸에 밴 육체적 언어 범주라 한다면, 공용어로서의 일

본어는 이와는 일단 차원이 다른 수학에 접근된 언어라 할 것이다. 차원이 다르다 함은 그것이 식민지의 제도적 측면을 포괄하는 언어인 만큼 일정한 추상성 또는 관념성을 감춘 언어로 규정될 수 있다. 근대와 관련된 것이 일본의 국어인 만큼 일상어가 미치지 못하는 사고 영역을 커버하는 일종의 제2의 두뇌 몫을 담당한 것으로 볼 것이다.

일본어가 공적인 언어로 작동한 만큼 그것은 당연히도 '육체적 언어 범주'와는 일정한 거리가 있게 마련이다. 그러나 대학에서 전공한 영어는 어떠했을까. 김기림이 놓인 문학적 좌표의 의의는 이 물음에서 유발된다. 제국대학생임에 필수인 제2외국어인 독일어도 불어도 없고 오직 한 가지 영어만으로 입시가능한 방계적인 동북제대 출신인 김기림에 있어 영어란 대체 무엇이었을까? 이 물음은 김기림의 '화전민적 성격'과 결코 무관하지 않을 것이다. 엘리엇을 '화전민'으로 단죄한 그 여세를 몰아서 김기림은 스스로의 '화전민적 성격'을 아이러니하게 노출한 형국이었는바, 그에겐 독어나 불어에 대한 관념적 압력에서 벗어났음에 이 사정이 관여된다. 그 결과 그에게는 보편어로서의 영어를 비교평가할 능력이 크게 모자랐다고 볼 것이다. 과학으로서의 시론인 I. A. 리처즈의 심리학적 설명만이 제일 알기 쉬웠는데, 그것은 실로 단순성에 반응한 형국이었다. 김기림은 이것을 가장 새로운 이론이라 믿었던 것이다.

동북제대 재학 시절의 김기림이 힘주어 공부한 것은 시와 과학의 관계에 대한 것이었다. 졸업논문 <I.A. Richards' Theory of Poetry>가 이를 잘 말해준다(아오야기 유코, 『조선문학의 지성 김기림』, 신칸샤, 2009, 218쪽). 이 졸업 논문 자체는 발견되지 않았으나, 「영어연구」(1939. 12)에서 확인되는 것이며, 훗날 김기림의 『시의 이해』(을유문화사, 1949)에서 자세히 엿볼 수 있다. 그는 1939년 경향파와 모더니즘의 종합이야말로 앞으

로 전개될 시의 방향이라 했듯『시의 이해』에서도 이런 이원론의 종합
을 내세웠다.

시를 한 개의 사실이거나 형식이거나 존재로만 보지 않고 한 능동적인
기능의 면에서 본다고 하면 그것은 그 자체의 기능을 발휘하는 저의 역
학적 영역으로서 두 개의 장소를 가지고 있어 보인다. 그 두 개는 기실
은 한 통일된 장소의, 전체와 및 거기 연달은 유기적 부분과의 관계에서
있는 것이다. 그 장소의 하나가 개인의 심리요 다른 하나는 사회인 것이
다. 그리하여 새로운 과학적 시학은 주로 시의 경험으로서의 면을 밝히
는 시의 심리학과 그 사회적 관련과 및 기능을 캐내는 시의 사회학이라
는 두 기둥 위에, 아니 차라리 그 두 분의 종합 위에 서게 되라는 것은
저자의 연래의 소견이다.

『시의 이해』 머리말 중에서

시의 한쪽 기둥인 심리학적 해명을 리처즈가 담당하고 있었다는 것.
그렇다면 리처즈의 시론이란 사회학이 결여된 절름발이가 아닐 수 없
다. '새로운 과학적 시작'을 수립하는 해방공간에서라면 심리학과 사회
학의 종합이어야 한다는 것. 그가 「새나라송」(1946)을 읊고 문학과 동격
으로 달려간 것도 이로써 조금은 설명될 수 있다. 그러나 경향파와 모
더니즘의 종합의 되풀이에 불과한 종합으로서의 '전체시론'(졸저,『한국
근대문학사상사』, 한길사, 1984, 11~12쪽)이란 단세포적이고 산술적인 사고
의 소산이라 할 수도 있겠으나 카프문학을 경험한 한국근대문학사의
시선에서 보면 생산적이라 할 것이다. 카프문학의 강도에 비해 심리학
적 측면이란 너무도 산만하고 조잡한 모더니티의 파편에 지나지 않았
는데, 이를 이론적 체계로 이끌어 올린다는 점에 김기림의 리처즈 연구
의 강점이 있었다. 관점에 따라서는 그 강점이 '화전민의식'으로 보일

수도 있었을 터이다. 그것은 영어 일변도의 통로와 결코 무관하지 않다. 적어도 30년대의 방계적 제국대학의 화전민적 사고는 영어 및 그 산물인 모더니즘이라든가 그 문학조차 넘어서야 할 하위개념으로 인식되었을 터이다. 이상을 두고 가장 우수한 모더니스트이지만 동시에 그 초극을 한 몸에 갖혔다고 본다든가, 장차 시의 방향성이 경향파와 모더니즘의 종합(『시론』, 77쪽)이라 한 점에서도 이 점이 엿보인다. 모더니즘도 엘리엇도 모두 초극해야 할 대상에 지나지 않으며, 오직 토종 이상이야말로 진짜라 주장하는 김기림의 이러한 태도는 고도의 추상성, 관념성이 아닐 수 없다. 이를 수학적 사고의 도입이라 할 것이다. 이를 메타언어라 부를 수도 있다. '외국어란 사고의 방법의 언어이며 모국어와 수학 중간에 놓이는 것'(도야마 시게히코, 『일본어의 논리』, 주코분코, 1987, 159쪽)이라 한 견해를 김기림에 적용시킨다면 김기림이 선 (A) 모국어(조선어) (B) 공용어(일본어) (C) 영어의 층위는 한층 모호해진다. 그에게 있어서는 (C)조차 넘어서야 될 그 무엇이었을 터이다. '메타언어'로서의 또 다른 추상이 요망되었을 터이다. (B)도 (C)도 그에겐 '수학 중간에 놓이는 것'일 수 없었다. 막바로 수학이 요망되었을 터이다. 제국대학의 방계이며, 함경북도 국경지방 화전민 김기림에 있어 메타언어란 무엇보다 수학 자체였을 터이다.

제국대학적 문화자본(부르디외의 용어)의 혜택을 받지 못하고, 조선일보기자로, 또 신문 폐간 이후 잠시 조광사(朝光社)에 있었던 김기림은 고향인 함경북도 경성중학에서 광복될 때까지 교사노릇을 했는데(동북제대 후배 김준민의 추천) 훗날 그의 제자는 이렇게 회고한 바 있다.

그 자신 우리들에게 미분적분을 가르쳤고 아인슈타인의 상대성 원리를 두보의 시나 교과서에 나오는 워즈워스의 시 이상으로 선전하고 권장했다.

김규동, 「주지주의와 문학」, 시문학, 1978, 2, 102~103쪽

그가 배운 영어 및 영문학이란 모국어가 지닌 신체적 언어(감성적 표현력)가 전무한 수학적인 것이었다. 이 점에서 볼 때 그의 시는, 수학으로 쓴 시에 다름아니어서 '내면성이나 전통적 맥락'에서 완전히 자유로운 것이었다. 이것이 송욱이 비꼰 명랑성의 원인이며 또 그토록 혹평한 근거이기도 하다.

이런 김기림에 견줄 때 「오감도」의 이상은 어떠할까.

5. 「오감도」 제4호와 제5호의 위상

영어교사 김기림이, 교실에서 미적분을 가르치며 상대성이론과 워즈워스와 두보의 시도 동시에 가르쳤다고 한다면, 이상은 골방에서 혼자 흰 종이 위에다 유클리드 기하학과 비유클리드 기하학을 동시에 적었다. 그가 최초로 적어넣은 것은 그러니까 수학이되 '무한성'을 논리적으로 확인하고 경험한 수학에 다름아니었다. 이런 일련의 행위를 싸잡아 「오감도」라 했다.

<태초에 수학이 있었다>로 이 사정이 정리된다. 그리고 그것은 수학이되, 공용어인 일본어 자체였다. 이 사실은 아무리 강조되어도 지나치지 않은데, 그에겐 수학으로 된 일어, 일어로 된 수학이 전부였던 까닭이다. 영어도 불어도 독어도 그에게는 전무했기에 극단으로 치달을 수밖에 없었다. 이러한 질주가 당초부터였음에 주목할 점이다.

「삼차각설계도」 속에는 '선에 관한 각서'(1)에서 (7)까지가 들어 있거니와 각서(1)은 1931년 5월 31일에서 9월 11일에 걸쳐 쓰여졌고, 각서

(2)와 (3)은 9월 11일, 나머지 각서는 9월 12월에 쓰여졌다. 각서 (1)의 전문을 보면 이러하다.

三次角設計圖

線に關する覺書 1

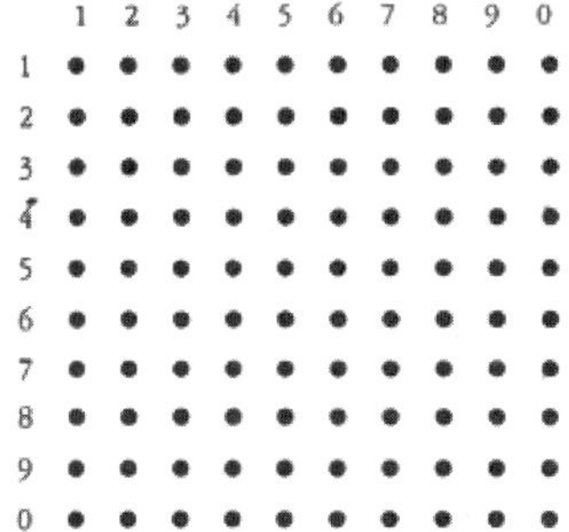

(宇宙は冪に依る冪に依る)
(人は數字を捨てよ)
(靜ガにオレを電子の陽子にせよ)

スペクトル

軸X 軸Y 軸Z

　速度etcの統制例へば光は秒每三〇〇〇〇〇キロメートル逃げゐことが確かなら人實の發明は秒每六〇〇〇〇〇キロメートルし逃げられたいことはキシトない.　それを何十倍何百倍何千倍億倍何兆倍すれば人は數十年數百年數千年數萬年數億年數兆年の太古の事實が見れるじやたいか, それを又絶えず崩壞するものとるか,　原子は原子であり原子であり原子である, 生理作用は變移するものであるか,　原子は原子でなく原子でなく原子でない, 放射は崩壞であるか, 人は永劫である永劫を生き得ることは生命は生でもなく命でもなく光であることであるである.

臭覺の味覺と味覺の臭覺

(立體への絶望に夜る誕生)
(運動への絶望に夜る誕生)

(地球は空轉である時封建時代は涙ぐむ程懷かしい)

一九三一, 五, 三一, 九, 一一
『朝鮮と建築』, 1931. 10, 29쪽

　그 밖에 이상은 '건축무한육면각체'라는 제목 하에 「진단 0:1」과 「二十二年」을 썼는바 각각 이러하다.

建築無限六面角體

診斷 0:1

或る患者の容態に關する問題

$$1234567890\cdot$$
$$123456789\cdot0$$
$$12345678\cdot90$$
$$1234567\cdot890$$
$$123456\cdot7890$$
$$12345\cdot67890$$
$$1234\cdot567890$$
$$123\cdot4567890$$
$$12\cdot34567890$$
$$1\cdot234567890$$
$$\cdot1234567890$$

診斷 0:1

26・10・1931

以上　責任醫師　李箱

『朝鮮と建築』, 1932. 7. 25쪽.

建築無限六面角體

二十二年

前後左右を除く唯一の痕迹に於ける

翼殷不逝 目不大親

胖矮小形の神の眼前に我は落傷した故事有つ.

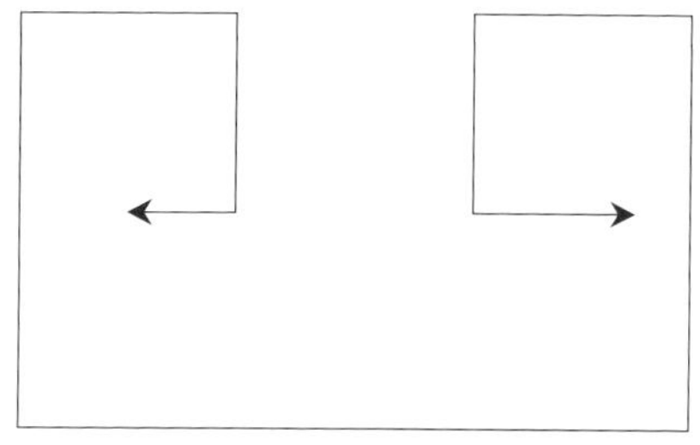

(臟腑 其者は侵水された畜舍とは異るものであらうか.)

『朝鮮と建築』, 1932. 7. 26쪽.

　「진단 0:1」이 그대로 「오감도」 제5호에 들어 있고 「二十二年」은 「오감도」 제5호에 해당된다. 「진단 0:1」이 1931년 10월 26일로 되어 있음에 비추어 「二十二年」도 이 시기의 것으로 볼 것이다.

　이런 사정을 고려할 때 주목되는 것은 「오감도」 총 열다섯 편이 당초 일어로 쓰여졌고 이를 한글로 옮겼음을 짐작케 함이다. 요컨대 이상은 (A) 당초부터 수학에서 출발했는바, (B) 그 수학을 가능케 한 것이 일어였던 것이다. (A)(B)란, 이 경우 고도의 당대적 추상성으로 규정될 성질의 것이 아닐 수 없다.

‘추상적’이란 무엇인가. 인류사의 과정에서 이 문제가 획기적 사건으로 군림한 것은 수학의 발달에서이다. 구체적인 기하학적 도형에서 벗어나 제도의 발견, 연산규칙(演算規則), 이항전개 등의 발전은 기하학적 도형의 작도에 의해 사물을 결제하는 사고방식의 대극에 해당된다. 수를 기호로 함으로써 직관에서 자유롭게 되어 계산의 가능성이 증가되었다는 것, 바로 여기에 추상적 기호물로서의 ‘수’가 인식된 것이었다. 계산될 수 있는 기호로서의 수학이라 하나 그것이 갖는 의미가 초시대적일 수 없음도 사실이 아닐 수 없다. ‘수’라는 가장 기본적인 것도 이에 대한 기본적 시점이 시대와 지역에 따라 좌우되기 때문이다. 신을 절대치로 본 중세에 수학의 발달이 억제된 점도, 르네상스 이래 수학의 발전도 이를 말해준다. 19세기 말의 세기말적 공기 속에서의 수학이란 또 어떠할까. 공리적(公理的) 수학의 저 종잡을 수 없는 형식주의도 이와 무관하지 않다(가토 후미하루, 『수학하는 정신』, 주코신쇼, 2007 ; M. 클라인, 『수학의 확실성』, 박세희 옮김, 민음사, 1984). 유클리드기하학과 비유클리드기하학의 동시적 수용에서 헐버트의 형식주의를 거쳐 괴델의 불완전성 이론이 거기 늪처럼 펼쳐진 것이었다.

이 장면에서 주목되는 것은, 수학사의 과제와 더불어 「오감도」의 작가 이상이 섰던 자리의 분위기가 아닐 수 없다.

“산에는 꽃 피네/ 꽃이 피네/ 갈 봄 여름 없이/ 꽃이 피네”라든가 “엄마야 누나야 강변 살자”라든가(이상 김소월), 「동백꽃」(김유정)이나 「메밀꽃 필 무렵」(이효석)의 언어가 세상을 덮고 있었다면 어떠할까. 자연어, 모국어, 그러니까 지방어이자 생활어가 아닐 수 없다. 거기에는, 그 언어만이 감당할 수 있는 속살이 있기에 타 언어로의 선택은 불가능에 가깝다. 요컨대 자기들끼리만의 소통 범주가 아닐 수 없다. 식민지적 현실이 이러한 심리를 부추겨, 이른바 한국근대문학을 '민족문학체(体)'로 정착시킴에 문학적 사명감이 주어졌다고 볼 것이다. 이러한 분위기 속에 솟아오른 것이 「오감도」이기에 실로 그것은 괴물스런 것이 아닐 수 없었다. 굳이 비유컨대 그것은 새로운 광야이자 지평의 열림이었다.

"모든 산맥들이/ 바다를 연모해 휘달릴 때도/ 차마 이곳을 범하던 못하였으리라"(이육사, 「광야」) 그 광야에 "가난한 노래의 씨"를 뿌린 것이 「오감도」이다. 「오감도」라는 씨앗이 자라, 거대한 철골이 교량과 증기 기관차와 고층건물을 만들어낸 것이라면 어떠할까. 「오감도」의 작가란 천고의 뒤에 백마 타고 오는 초인이 아니라, 20세기 중반에 제국의 수도 동경에서 숨을 거두었다면 어떠할까. 요컨대 "모든 산맥들이 바다를 연모해 휘달릴 때"에로 수렴된다. 모든 문학이 민족어, 자연어를 향해 휘달릴 때, 홀로 「오감도」에 정착하기, 이를 두고 '추상성'이라 부르지 않는다면 무슨 명칭이 적절할까. 물론 수학으로 표상되는 추상성도 시대나 지역의 편차에 따라 그 추상성에 농밀이랄까 가열성의 편차가 있듯, 일어 「오감도」가 출현된 시기(1931)야말로 추상성의 가열성이 가장 요망되는 시기였다고 할 것이다. 이른바 모더니즘이라 불리는 사조의 첫 장면에 「오감도」가 모습을 드러냈던 이 사실만큼 중요한 것은 달리 없는데, '「오감도」=추상성'의 도식을 가능케 했기 때문이다. 「오감도」가 시도 아니지만 그렇다고 소설이나 산문일 수 없음도 이런 문맥에서이다. 곧 그것은 강도 높은 수학의 추상성이었다.

이러한 강도 높은 추상성을 「오감도」의 작가에게 가르친 주체는 누구였을까. 이 물음에 천금의 무게가 실려 있다고 본다면 어떠할까. 곧 「오감도」의 작가에게 추상성을 가르친 장본인은 제국의 언어였다. 이 사실을 설명하기에는 별개의 장이 요망되거니와 단지 여기서는, 그 일

본어가 자연어로서의 일본어가 아니라, 근대 국민국가인 제국 일본의
언어(국어)였음을 지적하기로 한다. 그것은 「오감도」의 원점을 묻는 일
이기도 하지만 또 그것은 이상 글쓰기의 원점 확인에 다름아닌 것이다.
제도적으로 이를 보장한 것이 경성공업고등학교였다면 당대의 풍조인
압도적 문학우위론이 이를 뒷받침했기에 개인으로 이상의 취향은 그다
음 순서에 왔다고 볼 것이다. 그 취향이란 혼자서 종이와 펜 한 자루로
가능한 최소한의 영역이 오직 문학 분야뿐이었음을 가리킴이기도 하다.

6. 모국어와 외국어 사이에 위치한 수학

경성공업고등학교가 학생 김해경에게 가르친 것은 작도법, 곧 기하학
이었지만 그것을 움직이고 활용케 한 것은 당연히도 제국 일본의 '국
어'였음을 대전제로 하여 논리를 진행시키거니와 이때 주목되는 것은
그 국어(일본어)가 수학의 기호로 인식되고 작동되었음을 가리킴이다.
학생 김해경의 모국어인 일상어는 감각적, 신체적, 정서적 자연어였기
에 그것으로써는 이 새로운 사고체계 속으로 들어갈 수 없었다. 일본어
란, 그러니까 수학과 분리될 수 없는 것, 몸이 한데 붙은 샴쌍생아에 다
름아니었다. 이를 아주 쉽게 정리한다면 다음 도식이 참조될 수 있다.

    Ⅰ. (현실, 있는 그대로의 사물)
    Ⅱ. 언어 a : 활동언어 (파롤)
           b : 직식언어 (랑그)
    Ⅲ. 상부언어(메타·랑그)

모국어를 배운다는 것은 Ⅱ-a에서이다. 주체적 사물현상과 밀착된 파롤(소쉬르 용어)인 만큼 기호로의 인식이란 거의 없는 실체화된 세계이다. 이에 대해 외국어 학습이란 랑그(Ⅱ-b)에서 시작되는 만큼 관념적 추상적이다. 실용성을 중시하는 구체적, 감각적 차원에서는 당연히도 파롤(Ⅱ-a)로 향하기 마련이다. 유아기의 모국어만큼은 이러한 자연교수법에 의지된다. 이에 비해 외국어 학습이란 사정이 판이하다. 유아가 경험적 현실을 바탕으로 모국어를 임한다면 외국어 학습자는 언어를 통해 현실을 대상적 경험(代償的 經驗)으로 이해하고자 한다. 그러니까 언어의 상징작용은 현실(Ⅰ)을 언어(Ⅱ)의 파롤(a)에 대해 그것을 랑그(b)에로 승화시킨다. 이를 한층 추상화한 것이 메타랑그이다(도야마 시게히코, 『일본어의 논리』, 주코분코, 1995, 138~139쪽).

추상화한 Ⅰ에서 Ⅱ를 향하기, 이를 가리켜 '외국어 학습이란 수학에 근접된 것'이라 할 것이다. 어학이 만일 랑그에서 파롤로, 또 직식언어가 현실에로 내려간다면 언어의 상징화와는 역행하는 꼴이 된다. 만일 외국어학습이 랑그에서 학습이 시작되어 그다음 파롤에로 돌아가지 않고 막바로 상징·승화의 방향을 잡아 Ⅲ에로 향한다면 Ⅰ에서 Ⅱ-a, Ⅱ-b를 거쳐 Ⅲ로 이르지 않으면 안 되는 모국어를 사용하는 사람보다 한층 빨리 메타·랑그에 도달하게 될 것이다. 만일 Ⅲ의 상부언어에 도달할 필요가 있는 특별한 혹은 불가피한 경우라면 위의 사실은 중요한 의의를 갖는다고 볼 것이다. 바로 학생 김해경에게 있어 그것은 그러했다.

모국어란 말과 사물의 관계가 너무도 밀접히 관련되어 있어 말을 상징적으로 사용하기는 거의 불가능하다. 그것은 상식적 세계의 표현에 알맞으나 새로운 것이나 초감각적인 것을 표현코자 하면 속수무책이다. 창작에 있어서의 말과의 고투, 과학자의 신조어, 수학이 사용하는 수식

등이 등장하는 것은 이 때문이다. 요컨대 수학이 Ⅲ의 상부언어의 극한에 있는 것이라 함은 이런 문맥에서이다. 경성공업학교는 제도적 차원에서 수학을 제1차적 과제로 제시해놓았다고 볼 것이다. 이 수학에로 이르는 통로가 근대 일본의 '국어'였다. 그것도 유일한 것이었다. 외국어로서의 일본어란 비유컨대 수학 그것처럼 질량을 동반하지 않는 '빈(虛) 세계'였다.

모국어가 씻어내어도 씻어내어도 떨어지지 않는 연상이나 관습에 고심한다면 그러한 고정된 관계에서 벗어나기 위해서는 <빈 세계>, 상징성의 순도 높은 외국어가 요망되었다. 김해경에 있어 그것은 일본의 국어였다.

> 폭풍이 눈앞에 온 경우에도 얼굴빛이 변해지지 않는 그런 얼굴이야말로 인간고의 근원이리라. 실로 나는 울창한 삼림 속을 진종일 헤매고 끝끝내 한 나무의 인상을 훔쳐오지 못한 환각의 인(人)이다 무수한 표정의 말뚝이 공동묘지처럼 내게는 똑같아 보이기만 하니 멀리 이 분주한 초조를 어떻게 점잔을 빼어서 구하느냐.
>
> 『이상문학전집2』, 1991, 문학사상사, 271쪽

「오감도」의 작자 이상의 이러한 실토는 위의 정황을 잘 말해놓고 있다. 물론 위의 인용대목은, 이상이 즐겨 읽었던 당대의 기서인 쥘 르나르의 『전원수첩』(일역판, 1934)에다 빗대어 쓴 것이다. 아침 일찍 짐을 싸서 종일토록 숲속을 헤매어 온갖 이미지를 사냥하고 저녁에 귀가하여 그 사냥한 이미지를 낱낱이 점검하고 분류하고 차곡차곡 보관하는 『전원수첩』(원명 『박물지』)의 작자는 이상의 처지에서 보면 부러운 대상이 아닐 수 없는데, 왜냐면 모국어로 쓰고 사유하고 있었던 까닭이다.

이상은 그것이 한없이 부러웠지만 도무지 그런 처지에 있지 않았다. 그는 처음부터 "환각의 인"이 아니면 안 되었다. 인간고의 근원, 곧 절망을 보고 만 것이었다. 당초부터 이상은 「오감도」에서 출발했기에 모국어의 속살이란 있을 수가 없었다. 이 점에서 이 아이는 공포 자체가 아닐 수 없다. 모국어 없이 자라서 어른이 되어버린 '괴물급'에 속하는 존재였던 까닭이다. "무수한 표정의 말뚝"(모국어)이 깡그리 사라지고 모든 것이 "공동묘지"처럼 회색의 세계였고, 결코 그는 여기서 탈출할 수 없었다. 절망할 수밖에 무슨 방도가 또 있었겠는가. 갓 결혼한 아내를 팽개치고, 「날개」를 발표한 바 있는 이상의 동경행의 의의는 바로 여기에서 온다. 절망을 극복하는 방도의 모색이 바로 동경행이었다.

동경에서 그는 필사적으로 "환각의 인"에서 도주코자 했다. "환각의 인"이 아니라 "현실의 인"이 되고자 했다. 그 과정을 보이면 아래와 같다. Ⅲ에서 Ⅱ를 거쳐 Ⅰ에 이르는 역과정이 그것이다.

7. 동경에서 죽은 이유

이상의 동경 체류는 약 칠 개월간이며 이 기간에 그는 제일 먼저 「종생기」를 쓰지 않으면 안 되었음에 주목할 것이다. 도일 일 개월째인 그해 11월 그는 서울서 쓰기 시작한 「종생기」를 완성했다. 「종생기」란 새삼 무엇이뇨. 식민지 주도 서울에서 서민 중에서도 서민 가정에서 태어난 아이 김해경은 그동안 그가 익힌 오직 하나의 무기인 공용어 일본의 '국어'를 통해 '근대'의 본질을 탐색하고 그 신기한 현상을 나름대로 번역해 보이며 재롱을 일삼았다. 「동해」 「환시기」 「단발」 「실화」 등의 조각글들이 그것이다. 이를 종합해 보이는 것이 「종생기」였다. "만 26

세와 30개월을 맞이하는 이상 선생님이여! 허수아비여!"라고 그는 스스로를 정리해 보았다. 그러나 이 만 26세란, 실상은 '무릎이 귀를 넘는 노옹'이 아닐 수 없었다. 어째서 이러한 결과에 닿고 말았을까. 동경에 와서야 비로소 그 이유가 손에 잡힐 듯이 밝혀졌다. 문학하기와 기하학의 동시적 성립의 한계가 비로소 확실해졌던 것이다. 이 사실을 어째서 그는 동경에 와서야 '실감으로' 확인할 수 있었을까.

美文에 견줄 만큼 위태위태한 것이 絶勝에 酷似한 風景이다. 絶勝에 酷似한 風景을 美文으로 飜案 模寫해 놓았다면 자칫 失足 溺死하기 쉬운 웅덩이나 다름없는 것이니 歛位는 아예 가까이 다가서서는 안 된다. 도스토옙스키―나 고리키―는 美文을 쓰는 버릇이 없는 체했고 또 荒凉, 雅淡한 景致를 「取扱」하지 않았으되 의뭉스러운 어른들은 오직 美文은 쓸 듯 쓸 듯, 絶勝景槪는 나올 듯 나올 듯, 해만 보이고 끝끝내 아주 활짝 꼬랑지를 내보이지는 않고 그만둔 구렁이 같은 분들이기 때문에 그 欺瞞術은 한층 더 進步된 것이며, 그런 만큼 效果가 또 絶大하여 千年을 두고 萬年을 두고 내리내리 부질없는 慰撫를 바라는 衆俗들을 잘 속일 수 있는 것이다. 그러나―왜 나는 미끈하게 솟아 있는 近代建築의 偉容을 보면서 먼저 鐵筋鐵骨, 시멘트와 細沙, 이것부터 선뜩하니 感應하느냐는 말이다.

『이상문학전집(2)』, 392~393쪽

이 경지는 실상은 진종일 삼림 속을 헤매고도 사물의 이미지 한 조각도 사냥하지 못한 환각의 사냥꾼인 그 자신이 아닐 수 없다. 문학하기도 이와 한 치도 다르지 않았다. 문학하기란 새삼 무엇인가. 그 최고 경지에 오른 도스토옙스키나 고리키를 보면 된다. 그들이야말로 최고의 서사술사가 아닐 수 없다. 무지한 독자를 감쪽같이 속일 줄 아는 고수들인 까닭이다. 이들 고수를 닮고자 그는 그동안 얼마나 애를 썼던가.

왈 「동해」왈, 「오감도」왈 「산촌여정」 등을 보시라. 할 수 있는 곡예란 모조리 다 해 보였다. 그런데도 주위에서는 아무도 그 곡예(속임수)의 위대성을 인정해 주지 않았다. 무엇이 잘못되었을까. "폭풍이 눈앞에 온 경우에도 얼굴빛이 변해지지 않는 그런 얼굴"이야말로 도스토옙스키나 고리키의 문학이 아니었던가. 쥘 르나르의 『전원수첩』이 아니었던가. 이들이야말로 진짜 이미지의 사냥꾼이 아니었던가. 그런데 보라. 자기는 진종일 삼림 속을 헤매어도 이미지 한 토막도 사냥하지 못한 얼간이가 아닌가. 어째서 이런 참담한 결과에 이르게 되었을까. 이 물음 저쪽에서 메아리가 들려왔다고 하면 어떠할까. 네가 배운 수학, 또 그것을 뒷받침한 일본의 근대에로 가보라!가 그것. 거기 모종의 해답이 있을 것이라는 이 메아리야말로 그의 동경행의 참된 동기였다.

그런데 결과는 어떠했던가. 수학과 일본의 국어를 통합적으로 파악할 힘이 그에게는 또 절망적이었다. '미끈하게 솟아 있는 근대건축의 위용'을 보면 '먼저 철근철골, 시멘트와 세사, 이것부터 선뜻하니 감응'되지 않겠는가. 그것이 근대였다. 그는 먼저 이것으로 「오감도」를 썼다. 그러나 그는 여기에 멈추지 않고 「날개」를 쓰고자 했다. 그것은 문학이 아닐 수 없다. '철근철골' '시멘트' '세사(가는 모래)'에서 나아가 부부생활, 서울역, 연심이, 미쓰코시 백화점 등을 그리고자 했다. 결과는 물론 실패였다. 엉거주춤한 절충물이었다. 그도 그럴 것이 「날개」의 전반부는 「오감도」이고 후반부가 겨우 부부생활 타령이었던 것. 사람들은 이 기묘한 괴물인 「날개」를 두고 겨우 후반부에만 박수를 쳤다. 당대의 비평가 최재서도 마찬가지였다. 이 난관을 그는 무슨 방도를 써서라도 극복해야 했다. 기하학을 버리고, 도스토옙스키로 나아가기가 그것이었다. 진짜 문학하기, 그러니까 「종생기」의 표현으로 하면 미문(美文)이 아닐 수 없다. "의뭉스러운 어른들"의 글, "꼬랑지를 내보이지는 않고 그만 둔 구렁이 같은 분들"의 글을 쓸 수 있는 방도의 모색이란 과연 가능한 가. 동경에서 그가 직면한 것은 바로 이 장면이었고, 그것은 절체절명 의 경계이기도 했다.

수학을 깡그리 포기해야 비로소 미문이 열리는가. 아니면 당초 미문 이란, 구렁이 같은 위장술을 가진 의뭉스런 천재들이나 하는 놀음인가. 그는 이 물음에 해답을 얻어야 했다. 참으로 딱하게도 그는 어떤 해답 도 찾아낼 수 없었다. 기껏 그가 닿은 곳은 모국어에 대한 향수였다. 서 울이, 가족이 그리고 너비아니가 그립고 인심좋은 고향이 참지 못할 만 치 그리웠다. 이것은 <심리적 퇴행>이 아닐 수 없다. 「오감도」와 「날 개」의 작가는 이 순간 죽은 것이다. 그를 죽인 것은 결핵이라는 병마도 가난도 아니었다. 방법론상의 실패에서 온 것이기에 단연 문학사적이 아닐 수 없다.

죽기 전에 그가 쓴 마지막 글에서 이 점이 엿보인다. 그는 동경의 하 숙방에서 「권태」를 썼다. 그것은 1935년 여름 평남 성천(成川)에서 보낸 한때를 그린 것이어서 한글로 쓴 「산촌여정」(1935)계와 일어 미발표 유 고 「첫번째 방랑」계에 연속된 것이다. 그는 그가 자란 고향의 정경을 두고 동경에서 절망하지 않으면 안 되었다. 동경에는 <불나비의 열정> 도 없고 <뛰어들 불>도 없다고 느꼈다. 아무것도 없는 <무>이다. 이 암흑 속에서 오돌오돌 떨고 있는 자신의 미문 끝에다 <12월 9일 미명, 동경서>라고 적었다. 이것이 <진짜 종생기>인 이유이다.

그는 지체 없이 이 암흑에서 불을 찾아 빠져나가야 했다. 서울로 와 야 했고, 성천으로 달려가 똥누기밖에 놀 줄 모르는 아이들 곁으로 달 려가야 했다. 거기서 다시 출발해야 했다. 이번엔 그는 산촌의 호박 속에서 근대의 철골과 시멘트를 동시에 본 글을 써야 했다. 옥수수는 일대관병식, 바람이 불면 갑주 부딪치는 소리 우수수 나는 글쓰기에 되돌아가야 했다. 그리고 마침내 「엄마야 누나야 강변 살자」에로. 아득히 <퇴행>해야 했다. 천재 이상이 아니라 아주 바보같은 범속한 글쟁이가 되어야 했다. 모국어의 글쓰기, 김소월 되기. 그러나 참으로 다행히도 그는 그렇게 할 수 없었다. 그는 이에 수학을 「오감도」를 DNA에 장진하고 있었고, 그것을 뒷받침할 일본의 '국어'로 도스토옙스키와 고리키를 체득하고 있었다. 어찌 멋대로 <퇴행>이 가능하랴. 그는 이 사실을 「권태」의 결론으로 삼지 않으면 안 되었는데, 바로 여기에 그의 비극이 장대한 빛을 뿜어내고 있었다.

「불나비가 달려들어 불을 끈다. 불나비는 죽었든지 火傷을 입었으리라. 그러나 불나비라는 놈은 사는 方法을 아는 놈이다. 불을 보면 뛰어들 줄을 알고—平常에 불을 焦燥히 찾아다닐 줄도 아는 情熱의 生物이니 말이다.

그러나 여기 어디 불을 찾으려는 情熱이 있으며 뛰어들 불이 있느냐. 없다. 나에게는 아무것도 없고 아무것도 없는 내 눈에는 아무것도 보이지 않는다.

暗黑은 暗黑인 以上 이 좁은 房 것이나 宇宙에 꽉 찬 것이나 分量上 差異가 없으리다. 나는 이 大小 없는 暗黑 가운데 누워서 숨 쉴 것도 어루만질 것도 또 慾心나는 것도 아무것도 없다. 다만 어디까지 가야 끝이 날지 모르는 來日 그것이 또 窓밖에 燈臺하고 있는 것을 느끼면서 오들오들 떨고 있을 뿐이다.

「十二月十九日未明, 東京서」(『이상문학전집3』, 153쪽)

이러한 이상의 모습을 김기림은 이렇게 읊었다. "주피터의 얼굴에 절망한 웃음이 장미처럼 희다"(『김기림전집11』, 심설당, 207쪽)라고. 죽기 직전의 이상을 찾아간 김기림은 또 이렇게 회고했다. "여보 당신 얼굴이 아주 피디아스의 제우스 신상 같구려"(「고 이상의 추억」, 조광사, 1937. 6, 313쪽)라고. 이는 그 무렵에 개봉된 영화를 빙자하여 위로차 한 수인사에 지나지 않는 것. 실상 김기림이 본 것은 골고다의 예수상이었다. 주피터신상, 이는 실상 김기림 자신이었다. 그림자 없는 세계의, 희랍적 세계의 명랑성(아우어바흐, 『미메시스』)이 김기림이라면, 이상의 선 곳은 어둠 속의 울림인 신약의 세계였다.

> 세계는
> 나의 학교
> 여행이라는 과정에서
> 나는 수 없는 신기로운 일을 배우는
> 유쾌한 소학생이다

「서시」, 『김기림전집1』, 52쪽

이 얼마나 이상과는 먼 거리에 놓인 좌표인가. 이상과 김기림의 위상은 여기에서 저절로 갈라졌다. 영국어의 추상성에 모든 것을 건 김기림은 물론 모더니스트였다. 그러나 수학과 일본의 '국어'에 모든 것을 건 이상은 「오감도」 「날개」의 함정에 빠져 결코 구원될 수 없었다. 이 점을 김기림은 이 나라 시문학에의 유일한 최고의 비평가답게 제일 잘 알고 있었다. 김기림은 망설임도 없이 이렇게 적었다.

> 가장 우수한 최후의 모더니스트 이상은 모더니즘의 초극이라는 이 심각한 운명을 한 몸에 구현한 비극의 담당자였다.

『김기림전집2』, 58쪽

　이 인용 속에는 이상문학의 기호들이 그대로 이 나라 문학사의 이정
표의 하나임을 웅변하고 있다. 거기에는 '운명'이 개입했다고, 평생 미
신을 몰아내야 한다고 우겨온 과학신봉자 김기림도 적을 수밖에 없었
다. 왜냐면, 문학이란 '운명'과 알게 모르게 관련된 사안인 까닭이다.
만일 그렇지 않다면 그 누가 문학에 온몸을 바쳤으리오.

IV

성천체험의 총보(總譜)와 각론

성천에서의 단 한 점의 포획물

성천체험의 총보(總譜)와 각론

1. 악마의 입을 빌린 생명의 황금나무

혈액이란 무엇일까. 맨 먼저 그것은 생명의 명칭이 아닐 수 없다. 그 다음에 오는 것이 그 색깔 곧 강렬한 붉은 색이 아닐 수 없다. 그럼에도 <색소가 없는 혈액>(「동해」 이상문학전집(2), p.271)이라 했다면 어떠할까. 일종의 비유 곧 수사학이 아닐 수 없다. <색소가 없는 혈액>이란 표현은 그러니까 일종의 자기모순이 아닐 수 없다. 왜냐면 <색소가 없는 혈액>인데도 죽은 것이 아닌 까닭이다. 색소 없음이란 붉은 색의 없음인데 이미 그 순간 혈액(생명)으로서의 의미를 상실한 상태다. 그렇다고 해서 죽었다고 할 수 있을까. 아직 그런 단계는 아닌 만큼 <색소 없는 혈액>이란 비유는 일종의 수사학이 아닐 수 없다. 죽은 것도 아니지만 산 것일 수도 없는 것, 그런 상태를 가리킴이 아닐 수 없다. 살아있는 상태도 아니지만 그렇다고 죽은 것도 아닌 지대의 수사학을 이상은 이렇게 구체적으로 썼다.

얼떨결에 色素가 없는 血液이라는 說明할 修辭學을 나는 내가 마치 姓이 편인 것처럼 敏捷하게 찾아 놓았다.

> 暴風이 눈앞에 온 경우에도 얼굴빛이 변해지지 않는 그런 얼굴이야말
> 로 人間苦의 根源이리라. 실로 나는 울창한 森林 속을 진종일 헤매고 끝
> 끝내 한 나무의 印象을 훔쳐 오지 못한 幻覺의 人이다. 無數한 表情의 말
> 뚝이 共同墓地처럼 내게는 똑같아 보이기만 하니 멀리 이 奔走한 焦燥를
> 어떻게 점잔을 빼어서 求하느냐.
>
> 「동해」, 이상문학전집(2), 문학사상사, p.271

이 <환각의 사람>이 이상이고, 그가 초한 원고지가 이상문학이라면
대체 그는 누구인가. 어째서 그는 <울창한 삼림속을 진종일 헤매고(도)
끝끝내 한 나무의 인상>도 훔쳐 보지 못하는가. 일목요연한 해답이 주
어진다. 바로 그를 가르친 고등공업학교의 수학탓이었다. 그 수학을 뒷
받침하고 있는 공용어인 제국 일본의 언어, 곧 '국어'의 탓이었다.

식민지 서울의 최하층 서민계층의 아이 이상은 물론 자연어인 모국
어를 갖고 이 땅에 태어났다. 이 자연적 사실에 아무도 토를 달 수 없
다. 매우 딱하게도 이 아이가 맨 먼저 배운 것은 추상의 최고 레벨에
놓인 뉴턴과 아인슈타인의 동시성이었다. 그것은 모두 회색이었고, 공
포자체가 아닐 수 없었다. 추상이고 수학이고 기하학이었던만큼 거기엔
어떤 <색소>도 없었다. 수학에 색깔을 보았는가. 일찍이 이 사실을 제
일 총명한 아이 헤겔은 직감해 보인 바 있다.

> 더우기 세계가 어떻게 있어야 하는 교훈에 관하여 한마디 한다면 그것
> 은 교훈을 줌에 있어서는 원래 철학의 도래는 항상 너무나 늦은 감이 있
> 다. 세계의 사상으로는 현실이 그 형성과정을 완료하고 스스로를 완성하
> 고 난 후에 비로소 나타난다. 이것은 개념이 가르치고 있으나 역사도 또
> 한 필연적으로 가리키고 있는 바와 같이 현실의 성숙 속에서 비로소 관
> 념적인 것은 실제적인 것에 대하여 나타나고, 전자는 후자의 현실계를

그 실체에 있어 파악하여, 이것을 하나의 지적 왕국의 형태로 구축하는 것이다. 철학이 그 이론의 회색에 회색을 겹쳐 그릴 때 이미 생의 모습은 노휴해 버리는 것이며 회색을 색칠하는 데 회색을 가지고 바르더라도 생의 모습은 젊어지지 않으며 오로지 인식될 뿐이다. 미네르바의 부엉이는 황혼이 짙어지자 비로소 날기 시작한다.

「법철학」 서문, 강문용, 이동춘 공역, 박영사, pp.48~9

이런 헤겔의 비유의 근거가 저 괴테의 「파우스트」임은 모두가 아는 사실이다. 괴테는 이 사실을 악마 메피스토펠레스의 입을 빌어서야 발설할 수 있었다.

「나의 고귀한 친구여, 모든 이론은 회색이라네. 생의 황금나무란 녹색이라네.」(Grau, treurer Freund, ist alle Theorie, / und grün des Lebens goldner Baum)

「파우스트」 레크람, p.60

공부하기 위해 교수 파우스트를 찾아온 시골 아이에게 악마가 대신 나서서 이렇게 겁을 주었다. 필시 이 아이는, 기겁을 하여 학문에서 필사적으로 도망칠 것이다. 식민지에서 낳고 자란 아이 김해경도 사정은 꼭 같았다. <평행선은 절대로 교차하지 않는다.>(유클리드기하학)와 <평행선은 어느 무한점에서 교차한다.>(비유클리트 기하학)의 동시적 수용이 이른바 이론이며 추상이며 관념이자 회색이었다. 공포가 아닐 수 없다. 필사적으로 도주할 수밖에. 「오감도」의 13인의 아이들의 질주가 이를 새삼 증거한다.

이 아이가 질주하여 닿고자 한 곳은 어떤 세계였을까. 악마가 보여주고자 한 생명의 황금나무의 세계, 바로 녹색의 세계였다.

그렇지만 이 아이는 그런 곳으로 나갈 방도를 알 수 없었다. 당초부터 수학을, 추상을 배워버렸던 까닭이다. 모국어로 세상을 볼 힘이 없었기에 그에겐 모국어가 없었다. 있는 것이라곤 수학이고 기하학이고 공용어이 이 일본의 '국어'뿐이었다. 이것이 아이의 지평을 앞뒤로 가로 막았다. 그것이 바로 의식의 감옥인 「오감도」였다.

이 아이는 정직했다. 악마가 되는 길뿐임을 그는 알아차렸다. 울창한 생명의 황금나무 속을 헤매기가 그것. <그 색소가 있는 혈액>의 수사학이 그것이다. 참으로 딱하게도 그 방도를 알 수 없었다. 갈 데 없는 <환각의 인>이 아닐 수 없다.

이렇나 고백의 장면이 「동해」이다. 「동해」가 씌어진 것은 1935년 5·6월경이었다. 이 날짜에 주목하지 않으면 안 된다.

> 「조광」 2월호의 <동해>라는 졸작 보았소? 보았다면 게서 더 큰 불행이 없겠소. 등에서 땀이 펑펑 쏟아질 졸작이오. 다시 ヤリメオシ를 할 작정이오, 그러기 위해서는 당분간 작품을 쓸 수 없을 것이오. 그야 <동해>도 작년 6월 7월 경에 쓴 것이오. 그것을 가지고 지금의 나를 촌탁하지 말기 바라오. 조금 어른이 되었다고 자신하오.
>
> 「사신(8)」, p.239

이 사신의 집필 날짜는 음력 제야 곧, 1936년 음력 제야(양력 1937년 2월 10일)에 해당된다. 「종생기」를 쓴 지 무려 3개월이 지난 시점이다. 그렇다면 「사신(8)」에서 그가 말하고자 한 다시 출발하기란 과연 무엇이었을까.

2. 「전원수첩」의 르나르가 되고 싶었던 〈환각의 인〉

<조금 어른이 되었다고 자신하오>에 해당되는 것이 「종생기」이다. 「동해」는 그러니까 어른급에 이르지 못한 글, 이른바 청춘의 글쓰기급이라 규정된다. 그러나 여기에서 주목되는 것은 「동해」를 쓸 무렵의 이상 자신의 심리적 상황이다. 시기상 그것은 줄 르나르의 「전원수첩」의 일역판을 읽던 무렵에 해당된다. 줄 르나르(Gule Renard 1864~1910)가 쓰고 벤자민 라비에르(B. Rabier)가 삽도를 그린 Histoires Naturelles(자연얘기, 또는 박물지)가 「전원수첩」(成光館書店, 1934)의 제목으로 일역되었을 때 이상은 이에 얼마나 매료되었는가는 다방 「제비」의 사면 벽에다 「전원수첩」의 삽도를 골라 붙였음을 보아도 능히 엿보인다(박태원, 「이상의 편모」, 조광, 1937. 6.).

그가 「전원수첩」에서 배운 것은 물을 것도 없이 수사학이었다(박현수, 「이상 시학과 '전원수첩'의 수사학」, 이상문학전집(5)). 르나르의 저러한 수사학의 원천이란 무엇인가. 그것은 르나르만이 할 수 있는 특이한 자연 관찰력에서 온 것이다. 그 관찰력은 그의 유년기의 불행과 무관한 것이 아니었음에 주목할 것이다. 이상이 몰랐거나 눈감은 부분이 바로 여기인 까닭에 이상은 오직 수사학만에 주목한 결과를 나았다고 볼 것이다. 그는 르나르의 글쓰기의 내막 곧 「박물지」는 어떻게 씌어졌을까. 이 물음을 건너 뛴 형국이었다. 내용을 제쳐둔 르나르의 현란한 수사학이란 일종의 추상이자 어쩌면 허상에 다름 아닐 터이다. 르나르의 대표작으로는 「홍당무」(1894)를 꼽거니와 여기에 이르기까지의 그의 경력을 엿볼 필요가 있다.

JULES RENARD

de l'Académie des Goncourt

HISTOIRES NATURELLES

Illustrations d'après les dessins

DE

BENJAMIN RABIER

프랑스 리베르에서 1864년에 태어난 그는 파리에 나아가 모고등학교를 다녔고, (고등사범진학포기) 신문사에 기고인으로 활동했고 군에서 제대 후엔 철도회사에 근무했고, 「이 가을의 죄악」(1988)을 냈고, 동인지에 가담했고, 대표작 「홍당무」를 출판했고 파리와 고향을 왕복하며 「박물지」(1986)를 썼다. 1904년엔 촌장으로 선임되었고 아카데미 콩쿠르 회원에 피선됐고, 동맥경화증으로 1910년에 사망했다. 저작으로는 「포도밭의 포도재배인」(단편집, 1894), 「박물지」(소품집, 1896), 「홍당무」 「일기」(사후, 1925~27) 등으로 되어 있다. 대표작으로 꼽히는 훗날 연극으로도 청소년 읽을거리로도 유명한 「홍당무」(Poil de Carotte)는 직역하면 홍당무털 곧 홍당무모양의 붉은 털로 된 수염을 가리킨다. 이런 종류의 수염색깔을 한 사람(아이)은 금발이나 밤색의 아이와는 달리 성질도 고약하고 사람들에게 호감을 주지 않아 배척당하기 마련이다. 미운오리새끼라고도 할 것이다. 르나르에 있어 이 <홍당무스러움>이란 그 자신의 유년기의 모습에 다름 아니었다. 모친으로부터 상처받은 아이의 자전에 가까운 뒤틀린 심리묘사가 이를 뒷받침하고 있다. 그것은 두 살 때 백부집 양자로 간 아이 김해경의 모습이 아니었던가. 아이 김해경은 이 「홍당무」의 내용이랄까 창작동기를 알고자 하지 않았다. 단지 그 이미지의 사냥솜씨에 온통 마음이 뺏겼던 것이다.

「그저 아니나다를까, 오노리인느 할멈이 또 닭장 문 닫는 걸 잊었지.」 ─르삑 부인 말씀이다. 「옳아, 창에서 내다보아도 뻐언한 일이지. 저편, 넓은 안뜰 한 끝에 보이는 조그만한 닭장 지붕에, 열어젖힌 네모난 문짝이 어둠속에서도 오려낸 듯 뚜렷이 새까맣게 드러나 보이거든.」
「펠릭스야, 네가 좀 가서 닫을까?」─부인은 삼남매 중 맏아들에게 이렇게 말한다.

「난 닭 시중이나 해 주려고 있는 건가 뭐.」

펠릭스가 하는 말이다. 얼굴이 해쓱한 애다. 감궂고 게다가 겁쟁이이다.

「그럼 너는 어떠냐, 에르네스띠인느야?」

「아유! 엄마두, 난 무서워 죽겠는걸!」

형 펠릭스나 에르네스띠인느 누나나 둘이 다 겨우 머리만 한번 기웃하고 대답할 뿐, 테이블 위에 팔을 괴고 거의 이마를 맞대듯이 하곤 책 읽는 데만 열중하고 있다.

「아 참, 내 정신 봐!」―르삑 부인이 하는 말이다―「내 깜박 잊었군. 홍당무야, 네가 가서 닫아라!」

그는 자기 막내아들에게 홍당무라는 애칭을 붙인 것이다. 머리털이 불그스름한데다가 피부엔 주근깨가 가득 있기 때문이다. 그는 이때까지 테이블 밑에서 그저 하는 일 없이 혼자 놀고 있었다. 부스스 일어서서 눈치를 살피며 중얼거리듯 말한다.

「그렇지만 엄마, 나두 무서운걸 뭐.」

「뭐야?」―르삑 부인의 대답이다. 「아 너처럼 뒤통수가 세 뼘씩 되는 녀석이 글쎄! 나참 웃음 거리다, 어서 냉큼 가지 못해!」

「다 아는 일인데 뭐. 그앤 염소만큼이나 당돌한 앤 걸.」―에르네스띠인느가 양념을 친다.

「그애야 뭐 무서운 게 있나.」―큰형 펠릭스의 맞장구다.

이렇게 추어주면 으쓱해지지 않을 수 없는 노릇이다. 이쯤 되면 그 찬사를 어기기도 부끄럽고 벌써 명예심과 공포심으로 내심의 투쟁이 벌어진다. 펄쩍 일어나도록 그의 어머니는 주먹을 들어 보인다.

「그럼 불이라도 좀 밝혀 줘.」―마지못한 대답이다.

「홍당무」, 김붕구 역, pp.5~6

이런 얘기에서 주목되는 것은 자기고백도 아니지만 자기변명과도 거리가 멀다는 점이다. 사건의 경묘한 배치와 묘사의 객관성에 의해 어디까지나 감상적인 흔적을 지움에서 특징적이다. 그것은 세계와 어른의 폭력에 맞서 이를 극복하는 소년의 예지로 차 있어 아동교육의 귀중한 참고서의 몫을 하기도 하지만 다른 한편으로는, 르나르의 마음속에는 타인이나 동물에 대한 잔혹함, 거짓됨, 조숙함, 뒤틀린 비겁한 연기, 야만적인 소년이 깃들이고 있었음도 사실이 아닐 수 없다. 소년이란 천사여야 함에도 한편 참기 어려운 더러운 동물이 아이었던가. 이 진실한 모습을 그는 <고양이가 훨씬 인간적이다>고 쓸 수 있었다(阿部昭 , 「단편소설 예찬」, 岩波新書). 「홍당무」 제31화인 「고양이」를 보면 이 점이 선연하여 그 잔혹함이 손에 잡힐 듯 묘출되어 있다.

홍당무는 이런 말을 들은 적이 있다.
즉 가재를 잡는 데는, 닭의 내장이나 돼지고기 조각보다도 고양이 고기에는 당하지 못한다는 것이다.
그런데 그는 고양이를 한 마리 알고 있는 터이다. 늙어진 데다가 병들어 여기저기 털이 빠져서 푸대접을 받고 있는 것이다. 그래서 홍당무는 그 고양이를 자기 집으로, 즉 그 헛간으로 우유 한잔 들러 오랍시고 초대를 했다. 그는 고양이와 단둘이다. 담벽 밖에 쥐란 놈이 멋모르고 나타날지도 모를 일이지만, 어쨌든 홍당무로서는 우유 한잔만 내놓기로 했다. 고양이 등을 밀어넣으며, 권하는 것이다.
「실컷 먹어라.」
등골을 쓰다듬어 주고, 애칭을 붙여 불러 주기도 하며, 그 날쌘 혓바닥의 움직임을 보고 있노라니 측은한 생각이 든다.
「가엾은 것, 나머지를 싹싹 맛있게 먹어라.」
고양이는 우유를 마시고 밑바닥을 깨끗이 핥고 나서는 가장자리를 싹싹 핥는다. 그 다음엔 단맛이 가시지 않은 입술을 핥을 뿐이다.
「다 먹었니, 깨끗이?」―홍당무는 연방 쓰다듬어 주며 물어본다―「아마 한 잔 더 주면 좋아라고 먹을 테지. 그렇지만 그것밖에 훔쳐낼 수 없었단다. 그리고 조금 빠르냐 늦느냐의 시간 문제 걸 뭐……」

이 말과 함께 고양이 이마에다가 총대를 갖다 댄다. 방아쇠를 당겼다.

총소리에 홍당무 자신이 실신할 지경이었다. 온 헛간이 날아가는 줄 알았다. 연기가 흩어지자 발밑에 외눈으로 쳐다보는 고양이가 눈에 띈다.

머리통이 절반이나 달아났다. 우유잔에 피가 흐른다.

「고놈이 죽은 것 같질 않구나. 망할 것 같으니. 맞바루 겨누었는데.」

그는 꼼짝 못한다. 노오란 광채가 도는 그 외 눈깔이 그렇게도 불안스러웠다. 고양이는 바르르 떠는 품이, 마치 아직 살아 있다는 것 같다. 그런데 조금도 그곳을 움직이려고 하는 기색이 없다. 피를 한 방울도 버리지 않으려고 일부러 우유잔에다 대고 흘리는 것 같다.

[……]

처음엔 조심스럽게 건드려 본다. 그 다음엔 고양이 꼬리를 붙들더니, 총개머리로 목덜미를 냅다 망그러진 굴뚝 부시듯 내려갈긴다. 한 대 후려칠 때마다 숨통을 끊는 마지막 일격인 것처럼 용서 없이 내려친다. 빈사의 고양이는 다리께를 미친 듯이 떨며, 허공을 긁고, 공처럼 옴츠러들었다간 길게 펴곤 한다. 그러나 빽소리 하나 안 지른다.

「대체 고양이가 죽을 제 운다고 한 것은 누구냐?」 ─ 홍당무는 중얼댄다. 안타깝다, 너무 질기다. 마침내 총을 내던지고 고양이를 껴안는다. 발톱에 긁히는 결에 더욱 미친듯이, 이빨을 악물고 핏줄을 불끈 세우고 고양이 목을 죄는 판이다.

그러나 나중엔 홍당무도 숨이 막힌다. 기진맥진 비틀거리다가 땅에 쓰러진다. 고양이의 얼굴을 맞대고, 두 눈이 그의 눈깔에 끌린 채 펄썩 주저앉았다.

「홍당무」, 김붕구 역, pp.119~20

이러한 르나르식 글쓰기를 두고 정작 프랑스문단이 어떻게 평가하는지는 알기 어려우나, 절도와 명석함을 무엇보다 존중함에서 단연 프랑스적이라 할 것이다. 현실이란 르나르에겐 현실 이상의 것으로 비쳤음에 틀림없다. 그의 날카롭기 짝이 없는 관찰력과 적확치밀한 표현이 이를 새삼 말해준다(「홍당무」, 尾田固土 역, 岩波書店, 1950, 해설).

그가 사용하는 수법은 통상 말하는 비유의 형식이다. 이를 두고 사상의 빈곤이라 비판할 수도 있으나 이 형식은 그의 경우 단순한 비유에 멈추지 않는다. <생명의 순간의 모습>인 까닭이다.

> 그의 일기에도 적혀 있지만 사람들은 어떤 땐 그것을 눈치채고 어떤 땐 눈치채지 못할 경우가 있다. 곳과 때를 달리하며 그의 작품을 읽는 것이 좋다. 이전에는 그렇도록 인상이 선명하지 않던 것이 돌연 생생한 모습으로 눈앞에 살아난다. 그는 있는 그대로의 멋을 그리고자 하지 않는다. 그 대신 인간이면 누구나 사소한 인연으로 어떤 한정된 조건에 그것을 보고 듣고 만질 경우에는 반드시 느껴지는 그런 하나의 모습을 놀라운 정확성으로써 표현하는 기예를 체득하고 있다. <낮고 작은 것의 위대함>이라는 평가는 말하자면 속된 안목에 비친 비범한 풍경을 가리킴이리라. 이러한 특질은 문학의 모든 특질 가운데 가장 번역하기 부적당한 것이라 믿지만 이런 모독은 나의 르나르에 대한 그럴 수없는 사랑에 의해 보상받길 희망하고 있다.
>
> 「포도밭의 보도재배인」, 岸田 二 역, 岩波書店, 1938, p.214

르나르의 「박물지」는, 역자의 말대로 <문학의 모든 특질 가운데 가장 번역하기 부적당한 것>인데도 이를 일본의 '국어'는 「전원수첩」이라 하여 대번에 번역해 내었음에 주목할 것이다. 이처럼 번역 부적절한 「전원수첩」을 대번에 그 문학적 특질을 꿰뚫은 식민지 청년이 이상 김해경이었다. 그에겐 일본의 '국어'가 공용어이자 유일한 보편어였기에 가능한 일이었다. 왜냐면, 이 경우 일본의 '국어'란 「오감도」를 낳은 수학의 추성성과 등질의 것으로 군림했던 까닭이다.

그렇다면 무엇이 문제적인가. 이 물음에 천금의 무게가 실려있다. 곧,

「전원수첩」의 활용기회의 포작이 그것이다. 「전원수첩」은 그것이 아무리 굉장해도 수학이자 추상이며 따라서 한갓 기하학이자 다방 장식용 그림에 지나지 않았다. 설사 그것이 북극성모양 찬란하다 해도 하늘 은하수 저쪽의 사안이 아니면 안 되었다. 머릿속의 관념놀이에 더도 덜도 아니었던 까닭이다. 이 사실을 이상은 스스로가 홍당무털의 색깔을 가진 별종의 아이, 미운 오리새끼임을 아직 깨닫지 못한 채 무식하게도 잘난척 이렇게 외쳤다. 「실로 나는 울창한 삼림 속을 진종일 헤매고 끝끝내 한 나무의 인상을 훔쳐오지 못한 환각의 인이다」(「동해」, p.271)라고.

3. 〈색소 있는 혈액〉의 체험 현장

참으로 다행히도, 이런 표현은 이상 김해경에게만이 아니라 이 나라 글쓰기판에 두루 적용되거니와 진종일 울창한 삼림 속을 헤맬 기회와 벌판이 주어졌음이 그것이다. 그것도 무려 한 달가량 〈진종일〉의 주어졌음이야말로 단연 문학사적 사건이 아니면 안 되었다. 〈색소 있는 혈액〉의 글쓰기의 지평이 본격적으로 능히 엿보였기 때문이다. 1935년 8월 이상은 평남 성천에 머물렀던 것이다. 「산촌여정」을 쓸 때 그가 이곳에 머문 지 20일이 지난 뒤였다. 어째서 하필 성천이었던가. 두 가지 이유로 분석된다. 그가 앓던 폐결핵 요양이 그 하나라면 경성고등공업학교 동창 원용석(훗날, 대한민국 부흥부장관, 1963, 역임)의 고향이기도 했음이다(졸저, 「이상연구」, 문학사상사, 1987, p.127).

대체 성천이란 어떤 곳인가. 사전적 설명에 따르면 평안남도 동남부에 위치한 군의 이름이다. 동경 126°~126°.34, 북위 38′54~39′24이며 면적 1554km²인구 9만 9,874명(1945년도). 12면 105동리로 되어 있다.

이 고장 주민의 대부분은 농업에 종사하며 산지가 많은 관계로 논농사보다 밭농사가 활발하다. 특히 밭농사에는 화전 경작이 많다. 총경지 면적은 약 2만 1,225ha로 경지율은 14%이다. 주로 농산물은 조, 콩, 옥수수, 감자, 밀 등이며 잎담배인 성천초(成川草), 성천밤, 명주인 성춘주가 유명하다(한국민족문화대백과사전(12), 한국정신문화연구원, 1990).

1935년 8월 늦여름에서 초가을에 걸쳐 이곳에 머물렀는 바, 그는 우선 여기까지 이른 과정과 또 머물면서 느낀 총악보를 미발표 육필원고인 「첫 번째 방랑」에서 그렸다. 이때 주목되는 것은 전부 일본의 '국어'로 썼다는 사실이다. 「산촌여정」도 예외는 아니어서 적어도 원리적으로는 '일어'로 썼다. 대체 어째서 <팔봉산>이 중심에 놓인 일련의 성천에 관한 글쓰기를 제국의 '국어'로 쓰지 않으면 안 되었을까.

르나르의 「전원수첩」 속에 그 비밀이 감춰져 있지 않으면 대체 어디서 그 의의를 찾을 수 있으랴.

「전원수첩」 자체가 지닌 비할 바 없는 매력이란 무엇인가. 다음 두 가지로 갈라서 검토해 볼 수 있다. 첫째, <환각의 인>이라 절망하여 초조해 마지않는 이상으로 하여금 한 가지 출구를 제공했다는 점. 색소 있는 혈액의 수사학이 그것. 적어도 성천에서 이상은 르나르와 동급의 <이미지의 사냥꾼되기>의 기회가 주어졌는데, 그것도 거의 무한한 상태, 다시 말해 <권태에 질릴 정도>로 주어졌던 것이다.

두 번째로 「전원수첩」의 방법론의 체득을 들 수 있다. 바로 그것이 비유의 형식이다. 이상이 「전원수첩」에서 배운 이 <비유의 형식>이란 물론 글쓰기의 방법의 일종이었다. 중요한 것은 이 방법론을 가능케 한 것이 일본의 '국어'였다는 사실이다. 이상을 <환각의 인>에서 <현실의 인>에로 구출해준 것은 그러니까 원작자 르나르가 첫 번째이며 더

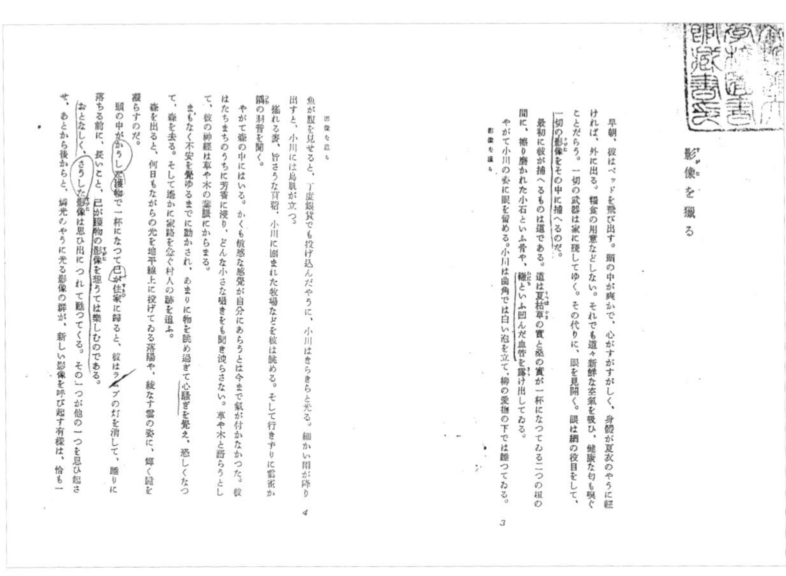

『전원수첩』 첫 장

욱 중요한 것은 그 원작자의 의도를 드러낸 도구인 바, 그것이 일본의 '국어'였던 것이다.

이상이 몰랐던 것은 도구인 일본의 '국어'의 위상이었다. 그것은 이상에 있어서는 몸에서 돋아난 기관(器官)과 같은 것이어서 도무지 낯선 것이 아니었다. 그냥 사물을 인식하는 제3의 기관의 일종이었기에 그럴 수 없이 몸가벼운 것이며 동시에 자유자제의 몫이었다. 다른 사람에게는 사상도 할 수 없는 난해함. 기발함으로 인식되는 것이지만 이상에겐 흡사 손아귀에 쥐어진 진흙 반죽 같은 것이었다.

이렇게 미루어볼 때, 1935년 여름의 거의 한달 간의 성천체험이란, 이상문학논의에선 일대 전환점이자 비약의 단계가 아닐 수 없다. <색소 있는 혈액>의 수사학의 지평이 엿보이는 이 천재일우의 기회를 그는 철저히 이용했고, 또 그 때문에 그는 또 절망하지 않으면 안 되었다.

그것은 그가 일찍이 예견한 바 있었다.

「어느 시대에도 그 현대인은 절망한다. 절망은 기교를 낳고 기교 그 때문에 또 절망한다.」(「시와 소설」 9인회기관지, 1936. 3, p.3)

4. 성천체험의 총보와 각론(A)와 (B)

성천체험이라는 행운의 기회를 한 순간도 놓치지 않고자 덤빈 이상의 글쓰기의 실험의 의의는 어디에서 찾으려는가. 이 물음에 천금의 무게가 실려 있다는 명제만큼 결정적인 것은 따로 없는데, 그 이유는 어디서 오는가. 일목요연한 해답이 주어진다. 곧, 성천체험 전체가 송두리째 <일어 미발표 육필>로 씌어졌다는 사실이다. 일본의 '국어'가 아니면 감히 성천체험을 체험할 수 없다는 사실을 그는 무의식 속에서 감지하고 있지 않았다면 어찌 이런 일이 일어날 수 있었겠는가. 일어라는 도구가 <색소 있는 혈액의 수사학>을 여지없이 <색소 없는 혈액의 수사학>으로 둔갑시켰던 것이다. 그것은 「오감도」를 일어로 쓰지 않으면 안 되었음에 엄밀히 대응된다.

성천체험의 총보(總譜)는 앞에서 지적한대로 「첫 번째 방황」(육필 자료 참조)이다. 이 총보에서 각론(A)(B)로 전개되었는 바 이를 보이면 아래와 같다.

「첫번째 방랑」(총보)
(각론)(A) : 1. 「이 아이에게 장난감을 주라」
        2. 「어리석은 석반」
        3. 「모색」
        4. 「무제」(초추)

각론(B) 1.「산촌여정」
        2.「권태」

총보인 「첫 번째 방랑」의 각론(A)와 각론(B)의 차이는 어디에서 오는 가. 두루 아는 바 총보와 더불어 각론(A)는 미발표 일어 육필 미발표군에 속한다. 여기에서 이상은 르나르식 비유의 형식을 겁도 없이 그가 할 수 있는 최대의 비유의 형식을 동원하여 멋있게 구사했다. 그것은 모국어인 조선어로서는 생심도 할 수 없는 높은 추상의 영역이었다. 그것은 수학과 흡사한 것이어서 일본의 '국어'라는 도구 없이는 불가능한 것이었다. 그러나 참으로 다행스럽게도 그는 각론(B)를 남겨놓고 말았다. 여기서 다행이라 했음에는 설명이 없을 수 없다. 각론(B)의 (1)과 (2)의 낙차를 잴 수 있음이 그 하나라면 각론(B)와 각론(A)의 낙차를 잴 수 있음이 그 다른 하나이다.

먼저 각론(B)의 (1)에 주목해보자. 이것은 서울에 있는 문우 정(정인택으로 추정)형에게 보낸 편지형식의 글이며, 정씨의 주선인지 여부는 확실치 않으나 매일신보(1935. 9. 27~10. 11)에 발표되었다. 일어로 쓴 것을 다시 우리말로 옮긴 것인지의 여부도 불확실하나, 분명한 것은 원리적으로는 일어를 통한 <비유의 형식>을 힘껏 구사한 점이며 이 점에서 그것은 일본의 '국어'에 힘입은 것이라 할 것이다.

客主집 房에는 石油燈盞을 켜 놓습니다. 그 都會地의 夕刊과 같은 그윽한 내음새가 少年時代의 꿈을 부릅니다. 鄭兄! 그런 石油燈盞 밑에서 밤이 이슥하도록 '호까'―煙草匣紙―붙이던 생각이 납니다. 벼쨍이가 한 마리 燈盞에 올라 앉아서 그 연두빛 色彩로 혼곤한 내 꿈에 마치 英語 '티'字를 쓰고 건너 긋듯이 類다른 記憶에다는 군데군데 '언더라인'을 하여

놓습니다. 슬퍼하는 것처럼 고개를 숙이고 都會의 女車掌이 車票 찍는 소리 같은 그 聲樂을 가만히 듣습니다. 그러면 그것이 또 理髮所 가위 소리와도 같아집니다. 나는 눈까지 감고 가만히 또 仔細히 들어봅니다.

그리고 備忘錄을 꺼내어 머루빛 잉크로 山村의 詩情을 起草합니다.

그저께新聞을찢어버린
때묻은흰나비
鳳仙花는아름다운愛人의귀처럼생기고
귀에보이는지난날의記事

얼마 있으면 목이 마릅니다. 자리물ー深海처럼 가라앉은 冷水를 마십니다. 石英質 鑛石 내음새가 나면서 肺腑에 寒暖計 같은 길을 느낍니다. 나는 白紙 위에 그 싸늘한 曲線을 그리라면 그릴 수도 있을 것 같습니다.

이상문학전집(3), pp.103~4

사신의 부고를 쓰듯 「산촌여정」이 씌어졌는데 그것은 문우 정형에 대한 모종의 익살이기도 하지만 또 그만큼 결사적이었음을 말해주는 것이기도 하다. 그 <비유의 형식>이란 참으로 간단한 도식에 의거된 것이었다. 보조관념을 도시적, 문명적인 것으로 삼고 시골의 사물을 드러내는 방식에 불과했다.

(1) 「야채 사라다에 놓이는 아스파라가스 입사귀 같은 또 무슨 화초가 있습니다.」
(2) 「파라마운트회사 상표처럼 생긴 도회 소가 나오는 꿈을 조금 꿉니다.」
(3) 「M 백화점 미소노 화장품 스위트 껄이 신은 양말은 이 새악시들의 피부색과 똑같은 소맥빛이었습니다.」

실로 유치하면서도 간결한 도식인만큼 거기에서 드러나는 어떤 감정의 유발도 일으키지 않고 다만 인상의 선명함이 전면적으로 드러날 뿐이다. 그는 이러한 자기의 부고와도 같은 편지를 서울의 문우 김소운에게도 보낸 바 있다(김소운은 그 편지를 시 두 편으로 개작하여 이상의 작품반열에 올려 놓았다).

각론(B)의 (1)에 비해 (2)의 위상은 실로 각별하다고 볼 것이다. 그것이 죽기 5개월 전, 동경에서 썼기 때문이다. 동경에서 이상은 「종생기」를 썼다. 그것은 천하를 향해 자기의 부고를 쓴 것에 해당된다. 이 부고를 쓴 직후에 각론(B)의 (2)를 쓴 것이다.

5. 「권태」에서 죽다

「권태」는 이상의 글쓰기의 최후에 놓인다. 그가 「권태」 이후의 어떤 글을 썼는지 알 수 없지만 현존하는 어떤 글도 「권태」 이후엔 찾을 수 없다.

문제는 결국 무엇인가. 그것은 성천체험이야말로 그에겐 <운명적>이었음을 새삼 말해주는 사건성이라 할 수밖에 없다는 점에서 온다. 제국의 수도 동경에서 병고와 가난에 시달리며 어둠 속에서 오돌오돌 떨고 있는 식민지 청년 김해경은 비로소 스스로를 직시하지 않으면 안 되었다. 「권태」란 그러니까 비장한 사건성이 아닐 수 없는데, 스스로가 바로 그가 힘껏 신바람나게 써재꼈던 팔봉산 기슭 성천의 그 펭귄 같은 짐승인 촌민이 되어갔던 것이다. 도구로서의 일본의 '국어'를 사용하면 할수록 그는 이 회색의 수렁에서 끝내 벗어날 수 없었다. 똥놓기만이 유희의 전부였던 성천의 아이들 속에 이상 김해경 자신이 끼어 있음을 그는 고백하지 않으면 안 되었다.

「권태」가 그의 최후작이자 한글로 씌어졌음이 그 움직일 수 없는 증거이다.

그는 결국 <홍당무털>이 난 홍당무색깔의 별종의 아이에 다름 아니었다.

그는 정직해야했다. 스스로가 홍당무털의 색깔을 가진 아이임을 그것도 모르고 오감도스럽게 날뛴 자기의 남다른 사기술을 스스로 폭로하지 않으면 안 되었다.

기갈의 향수, 생리적인 것에 온몸을 맡기기에 나아가는 길, 이것만큼 정직함이 달리 있을 것인가. 오감도스런 몸짓, 이 위선의 아이러니를 깨달았을 대, 그는 어둠 속에서 오돌오돌 덜며 죽지 않으면 안 되었다. 그의 죽음이 비록 개인적 죽음이나 동시에 문학사적 사건성임은 여기에서 온다.

성천에서의 단 한 점의 포획물

1. 〈울창한 산림〉의 정체

「실로 나는 울창한 삼림 속을 진종일 헤매고 끝끝내 한 나무의 인상을 훔쳐오지 못한 환각의 이이다.」(「동해」)라고 이상이 자탄한 것은 1935년 6~7월경이었소. 그가 여기서 말한 〈울창한 삼림 속〉이란 따라서 식민지 수도 서울이 아닐 수 없소. 서울서 낳고, 자랐고, 배운 그가 통치자의 반열에 올라 그들만의 기관지 「조선과 건축」 또는 대형잡지 「조선」에 글을 쓸 수 있었음에 주목할 것이오. 어째서 통치자의 반열에 오를 수 있었을까. 이 물음에 주목할 것이오. 기하학 속에 그 정답이 숨어 있지 않다면 대체 어디서 찾아야 할까. 그가 배운 기하학이란, 물론 지배자의 것이었소. 그 지배자의 이름이 '근대'이고 증기관차이고 뉴톤이자 아인슈타인이었소. 이 지배자의 반열에 끼어든 제국 일본 역시 지배자이기는 마찬가지. 일본은 기를 쓰고 지배자의 언어를 배우고 그 원리를 체득했소. 이때 그 도구가 그들의 '국어'였소. 자연어(모국어, 현지어)를 바탕으로 하여 그들은 필사적으로, 기하학을 발명하고 뒷받침한 보편어를 도입하여 그 예지를 습득했소. 메이지 이후 일본의 '국어'

란 그러니까 자연어가 아니라 '인공어'일 수밖에요. 이를 공용어로 하여 그들은 조선의 통치를 감행했소. 이 공용어란 그러니까 식민지 아이 이상에 있어서는 보편어가 아닐 수 없소. 그에 있어 글쓰기란 이 보편어 곧 일본의 '국어'로 쓸 수밖에 무슨 방도가 달리 있으랴. 바로 이것이 식민지 아이 이상 김해경을 <진종일 헤매게 한 울창한 삼림>의 정체였소. 그것은 또 저절로 <색소가 없는 혈액>이 아닐 수 없었소. 몸소 경영한 다방 「제비」가 그러하며 종로 거리가 그러하며 서울역과 미쓰꼬시 백화점이 그러했소. 근대의 풍경이 모두 숨 막히는 울창한 삼림이었소.

이 무렵 이 아이 곁에는 또 하나의 아이가 조금 멀리 또 가까이에서 어정대고 있었소. 대하노트에 지팡이까지 든 아이의 이름은 구보 박태원. 기이하게도 구보라는 아이는 <울창한 삼림 속을 진종일 헤매고>는, 제법 온갖 포획물을 노트 가득 수렵해 오지 않겠소. 즐기기까지 하면서. 그런데 보시라. 구보의 사냥솜씨를 구보 역시 사냥도구는 지렁이도 조총도 아니고 최신 일본식 엽총이 아니겠는가. 여지없이 백발백중. 소리도 높이 왈, 「소설가 구보씨의 일일」이라고. 그런데 이상 김해경은 어떠했던가. 진종일 헤매고도 개미새끼 한 마리 사냥해 오지 못한 환각의 사냥꾼이 아니겠소. 대체 이를 어쩌면 좋단 말인가.

2. 르나르의 엽총을 빌린 아이

드디어 천재일우의 기회. 진짜 사냥터에서의 사냥길의 기회가 이상 김해경에 주어졌소. 그동안 <울창한 삼림>이라 믿었던 서울 종로 거리에서의 탈출이 그것이외다. 임(姙)이, 연심이, 금홍이, 연(姸)이 등등 온갖 곡예사로 가득찬 서울 종로 거리야말로 이상 김해경에겐 앞뒤를 가로 막는 <울창한 삼림>이 아니었던가. 지평을 앞뒤로 가로 막는 서울의 온갖 도깨비들로부터 벗어나기, 진짜 사냥터에서 마음 내키는 대로 사냥할 수 있는 곳이 바로 성천이었소. 「전원수첩」의 줄 베나르처럼 최신 엽총을 들고 그는 팔봉산이 있는 성천에로 달려갔소. 목표란 뚜렷하오. 「전원수첩」의 사냥꾼과 맞서기가 그것. 팔봉산 기슭을 엽총으로 헤매며 보는 것 듣는 것 만지는 것, 느끼는 것 등 모조리 쏘아 포획하고자 했소. <환각의 인>에서 바야흐로 <현실의 인>되기가 그것. 리얼리스트 말이외다.

그 첫 번째 사냥질을 잠시 보실까요. 성천에 머문 지 20일째쯤 되었을 때 <머리빛 잉크>로 비망록에다 이렇게 썼소.

「버쨍이가 한 마리 등잔에 올라 앉아서 그 연두빛 색채로 혼곤한 내 꿈에 마치 영어 '티'자를 쓰고 건너 긋듯이 유다른 기억에게다 군데군데 언더라인을 하여 놓습니다.」라고. 또 비망록에다 철필로 군청빛 '모'를 심어갑니다.

　(1) 「하루라는 '짐'이 마당에 가득한 가운데 새빨간 잠자리가 병균처럼 활동입니다.」

　(2) 「불타오르는 듯한 맨드라미꽃 그리고 봉선화.」

　(3) 「수수깡 울타리에 오렌지 빛 여주가 열렸습니다.」

　(4) 「청둥호박이 열렸습니다.」

　(5) 「포푸라 나무 밑에 염소 한 마리를 매어 놓았습니다.」

　(6) 「옥수수밭은 일대 관병식입니다.」

　(7) 「물동이를 이고 주저하는 두 젊은 새악시가 있습니다.」

　(8) 「조이삭은 다 말라 죽었습니다.」

　(9) 「두 소년이 고무신을 벗어들고 시냇물에 발을 잠가 고기를 잡습니다.」

　(10) 「이 마당에서 오늘 밤에 금융조합 선전 활동사진회가 열립니다.」

보시라. 사냥솜씨는 단순 이분법. 비유의 형식이라는 실로 초보적 산술이 아닐 수 없지요. 도시적 보조관념으로 시골 풍물을 표시하기가 그것. 그는 실로 염치도 없이 물동이를 인 젊은 새악시를 이 공식 위에 내세웠소.

> 「하도롱 빛 피부에서 푸성귀 냄새가 납니다. 코코아 빛 입술은 머루와 다래로 젖었습니다. 나를 아니 보는 동공에는 정제된 창공이 간쓰메가 되어 있습니다. M백화점 미소노 화장품 수의트 걸이 신은 양말은 이 새악씨들의 피부색과 똑같은 소맥빛이었습니다.」

이런 식의 일차방정식 비유의 형식 속에 자기의 부고가 들어있다고 그는 허풍을 쳤지요. 이는 진종일 수풀과 들판에서 사냥을 마치고 귀가한 「전원수첩」의 저자의 심정과 얼마나 같고 또 다를까.

> 「생각하기 실은 하루였다. 양쪽 끝을 깍아낸 듯한 낮시간이 짧은 하루였다. 구질구질한 하루였다 […] 이제 돌아가지 않으면 안된다. 벌써 보이지 않게 된 길을 찾아 나는 마을로 돌아간다. 누구도 그 마을의 이름을 알지 못한다. 가난한 백성들이 그 마을에 살고 있다. 나 이외는 그 마을을 방문한 사람은 한 사람도 없다.」
>
> 「사냥을 마치고」, 『전원수첩』, 1934, 일역판, pp.191~193

「전원수첩」의 저자의 사냥터인 그 마을에는 저자 이외는 아무도 가본 바 없다고 했소. 이에 비해 이상은 <팔봉산이다!>라고 큰 소리로 외쳤소. <성천이다!>라고. <여기에는 북극의 짐승 펭귄과 같은 백성들이 살고 있다!>라고. 이를 목도한 이상은 두고 온 도시의 친구들에게 자기의 부고를 쓰듯 한자루 기행문을 썼소. 두고 온 도시의 친구들에게

「내 나체의 말씀을 번안하여 보내주고 싶습니다」라고 했소.

이게 어찌 자기의 부고일 수 있으랴. 허풍이지요. 모처럼 사냥의 기회를 얻어 성천에 온 그는 도무지 <생생한 혈액의 색깔>에 눈멀고 귀어두워 몸에 익힌 기본기 이외는 보잘 것 없는 얼떨떨한 상태였다고나 할까요.

3. 사냥감, '권태'를 끝내 쏘지 못한 곡절

성천체험 20일 이후는 어떠했을까. <신간잡지 표지와 같은 신선한 여인들>, <넥타이와 동갑인 신사들>이 있는 서울의 창백한 벗들에게 성천에서의 이미지의 사냥솜씨를 제법 뽐내어 보고 또 이를 <자기의 부고>라고 허풍을 쳤지만 정작 성천에 계속 머물면서 그가 보고 듣고 느낀 진짜 사냥감은 무엇이었을까. 이 물음에 응해오는 입구에 놓인 것이 <개>이다. 「산촌여정」에서는 어째서 개가 등장하지 않았을까. 이 물음에 주목하지 않는다면 사냥의 본질에 육박할 수 없기 때문이외다.

성천에서 제일 흔한 짐승이 개와 아이들이었음에 주목할 것이오. 그 많은 개와 아이들이 어째서 「산촌여정」은 그림자도 비치지 않았을까. 이 물음 속에는 「산촌여정」이 지낸 사냥질의 표층적 의미 층이 깃들어 있습니다. 그렇다면 성천이란 사냥터의 진짜 사냥감은 무엇이었을까. 개와 아이들이 아닐 수 없지요.

(A) 嗚呼라. 兒孩들은 어떻게 놀아야 좋을지 모르는 모양이다.

그러나 그들은 完全히 去勢되어 버린 것이 아니다. 풀을 휘뚜루 뽑아 가지고 와서 그걸 만지작거리며 놀아 본다. 永遠한 絶色―絶色은 그들에

게 조금도 特異하거나 신통치 않다. 兒孩는 뭐든 그들을 驚嘆케 해 줄 特
異한 것이 貪나는 것이다. 하지만 아무리 둘러 봐야 現在의 그들로선 規
模가 지나치게 큰 家屋과 眷屬(血緣)과 끝없는 들판과 그들의 깔긴 똥이나
먹고 돌아다니는 개새끼들 等.

이상문학전집(3), 문학사상사, p.117

보다시피 아이들과 개들은 등가입니다. 가옥, 가족 그리고 끝없는 들
판과 개들은 등가입니다. <자연>이 아닐 수 없지요. 날 때부터 거기
나무나 돌처럼 있는 자연 말이외다. 그러나 아이들은 이 자연에 내속되
면서도 조금 다릅니다. 자의식 곧 놀이를 요망하는 동물인 까닭이지요.
개와도 다른 점이 아닐 수 없지요. 그러나 잘 따져보자. 개와 아이들은
다르지만 또 근본에서 같다고 할 수 없을까. <나>와 아이들은 다르지
만 또 그 근본에 있어서 같다고 할 수 없을까. 함께 <권태스러움>에
질려버렸기 때문이외다. <자연=권태> 앞에 서면 모두가 등가일 수밖
에. 이 사실의 발견이 성천체험의 핵심에 놓인 사냥질이었지요. 그는
매우 솔직히 또 차근차근 알아듣기 쉽게 다음처럼 스스로에게 타이르
고 있는 형국입니다.

(B) 「밥상이 나오기까지 나는 이래 한번 뜰 가운데를 소요하였다. 그러
자 남루한 강아지가 한 마리 어디서 나타났는지 끼어들었다. 이 여인숙
에선 개를 기르지 않으니 이건 다른 집 개일 것이다. 내겐 전혀 구애없
이 그러면서도 내심으론 몹시 나를 두려워하는 듯 나에게서 약간 거리를
둔 지점에 걸음을 멈추는 기색도 없이 머물러 서서, 내눈엔 아무것도 보
이지 않는 땅바닥 위를 벌룸거리며 냄새만 연신 맡는다. 그러자 여인숙
집의 일곱 살쯤 된 딸아이가 옥수수(알맹이는 다 먹어버린) 꽁갱이를 그
강아지 앞에 던졌다. 강아지는 잠깐 그 냄새를 맡아보다가 이윽고 그것
이 식용에 적합지 않는 물체란 걸 알아차리자, 원래 아무것도 없는 땅바

닥을 다시 한 번 맡아보는 시늉을 하곤, 거기서마저 아무런 소득이 없자 그대로 살금살금 그곳을 떠나버렸다. […] 암울할 뿐이다. 그러나 개도 개지, 글쎄 아무것도 없는 땅바닥을 열심히 몇 번씩이나 냄새를 맡는 것은 얼마나 우열한 일이뇨. 개는 개다. 나는 인간으로 태어나서 행복하다. —역시 이런 걸 생각는 자체부터가 아무것도 없는 땅바닥을 냄새맡는 것과 다름없을 것이다. 그러나, 개도 가버렸다. 나는 이제 무엇을 관찰해야 좋을지 모르겠다.」

pp.127~8

<촌중에 득실거리는 저 많은 개들>을 보라고 말하고 있군요. 신기한 것은 「산촌여정」에서는 어째서 득실거리는 저 많은 개들이 단 한 놈도 등장하지 않았는가라는 점. 물을 것도 없이 성천체류 약 20일간 그의 눈에 보이지 않던 까닭이지요. 그렇지 않다면 대체 무슨 변명이 요망될까요. 20일이 지나자 비로소 성천의 참모습 그러니까 <삶자체>가 인식되기 비롯했던 것.

이때 중요한 것은 재주놀이, 기호놀이가 제일 목적일 수 없음이오. <삶 그자체> 앞에서는 「전원수첩」이 선용하는 비유의 형식이 무용할 수밖에. 있는 그대로를 그릴 수밖에. 리얼리스트가 될 수밖에요. <환각의 인>에서 <사실의 인>에로의 전환이란 이를 가리킴인 것.

리얼리스트의 눈에 비로소 포착된 개들은 과연 어떠했을까. <개는 개다>가 그 정답. <개는 개다>와 <나는 개다>의 등식이 거기 시퍼렇게 살아났던 것. 이 사실은 도시의 아이 이상 김해경은 한 번 더 힘주어 밝혀놓았습니다.

(C) 닭은 그래도 새벽, 낮으로 울기나 한다. 그러나 이 洞里의 개들은 짖지를 않는다. 그러면 모두 벙어리 개들인가 아니다. 그 證據로는 이 洞

里 사람 아닌 내가 돌팔매질을 하면서 威脅하면 十里나 달아나면서 나를
돌아다 보고 짖는다.

그렇건만 내가 아무 그런 危險한 짓을 하지 않고 지나가면 千里나 먼
데서 온 外人 더구나 顏面이 이처럼 蒼白하고 蓬髮이 鵲巢를 이룬 奇異한
風貌를 쳐다보면서도 짖지 않는다. 참 이상하다. 어째서 여기 개들은 나
를 보고 짖지를 않을까? 世上에도 稀貴한 謙遜한 겁쟁이 개들도 다 많다.

이 겁쟁이 개들은 이런 나를 보고도 짖지를 않으니 그럼 大體 무엇을
보아야 짖으랴.

그들은 짖을 일이 없다. 旅人은 이 곳에 오지 않는다. 오지 않을 뿐만
아니라 國道 沿邊에 있지 않는 이 村落을 그들은 지나갈 일도 없다. 가끔
이웃 마을의 金서방이 온다. 그러나 그는 여기 崔서방과 똑같은 服裝과
皮膚色과 사투리를 가졌으니 개들이 짖어 무엇하랴.

이 貧村에는 盜賊이 없다. 人情있는 盜賊이면 여기 너무나 貧寒한 새악
씨들을 爲하여 훔친 바 비녀나 반지를 가만히 놓고 가지 않으면 안 되리
라. 盜賊에게는 이 마을은 盜賊의 盜心을 盜賊 맞기 쉬운 危險한 地帶리라.

그러니 實로 개들이 무엇을 보고 짖으랴. 개들은 너무나 오랜 동안—
아마 그 出産 當時부터— 짖는 버릇을 抛棄한 채 지내왔다. 몇 代를 두고
짖지 않은 이곳 犬族들은 드디어 짖는다는 本能을 喪失하고 만 것이리라.
인제는 돌이나 나무 토막으로 얻어맞아서 견딜 수 없을 만큼 아파야 겨
우 짖는다. 그러나 그와 같은 本能은 人間에게도 있으니 特히 개의 特徵
으로 처들 것은 못되리라.

개들은 大概 제가 길리우고 있는 집 門간에 앉아서 밤이면 밤잠, 낮이
면 낮잠을 잔다. 왜?

그들은 守衛할 아무 대상도 없으니까다.

崔서방네 집 개가 이리로 온다. 그것을 金서방네 집 개가 發見하고 일
어나서 迎接한다. 그러나 迎接해 본댔자 할 일이 없다. 良久에 그들은 헤
어진다.

설레설레 길을 걸어 본다. 밤낮 다니는 길, 그 길에는 아무것도 떨어진
것이 없다. 村民들은 한여름 보리와 조를 먹는다. 반찬은 날된장 풋고추

다. 그러니 그들의 부엌에조차 남는 것이 없겠거늘 하물며 길가에 무엇
이 足히 떨어져 있을 수 있으랴.

　길을 걸어 본댔자 所得이 없다. 낮잠이나 자자. 그리하여 개들은 天賦
의 守衛術을 忘却하고 낮잠에 耽溺하여 버리지 않을 수 없을 만큼 墮落하
고 말았다.

　슬픈 일이다. 짖을 줄 모르는 벙어리 개, 지킬 줄 모르는 게으름뱅이
개, 이 바보 개들은 伏날 개장국을 끓여먹기 爲하여 村民의 犧牲이 된다.
그러나 불쌍한 개들은 陰曆도 모르니 伏날은 몇 날이나 남았나 全然 알
길이 없다.

pp.144~146

개의 본능이 곧 인간의 본능이라는 것. 본능이 만일 <자연>이라면
개도 인간도 이 <자연>에서 일치할 수밖에.

이상 김해경이 성천체험에서 비로소 리얼리스트가 되고 말았다는 사
실을 극적으로 보여주는 사례가 <아이들>의 발견이었소.

<개는 개다> <나는 인간이다>를 날 때부터 구별하고 살아온 것이
그동안의 김해경이었소. 고등공업교육이야말로 개에서 벗어나 인간으
로 비약하는 계기였던 것. 이 아이는 필사적으로 개가 될까봐 공포에
질려 절망적으로 질주할 수밖에요. 그런데 성천에 와보니 어떠했던가.
모두가 개가 되고자 필사적이 아니겠는가. 이것만큼 그를 놀라게 한 발
견이 달리 있었으랴. 이른바 아이들의 <摩訶 불가사의한 주문 같은 유
희>가 그것.

　暫時 후 그들은 집 사립짝 옆 土壁을 따라 結束이나 한 것처럼 나란히
늘어서서 쭈구리고 앉는다. 뭔지 소곤소곤 謀議하는 성하더니 벌써 沈默
이다. 그리고 熱中하기 시작하였다.

　똥을 내질르는 것이었다. 나는 啞然히 놀랐다. 이것도 所謂 노는 것이

성천에서의 단 한 점의 포획물　225

랄 수 있을까. 또는 그들은 一時에 뒤가 마려웠던 것일까. 더러움에 대한 불쾌감이 나의 숨구멍을 막았다. 하늘만큼 貴重한 나의 머리가 뭔지 철저히 큰 鈍器에 얻어 맞고 터지는 줄 알았다. 그뿐인가. 또 한 가지 나를 啞然케 한 것은 男兒인 줄만 알았었는데 빤히 들여다보이는 生殖器—아니 기실은 排尿器이었을 줄이야. 어허 모조리 마이나스고녀. 奇怪千萬한 일도 다 있긴 있도다.

이번엔 서로의 엉덩이구멍을 서로 들여다보기 시작하였다. 하는 짓마다 더욱 奇想天外다.

그들의 얼굴빛과 大同小異한 潤氣 없는 똥을 한덩어리씩 極히 수월하게 解産하고 있다. 그것으로 滿足이다.

허나 슬픈 것은 그들 중에 암만 안간힘을 써도 똥은커녕 궁둥이마저 나오지 않아 쩔쩔 매는 것도 있다. 이러고야 겨우 着想한 遊戲도 寒心스럽기 그만이다. 그 名譽롭지 못한 아이는 이제 다시 한 번 젖먹던 힘까지 내어 下腹部에 힘을 줬으나 역시 早魃이다. 焦燥와 失望의 빛이 歷歷히 나타났다. 나도 이 아이가 특히 미웠다. 가엾게도, 하필이면 이럴 때 똥이 안 나오다니, 미움을 받다니, 同情의 對象이 되다니.

選手들은 목을 비둘기처럼 모우고 이 한 名의 落伍者를 蔑視하였다. (우리 座席의 興을 깨어버린 反逆者)

이 摩訶 하 不可思議한 呪文 같은 遊戲는 이리하여 허다한 不吉과 怨恨을 품고 大團圓을 告하였다. 나는 이제 發狂하거나 卒倒할 수밖에 없다. 滿身瘡痍 瀕死의 몸으로 간신히 그곳에서 逃亡하였다.

pp.119~120

<마하 불가사의한 주문 같은 장면>이기에 여기다 대고 무엇을 덧붙이며 또 빼어야 할까. 산스크리트어 마하(위대함)까지 동원한 이 주문 앞에서 말이외다.

4. 동경체험=성천체험

이토록 벅찬 성천체험을 마무리 지은 곳이 제국의 수도 동경이었음
에 주목할 것이오. 제국의 수도 동경이란 실상은, 다름 아닌 조선땅 평
남 성천에 다름 아니었던 것. 동경체험=성천체험이 거기 어둠처럼 대
소 없이 그를 맹렬히 바다처럼 에워싸지 않았겠소. 자, 보시라. <마하
불가사의의 주문> 같은 장면을.

　　이 하늘을 向하여 두팔을 뻗치고 그리고 소리를 지르면서 뛰는 그들의
遊戲가 내 눈에는 암만해도 遊戲같이 생각되지 않는다. 하늘은 왜 저렇게
어제도 오늘도 來日도 푸르냐는 造物主에게 對한 咀呪의 悲鳴이 아니고
무엇이랴.
　　아이들은 짖을 줄조차 모르는 개들과 놀 수는 없다. 그렇다고 모이 찾
느라고 눈이 벌건 닭들과 놀 수도 없다. 아버지도 어머니도 너무나 바쁘
다. 언니 오빠조차 바쁘다. 亦是 아이들은 아이들끼리 노는 수밖에 없다.
그런데 大體 무엇을 가지고 어떻게 놀아야 하나, 그들에게는 장난감 하
나가 없는 그들에게는 영영 엄두가 나서지를 않는 것이다. 그들은 이렇
듯 불행하다.
　　그것도 五分이다. 그 以上 길게 이 짓을 하자면 그들은 疲勞할 것이다.
純眞한 그들이 무슨 까닭에 疲勞해야 되나? 그들은 爲先 싱거워서 그것을
그만둔다.
　　그들은 도로 나란히 앉는다. 앉아서 소리가 없다. 무엇을 하나. 무슨
種類의 遊戲인지 遊戲는 遊戲인 모양인데―이 倦怠의 왜小人間들은 또 무
슨 奇想天外의 遊戲를 發明했나.
　　五分後에 그들은 비키면서 하나씩 둘씩 일어선다. 제各各 大便을 한 무
데미씩 누어 놓았다. 아―이것도 亦是 그들의 遊戲였다. 束手無策의 그들
最後의 創作遊戲였다. 그러나 그中 한 아이가 영 일어나지를 않는다. 그는
大便이 나오지 않는다. 그럼 그는 이번 遊戲의 못난 落伍者임에 틀림엇다.

分明히 다른 아이들 눈에 嘲笑의 빛이 보인다. 아-造物主여 이들을 爲하여 風景과 玩具를 주소서.

이상문학전집(3), pp.150~151

그 핵심에 놓인 것이 <인공→문명→유희→근대>의 운명이었소. 이미 그는 유희의 편에 설 수 없었소. 성천의 아이들, 개들 편에 설 수밖에. 통렬한 자기부정 앞에 질려 오돌오돌 떨고 있는 불쌍한 식민지 청년, 박제가 되어 버린 천재 이상이 아닐 수 없었소. 「권태」가 한국어로 씌어진 가장 기품 있는 글쓰기의 산물이었던 이유가 여기에서 말미암았소. 기상천외, 마하불가사의한 주문 같은 장면을 보아버린 만 26세와 30개월의 청년 김해경, 허수아비 노옹이여 바라건대 명목하시라.

V

이상의 일어 육필 원고에 대하여

1935년 늦여름, 성천(成川)

이상의 일어 육필 원고에 대하여

1. 『현대문학』지의 유고 발굴과 그 번역 과정

「우연한 일로 이상의 미발표 유고가 발견되었다. 이것이 발견되고 또 그것이 나의 수중에 들어오게 된 경위는 다음과 같다」(현대문학, 1960. 11.)라고 서두를 삼은 조연현(1920~1981, 당시 『현대문학』 주간) 씨는 이 노트가 어째서 「오감도」(1934), 「날개」(1936)의 작가 이상(1910~1937)의 것인가를 다음과 같이 고증했다.

(1) 필체가 이미 그의 전집 속에 발표되어 있는 것과 동일한 것.
(2) 작품의 특성이 이상의 그것과 같다는 것.
(3) 이상이 즐겨 사용하는 「十三」「方程式」「三次角」 등의 용어로서 작품이 구성되어 있는 점.
(4) 이상이 일본어로서 시를 많이 습작한 사실.
(5) 초고 중의 연대가 1932년 또는 1935년 등으로 되어 있는데 이 시기는 이미 발표된 그의 미발표 유고와 시기가 일치되고 있는 점.
(6) 이와 같은 원고는 타인이 조작하여 창작할 이유가 없는 점.(p.163)

제일 먼저 (1)에 주목했다는 점은 그 고증의 신뢰도를 높인 것으로 볼 것이다.

임종국의 『이상전집』(전3권, 태성사, 1956)에는 자당 박세창 씨 소장의 이상의 편지(육필) 및 미발표 유고 9편의 육필이 수록되어 있는 만큼 비록 이번 노트와 그 규격이나 용지의 체제가 다르긴 해도 육필의 본질에서는 동일한 것으로 씨는 판단했다. 이연복(한양공대 야간부 재학생) 씨가 조 씨에게 가져온 원자료를 조 씨는 「노오트」라 했으나 실상은 방안지(方眼紙)로 된 건축 설계용 용지였다. 과연 이 유고가 이상의 것이냐의 여부에 대해서는 저 훗설의 내재(內在)와 초월(超越)의 논리를 들어 얼마든지 시비를 걸 수는 있다.

가령 여기 커피가 있다고 치자. 만져보고 맛을 보고 향기를 맡아도 틀림없어 보이지만 아무리 그렇더라도 그것이 한갓 과학적 합성물일 가능성을 <완전히는> 배제할 수는 없다. 의식이란 작가의 대상 존재의 타당성을 따지지만 그 타당성에는 반드시는 절대적인 확신을 초월하는 가능성은 남는다. 이를 초월이라 한다. 이에 대해 내가 커피를 맛 볼 때 그 <맛이 좋다>고 느꼈다면 그 느낌의 감각 자체는 <맛이 좋지 않았는지는 모른다>는 의심은 결코 남지 않는다. 진짜 커피가 아닐지라도 그 맛은 절대적인 것으로 남는다. 이를 내재라고 훗설의 현상학은 말하고 있다(훗설, 「이덴」(1), 42절).

조연현 씨는 이 유고를 그가 주간으로 있는 『현대문학』지에 그 일부를 시인 김수영 역으로 소개했다. 이 경우 소개된 자료 선택권이 조연현 씨에 있었는지 김수영 씨의 안목에 맡겨졌는지는 헤아리기 어려우나, 소개된 작품은 모두 5편으로 아래와 같다.

① ☆(원문에 제목 없음) ☆표는 현대문학측이 붙인 것.

모두 7행으로 된 이상 특유의 아포리즘적인 시구. 「손가락 같은 女人
이 입술로 지문을 찍으려 한다. 불쌍한 囚人은 영원의 낙인을 받고 건강
을 해쳐간다」 등.

② 「1931년(작품 제1번)」

이 작품은 一, 二, 三에서 十二까지 분절된, 4면에 걸친 자전적 요소를
내포한 아포리즘집.

「나의 肺가 맹장염을 앓다. 제4병원에 입원. 주치의 도난－망명의 소
문나다.」(一)

「이는 1932년 7일(부친의 死日) 대리석 발아사건의 전조이다」(三)

「나의 방의 시계가 별안간 十三을 치다. 그때 號外의 방울소리 들리다.
나의 탈옥의 記事.」(十) 등에서 이상 특유의 어법이 선명하게 드러났다.

③ 「얼마 안 되는 辨解(혹은 一年이라는 제목)」 <몇 舊友에게 보내는>
라는 부제를 달고 있는 이 작품은 밀도 높은 자전적 수필이다. 「배선공
사의 <一年>을 보고하고 눈물의 양초를 적으나마 장식하고 싶다」로 서
두를 삼은 이 긴 글의 집필 날짜는 1932년 11월 6일로 되어 있다.

④ 「☆」(원문에 제목 없음)

「따뜻한 공기는 실내에 있다. 부부와 부모자식을 잠재운다. 그리고 街
路에서는 차디찬 공기가 자웅 畏株의 生物을 학대하고 있다」를 서두로
한 이 작품은 23년 동안의 자기의 자전적 요소를 추상화하고 있다고 볼
법도 하다.

⑤ 「☆」(원문에 제목이 없음)

「役員이 가시고 오는 第三報－역시 없습니다」로 시작되어 「상수가 붙
은 함수방정식」으로 끝나는 작품. 집필 날짜는 1932.11.15.

（二折九）

内部ニ投ゲテ飢ニ助カラナイ程度迄ニ半狂ヒニナルノト退屈ト、致命的ナ負傷ヨリモ人間ニ致ッテ尚末ハ堪ヘ難イ。コノ子ラハコノ馬鹿ラシイ遊戯ヲ止メナイ。

私ハコノ悩マシムべキ喧嘩ノ傍ニイテ魂ノ疲レヲ覚ヘタ。コノ遊戯ガ──コノ狂的ナ下等ナ光景ニ程ニ睫毛ヲ沾ラシタ。イテ何シノ比喩ニモ係ラナイ奇妙ナ叫声ヲ挙ゲテ殆ホ自棄ニ眠キ立テタ。両手ヲ差延ベシタリ、跳ネ回ッタリ、一ツ所ニ跳ネツッテ体ヲヒネラセタリヤ、ヤニテ彼等ハ蕃明スル。玩具ナシニ遊べバ術ラバ──

彼等ノ不潔ナ手ニ依ッテ新鮮ナ手ハ空ッポニナッテシマッタ。ソシテ混ラナク悲シイ彼等ノ頭脳ガ斬カ、ドウスレバ、カヲ考ヘル。

絶対絶命──人（我ニハコレデヤハリ子供デアラウカ）サ方然、遊戯ノナイ子供ハアリ得ナイ。遊戯ヲ主張スルモ遊戯ヲ要求スル。

嗚呼コノ子等ニ玩具ヲ与ヘヨ。

彼等ハ興味ノ出口ハナイ。彼等ノラニコヲ食ベテ廻ル犬ケラ草等、精ニスケールノ大キ過ギル家屋ト囲着族ト涯シモナイ野菜ヤ彼等ノ特黒デモ何ニデモナイ。子供ハ何カ彼等ヲ暗黙サモノガ愁ニ入ノデアル。迄ニ彼等ハ全然囲去勢サレテイルデハナイ。草ヲ握リ取ッテ来テソレヲ遊ンデ見ル。

嗚呼、子供ラハ如何ニニ遊戯スルカヲ知ラナイ。遊戯ヲ離レタ子供トムフモノカアルゾミワカト。

（血ノツナガリト）

彼等ノ死屍ニメモン三千切ラレタ草ノ薬。カトウガ並雑作ナテアル。

彼等ハ興味ノ出口ハナイ。彼等ノラニコヲ食ベテ廻ル犬ケラ草等、現在ノ彼等ノタメニハ、ガ見度セバ現在ノ彼等ノタメニハ草ヲ握リ取ッテ来テソレヲ遊ンデ見ル。死遠ノ緑──緑ハ彼等ニ取ッテ

見ヘル子供達ガ私ノ作ッテイル僕デ遊ニデスイ、子供ガ叫ヒ声ヲ挙ゲテコノ私ノ仮権状攪乱ヲ思ヘバ思フ程、私ハ海洋ノ桜ヤ退屈ノ中ヲ泳イデイル。

其暗色ガ彼等ノ死屍ノ様ナネ肌ヲ散色マントヘテイル。鰭ハ微温ノ中ニアル。快イマトロヲ根コソギ攪乱シテシマッタ。

子供ハ先天的ニ石コロヲ拾ハナイ。土地一帯ハ玄武岩質カラ成ッテイル。ノデ中、南鮮ニタイ花崗岩頂ニ此ベツルト甚ダシク美的ナナイ。

私ハ咯血シタ。二三人ノ赤其化タ男ノ子ラ　ソレニ故ニ土地

コノ子ラニ玩具ヲ与ヘヨ。

앞의 5편에서 주목되는 것은 「☆」에 『현대문학』식 무제 표기방식에 있다.

어째서 이상은 <제목 없는 작품>을 써 놓았을까. (뒤에 다시 설명하겠지만) 이런 방식은 이 미발표 노트의 구성방식과 일정한 관련성 아래 이루어진 것으로 보인다.

『현대문학』(1960. 12)지는 이어서, 김수영 역으로 수필 「이 아해들에게 장난감을 주라」 「모색(暮色)」 「☆」(무제) 연달아(1961. 1) 「구두」 「어리석은 석반」 또 이어서 (1961. 2.)에 「습작 쇼윈도 수점」을 실었다. 이로 볼 진 댄 이상의 유고 번역에 김수영 역이 맨 먼저임을 알 수 있다.

이 첫 번째 번역에서 6년 뒤에 두 번째 번역을 『현대문학』(1966. 7)이 시도했는바, 이번엔 시인 김윤성 역 「　」(아무 제목 표시 없음) 김수영 역 「애야(哀夜)」 두 편이 그것이다.

이를 실으면서 주간 조연현 씨는 3편을 싣게 되었다는 것, 한 편은 김윤성, 다른 한 편은 김수영 씨의 역이며 나머지 한 편은 원문대로 싣는다고 밝혔다(p.14).

원문대로 보인 것이 「悔恨ノ章」이며 뒷날 『문학사상』(1976. 6.)에서 유정 씨가 이를 번역했다.

2. 『문학사상』의 유고 발굴과 그 번역과정

이상 미발표 유고 번역 속편은 월간 『문학사상』지로 옮겨졌다. 이상의 장편 「12월 12일」의 발굴(1975. 9~12.)을 계기로 이상 관련 자료(유품, 앨범, 그림 등)의 발굴(1976. 6.)과 함께 『문학사상』은 유정 역으로 다음 4편을 실었다.

① 「悔恨ノ章」(이것은, 앞에서 적었던『현대문학』, 1966. 7. p.24)에 일
   어 원문대로 실린 것을 번역한 것.
② 「단장(斷章)」
③ 「습작 쇼오윈도우 수점」(1932. 11. 14. 밤)
④ 「무제」(1931. 11. 3.) 이것은『현대문학』(1966. 7.)에서 김윤성 역
   「   」의 일부에 해당되는 것.

이어서『문학사상』(1976. 7.)은 유정 역으로 다음과 같은 작품을 실었다.

① 「첫 번째 방랑」(장문의 여행기)
② 「각혈의 아침」(1933. 1. 20.)
③ 「獚의 記—作品 제2번」
④ 「作品 제 三番」
⑤ 「與田準一」(역자주 : 요다 중이치는 1930년대 일본의 동요시인)
⑥ 月原橙一郎(역자주 : 츠키하라 도이치로 역시 1930년대 활동한 일본
   의 현대시인)
⑦ 「불행한 繼承」(미발표 소설)

이로써 파이프를 문 이상의 초상화(구본웅 화)를 창간호(1972. 10.) 표지
로 내건『문학사상』은 응분의 사명감을 유감없이 발휘했다.

「우리는 역사의 새로운 언어와 문법을 만들어 가는 이 작은 잡지를
펴낸다」고 세상에다 대고 소리친 이어령 주간의『문학사상』의 창간 취
지는 <새로운 언어의 창출>로 다 말해진다.

「그리하여 상처진 자에게는 붕대와 같은 언어가 될 것이며 폐를 앓
고 있는 자에게는 신선한 초원의 바람 같은 언어가 될 것이며, 역사와
생을 배반하는 자에겐 창끝 같은 도전의 언어, 불의 언어가 될 것이다.
종(鐘)의 언어가 될 것이다. 지루한 밤이 가고 새벽이 어떻게 오는가를

알려주는 종의 언어가 될 것이다.」(창간사)

민족과 전통을 내세운『현대문학』발간 취지와 비교할 때 언어 중심의『문학사상』의 위상이 확실해진다.

이 경우 <새로운 언어 창출>의 모델로 상정된 것이 바로「오감도」「날개」의 이상문학이었다.

미발표 이상의 노트 소개를『현대문학』이 선점하고 그것을 두 차례에 걸쳐 소개했다면, <새로운 언어 창출>을 내건『문학사상』이 이를 자기 영역으로 이끌어들임에 적극적이었음은 당연한 일이 아닐 수 없다. 더욱이『문학사상』은 이상의 처녀작 장편「12月 12日」을 비롯 앨범, 그림 등을 독점적으로 발굴 소개한 마당이고 보면, 노트까지를 탐내었음도 실로 당연한 일이었을 터이다.

이에 대해 정작『현대문학』측은 어떤 반응을 보였을까. 이 물음은, 이 미발표 노트의 성격과 관련된 것이어서 검토의 대상이 아닐 수 없다. 정작 유고 소장자이자『현대문학』주간 조연현 씨는『문학사상』에 실린「미발표 이상의 유고 해설」에서 이렇게 썼다.

> 「본지(문학사상)에 소개하는 이상의 일문유고는 1960년에 입수하여 그 일부를 <현대문학>(1960년 11월부터 익년 1월호)에 발표하고 그 나머지를 내가 보관하고 있었던 것이다. 원고가 산란하여 문맥의 연결을 맞추기 어려운 몇편만은 그대로 나에게 남아 있다. 이번에 소개하는 것 중에도 문맥을 찾기 어려운 것이 몇 개는 들어 있다. […] 이번에 <문학사상>에 소개된 유고는 번역하기 상당히 까다로운 글이 아닌가 싶다. 이 유고를 넘기면서 이것이 일문이 아니고 국문으로 된 것이었다면 얼마나 더 좋았을까 하는 생각이 들었다」

『문학사상』, 1976. 7. p.219. 밑줄 인용자

세 가지 점이 지적될 수 있다.

첫째, 소장자 조연현 씨는 더는 이 유고에 흥미를 잃었다는 점.『현대문학』에 계속 소개하기를 포기했음을 암시하고 있기 때문이다.

둘째,『현대문학』으로서는 그 유고를 더 이상 소개하기를 꺼린 이유로, 유고의 판독에 난점이 있다는 점. <번역하기에 상당히 까다로운 글>이라고 조연현 씨는 보았다.

셋째, 유고 중 <문맥의 연결을 맞추기 어려운 몇 편>은 자기가 보관하고 있다는 것.

이로 볼진 댄, 유정 씨의 번역도 조연현 씨의 안목으로 볼 땐 <번역하기 상당히 까다로운 글>이라는 것, 그보다 더 까다로운, 그러니까 문맥을 맞추기 어려운 유고는 자기가 그냥 보관하고 있다는 것으로 정리될 수 있었다.

그런데 부주의하게도 유정 씨의 이번 번역엔 착오가 생겼음을『문학사상』(자료조사연구실)에서는 이렇게 밝혔다.

「다만 상편(1976. 6.)에서 <회한의 강> <단장> <습작 쇼오윈도우 수점> <獚> 네 편이 미 발표 시로 소개되었는데 이것은 위본 제공자와 역자가 기발표분에 표시를 해놓은 것을 착각한 데서 비롯된 실수이다.」(문학사상, 1976. 7. p.220)

이렇게 볼 때『문학사상』(유정 역)에 소개된 유고는 위의 4편(『현대문학』에 이미 소개된 것)을 뺀 나머지라 할 것이다. 조연현 씨의 말에 따른다면 유정 씨와『문학사상』은 <번역하기에 상당히 까다로운 글>에까지 나아갔다고 평가될 수 있겠다.

그런데『문학사상』은 이에 멈추지 않고 이 유고 번역에 두 번째로 도전했다. 최상남(조연현 선생 미망인) 씨가 나머지 부분을『문학사상』

(1986. 10)에 번역했음이 그것이다.

「공포의 기록」(서장), 「공포의 성채」「야색(夜色)」 등 산문 3편(pp.128~
140)을 소개하면서, 최상남 씨는 이렇게 썼다.

> 「<현대문학>에 번역, 발표하고 남은 몇 편을 70년대에 와서 <문학사
> 상>지에 마저 발표하고 원문을 알아보기 힘들고 미완성인 몇 편이 남아
> 있던 것을 이번에 번역, 발표하게 되었다. 남편이 이 원고들의 발표를 미
> 루어 온 정확한 이유를 나는 알 수 없지만 이번에 발표하는 작품들이 일
> 부 심하게 낙서가 되어 있어서 알아보기 힘든 부분이 있었다는 것과 완
> 성된 것이 아니라고 본 때문이 아니었나 생각된다.
> 이번에 『문학사상』지에서 이러한 점을 감안하고도 굳이 이것을 발표
> 하는 것은 문학적 가치는 차치하고라도 문학사적인 측면에서 이상을 연
> 구하고자 하는 많은 분들에게 도움을 드리기 위한 것이 아닌가 생각된
> 다. 습작원고 한 줄이라도 소홀히 다루어서는 안 될 만큼 우리 문학사에
> 있어서 이상의 비중이 막중함을 새삼 느끼지 않을 수 없었다」

문학사상, 1986. 10. p.141

당시 『문학사상』은 발행자가 이서령 씨에서 임홍빈 씨로 바뀌었고,
주간은 평론가 정현기 씨였다(필자는 주간 정 씨에게, 유고 원고 소장자가 조
연현 씨라는 것, 나머지 부분 번역 소개의 중요성을 누차 역설한 바 있었다. 그
무렵 필자는 이상 연구 및 전집 편집에 몰두하고 있었던 까닭이다).

3. 이상의 일어 유고 64장의 실상

우연히 발견된 이상의 미발표 유작 번역소개의 공적은 단연 『현대문
학』과 『문학사상』에로 돌아갈 것이며, 소장자 조연현 씨의 소임도 이로
써 훌륭히 수행되었다고 볼 수 있음은 물론이다. 그렇기는 하나, 이상

문학의 연구자의 처지에서 보면 유고에 대한 궁금증은 여전히 물리치기 어렵다. 그것은 일종의 물신적 성격을 텍스트가 차지하고 있음과도 결코 무관하지 않다. 연구자의 유혹인 이러한 갈등이랄까 물신적 요소가 연구자의 열정에 관련된 것이기도 하기 때문이다.

이러한 필자의 요청에 최상남 씨가 흔쾌히 유고 원본을 열람케 해주었고, 필자는 유고 일부를 수록함으로써 「이상문학 텍스트 연구」(서울대 출판부, 1998)를 완성할 수 있었다.

대체 이상의 유고란 무엇이며 어떻게 씌어졌고, 또 구성되어 있었을까. 또 종이는 어떠하며 글씨는 또 어떠했을까. 구두점은 또 어떠했을까. 그리고 조연현 씨가 지적했듯이 문맥을 잇기 어렵다든가, 번역하기 까다롭다는 것 등등은 대체 어떤 것을 가리킴일까. 이러한 물음을 필자 나름대로는 어느 수준에서 가늠할 수 있다. 이를 나름대로 정리해 보이면 대략 아래와 같다.

(A) 지질

대학 노트 크기의 방안지. 네모난 칸으로 촘촘히 채워진 것으로 이는 건축 설계용으로 제작된 것.

(B) 분량

원본에는 아무런 숫자와 페이지 표시가 없으나 총 면수는 64쪽. 원본 상단엔 누군가(조연현 씨로 추정됨)에 의해 아라비아 숫자로 △1에서 △64로 매겨져 있음. 그러니까 유고의 총 면수는 필자가 본 바로는, 64면인 셈.

(C) 독법

왼쪽에서 오른쪽으로 읽게 되어 있음. 일본식 표기이기에 세로 쓰기이며, 구두점 역시 일어 표기식임. 띄어쓰기 역시 같은 방식임.

(D) 수정부분

오자를 바로잡기도 하고, 빠진 부분을 첨가한 대목도 더러 보이나, 놀라울 만큼 완벽한 문체로 되어 있음. 건축설계도의 기하학적 구성을 연상시킴.

(E) 길이

제일 짧은 것은 두 행으로 된 「與田準一」이며 제일 긴 것은, 「第一の放浪」(「첫번째 방랑」 유정 역)으로, 원본번호 50 에서 60 까지 총 10장에 해당됨.

성천(成川)기행의 체험에서 얻어진 것으로 추정되는 기행 수필문. 판독 상태가 제일 확실한 것으로 보이는바, 기행문인 까닭. 경성, 평양 등 지명을 비롯 기차를 탄 내용과 기타의 정황이 뚜렷하기 때문. (『현대문학』에서 조연현 씨가 이 수필을 번역 소개하지 않은 것은 시라든가 단상 또는 이상 특유의 문학적인 밀도 높은 것으로 인정하지 않았던 까닭이 아닌가 추측됨.)

(F) 판독 불능

심한 제3자의 낙서로 판독 불능의 상태에 놓은 것으로는 13 14 16 등등(별지 참조).

아마도 이러한 낙서들은 문학에 관심 있는 누군가가 이 유고의 여백에다 매우 서툰 필체로 이를테면, 자기식 메모를 한 것으로 추정됨. 가령 △12 이나 △16 의 사례. 殺人者, The Killers, Ernest Hemingway, The door of the Henrys lunch room opened and come two men. 등등, 조금 특이한 것은 △25 의 오른쪽 하단에 서툰 위와 같은 제3자의 필체와는 다른 달필의 낙서가 있는바, <李箱>으로 표기된 한자 흘림체이다. 그러나 이 역시 이상이 직접 사인한 것으로는 보기 어렵다. 또 다른 제3자(아마도 이 유고를 본 조연현 씨거나, 역자들이 아닌가 추측됨).

夢ハタビニ オレヲ馬使フ。弾丸ハ地獄ノ枯草ノ様ニ接ビ。健康住…マ
憂鬱ガ蓬タ 冬ガ近ヅ艇デ糸様ナ春ガ來テオレヲ躰ル。…ピストルノ様ニ黒ズミ痩セタ躯ヲ食残レ…
藪見ノ悔ヒハ 如何ニテ斯モ丸ガ悲見ノ怖レト哀シミヘト轉ジタコトデアラウニ 就イテオレハ熟老ニタメニオレノ夢ニモオレノ鑑カ…
瞳ヲ挟リ分ケテ空腹ヲ運ブ オレノ陰袋ハ重タイ・・・ オレハドウスレハ ヨイノダラウ・・・明日ト明日ト更ニ明日ト・・・タメニオレハ深ク…

…いやどっこも だめだと思ふね… 犬ハ旧男ラシイ ぴすとるヲ徐ヘテイル ソレヲオレノ前ニ突キ出シタ・・おねがひだ彼女を殺シ…
…あなたはMADEMOISELL NASHIと取り合ひでよか 松ハからじよのために幽閉されて居る… すナ・・すレ思ヲ殺シ…
…えきをやらう・・・オレハ すてっきヲ折ッタ × あむぺん公羽ノ食事ノ如ク乾干ビテアレ × 恓壁
時計ヲ觀タ 時計ハ止ッテイル

猫

表札ニ オレハ コノ表札ヲ辛ラジテ發見シ得タトイフ—
一匹ノ犬ガ鉄檻ニ圍圍サレテイル（ニ年モうこシモノガ音シテアル）
羊歯類ハ繪史時代ノ方国旗ノ様ニ鉄檻ヲ摘イテイル・ 長閑ナ阿房宮ノ後庭
呼ヘシタ文字以外ニ オレハ アラビヤ数字ヲ数ヘカラ讀ミ得タ

奇怪ナ啼声ハ眼前ニアル。果ニテ奇怪ナ啼声ハ眼前ニアピッタ
オレハ第二ノ玄関ニ冷ヘタ足音ヲ擦ニ甘ケタ 金環ハ千秋ノ恨ヲ経ニ染メタ・階笈尾ノ刻字ハ眼ヲ前ニシイル—白威…
瞳ニ秘テ梶汁ヲ胚ヤス

第一ノ玄関 ・ 錆ビタイタ金環・枕ヲ忘レタ羊歯類ノ涙・薫猫未住

奇怪ナ啼声ハ亦モ窟ニ青薪ヲノペテイル 眼ト耳ガ鬼ト亀ノ様ニ ソ鉄條網ヲ越ヘテ羞毅ヲ踏ミ分ケタ
削ヲ ソシテ ソ鉄條網ヲ幾廻トナク寄リ低個シタ
雁ノ分羽ニ連立ッ落葉ノ歸郷散兵ニ・・・（夢想）スルコトハ偏怪ナコトダ・・・・ 祭天ノ琴足音ヲ作曲シ 独リ悦ニ入ッテ喜…

門限ヲ越エタ時 烈風ガ肌ヲ奪ッタ
月ヲ醒ましタ時ハ電灯ガ最后ノ被物ヲ脱ギ捨テ、イル所デアッタ 汗ガ花・中ニ花ヲ咲カセテくタ
オレノ散策ハ兎角途断シ易カッタ 十歩 或ハ四歩果ニ一歩ノ半歩・・・・ シテ彼身ニフォームノそぶらの
奇怪ナ啼声ガ朝路ヲ野がしタ
故王ノ汗・・・・ 麻巾ニ拭ハレタ・・・・・ 鶴ヲ溢レ水ガコンクリートノ下水ヲ流レテイルノガ 玄七様ナヲ懐レイノデオレハ毎朝ナリ

（滅亡）

内部ニ捨テ、既ニ助カラナイ程度迄ニ、麦狂ヒテイロナイトモ、誰ガ何ノ得ヲ?

退屈、所在ナサ、トニヘモノハ、致命的ナ負傷ヨリモ、人間ニ殴ッテ尚末ロ、カ的デヤルラシイ。オヤコレデコノ子ラハ本当ニ芸術狂スル、デナ個ノ?私ハ或ハ…

私ハ誰ニ何ヲ話スベキ喧嘩ノ傍ニイテ、魂ノ底ヲサレルヲ覚ヘタ。

コレデモ遊ビ戯カ――コノ狂的ナ下手ナ夫景ニ、程ニ睫毛ヲ出シタ。

ソシテ、何シノ地詞ニモ属シテ、奇妙ナ叫声ヲ挙ゲテ、発ホ自ラ葉ニ瞑キ立テタ。

両手ヲ差延ばシニシタリ、跳ネ廻ツタリ、一ツ所ニ踏セツデ体ヲヒネラセタリ。コレニ全ク律動的デナイ仕草デアル。

ヤ、アンテ彼等ハ蔑明スル。玩具ナニニ遊べル術ラバ――

絶体絶命ノ一人（我ニハコレデ、ヤハリ子供デアルノカ）。サカダ、遊戯ノナイ子供ハアリ得ナイ。遊戯ヲ主張スル。遊戯ヲ要ホスル。遊戯ノ斬カ、ドウスニ心イ、カヲ考ヘル。

彼等ノ不潔ナガ、新鮮ナ手ハ空ッタニナツテシマツタ。

遊戯ヲ要ホスル。遊戯ヲ進シタ子供トハ云フモノガアルダヽワカ ト。

彼等ハ興奮ノ出口ハナイ。彼等ハ笹意識ニ遠方ニコウシテシマツタ。

彼等ノカラニコヲ食べテ廻ル、犬ケラ等・等

（血ノツキカリト）（趣）

彼等ノ痕ニメモノニ千切ラタ草葉・カヽラガ甚雑作ニ殺べツテイル。

ガ見ヘ漫セバ、現在ノ彼等ノタメニハ、永遠ノ緑――緑ハ彼等ニ取ッテ、ノデ見ル。

鳴呼、子供ウハ如何ニニ遊戯スルニイイカヲ知ラナイ。

彼等ハスケールノ大キ過ギ、家尾ト着族ト涯シモテイ、野菜ト彼等ノラニコヲ食べ、彼等ハ興奮ノ出口ハナイ。彼等ハ蛇蚤セバ根ナ特黒ナモノガ慾シイノデアル・草ヲ握ツ取ッテ来テ、ソレヲイジクリ

稍ニスケールノ大キ過ギ家尾ト着族ト涯ニモテイ、特黒デモ何ニデモナイ。子供ハ何カ彼等ヲ蛇蚤セバ、然ニ彼等ハ全然去勢ニレテイルデハナイ。

鳴呼、子供ウハ如何ニニ遊戯スルニイイカヲ知ラナイ。

（ノデアル。）岩着色ガ彼等ノ死屍ノ様ナネ、微褐色マントヽデイル。

見ヘル子供達ガ私ノ傍ッテイル僕デ遊ニデイ、假雄状態、尾ヲ鶴ニ、鱈ハ微温ノ中ニアル。

子供ラガ四ヒ声ヲ挙ゲ作コノ私ノ假雄状態ヲ、私ハ吃驚馬・シタ。二三人ノ赤芽化ク男子ラ

私ハ海洋ノ桜ナ退尾ノ申ヲ涙イテイル。

快イマトロミヲ根ッソギ攪乱シテシマツタ

子供ウハ先天的ニ石コロヲ拾ハテ。

土地一帯ハ玄武岩質、カラ成ッテイル、ノデ中、南鮮ニタマイ花崗岩質ニ、此モ民甚ガ少美的デナイ。

コノ子ラニ玩具ヲ与ヘヨ。

I don't know what
I want...
The two men at the
counter read at the
outside it was getting darker

the street light came
The men outside the
The two men at the
counter said

"I don't know," one of the
two men said
what do you want
to eat? from the

the street light
from the other end of the calendar
ride the light watched
Nick Adams
the street light
Come on outside
the window

Heidenröslein
H. Werner

殺人者

音 文 文 者

婦 女 婦 女 女

婦 女 婦

4. 유고 입구에 버티고 있는 토종 누렁이(獚) 한 마리

총 64면으로 된 이상 유고의 외형상의 특징은 (A)~(F)로 대충 정리될 수 있고, 그 판독 가능한 것들은, 두 차례의『현대문학』과 두 차례의『문학사상』에 의해 거의 다 번역 소개되었다고 볼 것이다.

역자인 김수영, 김윤성, 유정, 제씨들은 그들의 뛰어난 문학적인 안목에 의해 이 유고를 통찰하고, 그 중 제일 이상답고 또 의의 있는 것으로 판단된 것을 골라 역출했을 터이다. 이런 순서로 볼 진 댄 마지막 역자인 최상남 씨의 경우가 썩 곤혹스러웠던 것으로 추정된다. 「원문을 알아보기 힘들고 미완성인 몇 편이 남아 있던 것」을 번역했기 때문이다. 씨는 또 이런 감회도 적어 놓았다.

「남편(조연현)은 언젠가 시간이 나면 이 유고들을 세밀히 검토해서 이상의 문학에 대해 새로운 조명을 시도해 볼 작정으로 있었던 것 같다. […] 수다한 숙제를 못 다한 채 그는 떠났고 나는 남아 되지도 않은 것을 하고 있는 느낌이다」(문학사상, 1986. 10, pp.141~2)

위의 여러 역자들의 관심 사항을 이로써 대강은 추단해 볼 수 있다. 김수영, 김윤성 제씨는 이상 유고 중 제일 밀도 높고 또 판독이 비교적 확실한 것들을 선별하여 역출했다면 유정 씨의 경우는 시, 단장은 물론 수필까지 포함한 폭넓은 시도를 했고, 최상남 씨의 경우 나머지 수필(산문)만을 역출했다고 볼 것이다. 이로써 유고 총 64편 중, 판독될 수 있는 것은 거의 우리말로 역출된 셈이라 할 만하다.

이러한 번역 과정에서 일어난 문제점 한 가지를 음미함으로써 필자는 이 어수선한 글을 끝내고 싶다. 왜냐면 이 문제된 대목이 이상 유고 원본을 이해함에 있어 지름길의 하나로 판단되기 때문이다.

앞에서도 이미 지적했거니와 『문학사상』(1976. 7.)은 「회한의 장」「단장」「습작 쇼오윈도우 수점」「獚」 네 편이 미발표시로 소개되어 있는데 이는 「원본 제공자와 역자가 기발표문에 표시해 놓은 것을 착각한데서 비롯된 실수」(p.22)라 밝혔다. 『현대문학』에 이에 발표된 바 있음을 몰랐다는 뜻이다. 이러한 착각 또는 실수는, 단지 정보의 둔함에 있을 뿐 그 자체가 이상 유고의 본질과는 무관한 일이다. 그렇기는 하나, 그 중 「獚」(유고에는 제목이 없음)에 대한 것은, 주의를 요할 만한데, 이상 유고의 구성과 모종의 관련성을 안고 있어 보이기 때문이다.

먼저 김윤성 씨의 번역(제목 표시도 없음, 「무제」라는 표시도 없음)을 보이면 아래와 같다.

(1)
고왕(故王)의 땀…….
베수건에 씻기인…….
술잔에 넘치는 물이 콘크리트 하수도를 흐르고 있는 것이 말할 수 없이 그리워 나는 매일 아침 그 철조망 밖을 서성거렸다.
기괴한 휘파람 소리가 아침 이슬을 궁글렸다.
그리고 순백의 유니폼 그 소프라노의.
나의 산책은 자꾸만 끊이기 쉬웠다.
십(十) 보(步) 혹은 사(四) 보, 마지막엔 일(一) 보의 반(半) 보…….

눈을 떴을 때는 전등불이 마지막 걸치고 있는 옷을 벗어던지고 있는 참이었다.

땀이 꽃 속에서 꽃을 피우고 있었다.
문밖을 나섰을 때 열풍이 나의 살갗을 빼앗았다.

기러기의 분열(分列)과 나란히 떠나는 낙엽의 귀향, 산병(散兵)들…….

몽상하는 일은 유쾌한 일이다…….

제천(祭天)의 발자욱 소리를 작곡하며 혼자 신이 나서 기뻐했다. 차디
찬 것이 나의 뺨에…….

기괴한 휘파람 소리는 또다시 아궁이에서 생나무를 지피고 있다.

눈과 귀가 토끼와 거북이처럼 그 철조망을 넘어 수풀을 헤치며 갔다.

제일(第一)의 현지(玄墀 : 넓은 돌을 깔아 만든 뜰이나 마당)·녹이 슨
금환(金環)·가을을 잊어버린 양치류(羊齒類)의 눈물·훈유래왕(薰猶來往)

아침 해는 어스름에 등즙(橙汁)을 띄운다.

나는 제이의 현지에다 차디찬 발바닥을 문질렀다.

금환은 천추의 한을 돌길에다 물들였다. 돌층계의 각자(刻字)는 안질(眼
疾)을 앓고 있다……. 백발 노인과 같이…… 나란히 앉아 있다.

기괴한 휘파람 소리는 눈앞에 있다. 과연 기괴한 휘파람 소리는 눈앞
에 있었다.

한 마리의 개가 쇠창살에 갇혀 있다.

양치류는 선사시대의 만국기처럼 쇠창살을 부채질하고 있다. 한가로운
아방궁(阿房宮)의 뒷뜰이다.

문패—나는 이 문패를 간신히 발견해냈다고 하자. —에 연호(年號) 같
은 것이 씌어져 있다.

새한테 쪼인 글씨 의외에도 나는 얼마간의 아라비아 숫자를 읽을 수
있었다.

황(獚)

시계를 보았다. 시계는 서 있다.

……먹이를 주자……. 나는 단장을 분질렀다. ×아문젠 옹(翁)의 식사와

같이 말라 있어라 ×순간,

  ……당신은 MADEMOISLLE NASHI를아십니까, 저는 그녀에게 유폐당하고 있답니다……. 나는 숨을 죽였다.

  ……아냐, 이젠 가망없다고 생각하네……. 개는 구식처럼 보이는 피스톨을 입에 물고 있다. 그것을 내게 내미는 것이다……. 제발 부탁이네, 그녀를 죽여다오, 제발…… 하고 그만 울면서 쓰러진다.

  어스름 속을 헤치고 공복(空腹)을 운반한다. 나의 안 자루[(袋)]는 무겁다……. 나는 어떻게 하면 좋을까……. 내일과 내일과 다시 또 내일을 위해 나는 깊은 잠 속에 빠져들었다.

  발견의 기쁨은 어찌하여 이다지도 빨리 발견의 두려움으로 또 슬픔으로 전환한 것일까, 이에 대해 나는 숙고하기 위해서 나는 나의 꿈까지도 나의 감(龕)실로부터 추방했다.

  우울이 계속되었다. 겨울이 지나고 머지않아 실[糸]과 같은 봄이 와서 나를 피해 갔다. 나는 피스톨처럼 거무스레 수척해진 몸을 내 깊은 금침 속에서 일으키는 것은 불가능했다.

  꿈은 공공연하게 나를 학사(虐使)했다. 탄환은 지옥의 건초(乾草) 모양 시들었다. ―건강체(健康體)인 그대로―

(2)

  나는 개 앞에서 팔뚝을 걷어붙여 보였다. 맥박(脈搏)의 몬테 크리스토처럼 뼈를 파헤치고 있었다……. 나의 묘굴(墓堀)…….

  사월(四月)이 절망(絶望)에게 MICROBE(미생물)와 같은 희망을 플러스한데 대해 개는 슬프게 이야기했다.

  꽃이 매춘부의 거리를 이루고 있다.

  ……안심을 하고…….

  나는 피스톨을 꺼내 보였다. 개는 백발 노인처럼 웃었다……. 수염을 단 채 떨어져나간 턱.

개는 솜(綿)을 토했다.

벌(蜂)의 충실(忠實)은 진달래를 흩뿌려 놓았다.

내 일과(日課)의 중복(重複)과 함께 개는 나에게 따랐다. 돌과 같은 비가 내려도 나는 개와 만나고 싶었다. ……개는 나를 기다리고 있을 것이다……. 개와 나는 어느새 아주 친한 친구가 되었다.
……죽음을 각오하느냐, 이 삶은 그대로 받아들이지 않을 수 없느니라……. 이런 값 떨어지는 말까지 하는 일이 있다. 그러나 개의 눈은 마르는 법이 없다, 턱은 나날이 길어져 가기만 했다.

(3)
가엾은 개는 저 미웁기 짝 없는 문패(門牌) 이면(裏面) 밖에 보지 못한다. 개는 언제나 그 문패 이면만을 바라보고는 분만(憤懣)과 염세를 느끼는 모양이다. 그리고 괴로워하는 모양이다.

개는 눈앞에서 그것을 비예(睥睨)했다.
……나는 내가 싫다……. 나는 가슴속이 막히는 것을 느끼지 않을 수 없었다. 그러나 그렇게 느끼는 그대로 내버려 둘 수도 없었다.
……어디……?

개는 고향 얘기를 하듯 말했다. 개의 얼굴은 우울한 표정을 하고 있다.
……동양(東洋) 사람도 왔었지. 나는 동양 사람을 좋아했다. 나는 동양 사람을 연구했다. 나는 동양 사람의 시체로부터 마침내 동양 문자(文字)의 오의(奧義)를 발굴한 것이다…….
……자네가 나를 좋아하는 것도 말하자면 내가 동양 사람이라는 단순한 이유이지……?
……얘기는 좀 다르다. 자네, 그 문패에 씌어져 있는 글씨를 가르쳐 주지 않겠나?

……지워져서 잘 모르지만, 아마 자네의 생년월일이라도 씌어져 있었
겠지…….
　……아니 그것뿐인가……?
　……글쎄, 또 있는 것 같지만, 어쨌든 자네 고향 지명 같기도 하던데,
잘은 모르겠어…….

　내가 피우고 있는 담배 연기가, 바람과 양치류 때문에 수목과 같이 사
라지면서도 좀체로 사라지지 않는다.
　……아아, 죽음의 숲이 그립다……. 개는 안팎을 번갈아 가며 뒤채어
보이고 있다. 오렌지빛 구름에 노스탤지어를 호소학소 있다.

『현대문학』, 1966. 7, 14∼18쪽, 김윤성 역
(이해의 편의를 위해 권영민, 이상전집(4)에 의거)

　역자 김윤성 씨는 번역 끝에 각주(p.19)를 하나 달았다. ＜獷＞이란
＜누른 개＞의 뜻일 듯하다는 것. 김윤성 씨가 본문 속에 불쑥 튀어나온
＜獷＞을 큰 글자(주변의 글의 약 4배 크기)로 되었음에 당황했을 터이지만,
동시에 한 가지 착오를 범했는데 (1)의 말미에 적힌 ＜一九三一, 一一,
三＞과 (3)의 말미에 적힌 ＜一九三一, 一一, 十五＞를 지나친 점이 그것
이다. 뒷날 유정 씨는 이 점을 밝히는 대신, (2), (3)을 별개의 작품으로
보고, (2), (3)을 표기한 착오를 범했다고 볼 것이다.
　유정 역을 보이면 이러하다.

無題

　故王의 땀……모시수건으로 닦았다……술잔을 넘친 물이 콘크리트 수
채를 흐르고 있는 게 말할 수 없이 정다와 난 아침마다 그 鐵條網 밖을
걸었다.
　야릇한 헛기침 소리가 아침 이슬을 굴리었다　　그리고 純白 유니폼

의 소프라노

　내 산책은 어째 끊기기 일쑤였다　　　　열 발짝 또는 네 발짝 나중엔
한발짝의 반 발짝……

　눈을 떴을 땐 電燈이 마지막 쓰개[被物]를 벗어버리고 있는 참이었다
　　땀이 꽃 속에 꽃을 피우고 있었다

　閉門時刻이 지나자 烈風이 피부를 빼앗았다

　기러기의 分列에 더불은 歸鄕散兵……夢想하기란 유쾌한 일이다……祭
天의 발소리를 作曲한곤 혼자 흐뭇해 기뻐 하였다　　　　차거운 것이 뺨
한가운데를 깎았다　　　　그리고 그 鐵條網엘 몇 바퀴나 가서 低徊하였다

　야릇한 헛기침소리는 또다시 부뚜막에 생나무를 지피고 있다　　　눈
과 귀가 토끼와 거북처럼 그 鐵條網을 넘어 풀숲을 헤쳐갔다

　第一의 玄墀　·　녹슬은 金環·가을을 잊어버린 羊齒類의 눈물·薰 아
직도 來往

　旭은 曛을 닮아 橙汁을 불태운다

　나는 第二의 玄墀에게 차거운 발바닥을 비비었다　　　金環은 千秋의 恨
을 샛길에 물들였다　　·　階甃의 刻字는 눈을 앓고 있다―白×와도 같
이……나란히 있다

　야릇한 헛기침소리는 眼前에 있다　　　羊齒類는 先史時代의 萬國旗처럼
무쇠우리를 부채질하고 있다　·　　한가로운 阿房宮 뒷뜰이다

　門牌―나는 이 門牌를 가까스로 발견했다고나 할까―에 年號 비슷한
것이 씌어 있다　　　쪼아먹힌 文字 말고도 나는 아라비아 數字 몇 개를
읽어낼 수 있었다

　獷

　時計를 보았다　　　時計는 멈춰 있다

　……모이를 주자……나는 短杖을 부러뜨렸다　　　아문젠翁의 食事처럼
매말라 있어라　×　아하

　……당신은 Mademoiselle Nashi를 아시나요　　　난 그 여자 때문에 幽閉
돼 있답니다……나는 숨을 죽였다

……아니야 영 틀린 것 같네……개는 舊式스러운 拳銃을 입에 물고 있다
    그것을 내 앞에 내민단 말이다……제발 부탁이니 그 여잘 죽여
다오 제발 부탁이니……하고 쓰러져 운다

    을 도려내어 空腹을 나르는 나의 隱袋는 무겁다……나는 어떡허면 좋
을까……내일과 내일과 다시 내일을 위해 난 깊은 瘖瘂에 빠졌다
    發見의 기쁨은 어찌하여 이다지도 빨리 發見의 두려움으로 하여 슬픔
으로 바뀌었는가에 대하여 나는 熟考하기 위해 나는 나의 꿈마저도 나의
龕室로부터 追放했다
    憂鬱이 계속되었다   겨울이 가고 이윽고 다람쥐 같은 봄이 와서 나
를 다   나는 拳銃처럼 꺼멓게 여윈 몸뚱이를 깊은 衾枕에서 일으키기
란 불가능했다
    꿈은 여봐라고 나를 부려먹었다   탄알은 地獄의 마른 풀처럼 시들
었다
    ―健康體인채― (1931년 11월 3일)

『문학사상』, 1976. 6. pp.155~156, 유정 역

  유고원문 「麻布」가 <베수건>이냐 <모시수건>이냐는 차치하고, 다
시 말해 두 번역 중 어느 쪽이 정확하냐를 따지기에 앞서 드러나는 것
은 다음 두 가지. 첫째는, 김윤성 씨가 이 작품의 (3)으로 된 전문을 역
출했음에 비해 유정 씨는 그 중 (1)만을 역출했다는 점. 말미에 (1931.
11. 3)을 보았기 때문일까. 그렇더라도 유정 씨는 (1)에 이어진 (2), (3)
을 보고도 어째서 나머지를 포기해 버렸을까(특별히 이 유고가 까다롭거나,
판독하기 어렵지 않고 또렷함을 염두에 둘 때 이런 의문을 누르기 어렵다).

  둘째, 이 점이 중요한데, (1)의 한가운데 놓인 큰 글자로 된 <獝>이
라는 단어의 정체이다. 웬만한 사전에는 없는 이 글자는 대체 무엇이며,
어째서 이상은 이것을 누렁이 개(犬)의 이름으로 사용했고, 또 스스로를

<獏>이라 여기는 화자(주인공)를 내세웠을까. 더욱 중요한 것은 어째서 작품 제목을 달지 않고, (1)의 한가운데에다 큰 활자로 [獏]이라고 내세웠을까. 제목보다 크고 굉장한 이 비석처럼 단단한 <獏>이란 대체 무엇이며 무슨 의도로 한가운데 배치했을까. 제목보다 한층 소중한 그 무엇이 이것임을 과시한 이유는 무엇일까.

여기까지 이르면, 이 작품의 유고 원본을 직접 검토할 수밖에 없다(원고 별지 참조.).

5. 작품 제2번, 獏의 정체

이 유고의 전체 특징은 다음과 같다.

- (A) : 유고 전체 64매 중 獏이 들어 있는 것은 ⚠️에 속한다는 점. 그러니까 입구인 셈이며, 이 입구를 통해 유고 전체에로 진입할 수 있음을 암시하고 있다.
- (B) : 왼쪽에서 오른쪽으로 씌어졌다는 점.
- (C) : 말미에 집필 날짜와 연도가 기록된 것이 많다는 점. 또 그것은 한자 숫자로 되어 있다는 점.
  제일 빠른 것이 <一九三一. 一一. 三>이며 제일 마지막이 一九三五. 八. 三(「공포의 성채」)에 걸쳐 있다는 것.

이 유고 원본을 검토해 보면 어째 유정 씨가 (1)만을 역출했는가가 짐작된다. (1)의 말미에 (一九三一. 一一. 三)으로 뚜렷이 표기되어 있기 때문이다.

그러니까 (1)만으로 독립된 작품이라 볼 가능성도 있었다고 볼 수 있다. 김윤성 씨의 경우는 (1)~(3)까지를 한 작품으로 본 것이다. (3)의 말

猫

表札ニ「オレハオレ」ト書カレテ……

一匹ノ犬ガ鉄鑑ニ囲囲サレテイル

第一ノ玄堀

　　　　夢優

　　　　　　樋ノ央ヲ

・・・あゝ 交ゝ森ガ悲シイ・・・ ・・・表ヤ裏ニテ見ヘル 裏ヤ表ニテ・・・ ・・・トヘ森ヤ森・・・じゃあ・・と思ヘバ

オレノ吹クケムリハ煙草・煙ガ風ト羊歯類ト・セイデ考エヌ・横ナ清ヘ方ヨシナガラ 伸・自ニヌ

・・・あゝ 又あう様なガまた表裏ノ故郷の地名か何かゝシくもあるが とてもわからない・・・

・・・たったそれ丈か・・・

・・・清ヘてよく知らないが 多分君ノ生年月日ごも書いてあったんだらう・・・・

・・・読み違ふ 思 ゝ表丈に書ゝにあったナ 故ヘテくれないか・・・・

・・・君がおれを好くのも「まりおれが東洋人であることヲ」ふ単たる理由からだね・・・・

・・・東洋人も来たんだ おれは東洋人ヲ好イタ おれは東洋人を研究シ

おれハ故郷ヲ読ム様ニ語ム 犬ノ頬ハ憂者ヲ老怖ニテイル おれ東東洋人ノ尻

・・・どれ 「？・・・・

・・・おれはおれが嫌らひだ・・・ イレハ胎ノ邊ニ塞ガレテ感ルガヲ得ナザイタ シカシ感じタマヽニ
犬ハオレノ回ニ前テ いレヲ厳シ膝腕シタ
情別ヒ犬ハアノ日憎ヒ表れノ裏ヲシカ見得ナイ ガンヒルモ アノ表れノ裏衣ヲ脱ヘニハ漬漬ト脈去ト

3

・・・死ニ賞借ミルカ 是生ヲニテ生タミニレメル 座ト云ヘザルベカラズ・・・ コニナ栖浴ヲシフコエサヘアル、笑シ犬ノ眼、
オレノ日課ノ重復ト共ニ犬ハオレニ馴シテ来タ 右ノ様ナ雨ガ降ニテモ オレハ犬ニ逢ヒタカッタ・・・・犬ハオレヲ待ニテイル・テテラウ・・・・犬ハオレハ体ノ

蛛ノ忠虔ハ連起ヲ咲ヒ散ラム

犬ハ綿ヲ吐ータ

オレハピストルヲ当ニテ賞見サ 犬ハ戯自ノ様ニ笑ヘ・・・・ 髪須脳ヲ苷ゝヱ・ノ腹頭
・・・安心して・・・・
目月ガ絶道ニ MICROBE・様ナ希望ヲ ぶらすこルよニ蔵上テ犬ハ悲ニヶ三誤ヘ
オレハ犬ノ前デ横ヲマクシテ見ルタ 詠膵か モニテラニヌL・様ニ屑ヲ塩ニイタ・・・・
花が春香娘ヶ町ヨニシテ おゝがはかゞ・・・

一九三一・一一・Ⅲ

（事物ノ……幽的ノ方程式）

生死ノ超越—— 在ルコトハ 生死 何方ニ属ヨウガ

コノ事ハ、プロトンノ、暗示デアッタ

書キ……加熱ニ 反応スル 満タレコトモナカッタ

……ヒトツノ、両方獲式得……運……

……加熱ニテモ遂ニ 温ヨウナリ……トナッタ トイウコトニ……ル、私ハ収メ来タ所ノ毒雛ノ分析ヲ……

地球・物線ト一致スベキ 地球引力ノ補角ノ投重ノ計算ヨリ 批排ハ 咬ニ救ヒタ犬ノ エスプリヲ載セタマ、作用シテ……

—ヤハリ ナイ ニテマ—

モ コレダケハ オワシイデス ヤハリ アリコッタ タシカデス タシテマガ マジメク ワカラナイコトデス—

役員・鷹見 加四報

役員・鷹見第三報

미엔 <一九三一. 一一. 十五>로 되어 있었다. 그러니까 (1)에서 (3)까지 걸친 집필 시간은 12일 간인 셈이다.

그러나 참으로 중요한 것은 따로 있다고 볼 것인데, 그것은 이 유고의 입구에 해당되는 <獚>의 정체에로 수렴될 성질의 것이다. 어째서 이상은 스스로를 또는 작중 주인공을 한 마리의 <개>로 내세웠을까. 「조감도」에서 획수 하나를 뺌으로써 총천연색에서 「오감도(烏瞰圖)」라는 흑백세계를 조작했고, 어린아이 동해(童孩)에서 아이의 해골인 「동해(童骸)」를 조작한 이상의 기발한 기호 놀이의 연장선상에 黃犬(누렁이 개) <獚>이 놓인다는 것은 쉽사리 추측된다. 그렇다면 개란 무엇인가.

「개는 구식처럼 보이는 피스톨을 입에 물고 있다. 그것을 내게 내미는 것이다」에서 피스톨이 성기를 상징함은 물론이다. 개란 그러니까 화자인 <나>의 육체성을 가리킴인 것. 정신의 측면인 <나>는 육체인 <개>를 동시에 안고 있어, 이 이분법의 갈등 속에서 사사건건 괴로워하고 있다. <가엾은 개는 저 미웁기 짝없는 문패 이면밖에 보지 못한다>에서도 이 점이 선명하다. 이 <개>를 <나>는 어떻게 처리하고 다스리고 또 그와 조화롭게 지낼 것인가. 바로 이것이 이상 유고 작성의 심층부에 놓인 기본 동기일 터이다. 그 증거로 내세울 수 있는 것이 다음 작품 「황(獚)의 기(記)－작품 제2번」이다.

이 작품을 검토하기에 앞서 지적될 것은 부제격인 <작품 제2번>이라 규정한 점이다. 그러니까 <작품 제1번>을 전제하고 씌어졌음을 가리킴이 아닐 수 없다. 그렇다면 대체 <작품 제1번>은 어느 것을 가리킴인가. 이 물음 앞에 조연현 씨도, 최초 역자 김수영 씨도, 김윤성 씨도 어쩌면 유정 씨 역시 당황했음에 틀림없어 보인다. 그 중에서도 제일 날카로운 시인 김수영의 안목은 어떠했을까. 김수영 씨는, 제일 먼저 제목 없는 작품(원본 번호 △4)의 아포리즘 7행을 역출했다.

「손가락 같은 여인이 입술로 지문을 찍으며 간다. 불쌍한 수인은 영원의 낙인을 받고 건강해간다」를 비롯 제7행은 「고향의 산은 털과 같다. 문지르면 언제나 빨갛게 된다」는 유명한 대목이 들어 있는 것.

이 7행의 아포리즘이야말로 진짜 이상 투의 작품이라 김수영 씨는 보았을 터이다.

이 천재적인 아포리즘 앞에 탈모하는 모더니스트 김수영 씨의 모습이 선연하다고 할 만하다. 그러나 문제는 그 다음 단계에서 왔다.

이 유고의 순서는 1931년에서 1935년에 걸쳐 있다. 그런데 △1에서 △64의 순번을 매긴 이는 조연현 씨(?)가 아니었을까 추측되거니와 (왜냐면 대학 노트가 아니고, 낱장으로 된 방안지 묶음이니까) 이 유고를 처음 대면한 김수영 씨 앞에 육박해 오는 것이 제목 「1931년 – 작품 제1번」이었다. 「1931년」이라는 제목이 뚜렷한 데다 <작품 제1번>이라고 이상 자신이 명시해 놓았기 때문이다. 위의 7행 아포리즘 다음 차례도 「1931년」을 역출하는 것이 순리라고 김수영 씨는 믿었을 법하다.

「나의 폐가 맹장염을 앓다. 제4병원에 입원, 주치의 조난 – 망명의 소문나다…」를 (一)로 하고, (十二) 항으로 된 이 작품은 누가 보아도 이상의 것이 아닐 수 없다. 김수영 씨는 이 유고의 입구에 있는 제목없음인 번호 1.을 무시하고 건너뛴 것은 이로써 설명될 수 있다.

그러나 김윤성 씨의 경우는 사정이 달랐다. 김수영 씨에 의해 걸러진 다음 차례에 선 김윤성 씨가 주목한 것은 유고 입구에 비석처럼 버티고 있는 제목 없음이었다. 이 비석을 씨는 비켜갈 수 없었다.

두 가지 이유로 추정되는바, 하나는 이 비석이 유고 전체의 성격을 규정한다는 것이고, 다른 하나는, 김수영 씨가 역출한 <작품 제1번>인

「1931년」의 서두랄까, 전제하고 본 것이다. 곧, 문지기인 <누렁이 개 한마리>로서의 출발점이 그것. 작품 본문 한가운데에다 이 개 <獚>을 대문자로 세워 놓았음이란 움직일 수 없는 의지의 표명이 아니었던가. 이 유고의 임자는 스스로를 한 마리 토종이되 별종의 <누렁이 개>였다. 우울한 누렁이 한 마리. 다음처럼 누렁이 개=이상의 표식이 선명하다. (이 獚이란 글자는 귀가 커서 아래로 처져 있고 털이 길고 빛나며 냄새를 잘 맡고 헤엄도 잘 치며 가시밭길도 잘 빠져나오는 것으로 사냥개로 뛰어다니고, 諸橋轍次의 「大漢和辭典」에 실려 있거니와 이에 제국일본이 백인에 대한 황인종의 우세를 상징하는 상해사변(1932)에 연관지은 정치적 해석은 흥미로운 바 있다 : 蘭明, 「昭和帝國의 담론 공간과 이상적 모더니즘」, 이상탄생백주년기념, 한국현대문학회 주최, 2010. 10. 21~22.)

> 「가엾은 개는 저 미욱기 짝 없는 문패 이면밖에 보지 못한다. 개는 언제나 그 문패 이면만을 바라보고는 분만과 함께 염세를 느끼는 모양이다. 그리고 괴로워하는 모양이다.

> 개는 눈 앞에서 그것을 비예(곁눈으로 흘겨봄)했다
> ……나는 내가 싫다……나는 가슴속이 막히는 것을 느끼지 않을 수 없었다. 그러나 그렇게 느끼는 그대로 내버려 둘 수도 없다」

6. [獚]에 대한 본론─「獚의 記」 전문

김수영 씨가 건너뛰었고, 김윤성 씨가 주목한 제목없음에 새삼 주목했다면, 그 후속편에 해당되는 작품을 역출한 장본인이 세 번째 역자인 유정 씨였다. 유고 번호 ⒅ ⒆에 해당되는 「獚の記」를 유정 씨가 역출했다는바, 많을 정보를 담고 있는 이 작품의 전문을 보이면 아래와 같다(유고 원본 참조.).

獵의 記　　　　　　　作品 第 二番

—獵은 나의 牧場을 守衛하는 개의 이름입니다
(1931년 11월 3일 命名)

記一

밤이 이슥하여 獵이 짖는 소리에 나는 熟眠에서 깨어나 屋外 골목까지
獵을 마중나갔다.　　　주먹을 쥔채 잘려 떨어진 한 개의 팔을 물고 온
것이다
보아하니 獵은 일찌기 보지 못했을만큼 몹시 蒼白해 있다
그런데 그것은 나의 主治醫 R醫學博士의 오른팔이었다.　　　그리고 그
주먹 속에선 한 개의 勳章이 나왔다
—犧牲動物供養碑 除幕式記念—그런 메달이었음을 안 나의 記憶은 새삼
스러운 感動을 받지 않을 수가 없었다

두 個의 腦髓 사이에 생기는 連絡神經을 그는 癌이라고 완고히 주장했
었다　　　그리고 定期的으로 그의 참으로 뛰어난 메스의 技巧로써
그 神經腱을 잘랐다　　　그의 그같은 二元論的 生命觀에는 실로 철저한
데가 있었다
지금은 故人이 된 그가 얼마나 그 記念章을 그의 가슴에 장식하기를 주
저하고 있었는가는 그의 葬禮式 중에 분실된 그의 오른팔— 현재 獵이
입에 물고 온—을 보면 대충 짐작하고도 남음이 있을 것이다
그래 그가 供養碑 建立期成會의 會長이었다는 사실은 무릇 무엇을 의미
하는가?
不均衡한 建築物들로 하여 뒤얽힌 病院構內의 어느 한 귀퉁이에 세워진
그 供養碑의 쓸쓸한 모습을 나는 언제던가 공교롭게 지나는 길에 본 것

을 기억한다   거기에 나의 牧場으로부터 護送돼 가지곤 解剖臺의 이슬
로 사라진 숱한 개들의 恨많은 魂魄이 뿜게 하는 殺氣를 나는 느끼지 않
을 수가 없었다   나는 더더구나 그의 手術室을 찾아가 例의 腱의 切斷
을 그에게 依賴해야 했던 것인데—

나는 獗을 꾸짖었다   主人의 苦悶相을 생각하는 한 마리 畜生의 人情
보다도 차라리 이 경우 나는 社會 一般의 禮節을 중히 하고 싶었기 때문
이다—
그를 잃은 후의 나에게 올 自由—바로 현재 나를 染色하는 한 가닥의
눈물—나는 흥분을 가까스로 鎭壓하였다
나는 때를 놓칠세라 그 팔 그대로를 供養碑 近邊에 묻었다   죽은 그
가 죽은 動物에게 한 本意 아닌 契約을 반환한다는 形式으로……

記二

봄은 五月   花園市場을 나는 獗을 동반하여 걷고 있었다   玩賞花草
種字를 사기 위하여……
獗의 날카로운 嗅覺은 播種後의 成績을 소상히 豫言했다   陣列된 온
갖 種字는 不發芽의 不良品이었다
허나 獗의 嗅覺에 합격된 것이 꼭 하나 있었다   그것은 大理石 模造
인 種子 模型이었다
나는 獗의 嗅覺을 믿고 이를 마당귀에 묻었다   물론 또 하나의 不良
品도 함께 試驗的 태도로—
얼마 후 나는 逆倒病에 걸렸다   나는 날마다 印刷所의 活字 두는 곳
에 나의 病軀를 이끌었다

知識과 함께 나의 病집은 깊어질 뿐이었다
하루 아침 나는 食事 定刻에 그만 잘못 假睡에 빠져들어갔다   틈을
놓치려 들지 않는 獗은 그 金屬의 꽃을 물어선 나의 半開의 입에 떨어뜨

렸다   時間의 습관이 食事처럼 나에게 眼藥을 무난히 넣게 했다

病집이 知識과 中和했다―세상에 巧妙하기 짝이 없는 治療法―그후 知識은 급기야 左右 兼備하게끔 되었다

記三

腹話術이란 결국 言語의 貯藏倉庫의 經營일 것이다

한 마리의 畜生은 人間 이외의 모든 腦髓일 것이다

나의 腦髓가 擔任 支配하는 사건의 大部分을 나는 獏의 位置에 貯藏했다

―冷却되고 加熱되도록―

나의 規則을―그러므로―리트머스紙에 썼다

배―그 속―의 結晶을 加減할 수 있도록 小量의 리트머스液을 나는 나의 食事에 곁들일 것을 잊지 않았다

나의 배의 發音은 마침내 三角形의 어느 頂點을 정직하게 출발하였다

記四

獏의 裸體는 나의 裸體를 꼭 닮았다   혹은 이 일은 이 일의 反對일지도 모른다

나의 沐浴시간은 獏의 勤務시간 속에 있다

나는 穿衣인채 浴室에 들어서 가까스로 浴槽로 들어간다―벗은 옷을 한 손에 안은채―

언제나 나는 나의 祖上―肉親을 僞造하고픈 못된 충동에 끌렸다

恥辱의 系譜를 짊어진채 내가 解剖臺의 이슬로 사라질 날은 그 어느 날에 올 것인가?

皮膚는 한 장 밖에 남아 있지 않다

거기에 나는 파랑잉크로 함부로 筋을 그렸다

이 초라한 包裝 속에서 나는 생각한다―骸骨에 대하여……墓地에 대하여 영원한 景致에 대하여

달덩이 같은 얼굴에 여자는 눈을 가지고 있다

여자의 얼굴엔 입맞춤할 데가 없다
여자는 자기 손을 먹을 수도 있었다

나의 食慾은 一次方程式같이 簡單하였다
나는 곧잘 色彩를 삼키곤 한다
透明한 光線 앞에서 나의 味覺은 거리낌없이 表情한다
나의 空腹은 音響에 共鳴한다―예컨대 나이프를 떨꾼다―

여자는 빈 접시 한 장을 내 앞에 내어놓는다―(접시가 나오기 전에 나
의 味覺은 이미 料理를 다 먹어치웠기 때문이다)
여자의 嘔吐는 여자의 술을 뱉어낸다
그리고 나에게 대한 體面마저 함께 뱉어내고 만다(오오 나는 웃어야
하는가 울어야 하는가)
料理人의 단추는 오리온座의 略圖다
여자의 肉感的인 부분은 죄다 빛나고 있다 달처럼 반지처럼
그래 나는 나의 身分에 걸맞게시리 나의 表情을 節約하고 謙遜하고 하
는 것이었다
帽子―나의 帽子   나의 疾床을 監視하고 있는 帽子
나의 思想의 레텔   나의 思想의 흔적   너는 알 수 있을까?
나는 죽는 것일까   나는 이냥 죽어가는 것일까
나의 思想은 네가 내 머리 위에 있지 아니하듯 내 머리에서 사라지고
없다

帽子 나의 思想을 掩護해 주려무나!
나의 데드마스크엔 帽子는 필요 없게 된단 말이다!
그림달력의 薔薇가 봄을 준비하고 있다
붉은 밤   보라빛 바탕
별들은 흩날리고 하늘은 나의 쓰러져 客死할 廣場
보이지 않는 별들의 嘲笑

다만 남아 있는 오리온座의 뒹구는 못[釘] 같은 星員

나는 두려움 때문에　　나의 얼굴을 變裝하고 싶은 오직 그 생각에 나
의 꺼칠한 턱수염을 손바닥으로 감추어본다

정수리 언저리에서 개가 짖었다　　不誠實한 地球를 두드리는 소리

나는 되도록 나의 五官을 取消하고 싶다고 생각한다

心理學을 포기한 나는 기꺼이—나는 種族의 繁殖을 위해 이 나머지 細
胞를 써버리고 싶다

바람 사나운 밤마다 나는 차차로 한 묶음의 턱수염 같이 되어버린다

한줄기 길이 山을 뚫고 있다

나는 불 꺼진 彈丸처럼 그 길을 탄다

봄이 나를 뱉어낸다　　나는 차거운 壓力을 느낀다

들자 하니—아이들은 나무밑에 모여서 겨울을 말해버린다

화살처럼 빠른 것을 이 길에 태우고 나도 나의 不幸을 말해버릴까 한
다

한 줄기 길에 못이 서너개—땅을 파면 나긋나긋한 풀의 準備—봄은 갈
갈이 찢기고 만다

(3월 20일)

유정 역. 문학사상. 1976. 7. pp.202~206

이 작품에 담긴 정보 중 의미 있는 것은 다음과 같은 집필 날짜 <三.
二十>과 서두에 적힌 <一九三一. 一一. 三>이다. 獏이란 무엇이뇨.
<나의 목장을 수위하는 개의 이름>이다. 이 개의 이름을 <獏>이라 붙
이게 된 날짜는 <一九三一. 一一. 三>이니까 바로 유고 입구인 ⚠에
놓인 제목없음이 씌어진 그날에 해당된다.

이로써 분명해지는 것은 다음 두 가지. 유고 집필 시기가 1931년 3
일 이후라는 점이 그 하나이고, 출발점에 놓인 것이 특이한 <누렁이
개>라는 점이 그 다른 하나이다.

<나>의 목장을 지키는 개의 이름이 獲이거니와 구체적으로 <나>와 獲의 관계는 어떠할까. 그것은 <記一>에서 <記四>에 걸쳐 역시 아포리즘식으로 짜여져 있다. 이 獲이 물고 있는 것은 <나>의 주치의이자 고인이 된 R의학박사의 오른 팔뚝이 아니겠는가. R박사는 무수한 개들을 해부한 장본인. 개들의 두개골 뇌수 사이의 연락 신경 줄을 잘랐던 것.

그 복수를 하느라 獲이 R박사의 오른 팔뚝을 물고 오지 않았겠는가. <나>는 어째야 할까. 獲을 꾸짖는 시늉을 한다.

인간적 세속적인 관점에서 보면 죽은 자의 팔을 물어뜯는 것은 비예에 속하니까. 그러나 세속을 떠난 제3의 시선(정신계, 근대과학)에서 보면 어떠할까. <나>가 있는 목장, 그 수위격인 獲은 이제 신경줄을 다시 이어야 할까. 그대로 두어야 할까. 이게 문제일 수밖에.

① 「복화술이란 결국 언어의 저장창고의 경영일 것이다.」
② 「한 마리의 축생은 인간 이외의 모든 뇌수일 것이다.」
③ 「나의 뇌수가 담임 지배하는 사건의 대부분을 나는 獲의 위치에 저
   장했다-냉각되고 가열되도록-」
④ 「獲의 나체는 나의 나체를 꼬옥 닮았다. 혹은 이 일은 이 일의 반대
   일지도 모른다」

이상에서 보듯 이상문학의 시발점인 장편 「12月12日」의 기본구도인 대칭성(기하학적 대치구도)가 선명하다. 그 대칭구도란, 시 「거울」에서 보듯 좌우가 바뀐 것이지만 추상적 기하학적 측면에서 보면 엄밀한 등가이다. 이 엄밀한 기하학적 등가에 안주하고자 하는 욕망(지향성)과 이것이 삶의 현장(세속)에서는 좌우가 뒤바뀐 것임에서 오는 부조리. 이 어긋남 속에서 어떻게 탈출하느냐에 있는 것이 이 유고의 원점이자, 동시

에 이상문학 전체의 원점이 아닐까.

「獏의 기」에서 이어지는 번호 ⟨20⟩에 놓인 것이 「작품 제3번」이다. 유정 씨는 잇대어 이것 역시 역출했지만 보다시피, 특징적인 것은 獏에서 벗어났음에서 찾아진다.

목장에는 수위하는 파수군 獏이 이젠 없다. 목장에 혼자 남은 문지기 <나>는 스스로 흙 속에다 모발을 심지 않으면 안 된다. 이러한 獏을 둘러싼 해석은 이 유고만이 가진 의미영역이 아닐 수 없다.

作品 第三番

口腔의 色彩를 알지 못한다─새빨간 사과의 빛깔을─

未來의 끝남은   面刀칼을 쥔채 잘려 떨어진 나의 팔에 있다

이것은 시작됨인 「未來의 끝남」이다   過去의 시작됨은 잘라 버려진 나의 손톱의 發芽에 있다   이것은 끝남인 「過去의 시작됨」이다

1

나 같은 不毛地를 地球로 삼은 나의 毛髮을 나는 측은해한다

나의 살갗에 발라진 香氣 높은 香水   나의 太陽浴

榕樹처럼 나는 끈기 있게 地球에 뿌리를 박고 싶다   사나토리움의 한 그루 팔손이나무보다도 나는 가난하다

나의 살갗이 나의 毛髮에 이러 함과 같이 地球는 나에게 不毛地라곤 나는 생각지 않는다

잘려진 毛髮을 나는 언제나 땅 속에 埋葬한다─아니다 植木한다

※譯者主─榕樹:日本 琉球(현재의 오키나와) 特産의 나무. 細工에 쓰임.

2

留置場에서 즈로오스의 끈마저 빼앗긴 良家집 閨秀는 한 자루 가위를 警官에게 要求했다

─저는 武器를 生産하는 거예요

이윽고 자라나는 閨秀의 斷髮한 毛髮

神은 사람에게 自殺을 暗示하고 있다……고 禿頭翁이여 생각지 않습니
까?

나의 눈은 둘 있는데 별은 하나 밖에 없다　　廢墟에 선 눈물—눈물마
저 下午의 것인가 不幸한 나무들과 함께 나는 우두커니 서 있다

廢墟는 봄　　봄은 나의 孤獨을 쫓아버린다
나는 어디로 갈까?　　나의 希望은 過去分詞가 되어 사라져버린다
廢墟에서 나는 나의 孤獨을 주어 모았다
봄은 나의 追憶을 無地로 만든다　　나머지를 눈물이 씻어버린다
낮 지난 별은 이제 곧 사라진다
낮 지난 별은 사라져야만 한다
나는 이제 발을 떼어놓지 아니하면 아니되는 것이다
바람은 봄을 뒤흔든다　　그럴 때마다 겨울이 겨울에 포개진다
바람 사이사이로 綠色 바람이 새어 나온다　　그것은 바람 아닌 香氣
다 나는 나의 모든 것을 묻어버리지 아니하면 아니된다 나는 흙을 판다
　　　흙속에는 봄의 植字가 있다
地上에 봄이 滿載될 때　　내가 묻은 것은 鑛脈이 되는 것이다
이미 바람이 아니불게 될 때　　나는 나의 幸福만을 파내게 된다
봄이 아주 와버렸을 때에는 나는 나의 鑛窟의 문을 굳게 닫을까 한다

男子의 수염이 刺繡처럼 아름답다
얼굴이 수염 투성이가 되었을 때 毛根은 뼈에까지 다달아 있었다(유고
원본 참조.)

猫の記　作品第二番

記二

私ハ時ヲ進ガサズ　リノ腕ソノママヲ供養碑附近ニ埋メタ。死ヒニ彼ガ死セル動
彼ヲ失ヒシ後ノ私ニ来ルハ甲自由ト現ニ私ヲ来巴スル一鳥ノ後ト私ノ興奮ヲ
私ハ猫ヲ地ヒタ　主人ノ苦向相ヲ思フ畜生ノ人権ヨリモ尊ヒニ一場合　私ハ

記一

私ハ届ラレナカッタ。私ハ　イヤガ上ニモ　彼ノ羊病ニ反ッ坊シ例ノ健ノ前ノ勤トヲ。彼ニ
コトヲ思出ス　ソコニ私ノ牧場カラ渡送サセテハ解剖セシ露ニ消ッ分次多
不向整十建薬物ノ投ミデ混食ッタ病院楢肉ノトアル一偏ニ建テシニアル　リノ供養
因ニ彼ハ供養碑建立部成会ノ会長妹ヨリシコトハ概ニテ何ヲ意味スルカ？
玖ニ猫ノ衛ニテ末ル所ノ一ヲ見テ暁ニ速ヘルニ即ノ除リアル所ニテアル
今ハ故人トナッタ彼ガ如何ニシノ紀念章ヲ役ノ胸ニ飾ニコトヲ

神主胆ヲ切ッタ　彼ノ断ルニ元論的生命観ニハ　ケニ摘店ラ所カアッタ
二個ノ胸随ノ物ニ生来ル推他件ヲ　彼ハ薬然ニト　観固ニ主張シ
三個ノ膜随ノ物ニ出来ル推他件ヲ　彼ハ定期
今ハ故人トナッタ彼ガ如何ニシノ紀念章ヲ彼ノ胸ニ飾ニコトヲ時諸ニテイタカハ　彼
玖ニ猫ノ衛ニテ末ル所ノ一ヲ見テ暁ニ速ヘルニ即ノ除リアル所ニテアル
三個ノ膜随ノ物ニ出来ル推他件ヲ
二個ノ膜随ノ遊出来ル推他件ヲ

一犠牲動物供養碑建設記念一
尉ニテシハ私ノ主後欧酉又醫学博士ノ右脱ニテアッタソニテン堤奉ノ申カラ
見ルト猫ハ曽ニ見ッルトノナイ迄ノ非度ク恣怠棍メテイル
夜深猫ノ叫声ニ私ハ勲睡カラ醒ニサレ戸外ノ路次ニ猫ヲ迎ニタ　　握拳ノママハ断

一犠牲動物供養碑建設記念一ノメタルデアッタコトヲ知ッタ私ノ記憶ハ
握拳ノ中カラ一枚ノ勲章ガ出来タ

猫ハ私ノ牧場ヲ守衛スル犬「名ヲマデス」（一九三二・二・三日命名）

説四

私ハ寝衣ノママ、浴室ニ入リ、辛うじて浴槽ニ入ッて一晩ヲ……
私ノ入浴時ニハ猫ノ勤務中時ハ中ニ……
猫ノ裸像ハ私ノ裸体ニヨク似テイル。或ハこをのコトハ、コレコトノ遊ニテアルかモ知レナイ。

私ノ後ノ発声ハ遂ニ三角形ノ或ル頂点ヲ正面ニ出発せる
腋ノ下ノ結晶ヲ加減スべク 小量ノハトマス滝ヲ私ハ私ノ食事ニ……
私ハ規則ラーンと故ニ私ハリトマス紙ニ書イタ
私ノ脳膸ノ魔住支配スル事件ノ多部分ヲ私ハ猫ニ貯蔵……

私ノ規則ラーンと故ニ私ハリトマス紙ニ書イタ
私ノ脳膸ノ魔住支配スル事件ノ多部分ヲ私ハ猫ニ貯蔵……
瓦ノ畜生ハ人間以外ノ総テノ脳膸テアマリ
腋説術ハ……言語ノ貯蔵倉庫ノ才陛……

説三

"

病癒が知蔵ニ中死シター世ニモ巧妙ヲ極メタ沒療法ノ疾岳智蔵ハ……
滝トニ入り 時写ノ習慣が食事ノ様ニ私ニ服薬ヲ督進ニサせ々
一朝私ハ食事ノ定時ニ誤マッテ服睡ニ注入シテイる隣ヲ挑サ……
智識ト共ニ私ノ病癒ニ深ル一方テアッタ
間モヲ私ノ遣創病ニ犯サレタ 私ハ毎日トち 印刷所ノ遠度置場ニ私ノ病能ヲ引掾ッ
が果こテ ノ大理右ノ種子ダゲが萌芽ヲ見セる。 勿論 ノ一ツ不良品ヲモ一緒ニ私ハ試驗ヲ就左ラ……
私ハ猫ノ泉完ヲ信じ之ヲ庭隅ニ堆メタ ノ三十ズ 夏ノ入初ニ金属ノ花ヲサせ見る。

7. 2천 점이 실린 또 다른 유고의 행방을 위하여

이로써 조연현 씨 소장의 이상 유고는 김수영 씨의 「작품 제1번」에서 김윤성의 번역을 거치고 유정 씨의 「獚의 기 – 작품 제2번」과 「작품 제3번」이 역출되었고 최상남 씨의 「야색」(산문)으로 총 64편의 유고가 거의 마무리되었다고 볼 것이다. 나머지는 낙서와 판독 불능 및 문맥 부재로 어찌해 볼 도리가, 지금으로서는 별로 없어 보인다. 일찍이 이렇게 정리하고 난 필자는 다음과 같은 의문을 줄곧 누르기 어려운 바 있었다. 이 점을 조금 언급함으로써 이 어수선한 소개의 글을 마칠까 한다.

앞에서 보았듯 유고의 집필 연도는 1931년 11월 3일에서 1935년 8월 3일(「공포의 성채」에 나와 있는 집필 날짜 표준) 전후이다.

그러나 이상문학의 본질이 담긴 것으로는 입구에 놓인, <獚>이 버티고 있는 유고 △과 「1931 – 작품 제1번」과 「獚의 記 – 작품 제2번」 그리고 「작품 제3번」이 아닐까 싶다. 기타의 산문, 단장 등은 수필적 산문이거나 기타의 기록일 뿐 그다운 시적 밀도를 내포하고 있지 않다. 그렇다면 가장 이상 작품다운 저 「오감도」 유고는 어디에 있는 것일까.

이러한 필자의 의문을 부추긴 것은 다음과 같은 이상의 항변에서 왔다. 「오감도」(조선중앙일보, 1934. 7. 24~8. 8.)는 시 제1호에서 15호까지만 발표되고 중단되었는바, 이에 대한 작자 이상의 항변 전문을 보이면 이러하다.

왜 미쳤다고들 그러는지 대체 우리는 남보다 수십 년씩 떨어져도 마음 놓고 지낼 작정이냐. 모르는 것은 내 재주도 모자랐겠지만 게을러빠지게 놀고만 지내던 일도 좀 뉘우쳐보아야 아니하느냐. 여남은 개쯤 써보고서

시(詩) 만들 줄 안다고 잔뜩 믿고 굴러다니는 패들과는 물건이 다르다. 이천 점(點)에서 삼십 점을 고르는 데 땀을 흘렸다. 31년 32년 일에서 용(龍) 대가리를 떡 끄내어 놓고 하도들 야단에 배암 꼬랑지커녕 쥐 꼬랑지도 못 달고 그만두니 서운하다. 깜빡 신문(新聞)이라는 답답한 조건을 잊어버린 것도 실수지만 이태준(李泰俊), 박태원(朴泰遠) 두 형이 끔찍이도 편을 들어준 데는 절한다. 철(鐵) - 이것은 내 새 길의 암시요 앞으로 제아무에게도 굴하지 않겠지만 호령하여도 에코가 없는 무인지경은 딱하다. 다시는 이런 - 물론 다시는 무슨 다른 방도가 있을 것이고 위선 그만둔다. 한동안 조용하게 공부나 하고 딴은 정신병이나 고치겠다. 「오감도(烏瞰圖)」 작자(作者)의 말

박태원, 「이상의 편모」 조광, 1937. 6. pp.303~304

이 기록에 따르면 당초 이상의 원고는 2천 점에 이르렀음을 알 수 있다. 2천 점의 작품 중 30점을 고르는데 땀을 흘렸다는 것. 그 30점을 절반만 발표하고 중단된 데에 대한 이상다운 항변이거니와 그렇다면 그 2천 점이 실린 원고의 행방이 궁금하지 않을 수 없다.

이 2천 점이 실린 유고(그러니까 1,085편)가 발견된다면 이상문학연구에 획기적인 전환점이 될 수 있을 것임에 틀림없다. (단지 30편을 준비했음에 대한 이상다운 허풍인지 기록자 박태원의 과장인지 여부는 별도로 하고) 이 유고를 찾을 수 없는 오늘의 시점에서 단지 확인할 수 있는 것은 다음 사실이다. 곧 조연현 씨 소장의 현존하는 이상의 유고는 이 2천 점의 유고와는 거의 무관하다는 사실, 굳이 말한다면 그 2천 점으로 향하는 입구에 해당된다. 따라서 이 유고는 결코 2천 점의 출구일 수는 없어 보인다.

1935년 늦여름, 성천

▌이상의 미발표육필 유고와 일본의 〈국어〉의 관련양상

1. 「오감도」, 「날개」, 「권태」의 위상

이상문학의 대표작을 논의할 때 자주 드는 것이 시 「오감도」(1934. 7) 15편과 소설 「날개」(1936. 9)이다. 이들 작품은 두루 아는바, 이상의 도일 이전의 것들이다. 7개국어를 배운다고 허풍을 치며 갓 결혼한 아내를 남겨두고 이상이 도일한 것은 1936년 9월~10월쯤으로 추정되거니와(도항 허가가 난 것은 1936년 9월 하순, 김기림에 보낸 사신에 근거) 동경에서 그가 쓴 작품은 어떤 것이었을까. 두 가지 자료가 이에 대응된다.

하나는 「척각」, 「거리」 등 미발표 9편을 들 수 있다. 일어로 씌어진 9편의 시들은, 말 굴자 임종국에 의하면 이상이 작고한 후 미망인이 동경서 가져온 사진첩 속에 밀봉되었던 것으로 자당이 보관하고 있었던 것이다. 이 9편에는 2. 15, 1933 2월 17일 2. 15 등의 숫자가 드러나 있고 마지막 「최후」에는 〈2.15カキナオス〉로 되어있다. 이들 숫자는 무엇일까. 두 가지 추측이 가능하다. 1937년 2월에 〈개작〉(カキナオス) 했음이 그 하나. 다른 하나는, 이점이 중요한데, 도일시에 이상은 일어

로 된 습작노트를 가지고 갔다는 사실. 그 습작노트가 「오감도」 15편을 뺀 1985편이 수록된 노트인지의 여부는 알 길이 없으나 좌우간 가져간 습작노트를 틈틈이 검토하여 <개작>까지 했음을 엿볼 수 있다. 동경에 도착한 이상이 얼마나 실망했는가는 김기림에 보낸 사신에서 잘 드러나 있다. 동경이란 분자식이 겨우 수입된 치사하고 빈 강정 같은 곳이라는 것. 가솔린 냄새 가득하고 영화 세트장 같은 가짜로 가득 차 숨이 막힌다는 것 등으로 미루어 보아 창작의혹이 전무한 상태라 할 것이다. 물론 건강도 문제이고 또 가난도 겹쳤다.

> 나는 지금 참 쩔쩔 매는 중이오. 생활보다도 대체 어떻게 했으면 좋을지를 모르겠소. […] 내가 서울을 떠날 때 생각한 것은 참 어림없는 도원몽(桃源夢)이었소. 이러다간 정말 자살할 것 같소.
>
> 「사신」(7), 문학사상사, 이상문학전집(3), p.239

자살을 하지 않기 위해서라도 이상은 가져간 습작노트를 검토하고 또 개작까지도 했다고 볼 것이다. 새로운 창작에 나아갈 어떤 의욕도 없는 상태에서는 이 길 외에 창작에 접할 수 있는 것은 달리 찾기 어려웠다고 볼 것이다.

이상이 동경체류 중 쓴 글 중 또 다른 하나는, 개작과는 구별되는 것이긴 하나, 엄밀히는 새로운 창작이라 하기에도 난점이 있는 한국어로 쓴 산문 「권태」이다. 이 글 말미에 적힌 <12월 19일 미명(未明) 동경(東京)에서>에 주목한다면 1936년 12월 19일 새벽에 쓴 것으로 추측된다. 이 작품을 실은 조선일보(1937. 5. 4~5. 11)는 이렇게 소개하고 있다.

'종생기'를 가지고 요절한 작가 이상은 그 타고난 품질보담 그 남기고

간 바가 너무 적다. 이 일이 한이 된다하여 그의 지우인 박태원씨가 유
품을 뒤적이다가 마침 미발표의 이 유고 한편을 얻었다고 전하기에 이제
그 유해가 고토에 돌아오는 날을 맞추어 싣게 된 것이다.

「종생기」가 이상의 최후의 소설작품이라 본 것은 물론 맞는 말이다.
『조광』 1937년 5월호에 발표된 「종생기」의 집필 날짜는 <11월 20일
東京에서> 보듯 1937년에 해당된다. 이상은 그러니까 「종생기」를 죽기
5개월 전 동경에서 쓴 작품이다. 「종생기」에서 주목되는 것은 그동안
단편적으로 쓴 「동해」, 「공포의 기록」, 「환시기」, 「실화」 등을 정리하
여 하나의 단일한 완성체로 재창작한 것, 요컨대 <개작>의 일종이라
할 수도 있다는 점이다. 새로운 창작의욕이 없는 마당인 만큼 할 수 있
는 것이란 이런 식의 방법이외에 무슨 방도가 따로 있었을까. 이러한
「종생기」식 재창초의 방식과는 또 다른 차원에 놓이는 것이 「권태」이
다. <또 다른 차원>이란 무엇인가. 이 물음을 떠나면 이상문학 창작의
비밀에 육박해가기 어렵다. 이글은 「권태」가 놓인 위상을 밝힘에 있다.
곧 그것은 이상의 미발표 육필의 존재방식과 그것이 가져온 이중어글
쓰기의 특이한 차원을 문제 삼기라 할 것이다. 이상문학의 글쓰기의 원
점이 근대 일본의 '국어'였다는 사실이야말로 「오감도」의 낯섦과 그 높
이에 관여된 사안인 까닭이다.

2. 자살직전에 닿은 곳 － 「종생기」와 「권태」

<도화몽>을 안고 제국의 수도 동경에 왔던 이상은 이제 위에서 보
았듯 자살 직전의 상태였다. 3·4문학 동인들이 있긴 했으나 한세대 위

격인 이상으로서는 뜻이 통하지 않았고, 동북제대생인 9인회의 시인 김
기림이 있긴 했으나 먼 센다이(仙台)에 떨어져 있어 처음엔 만날 수도
없었으며, (김기림이 이상을 찾은 것은 죽기 한 달 전인 1937. 3. 20)
가난과 병마에 시달리면서 그가 한 것은 오직 소설 「종생기」와 산문 「권
태」 쓰기였다. 「종생기」란 새삼 무엇이뇨. 그동안 단편적으로 멋 부려
쓴 것의 종합 완결편이라 할 것인데, 그동안 「환시기」, 「동해」 등의 조
각글들은 이른바 습작이었음을 드러낸 형국이었다. 요컨대 이상은 동경
에서 도무지 새로운 창작에는 엄두도 낼 수 없었다. 이 점에서 「권태」
도 닮아 있지만 다음 세 가지 점에서 변별된다.

(A) 동경에서 쓴 마지막 글쓰기에 해당된다는 점

1936년 12월 19일 새벽에 쓴 「권태」는 그가 동경에 온 지 3개월쯤
되는 시점이자 「종생기」를 쓴지 한 달 후에 해당된다. 「종생기」(1936년
부터 쓰기 시작한 미완성인 이글을 그는 동경에서 완결시켰다)가 자전적 글쓰
기의 허구적 통일 내지 정리라면 더 이상 이런 허구적 형식으로 나아갈
곳은 없다. <만 26세와 3개월을 맞이하는 이상선생>은 그러니까 이
지상에서 자기가 살아온 문학적 삶의 총정리이며 더 이상문학적으로
살아갈 이유를 잃었다. "즉 나는 시체다. 시체는 생존하여 계신 만물의
영장을 향하여 질투할 자격도 능력도 없는 것이라는 것을 나는 깨달은
다." 그럼에다 남은 것이 있다면 그것은 대체 무엇인가.

(B) 체험적 글쓰기로서의 산문

허구적 글쓰기가 종언된 마당, 곧 소설 이후의 글쓰기가 산문이라면
이상에 있어 그 증명이 「권태」이기에 이는, 「오감도」의 시인도, 「날개」

의 소설가도 끝장난 곳에 비로소 가능한 최후의 글쓰기가 아닐 수 없다. 그만큼 무거운 것이어서 분석이 불가피하다. 그 서두는 이러하다.

어서-차라리-어둬 버리기나 했으면 좋겠는데-벽촌의 여름-날은 지리해서 죽겠을 만치 길다.

동에 팔봉산. 곡선은 왜 저리도 굴곡이 없이 단조로운고?

서를 보아도 벌판, 남을 보아도 벌판, 북을 보아도 벌판, 아-이 벌판은 어쩌자고 이렇게 한이 없이 늘어놓였을꼬? 어쩌자고 저렇게까지 똑같이 초록색 하나로 되어먹었노?

농가가 가운데 길 하나를 두고 좌우로 한 십여호식 있다. 휘청거린 소나무 기둥 흙을 주물러 바른 벽 강낭대로 둘러싼 울타리, 울타리를 덮은 호박넝쿨 모두가 그게 그것같이 똑같다.

어제 보던 댑싸리나무, 오늘도 보는 김 서방 내일도 보아야 할 신둥이 검둥이.

해는 백도 가까운 볕을 지붕에도 벌판에도 뽕나무에도 암탉 꼬랑지에도 내려쪼인다. 아침이나 저녁이나 뜨거워서 견딜 수가 없는 염서 계속이다.

나는 아침을 먹었다. 할 일이 없다. 그러나 무작정 널따란 백지 같은 '오늘'이라는 것이 내 앞에 펼쳐져 있으면서 무슨 기사라도 좋으니 강요한다. 나는 무엇이고 하지 않으면 안 된다. 무엇을 해야 할 것인가. 연구해야 된다. 그럼-나는 최 서방네 집 사랑 뒷마루로 장기나 두러 갈까. 그것 좋다.

이상문학전집(3), 문학사상사 p.141,
이하 이 책에 의함. 한자는 가능한 한 한글로 표기함. 이하 동

팔봉산에 주목할 것이다. 이상이 요양 차 평남 성천(成川)에 간 것은 1935년. 거기 머문 것은 늦여름에서 초가을까지 약 한 달가량이거니와 여기에서의 체험을 산문으로 쓴 것이 「산촌여정」(매일신보, 1935. 9.

27~10. 11.)이다. <성천기행중 몇 절>이라 부제를 단 이 기행수필은 좁
히면, <정형! 그런 석유등잔 밑에서 밤이 이슥하도록 호가 부치던 생각
이 납니다.>에서 보듯 문우 정씨(정인택으로 추정)에 보낸 편지형식으로
되어 있다(거의 비슷한 편지를 시인 김소운에게도 보낸바 있고, 이 편지를 변조
하여 김소운은 「청령」, 「하나의 밤」 등 두 편의 시를 만들고 이상의 시라 하여 일
역한 바 있다). 이 「성천기행」의 서두에 바로 <팔봉산>이 나온다.

　　향기로운 MJB의 미각을 잊어버린 지도 이십여 일이나 됩니다. 이곳에
는 신문도 잘 아니 오고 체신부는 이따금 '하도롱'빛 소식을 가져옵니다.
거기는 누에고치와 옥수수의 사연이 적혀 있습니다. 마을 사람들은 멀리
떨어져 사는 일가 때문에 수심이 생겼나 봅니다. 나도 도회에 남기고 온
일이 걱정이 됩니다.
　　건너편 팔봉산에는 노루와 멧돼지가 있답니다. 그리고 기우제 지내던
개골창까지 내려와서 가재를 잡아먹는 곰을 본 사람도 있습니다. 동물원
에서밖에 볼 수 없는 짐승, 산에 있는 짐승들을 이런 산에다 내어놓아
준 것만 같은 착각을 자꾸만 느낍니다. 밤이 되면, 달도 없는 그믐 칠야에
팔봉산도 사람이 침소로 들어가듯이 어둠 속으로 아주 없어져 버립니다.
　　그러나 공기는 수정처럼 맑아서 별빛만으로라도 넉넉히, 좋아하는 누
가복음도 읽을 수 있을 것 같습니다. 그리고 또 참 별이 도회에서보다
갑절이나 더 많이 나옵니다. 하도 조용한 것이 처음으로 별들의 운행하
는 기척이 들리는 것도 같습니다.

이상문학전집(3), p.103

　　이 팔봉산을 바라보면서 이상은 그가 배운 모더니즘의 수사학을 총
동원하여 멋을 내었음이 한눈에 들어온다.

　　(a) 베짱이가 한 마리 등잔에 올라앉아서 그 연두빛 색채로 혼곤한 내

꿈에 마치 영어 '티(T)'자를 쓰고 건너긋듯이 유다른 기억에다는 군데군
데 '언더라인'을 하여놓습니다. 슬퍼하는 것처럼 고개를 숙이고 도회의
여차장(女車掌)이 차표 찍는 소리 같은 그 성악(聲樂)을 가만히 듣습니다.
그러면 그것이 또 이발소 가위 소리와도 같아집니다. 나는 눈까지 감고
가만히 또 자세히 들어봅니다.

이상문학전집(3), pp.103~4

(b) 수수깡 울타리에 '오렌지'빛 유자가 열렸습니다. 당콩넝쿨과 어우
러져서 '세피아'빛을 배경으로 일폭의 병풍입니다. 이 끝으로는 호박넝
쿨 그 소박하면서도 대담한 호박꽃에 '스파르타'식 꿀벌이 한마리 앉아
있습니다. 담황색에 반영되어 '세실.B.데밀'의 영화처럼 화려하며 황금색
으로 치사(侈奢)합니다. 귀를 기울이면 르네상스 응접실에서 들리는 선풍
기소리가 납니다.

p.106

(c) 옥수수밭은 일대 관병식입니다. 바람이 불면 갑주 부딪치는 소리가
납니다. '카마인'빛 꼬꼬마가 뒤로 휘면서 너울거립니다. 팔봉산에서 총
소리가 들렸습니다. 장엄한 예포 소리가 분명합니다. 그러나 그것은 내
곁에서 소조(小鳥)의 간을 떨어뜨린 공기총 소리였습니다. 그러면 옥수수
밭에서 백, 황, 회, 또 백, 가지각색의 개가 퍽 여러 마리 열을 지어서 걸
어 나옵니다. '센슈알'한 계절의 흥분이 이 '코삭크' 관병식을 한층 더 화
려하게 합니다.

p.107

이 수사학의 방식은 극히 단순하다. 서울서 낳고 자란 이상의 시골체
험은 단시일의 배천온천행을 빼면 성천이 유일하다. 그가 배운 모더니
즘이란 단지 도시적인 것을 시골풍물과 비교함에서 온 것인 만큼 일종
의 수학 공식모양 분명하다(이러한 수사학을 역전시켜놓은 형국이 노천명의
수사학이다.(졸고, 「송충이와 나비의 몸짓」, 노천명전집(2), 솔, 1997)).

1935년 늦여름, 성천   **279**

3. 미발표 육필유고의 표현상의 밀도

이것이 한껏 모더니즘의 수사학으로 멋을 부린 「성천기행」의 겉모습이다. 이러한 모더니즘적 수사학이 얼마나 얼빠지고 공허한 것인가를 그에게 가르쳐준 것이 동경이었다. 여기에는 응당 그만한 곡절이 잠복해 있었다. 실상 이상의 「성천기행」은 저널리즘에 실리기 위한 위장술이었던 것이다. 그가 성천에서 정말로 체험한 것은 하도 심각한 것이어서 다만 자기 혼자만 간직할 수밖에 없었다. 그는 이 심각한 체험을 어떤 방식으로든 적지 않으면 안 되었다. 이때 주목되는 것은 <발표를 전제로 한 글쓰기>와 별개라는 사실이다. <발표를 전제로 하지 않은 글쓰기>란 과연 무엇인가.

이 물음에 응해오는 것이 미발표육필 원고이다.

(A) <발표를 전제로 하지 않은 글쓰기>의 3가지 양상

(a) 잠시 후 그들은 집 사립짝 옆 토벽을 따라 약속이나 한것처럼 나란히 늘어서서 쪼그리고 앉는다. 뭔지 소곤소곤 모의하는 상하더니 벌써 침묵이다. 그리고 열중하기 시작하였다.

똥을 내지르는 것이었다. 나는 아연히 놀랐고 이것도 소위 노는 것이라 할 수 있을까. 또 그들은 일시에 뒤가 마려웠던 것일까. 더러움에 대한 불쾌감이 나의 숨구멍을 막았다. 하늘만큼 귀중한 나의 머리가 뭔지 철저히 큰 둔기에 얻어맞고 터지는 줄 알았다. 그뿐인가, 또 한 가지 나를 아연케 한 것은 남아인 줄만 알았었는데 빤히 들여다보이는 생식기, 아니 기실은 배뇨기(排尿器)이었을 줄이야. 어허 모조리 마이너스구나. 기괴천만(奇怪千萬)한 일도 다 있긴 있도다.

이상문학전집(3), pp.119~120

(b) 호박꽃에 벌이 한 마리 앉았다. 벌은 개구리 같은 형태를 하고 있

다. 이 소(牛)같은 꽃에 열심히 물고 늘어졌대야 별수 없을 것이다.

유자(柚子) 넝쿨엔 상당수의 열매가 늘어져 있다. 제법 오렌지 비슷한 것은 사람의 불알 같아서 우습다. 특히 그 전표면(全表面)에 나타나 있는 많은 소돌기(小突起)는 보는 사람으로 하여금 심심케 하지 않는 형태다.

위의 책, p.127

(c) 一瞬 숨결의 거치른 곳에―

事態는 그 純頂에서 爆發하였다. 그리하여 村落의 모든 調和와 土人은 正常的인 情緒를 回復하였다.

나는 安心하였다. 그리고서 慾望하였다. 性慾을 獸慾을―나의 軀幹은 蒼白히 庚瘠하였다. 性慾에의 渴望으로 焦燥와 煩悶 때문에.

地球의 이런 구멍에서 나오는 것일 게다. 한 마리의 純白한 암캐가 무겁게 머리를 드리우고 濃密한 치므로 주둥이를 더럽히면서 슬금슬금 나온다. 어떻게 될 것이냐. 地球의, 限 없는 性慾의 白晝 속에서, 如何히 履行되어 갈 것인가, 하고 나의 가슴은 뛰었다.

純白한 털은, 激烈한 貪慾 때문에 약간 더럽혀졌으므로, 오래된 솜을 생각게 하였다. 그리고 步調는 더욱 더욱 졸린 듯이, 돌멩이 냄새를 맡기도 하며, 나무쪼각 냄새를 맡기도 하며, 복숭아씨 냄새를 맡기도 하며, 마침내 아무것도 없는 地面 냄새를 맡기도 하면서, 연시 體重의 吐出口를 찾는 것 같다.

陰門은 麝香처럼 살집 좋게 무거이 드리워서 濃厚한 濕氣로 몹시 더럽혀져 있었다. 그리고 때로는 목을 비틀고서 제 陰門을 냄새 맡기까지도 하였다. 그러나 不滿과 待機의 無聊함이 그 惡血에 充滿한 體重을 더욱더욱 무겁게 할 뿐이다.

마침내 臭氣는 먼 곳을 불렀다. 한 마리의 純黑色 개가 또 어디선지 모르게 나타나 怪常한 이 蠱惑的인 陰門의 周圍를 걸음마저 어지러이 늘어놓는다. 암캐는 꼬리를 약간 높이 들어 올리면서 천천히 精든 表情으로 돌아본다.

생비린내 나는 空氣가 流動하면서, 넋을 녹여낼 듯한 잔물결의 바람이

가벼운 緋緞바람을 흔들어 일으켰다.

日光 아래서 고오드방처럼 村處女의 皮膚는 艶艶히 빛났다.

그녀들의 體臭는 牧場 풀과 鳳仙花 향기로 變하였다. 이 處女들도 激烈한 勞役엔 땀을 흘릴까.

透明한 맑은 물 같은 땀-穀物처럼 따뜻이 향기나는 땀-

저 生栗처럼 新鮮한 腦髓는 동백기름을 바른 毛髮밑에서 뭣을 생각고 있는 것일까. 무슨 꿈을 꾸고 있는 것일까. 黃玉처럼 투겨진 옥수수의 꿈. 우물 속에 움직이는 目高魚의 꿈. 그리고 가엾은 물빛 人絹의 꿈. 그리고 서투른 사랑의 꿈.

村處女의 性慾은 대추처럼 푸르기도 하고 세피야빛으로 검붉기도 하다.

그러나 그 中에 蒸氣처럼 白色인 處女를 보기도 한다. 水公尾를 머리에 이고, 내 곁을 지나는 것이 께름해서, 일부러 머언 길을 돌아가는 그 蒸氣 같은 處女-

pp.130∼131

(a)~(c)는 일어로 된 미발표 육필에서 따온 것으로 주목되는 것은 모두가 팔봉산이 있는 성천 기행의 변주라는 점이다. 그는 일어로 쓴 「첫번째 방랑」을 총악보로 삼고, 「모색」, 「이 아해들에게 장난감을 주라」, 「어리석은 석반」 등의 각론을 썼다. 이상의 「성천기행」도 따지고 보면 문우 정(인택)씨에게 보낸 편지 형식이어서 사신(私信)의 일종이자 할 수 있긴 해도 역시 공적 글쓰기 범주에 든다. 이에 견줄 때 위의 인용들은 생전에 발표된 바 없다. 일어로 썼을 뿐 아니라 공적으로 저널리즘에 내놓기엔 부적절하다가 판단되었던 것으로 볼 것이다. 아이들이 모여 똥을 내지르고 있는 (a)장면이란 너무도 충격적이어서 어떤 저널리즘도 물론 스스로도 감당할 수 없었다. <하늘만큼 귀중한 나의 머리>를 <철저히 큰 둔기에 얻어맞고 떠지는 것> 같은 충격은 스스로는 물론 어떤 독자도 감당할 수 없는 표현이 아닐 수 없다. 더욱 딱한 것은 <빤

히 드러나 보이는 여아의 생식기>가 아닐 수 없다. 이를 어찌 공적인 언어로 드러낼 수 있겠는가. 미발표육필로 남길 수밖에 없었다.

(b)에서도 사정은 비슷하다. 「산촌여정」에서는 단지 <수수깡 울타리에 오렌지 빛 유자가 열렸습니다.>라고 했음과 비교해 볼 때 <불알>이라든가 <소돌기> 등의 노골적인 성적 표현을 감행했다.

그러나 (c)에 오면 차원이 달라진다. 노골적인 국소적 성적 표현을 떠나, 이를 심화시켜 일종의 극한 상황으로 승화시키고 있기 때문이다. 팔봉산이 둘러싸고 있는 현무암질의 이 벽촌의 한여름이란 숨이 막힐 정도로 정적 속에 있다. 권태 일색으로 된 이 정적이란 성욕, 수욕에 흡사하다. 짐승스런 성적 욕망에 다름 아닌 만큼 이 과정 없이는 어떤 생명적 지속이나 활동도 불가능하다. 이를 팔봉산의 벽촌에서 직시할 수 있었다. 이 은밀한 성적인 생명의 진행과정은 자연이나 풍경 묘사와는 그 차원이 다른 것이다. 시골 풍물기행의 차원에서 벗어나 그 뒤에 가로 놓여 있는 내면 세계를 포착해 냈던 것이다.

(a)~(c)에 걸치는 이러한 글쓰기를 가능케 한 힘은 대체 어디서 왔는가. 이상의 저러한 성적 묘사력과 수사법은 물론이고 이를 극한 상황으로 승화시킬 수 있는 글쓰기의 원천은 대체 어디에 있었을까. 이 물음이야말로 이상문학의 원점에 닿는 것이자 동시에 미발표육필 유고가 지닌 불발의 의의이다. 이상 자신은 이를 아래와 같이 매우 우회적으로 실토한 바 있어 인상적이다.

다시금 귀뚜리는 아무것도 아직 써넣지 않은 나의 원고용지 위에 앉았다. 나의 원고용지 위에 앉았다. 그리고 나의 운명을 접쳐 주기도 할 그런 자세이다. 이번은 몹시도 생각에 골똘한 것 같다. 그리고 나의 이 펜촉이 달리는 소리를 열심히 도청하고 있는 것만 같다.

1935년 늦여름, 성천　**283**

귀뚜리여, 이 사각거리는 소리를 듣기만 해도, 너는 능히 나의 이 모자
란 글을 읽어버릴 수 있을 것이다. 정녕 선지자 같은 정돈된 그 이지적
인 모습을 보면 나는 그렇게 생각되니 말이다. 그러나 어떠냐, 나는 이렇
게 거짓말을 하고 있다. 얄미운 놈이라고 생각하느냐 요시한 놈이라고
생각하느냐.

하지만 너만은 알 것이다. 보다 속깊이 싹트고 있는 나의 악에 대한
충동을, 그 염치고 없는 나의 욕망을. 그리고 대해같은 나의 절망까지도
그리고 너만이 나를 용서할 것이다. 나를 순순히 받아들여 줄 것이다.

이상문학전집(3), pp.137~8

당초 한 소년이 있었다. 그는 육당의 꿈에 빠지지 않은 서울 토박이
였다. 바닷가에 간 적도 없다. 그야말로 <백치상태>였다. <아무것도
아직 써넣지 않은 원고지>에 다름 아니었다. 이 원고지에 무엇을 써넣
으라고 강요한 것은 요컨대 식민지의 수탈용으로 제국 일본이 세운 교
육기관인 경성고등공업학교였다. 백지의 원고지에다 유클리드기하학과
비유클리드기하학을 동시에 그려 넣게 강요했다. <평행선은 절대로 교
차하지 않는다.>는 비유클리드 기하학의 제5공리는 <평행선은 어느
무한점에서는 교차한다.>는 비유클리드기하학의 동시적 수용을 가능케
한 그 진짜 에너지의 원천은 어디였을까. 이상은 그 원천을 <귀뚜라
미>라는 메타포를 사용해서 보여준다. 잇대어 이상은 그것이 <나의 운
명을 점쳐 준다>고 했다. 대체 그 <나의 운명>을 점쳐주는 귀뚜라미
란 새삼 무엇인가.

<정녕 선지자같은 정돈된 그 이지적 모습>이라고 귀뚜라미로 상징
했다. 선지자라? <정돈된 그 이지적 모습>이라? 대체 이 귀뚜라미의
정체는 무엇인가. 나를 글쓰기에로 몰아내놓은 장본인, 또 그 때문에
나를 용서 없이 감시하는 엄격한 검열자, 말을 바꾸면 수호신으로서의

귀뚜라미. <나의 운명>을 꽉 쥐고 있는 귀뚜라미. 이 귀뚜라미란 유클리드기하학과 비유클리드기하학의 동시적 수용을 가능케 한 <보편어>라는 이름의 모체를 가르킴이다.

4. <보편어>를 향한 일본의 <국어>의 예외적 성격

귀뚜라미의 정체가 <보편어>로 표상된다는 것, 그것이 이상의 글쓰기의 모체라는 것은 무엇을 가리킴일까. 여기에는 상당한 보조선이 요망된다.

소련이 붕괴된 후 마르크스주의의 국제주의 비판으로 씌어진 B.앤더슨의 「상상의 공동체」(1983)에서 주목되는 것은 <국민국가의 성립>이다. 국민국가란 한갓 상상의 공동체라는 것, 그것을 가능케 한 요인으로 국어(국가어)와 소설의 익명성을 들었다. 그렇다면 이 경우 국어란 이른바 현지어(모어)와는 어떤 관계에 놓이는 것일까. 이 물음은 저절로 다음 세 가지 언어를 떠올리게 한다. 곧, (A) 보편어(universal language) (B) 현지어(local language) (C) 국어(national language) 등이 그것. <국민국가의 국민이 자기들의 언어라고 여기는 말>을 가리킴이 국어라면 실로 근대적 개념이 아닐 수 없다. 국가라는 정치적 조건을 떠나서도 공용어로 특정언어를 사용하는 지역이 있고 보면, 국어란 국경과는 관계가 없다. 모어와 현지어의 차이도 개념상 구분은 물론 가능하다. 서양인이 비서구권에 지배자로 군림할 때 그들의 용어가 모어라면 식민지 현지인이 쓰는 말과는 구별되는 것이다. 그렇다면 보편어란 무엇인가. 「상상의 공동체」에서 출발해 보기로 한다. 이 책의 핵심은 <국가는 자연적인 것이 아니다>에 있다. 이를 바꾸면 <국어란 자연적인 것이 아니

다>로 된다. 국어란 내셔널리즘 및 국민문학의 모체가 되며, 이로써 국민국가를 창출해 갔다는 앤더슨의 설명이 획기적인 것은 국어와 자본주의의 발달과의 관련성에서 왔다. 현지어(모어)를 국민국가의 언어로 인식할 때 이를 가능케 한 것이 바로 자본주의 곧, 출판어=국어의 도식이었다. 출판어(print language)란, 앤더슨의 표현으로 하면 구어속어(vernaculare)가 승격한 것이다. 당초 라틴어가 구어속어로 번역되었고, 구어속어로 직접 쓴 것도 통용되었다. 육당의 신문관에서 행한 경우도 이와 꼭 같다. 출판어란 그러니까 <쓰기언어>로 승격된 구어속어를 가리키는 개념으로 되는 셈이다. 이 출판어를 통해 급격한 지식의 보급이 이루어졌고 그것이 근대국가의 원동력으로 작동했다.

「상상의 공동체」의 저술이 보여준 이상과 같은 획기적 분석에서 드러난 치명적인 약점은 또 무엇인가. 다음과 같은 지적은, 영어가 보편어로 정착되어가고 있는 현시점에서 보면 획기적 통찰이라 할 것이다.

> 그런데, 이상한 것이 있다. 이토록 영향력을 지닌 책, 더구나 <국어>에 관해 넓고 깊게 서술한 책에, 이미 <국어>라는 개념으로는 해결되지 않는 영어, 따라서 모든 <국어>에 어떤 형태로 영향을 주지 않고는 안 되는 영어, 곧, 모든 <국어>를 넘어서는 <보편어>로서의 영어―이런 영어에 관한 고찰이 전혀 빠져 있다는 점이다. ≪상상의 공동체≫에서 영어라는 말은 허다한 <국어>의 하나로서 취급되어 있다. 그것은 한층 힘을 가진 <국어>일지라도 프리무스인테르 파레스(primus inter pares) 곧, 같은 레벨에 놓이는 것의 첫 번째에 불과하다. 앤더슨에게는 영어가 보통어 <국어>와는 전혀 별개의 레벨에서 기능하는 말이 되어가고 있는 현실은 전혀 뵈지 않고 있다.
>
> 미무라 미나에, 水村美苗, 『일본어가 사라질 때』, 치쿠마, 2008, pp.114~5

중국 운남성 쿤맹(昆明)에서 1936년에 낳고, 영어를 모어로 하는 앤더 슨인지라 영어를 <보편어>로 인식할 필요가 없었는지도 모르며 나아가 인터넷의 보급도 예상치 못한 때였다고 변명할 수 있을지도 모르나, 그에게 결여된 것은 <이중어 글쓰기>의 심층에 놓인 <예지>의 문제였다고 미나에는 주장했다. 곧 <출판어＝번역어＝예지어>에 관한 깊은 통찰의 결여이다. 여기에는 모종의 비판이 불가피하다. 일본 근대 국가의 성립에 결정적인 몫을 한 번역의 문제를 <일방통행>이라 하여 비판한 가토슈이치의 생각을 문제 삼을 수 있다. 그의 생각은 강국 일본의 오만스러운 마음의 드러냄과 무관하지 않을지도 모른다. 곧, 장차는 <쌍방통행>으로 가야한다는 주장이 그것이다.

> 그러나 외국어에서 일본으로의 번역은 그 외국이 중국이었든 서양이었든 늘 문화의 <일방통행>의 수단이었다. 이 문화 간의 접촉이 <양면통행>일 수 있기 위해서는 일본어에서 외국어에의 역번역이 동시에 행해지든가 복수의 문화에 공통의 언어, langua franca가 있지 않으면 안된다. 역번역은 에도시대에 있어서도 메이지 이후 근대에 있어서도 매우 드문 예외적 일 뿐이었다. langua franca(또는 국제어)는 중세 유럽에서는 있었으나 19세기에서 20세기 전반에 걸친 세계에는 존재하지 않았다. 이리하여 문화적 <일방통행>은 쇄국인 일본 뿐 아니라 근대일본까지 특징짓게 한 것이다.
>
> 丸山眞男, 加藤周一, 「번역과 일본의 근대」, 岩波書店, 가토슈이치의 「후기」

일본의 근대화의 성격이 문화수입의 <일방통행>에서 왔다는 이 주장 속에는 무지에서든 아니든 간에 은폐된 중요한 사실이 잠겨 있다고 볼 수 없을까. 그것은 <일방통행>이 갖는 문화적 가치의 존재방식에 관해서이다. 희랍어가 보편어일 때 그것은 최고의 가치를 내포한 것이었고, 라틴어가 보편어일 때 그것은 또 인류 최고의 예지가 담긴 언어였고, 한문이 보편어일 때 역시 한문도 그러한 언어였기에 저절로 <일방통행>일 수밖에 없지 않았던가. 그것은 교역을 위한 것도 외교를 위한 것도 아니고, 오직 인류의 예지가 담긴 진리의 언어였기에 가능했다. 그것은 현지에서 말하는 구어체가 아니라 문어체로 된, <변하지 않는 언어>였기에 가능했다. 요컨대 동서를 막론하고 문어체란 일상어를 그대로 표기한 것은 아니었다. 언문일치란 어림도 없는 일이었다. 바로 여기에 <일방통행>의 비밀이 숨어 있었다. <이중어글쓰기>의 장면이 그것이다. 일상어·현지어를 사용하면서 그 사회의 엘리트층은 보편어로서의 한문, 라틴어(희랍어)를 넘보지 않으면 안 되었는데, 인류의 예지(학문)가 담긴 언어였기 때문이다. 그러한 엘리트층이 자기의 일상어(현지어, 속어)로 글쓰기에 나아갔다면 그 결과는 어떻게 되었을까. 라틴어나 한문의 저 <일방통행>이 소멸될 운명에 놓이지 않을 수 없게 된다. 언문일치가 이루어진 셈이다. 이렇게 되면 이른바 지혜를 품은 보편어가 사라지고 모든 언어가 동격으로 군림하는 대혼란에 빠질 수밖에 없게 된다. 바로 이 점이야말로 <학문>의 본질에 위반되는 것이 아닐 수 없다. 앤더슨이 말하는 <국어>란 바로 각 지방어의 다양한 사용의 혼란에 해당된다. 진·선·미를 바티칸에서 자기 동네에로 옮겨온 형국인데, 그렇다면 어떻게 국어로써 학문을 할 수 있을까. 과연 국어로 학문을 하는 것이 가능할까. 이렇게 부정적으로 묻고 이를 메이지 국가의 이른바 속어혁명(언문일치)운동에 비판을 던진 곳에 『일본어가 사라질 때』라는 저술의 참신성이 있다. 앤더슨에 크게 기댄 「미메시스」의 저자 아우엘바하의 견해에 따른다면 근대 산문혁명이란 고대와의 단절이 아니라고 보았는데 곧 기독교가 연속되어 있었다는 것. 이것이 곧 시적 현상인데, 앤더슨은 이 점을 간과했다고 비판하고 속어혁명이 천지개벽 같은 것이 아님을 주장한 견해도 있다(絓秀實, 「속어혁명가 '시'」, 비평공간, 1991, 3호).

그러나 학문이란 반드시 <보편어>로 하지 않을 수 없다는 대전제에서 볼 때, <국어>로 학문하기란 원리적으로 불가능한 쪽에 『일본어가 사라질 때』의 저자는 서 있다. 그렇다면 근대의 일본의 학문수준과 특히 일본근대문학의 찬란한 높이는 대체 어찌된 일인가. 저자는 이 점에 매우 민첩했다. 단지 그리고 실로 <예외적 현상>이라 했음이 그것이다.

> <자기들의 언어>로 학문이 가능하다는 생각은 실로 긴 인류사를 통틀어 불꽃처럼 허망한 것이라는 사실이다. <국어>로 학문을 함에 당연하다는 것은 지구의 거의 한정된 지역에 거의 짧은 사이의 일이었다. 그리하여 그 시대는 긴 인류사 속에서는 규범적이기보다는 예외적 시대였다.
>
> 「일본어가 사라질 때」, p.144

<국어>인 일본어로 학문 및 문학이 가능한 것도 단지 메이지시대의 언문일치운동이라는 극히 짧은 시기의 <예외적> 현상에 지나지 않았다. 그것은 이중어를 사용하는 엘리트층의 각고노력에 의해 <보편어>를 흡수한 결과였다. 번역을 통해 <보편어>를 일본어로 수용하는 실로 규범적이 아닌, 예외적인 사건이 일본어=국어를 낳았다는 것이다. 그것은, 이른바 앤더슨식 용어로는 <출판어>이며, <글쓰기의 언어>가 이를 가리킨다. 그것은 현지어인 일본의 일상어와는 준별되는 것으로 바로 여기에 학문과 문학이 꽃필 수 있었다. 그러니까 메이지 이후의 일본어는 세계에 희유한 <국어>의 일종이 아닐 수 없다. 이 사실을 모르고 일본의 <국어>가 저 「만요슈」 이래 자연발생적인 고유어로 보는

것은 이만저만한 착각이 아닐 수 없다.

　　소설의 역사성의 얘기로 되돌리면, 되풀이하지만 <국민문학>이라는
소설이 융성한 것은 역사의 한 시대이다. 소설은 <국어>라는 <자기들
의 언어>로 <학문>과 <문학> 양쪽이 씌어진 시대에 융성해진 것이었
다. 그리하여 <문학>이 <학문>을 초월한 것이라 믿게 된 시대이기도
했다. 이때 <예지를 구하는 사람>은 <자기들의 언어>로 썼을 뿐 아니
라 <자기들의 말>로 씌어진 <텍스트>를 아무리 배를 안고 웃더라도
진짜로 열정적으로 존경으로써 읽었던 것이었다. 이 시대야말로 <국어
의 축제>라고 부를 수밖에 없는 시대였다.」

『일본어가 사라질 때』, p.154

이 예외적이고 좀 더 자세히는 오자키 고요 尾崎紅葉(1867~1903)의
희유한 <국어의 축제>에 식민지 청년 이상의 원점이 놓여 있었다면
어떠할까. 오자키 고요의 신문연재 소설이자 당대를 휩쓴 「金色夜叉」가
영국여성작가 Betha M, Clay의 「Weaker Than A Woman」(1900)을 번안
한 것이며 근대 일본문학의 기초를 낳은 「산시로」(1908)의 작가 나츠메
소세키(夏目漱石, 1867~1916)는 탁월한 이중어 사용자였음에 주목한다면
그리고 음독과 훈독 그 위에 가타가나와 히라가나 표기에다 또한 한자
까지 겹쳐 겹겹이 사용된 이 시대의 출판어 글쓰기는 가히 언어혁명이
라 할 것이다. 그것은 현지어로서의 일본인의 일상어(음성어)와는 단연
구별되는 인류사상 극히 예외적인 현상이 아니면 안 되었다. <보편어>
에 그들은 결사적으로 닿고자 했고 그 결과가 밀도 높은 <국어로서의
일본어>이고 그 산물이 <일본의 국민문학>이자 또 그것이 그대로
<근대문학>이었다. 「오감도」, 「날개」의 작가 이상의 글쓰기의 원점은
이처럼 인류사에 썩 예외적인 순간에 창출된 <일본의 국어>, 그 <근

대문학>으로서의 <일본의 국민문학>과 결코 무관하지 않다. 근대일본어, 그것은 노벨문학상을 둘씩이나 낳은 세계에서 주요한 문학(une literature majeure)의 한 모체였다. 이상의 글쓰기의 원점은 특정국가어가 아닌 이러한 특정시기의 예외적인 <국어>였던 것이다.

  <특정시기의 예외적인 국어>로서의 일본어에 대한 정작 보수주의적 처지에서 비판이 없지는 않다. 저명한 국어학자 신무라 이수루(新村出)의 「국어문제의 근본이념」(1939)이 그러한 사례의 대표적인 것이다. 메이지 기에 시행된 국어심의회의에서부터 서양의 언어학에서 배운 학자들에 의해 언어와 문자의 관계가 왜곡되었다는 것이다. 서양의 언어학의 기본입장은 음성언어가 중요하며 그것을 적는 문자란 이차적 사안인 만큼 문자란 곧 도구의 일종으로 간주되었다. 그러나 일본어는 한자와 가나(假名)의 관계에서 발전한 것이어서 음성언어란 문자(한자)의 뒷받침 없이는 성립되지 않는 만큼 문자란 결코 도구일 수 없었다. 그럼에도 도구처럼 문자를 다루기 시작한 메이지 정부의 언어정책은 폭력적 정치적인 <예외적> 현상이 아닐 수 없다. 이로써 현대 일본어란 <기형적 언어로서 그대로 성숙해 버렸다>고 주장된다(高島俊男, 「한자와 일본인」, 文芸春秋, 2001, p.243). 어느 쪽의 주장이든, 일본의 '국어'가 가진 이러한 문제점은 <특정시기의 예외적 국어>라는 것에 수렴되는 것이리라. 그 특정시기란, 1930년대를 고비로 한 것이었다(시노다 하지메, 『20세기의 10대 소설』, 新潮社, 1988, p.30.).

5. 「날개」의 균형감각

이상의 글쓰기의 출발점은 일어로 된 「오감도」(1931)이었다. 그 자신
의 술회를 그대로 믿는다면, 이러한 글쓰기의 작품수가 이천 점에 이르
렀다. 이천 점에 달하는 이러한 글쓰기의 특징은 (A) 일어로 썼다는 점
과, (B) 미발표육필 원고로 이루어졌다는 점이다. 이천 점의 작품군에서
30편을 골라 그 중 15편만이 「오감도」 시 1호~15호로 공표되었다고
일반화할 수 있겠다(15편 속에는 이전에 이미 발표된 몇도 없는 바는 아니다.
곧, 「진단0:1」 「二十二년」이 「오감도」시 제4호와 제5호에 해당됨).

이 경우 제일 중요한 것은 일어로 썼다는 사실이 아닐 수 없다. 모국
어(현지어)와는 별개인 일본어란 새삼 무엇인가. <일본의 국어>가 그
정답이 아닐 수 없다. 보다 정확히는 <일본의 국어>가 창출한 <일본
의 국민문학> 곧 <일본의 근대문학>이 아닐 수 없다. 앞에서 상론한
바와 같이 <일본의 근대문학>이란 <세계에서 주요한 문학>의 반열에
오른 것이었다. 그것은 일본적 특색과는 무관한 인간의 보편적 가치 이
른바 <예지의 탐구>에 해당되는 것이었다. 이러한 중요한 문학을 낳은
모체가 <일본의 국어>였다. 그것은 또 자세히 보아온 바와 같이 일본
의 현지어(일상어)와는 무관한 메이지 시기라는 특정 시기에 이루어진
예외적인 사건의 산물이었다. 메이지시대의 특이성은 <보편어>를 향
한 치열한 탐구심의 결과물이었다. <보편어>란 새삼 무엇인가. 진·선·
미 등으로 말해지는 <예지를 내포한 언어>에 다름 아니었다. 그것은
상업용도 종교용도 외교용도 아니고 오직 <예지의 탐구용>이었다.
<과학>과 <문학>으로 이 사정이 정리될 수 있다.

이 장면에서 주목되는 것은 다시 이천 점의 육필원고의 성격이 아닐

수 없다. 비유컨대 <과학>에 대응되는 것이 「오감도」계라면, 그것은 식민지 수탈용이든 아니든 경성고등공업학교의 기하학으로 표상되는 제도적 측면이어서 근대의 산물이 아닐 수 없다. 그는 이 과학으로의 근대를 교과서에서 배웠을 터이다. 그 기호에 놓인 것이 기하학일진댄 그것은 일본의 것도 아니지만 서양의 것일 수도 없다. <예지의 탐구심>에서 나온 과학이었기에 그가 쓴 「오감도」는 그 자체가 예지적인 가치의 반열에 드는 것이 아닐 수 없다. 「오감도」의 저 수수께끼 같은 글씨의 탄생과 그것이 오늘날에도 지속적인 매력으로 한국문학도를 압도하고 있는 것은 바로 근대로 표상되는 유클리드기하학과 비유클리드기하학(무한대, 극소·극대)의 교차점에 놓여 있음에서 왔다. 이러한 근대의 인식은 서울 하층민 토박이 언어로는 한국어(지방어, 모어, 현지어)로서는 생심도 할 수 없는 사안이라 할 수 있을 것이다.

이 <과학>에 해당되는 것이 시 「오감도」이며, <문학>에 대응되는 것이 소설 「날개」이다. 이 경우 중요한 것은 이 모두가 이상의 육필 원고 이천 점에 내포되었다는 사실이다.

이상의 글쓰기는 <과학>이 우선했다고 볼 것인데, 공업용 교과서의 연장선상에서 접했기 때문이다(그는 그의 연작시 「위독」에 대해 <기능어·조직어·구성어·사색어로 된 한글문자 추구시험>이라 했다. 「사신(5)」, p.231). 그러나 <문학>의 경우는 사정이 썩 다르다. 그가 고등공업학교에서 배운 일본어교과서에서 일본의 근대문학에 접했을 터이지만 그 연장선상에서 그는 독력으로 치열하게 이를 공부했음에 틀림없다. 당대의 일본 근대문학가들에 대해서 그가 얼마나 관심을 가졌고 그 수준에 육박하려 했는가는 이런 그의 실토에서도 엿볼 수 있다.

(A) 「芥川이나 牧野같은 사람들이 맛보았을 성싶은 최후의 한 찰나의 심경은 나 역(亦) 어느 순간 전광같이 짧게 그러나 참 똑똑하게 맛보는 것이 요즘 한 두 번이 아니오.」

「사신(7)」

(B) 「순간 임이 얼굴에 독화가 핀다. 응당 그러리로다. 나는 이착(二着)의 영예 같은 것은 요새쯤 내다 버리는 것이 좋았다. 그래 얼른 릴레를 기권했다. 이 경우에도 어휘를 탕진한 부랑자의 자격에서 공구(恐懼) 橫光利一씨의 출세를 사글세 내어온 것이다」

「동해」, p.281

芥川龍之介, 牧野信一, 橫光利一 등은 당대 최고의 <국민문학>의 작가들이었다. 그는 또 "고황에 든, 이 문학병을 이 익애의 이 도취의…… 이 굴레를 좀 벗고 표현할 수 있는 제법 근량 나가는 인간이 되고 싶소."(「사신(2)」)라고 고백한 바도 있거니와, 이로 볼진댄 그가 얼마나 당대의 일본어 문학에 심취되어 있었는가를 엿볼 수 있다. 그가 쓰고 싶은 <문학>이란 저 芥川이나 橫光의 수준의 문학을 막바로 가리킴이었다. 그는 습작노트에다 그러한 글쓰기를 감행했다. 그 비밀표 노트가 모조리 일어로 되었음이 그 증거이다. 「산촌여정」을 한국어로 발표했지만, 진짜로 그가 <그 산촌>에서 담고자 한 것은 따로 있었는데, 그것은 일어로 하지 않으면 안 되었다. <그 산촌>에서 그가 보고 느낀 것은 서정성 따위가 아니라 실로 심각한 것이었다. 「이 아해들에게 장난감을 주라」, 「어리석은 석반」, 「모색」, 「무제」(초추) 등이 그것들인데, 이것은 일본어 곧 <일본의 국어>의 힘이 아니고는 표현할 수 없는 것이었다. 이상문학의 위대성, 그것은 그의 글쓰기의 원점이 <일본의 국어>의 힘이 아니고는 표현할 수 없는 것이었다. 이상문학의 위대성이

있다면 그것은 그의 글쓰기의 원점이 <일본의 국어>에 있었음과 결코
분리되지 않는다. 한국 근대문학의 경우 어떤 작가나 시인과도 변별되는
이상 특유의 위치란 그의 천재성을 제한다면 바로 여기에서 온 것이다.
　여기까지 오면 「날개」가 어째서 그의 대표작인가를 검토하지 않을
수 없다. 「날개」(1936)는 두루 아는 바 두 부분으로 이루어졌다. 제1부
전문을 보이면 이러하다.

　「剝製가 되어 버린 天才」를 아시오? 나는 愉快하오. 이런 때 戀愛까지
가 愉快하오.

　肉身이 흐느적흐느적하도록 疲勞했을 때만 精神이 銀貨처럼 맑소. 니코
틴이 내 蛔ㅅ배 앓는 뱃속으로 스미면 머릿속에 으레히 白紙가 準備되는
법이오. 그 위에다 나는 위트와 파라독스를 바둑 布石처럼 늘어놓소. 可
憎할 常識의 病이오.

　나는 또 女人과 生活을 設計하오. 戀愛技法에마저 서먹서먹해진 知性의
極致를 흘깃 좀 들여다본 일이 있는 말하자면 一種의 精神奔逸者말이오.
이런 女人의 半―그것은 온갖 것의 半이오.―만을 領受하는 生活을 設計
한다는 말이오. 그런 生活 속에 한 발만 들여놓고 恰似 두 개의 太陽처럼
마주 쳐다보면서 낄낄거리는 것이오. 나는 아마 어지간히 人生의 諸行이
싱거워서 견딜 수가 없게끔 되고 그만둔 모양이오. 굳 빠이.
　굳 빠이. 그대는 이따금 그대가 제일 싫어하는 飮食을 貪食하는 아이러
니를 實踐해 보는 것도 좋을 것 같소. 위트와 파라독스와…….

　그대 自身을 僞造하는 것도 할 만한 일이오. 그대의 作品은 한번도 본
일이 없는 旣成品에 依하여 차라리 輕便하고 高邁하리다.

　十九世紀는 될 수 있거든 封鎖하여 버리오. 도스토예프스키 精神이란

1935년 늦여름, 성천　295

자칫하면 浪費일 것 같소. 위고를 佛蘭西의 빵 한조각이라고는 누가 그랬
는지 퍽들인 듯싶소. 그러나 人生 或은 그 模型에 있어서 디테일 때문에
속는다거나 해서야 되겠소? 禍를 보지 마오. 부디 그대께 告하는 것이
니…….

(테이프가 끊어지면 피가 나오. 傷채기도 머지않아 完治될 줄 믿소. 굿
빠이.)

感情은 어떤 포우즈. (그 포우즈의 素만을 指摘하는 것이 아닌지나 모
르겠소) 그 포우즈가 不動姿勢에까지 高度化할 때 感情은 딱 供給을 停止
합네다.

나는 내 非凡한 發育을 回顧하여 世上을 보는 眼目을 規定하였소.
女王蜂과 未亡人―世上의 하고 많은 女人이 本質的으로 이미 未亡人 아
닌 이가 있으리까? 아니! 女人의 全部가 그 日常에 있어서 개개 「미망인」
이라는 내 論理가 뜻밖에도 女性에 對한 冒險이 되오? 굿 빠이.

이상문학전집(2), pp.318~319

이 제1부가 「오감도」계 글쓰기임은 쉽사리 알 수 있다. 그렇다면
<그 三十三번지 라는 것이 구조가 흡사 유곽이라는 느낌이 없지 않
다.>로 첫줄을 삼은 제2부는 대체 무엇인가. 한 번지에 18가구가 죽 어
깨를 맞대고 살고 있는 이곳을 무대로 하여 화자이자 주인공 <나>의
일상성을 다룬 얘기를 어째서 제1부의 저 무겁고도 요란한 내용과 마
주 세워놓은 것일까. 이 물음에는 다음과 같은 설명 이외에는 달리 어
떻게 해볼 엄두도 내기 어렵다. 곧, 제1부란 「오감도」계이며 따라서 일
본의 <국어>가 이루어낸 <과학>이 아닐 수 없다. 그런데 제2부란 현
지어(모어)인 한국어로 써야 한다면 어째야 할까. 주인공 <나>처럼 창

녀인 아내가 벌어다 주는 먹이로 흡사 갓난아기처럼 순진무구한 상태로 살아가고 있을 뿐이다. 말을 바꾸면 자연 속의 생존방식이어서 어떤 자의식도 거기엔 끼어들 수 없다. 이 천치와 같은 자연어(일상어, 현지어, 모어)로 과연 <소설>을 쓸 수 있겠는가. 없다!고 이상은 절망했음에 틀림없다. 왜냐면 그가 말하는 <소설>이란 芥川이나 橫光이 쓰는 그런 일본의 <국민문학>이어야 했으니까. 그것도 일본의 '국어'가 최고 수준에 이른 1930년대의 것이었으니까. 한국어가 근대의 <과학>이나, <문학>에 미달된 상태인데도, 한국인인, 이상은 한국어로 소설을 써야 한다면 제1부의 「오감도」계의 압도적인 힘을 빌어 오지 않으면 안 되었다. 그 결과로 탄생한 <기형> 같은 존재가 바로 「날개」로 나타났다. 문제점은 그러니까 제1부와 제2부의 균형감각에서 찾을 성질의 것이다. 제1부를 떼어버린 「날개」란 반쪽짜리임은 이로써 자명하다. 「날개」가 이 나라 근대문학사에서 점하는 위치는 이러한 이상의 방법상의 고민에서 온 것이다.

6. 「종생기」와 「권태」가 동경에서 씌어진 이유

이상문학의 대표작은 셋으로 정리된다. 그 첫 번째가 「오감도」계이며 이는 일본의 국어가 획득한 <과학>에 대응된다. 그 두 번째가 「날개」인 바, 이는 위에서 살폈던 당시로서는 자연어에 지나지 않는다고 판단한 이상의 한국어로서 소설쓰기의 가능성을 탐색한 결과물이었다. <과학>과 <문학>의 균형감각 모색이 「날개」의 방법적 고민이었다. 그렇다면 그 세 번째의 대표작은 무엇일까. 결론부터 말해 그것은 최후작인 산문 「권태」이다.

「권태」의 위치를 재기 위한 제일 큰 잣대는 어디에서 오는가. 두말할 것 없이 그의 글쓰기의 최후작이라는 사실에서 온다. 거듭 말해 그가 도일한 것이 1936년 10월 앞뒤로 본다면 「권태」를 쓴 것은 그로부터 두 달 뒤에 해당되며 소설 「종생기」보다는 또 한달 뒤에 해당된다. 어째서 그는 동경(東京) 가서야 자기의 「종생기」를 써야 했을까. 이 의문은 「종생기」를 분석해 보면 쉽사리 그 실마리가 엿보인다. 그동안 단편적으로 써온 「동해」, 「실화」, 「환시기」 등을 묶어서 총정리한 것이었음이 판명된다. 동경의 하숙에서 그는 그동안의 자기의 산발적으로 발표해온 글쓰기에 뚜렷한 의미를 부여한 「종생기」는 따라서 「종생기」 이후를 엿보고 있었다고 할 것이다. 식민지 수도인 서울의 작은 문단에서 9인회 후기동인으로 활동하면서 자기의 역량을 드러냈지만, 또 그것이 독자의 이해부족으로 좌절되기도 했지만 동시에 그 자신의 한계도 인식했다고 볼 것이다. 재출발이 안팎으로 요망되었는데 그것이 동경행으로 나타났다. 동경에 가기만 하면 뭔가 새로운 지평이 열릴 수도 있다고 그가 굳게 믿지 않았다면 어째서 갓 결혼한 아내를 두고 동경행을 감행했겠는가. 그가 동경에서 한 첫 번째 작업이 바로 「종생기」였다. 그는 이것을 도일 직전 서울에서부터 쓰기 시작했거니와(「사신(5)」) 「종생기」란, 원리적으로는 동경행 이전의 그의 글쓰기의 총정리의 더도 덜도 아니었다. 「종생기」가 그나마 「동해」, 「실화」, 「환시기」 등등의 요령부득의 글쓰기에서 조금 나아가 일정한 줄거리로 통일되었음이 그 증거이다. 동시에 「종생기」에는 여전히 이상 특유의 과장된 수사학의 돌출이 그대로 보존되었음도 그 증거이다. 이 점에서 「권태」는 「종생기」와 쌍생아이다.

첫째, 「종생기」가 소설적 글쓰기의 총정리라면 「권태」는 산문(수필)적 글쓰기의 총정리라는 점. 이상의 산문적 글쓰기는 「혈서삼태」, 「병상이후」, 「슬픈 이야기」 및 「산촌여정」 등 책 한권 분량이 될 만큼 많고 또 복잡하다. 앙케이트에 응답한 것을 비롯, 신변잡기, 평론 등에까지 걸쳐 있기 때문이다. 이러한 산문체 글쓰기의 이상다운 특이성은 「산촌여정」에서 보듯 고도의 인공적 수사학으로 번득이기도 하고 「추등잡필」에서 보듯 빈틈없는 논리적 고공시행의 문체로 채워지기도 했다. 이러한 산문적 글쓰기란 「종생기」 이전의 「동해」, 「실화」, 「환시기」 등에 엄밀히 대응되고 있다. 「종생기」를 쓴 뒤에 그는 이런 산문들을 총정리하지 않으면 안 되었다.

둘째, 「종생기」와는 달리 산문적 글쓰기에서는 그 중심핵을 찾기 어려웠다는 점. 소설에 있어서의 통일성 찾기에 비해 산문에서는 모든 것이 갈갈이 흩어지지 않을 수 없었다. 수필이란 그때그때의 사정에 따라 전개되었기 때문이다. 그러나 동경에 도착해 보니 사정이 크게 달랐다. 「종생기」와는 비교도 안 될 정도의 압도적 힘으로 이 산문의 중심핵이 그를 강타했던 것이다. 「권태」가 「종생기」와 쌍생아이지만 동시에 비교도 안 될 만큼 전자의 우위성이 그를 그냥 두지 않았다. 그의 동경행의 의의란 바로 이 「권태」 한 편을 낳았음으로 하여 설명되고 남는다는 뜻에서 그것은 그 자신의 글쓰기는 물론 한국근대문학사의 전개과정에서도 기념비적이라 하지 않을 수 없다. 이를 증명하기 위해서는 이상의 글쓰기의 원점인 근대 일본의 <국민문학>을 낳은 모체인 일본의 <국어>를 문제 삼지 않을 수 없다. 이상의 미발표 육필이 그것이다. 「성천기행」의 속편 격인 미발표 육필 「이 아해들에게 장난감을 주라」, 「어리석은 석반」, 「모색」 등은 일본의 <국어>로 씌어질 수밖에 없었는데 그 이유는 자명한 곳에서 왔다. 하도 어처구니없는 절망적인 산촌의 현실을 묘파할 수 있는 가능성을 지닌 언어는 일본의 <국어>가 아니면 안 되었던 것이다. 당대의 한국어로는 절대 불가능하다고 그는 믿어 의심치 않았다. 그 증거가 미발표 육필 원고이다. 자연어에 가까운 당대의 한국어로서는 다음과 같은 산촌의 현실을 표현할 수 없다고 그는 믿었던 것이다. 아이들의 <똥누기 놀이>의 저 참담한 묘사란 당시의 한국어로서는 감당되는 것이 못 되었다.

이 점에는 서로의 엉덩이 구멍을 서로 들여다보기 시작하였다. 하는 짓마다 더욱 기상천외다.

그들의 얼굴빛과 대동소이한 윤기 없는 똥을 한 덩어리씩 극히 수월하게 해산하고 있다. 그것을 ㄴ만족이다.

허나 슬픈 것은 그들 중에 암만 안간힘을 써도 똥은커녕 궁둥이마저 나오지 않아 쩔쩔매는 것도 있다. 이러고야 겨우 착상(着想)한 유희도 한심스럽기 그만이다. 그 명예롭지 못한 아이는 이제 다시 한 번 젖 먹던 힘까지 내어 하복부에 힘을 줬으나 역시 한발(旱魃)이다. 초조와 실망의 빛이 역력히 나타났다. 나도 이 아이가 특히 미웠다. 가엾게도, 하필이면 이럴 때 똥이 안 나오다니, 미움을 받다니, 동정의 대상이 되다니.

선수(選手)들은 목을 비둘기처럼 모으고 이 한 명의 낙오자를 멸시하였다. (우리 좌석의 흥을 깨어버린 반역자.)

이 마가(摩訶) 불가사의한 주문 같은 유희는 이리하여 허다한 불길(不吉)과 원한을 품고 대단원을 고하였다. 나는 이제 발광하거나 졸도할 수밖에 없다. 만신창이 빈사(瀕死)의 몸으로 간신히 그곳에서 도망하였다.

현대문학, 1960. 12. 김수영 역

어째서 이런 <기괴천만>한 일이 한국어로 표현할 수 없는가. 「권태」가 이에 대한 불발의 해답이다.

「권태」의 서두는 이렇게 되어 있다.

어서— 차라리— 어둬 버리기나 했으면 좋겠는데—僻村의 여름—날은
지리해서 죽겠을 만치 길다.

東에 八峯山. 曲線은 왜 저리도 屈曲이 없이 單調로운고?

西를 보아도 벌판, 南을 보아도 벌판, 北을 보아도 벌판. 아— 이 벌판
은 어쩌라고 이렇게 限이 없이 늘어놓였을꼬? 어쩌자고 저렇게까지 똑같
이 草綠色 하나로 되어먹었노?

農家가 가운데 길 하나를 두고 左右로 한 十餘戶式 있다. 휘청거린 소나
무 기둥, 흙을 주물로 바른 壁, 강낭대로 둘러싼 울타리, 울타리를 덮은
호박넝쿨 모두가 그게 그것 같이 똑같다.

어제 보던 답싸리나무 오늘도 보는 金서방 來日도 보아야 할 신둥이
검둥이.

해는 百度 가까운 볕을 지붕에도 벌판에도 뽕나무에도 암탉 꼬랑지에도
내려쪼인다. 아침이나 저녁이나 뜨거워서 견딜 수가 없는 炎暑 繼續이다.

문학사상사판, p.141

팔봉산이 나오는 이곳은 평남 성천(成川)이 아닐 수 없다. 그가 이곳
에서 목도한 <기괴천만>한 <마하불가사의한 주문 같은 유희>를 한국
어로 표현할 수 없겠는가. 이러한 인식을 그에게 가져다 준 것이 동경
체험이었다. 그가 가까스로 찾아낸 한국어의 표현은 이러했다.

아이들은 짖을 줄조차 모르는 개들과 놀 수는 없다. 그렇다고 모이 찾
느라고 눈이 벌건 닭들과 놀 수도 없다. 아버지도 어머니도 너무나 바쁘
다. 언니 오빠조차 바쁘다. 亦是 아이들은 아이들끼리 노는 수밖에 없다.
그런데 大體 무엇을 가지고 어떻게 놀아야 하나, 그들에게는, 장난감 하
나 없는 그들에게는 영영 엄두가 나서지를 않는 것이다. 그들은 이렇듯
不幸하다.

그 짓도 五分이다. 그 以上 더 길게 이 짓을 하자면 그들은 疲勞할 것
이다. 純眞한 그들이 무슨 까닭에 疲勞해야 되나? 그들은 爲先 싱거워서

1935년 늦여름, 성천   **301**

그 짓을 그만둔다.

그들은 도로 나란히 앉는다. 앉아서 소리가 없다. 무엇을 하나. 무슨 種類의 遊戱인지 遊戱는 遊戱인 모양인데―이 倦怠의 矮小間들은 또 무슨 奇想天外의 遊戱를 發明했나.

五分後에 그들은 비키면서 하나씩 둘씩 일어선다. 제各各 大便을 한 무데미씩 누어 놓았다. 아―이것도 亦是 그들의 遊戱였다. 束手無策의 그들 最後의 創作遊戱였다. 그러나 그中 한 아이가 영 일어나지를 않는다. 그는 大便이 나오지 않는다. 그럼 그는 이번 遊戱의 못난 落伍者임에 틀림없다. 분명히 다른 아이들 눈에 嘲笑의 빛이 보인다. 아―造物主여, 이들을 爲하여 風景과 玩具를 주소서.

p.151

<기기천만>, <불가사의한 주문>이 일본의 <국어>의 차원이라면, <속수무책의 창작유희>는 한국어의 몫이다. 이상으로 하여금 <발광하거나 졸도할 수밖에 없다>에로 몰아간 것이 일본의 <국어>였다면 「아, 조물주여 이들을 위하여 풍경과 완구를 주소서」라고 몰아간 것은 한국어쪽이었다. 정확히는 일본의 <국어>와 자연어인 한국어의 접점쯤이라 할 수 있다. 여기서 한걸음만 나서면 한국어도 자연어에서 벗어나 일본의 <국어>처럼 사색적 관념적 표현도 점진적으로는 능히 감당해질 성질의 것이었다.

7. 레몬 또는 멜론으로서의 「권태」

이상으로 하여금 「권태」를 쓰게끔 강요한 것이 동경이었고 또 그것은 일본의 <국어>를 낳은 곳이기도 했다. 그러나 이상이 그토록 자기의 글쓰기의 모체이자 출발점이며 그래서 <도원경>이라 믿었던 일본의 <국어>의 원산지 동경에 정작 와 보았을 때 그는 그것이 얼마나 허황한 꿈이었는가를 깨치지 않으면 안 되었다. 일본의 그 <국어>는 보이지 않고 현지어, 일본의 일상어만 왕왕 거리고 있었던 까닭이다.

　(A) 내가 생각하던 '마루노우치 빌딩', 속칭 마루비루는 적어도 이 '마루비루'의 네 갑절은 디는 굉장한 것이었다. 뉴욕 '브로드웨이'에 가서도 나는 똑같은 환멸을 당할는지—어째든 이 도시는 몹시 '가솔린'내가 나는구나!가 동경의 첫인상이다.

　우리같이 폐(肺)가 칠칠치 못한 인간은 위선 이 도시에 살 자격이 없다. 입을 다물어도 벌려도 척 가솔린 내가 삼투(滲透)되어 버렸으니 무슨 음식이고 간 얼마간의 가솔린 맛을 면할 수 없다. 그러면 동거 시민의 체취는 자동차와 비슷해 가리로다

「東京」, p.157

　(B) 기어코 동경에 왔소, 와 보니 실망이오. 실로 동경이라는 데는 치사스런 데로구려!

「사신(6), p.233

　(C) キザナ 표피적인 서구적 악취의 말하자면 그나마도 그거 분자식이 겨우 여기 수입되어 ホンモノ 행세를 하는 꼴이란 참구역질이 날 일이오. 나는 참 동경이 이 따위 비속 그것과 같은 ミナモノ인 줄은 그래도 몰랐소. 그래도 뭐이 있겠거니 했드니 과연 속빈 강정이오 […] 첫째 이 게솔린 냄새지만 セツト 같은 거리가 참 싫소.」

사신(7), p.234

　이러한 이상의 느낌은 대체 무엇인가. 그의 가난이나 결핵 같은 육체의 조건 따위를 떠나서 살핀다면 (A)(B)(C) 등의 반응은 일종의 착각이거나 오해에 지나지 않는다고도 볼 것이다. 그의 글쓰기의 원점은 일

본의 <국어>였음에 다시 주목할 것이다. 이 경우 일본의 <국어>란 본래적 자연어로서의 일본어와는 별개임에 주목할 것이다. 일본의 <국어>란 19세기 말에서 20세기 초라는 특정시기에 형성된 <예외적>인 언어였다. 그것은 보편어의 번역을 통해 이루어진 <준보편어>의 성격을 띤 것이어서 그만큼 탄력성을 띤 것이었다. 이로써 일본의 <국민문학>을 낳았음이 그 움직일 수 없는 증거이다. 이 경우 일본의 <국어>가 지닌 <준보편어>의 성격이란 그것이 <출판어>(쓰는 글)라는 점에서 왔다. 현지어(일상어, 모어)가 구어(생활어)로 하는 것과는 별개의 차원에 선 것이었다. 이상의 출발점이 일본의 <국어> 곧 출판어(쓰는 글)에 있었다는 것은 그만큼 그의 문학을 높은 곳에서 출발시켰음을 증명하는 것 이외에 다른 아무것도 아니었다.

동경체험에서 이상이 착각한 것은 무엇이었던가. (A)(B)(C) 속에 그 해답이 들어 있다. 곧 그것은 현지어 체험이었다. 그가 동경에서 보고 들은 것은 일본의 <국어>가 아니라 <현지어인 일본의 생활어, 구어>였던 것이다. 태고적부터 일본인의 생활어인 구어(소리글)를 두고 이상은 그것이 바로 그가 도원경으로 믿었던 일본의 <국어>로 착각했던 것이다. 그 증거를 다음과 같은 사례를 들 수 있다.

(A) 동경이란 참 치사스런 도십니다. 예다 대면 경성이란 얼마나 인심 좋고 살기 좋은 한적한 농촌인지 모르겠습니다.

사신(7), p.234

(B) 정직하게 살겠습니다.[…] 오늘은 음력으로 제야입니다. 빈자떡, 수정과, 약주, 너비아니 이 모든 기갈의 향수가 저를 못살게 굽니다. 생리적입니다. 이길 수가 없습니다.

사신(9), p.242

(C) 암만 해도 나는 19세기나 20세기 틈사구니에 끼어 졸도하려 드는 무례한인 모양이오. 완전히 20세기 사람이 되기에는 내 혈관에는 너무도 많은 19세기의 엄숙한 도덕성의 피가 위협하듯이 흐르고 있소그려.

사신(7), p.235

비로소 이상은 일본의 현지어(생활어)를 통해 그 자신의 현지어(한국어의 구어)에 생각이 미쳤고, 그 결과물의 가능의 최대치가 「권태」였다.

결론을 맺기로 한다. 일본의 <국어>에서 출발한 이상의 글쓰기의 원천은 미발표 육필원고이다. 그 맨 아래 층위가 「오감도」계이며 두 번째 층위가 「이 아해들에게 장난감을 주라」, 「어리석은 석반」계이며 이 두 층위의 맞닿은 곳에 놓인 것이 대표작 「날개」이다. 그렇다면 제3층위는 어떠한가. 그는 이에 응하지 못하고 타계했다. 다만 그 제3층위의 가능성을 열어놓았는데, 「종생기」와 「권태」를 마주보게 함이 그것이다.

VI

근대문학 연구의 상위개념으로서의 인문학적 세대감각

근대문학 연구의 상위개념으로서의 인문학적 세대감각

1. '상상의 공동체' 속에 놓인 세대 감각

과연 국민국가란 한갓 상상의 공동체에 지나지 않는가. 이 물음이 인문학적 방법으로서의 세대 개념과 결부될 때 비로소 그 의미가 좀 더 뚜렷해진다는 것을 말하기 위해 붓을 들었다. 이 과제는, 그러니까 근자에 나를 회의케도 고무케도 하는 문제인 까닭이다. 군은 졸저 『내가 살아온 한국현대문학사』(2009)를 읽고 이렇게 말했다. 관념적으로는 이해되나 실감할 수 없었다, 라고. 이와 비슷한 역사 감각이 국민국가에도 적용되었음을 나는 직감했다. 국민국가가 한갓 상상의 공동체인지의 여부와는 무관한 자리에서 내가 인문학을 해왔다 해도 결과적으로는 상상의 공동체론에 수렴되는 것인 만큼, 세대 개념과 인문학의 관련 양상을 내 실감으로 논의해 봄으로써 군에게로 좀 더 가까이 다가가고 싶은 것이다. 군이 내 쪽으로 다가오는 발자국 소리를 듣고 싶은 욕망을 가능한 한 억누르고자 하지만 그게 뜻대로 될지는 장담할 수 없다 해도 그러한 노력의 한 조각이 이 글에서 감지된다면 하고 바랄 뿐이다.

군도 알다시피, 지난 세기 이 나라의 삼대 천재인 벽초, 육당, 춘원 등을 비롯, 걸출한 영재들이 현해탄의 높은 물결과 그 수심을 앞에 두고, 자기를 찾기 위한 방도가 민족과 국가를 찾는 일임을 통렬히 깨달았고, 또 그 때문에 돌연 자기를 송두리째 잃고 길거리의 돌멩이 신세가 되기도 했으며, 또 가까스로 그런 몸짓을 면했다 해도 햇살이 너무 부시고 뜨거워 그늘을 찾아 헤맸다. 그러나 그러한 고민의 밀도랄까 실상을 군도 나도 체감하기는 실로 어렵다. 물론 관념적으로는 군도 나도 어느 수준에서 이해할 수는 있다고 하겠지만, 그래서 철학사, 사상사라든가 정치사, 문학사 등의 인문학이 이루어질 수는 있겠지만, 실감이 결여된 점에서 볼 땐 제한적이라 할 수밖에 없다고 나는 믿는다. 이러한 믿음은 인문학을 한다고 해온 나로서는 나이가 들수록 점점 강해진다.

그렇다고 내가 관념적 이해를 밀어내거나 그 의의를 깎아 내리려는 것은 결코 아님에 주목하길 바란다. 마찬가지로 실감적 이해에 일방적으로 기울어졌다고 오해하지 말기 바란다. 이 두 종류의 이해가 서로 모순되더라도, 있는 그대로 동시에 바라보고 싶을 따름이다. 그 방법 중의 하나로, 우선 두 이해 사이의 틈이랄까 차이를 알아보는 길이 있을 수 있다. 관념적 이해와 실감적 이해의 모순이 어떤 사상가에게도 있다는 것, 있되 그것이 그 사상가가 지닌 보이지 않는 힘일 수도 있다는 점에 유독 내 관심이 가는 것이다. 그 곡절을 내가 지금은 잘 설명할 수 없지만, 한쪽으로 편향된 나 자신에 대한 반성이라는 의미에서도, 또 오늘의 인문학의 모종의 가능성을 내 나름대로 모색하기 위해서도 그러한 관심 표명은 유효하지 않을까 싶다.

다듬어 말해 그것은 세대 감각으로 요약될 수 있는 것. 그러기 위해서는 무엇보다 나 자신의 세대 감각이 논의의 측도가 될 수밖에 없지 않겠는가. 이를 출발점으로 하여 군의 앞 세대에 속하는, 이 나라의 역사적 고비를 헤쳐 온, 이른바 386 세대의 감각을 문제 삼아 보고 싶다. 그 다음 차례에 탈식민지 시대의 인문학도인 군이 놓인 자리를 더듬어 보고자 한다. 그러기에 이 글은 또 절로 오늘날의 이상문학 연구진이 놓인 세대의 위치와 감각을 재는 것으로 향할 수도 있다. 어느 세대도 이상문학 연구가 가능하겠지만, 그 중에서도 군이 속한 이른바 '이중어 글쓰기' 세대야말로 가장 자유롭고 성과를 낼 수 있는 세대인지 모른다. 동시에 군의 세대는 그 다음 등장할 세대에 의해 이상문학 연구의 성과를 내보일 의무조차 있다고 할 것이다. 그것은 또 관념이지 실감일 수 없을 것이다.

2. '민족/민족어'와 '국가/국어' 틈에 낀 인문학

관념으로서는 이해할 수 있어도 실감은 할 수 없다는 이 명제를 세대 감각이라 부를 것이라면, 내게 있어 그것은 국문학 연구자의 제1세대인 도남 조윤제(1904~1976)에서 왔다. 도남은 망설임도 없이 이렇게 주장했다.

> 국문학은 국어로써 한민족의 생활을 표현한 문학이다. 그러니까 국문학의 국문학됨의 필수 조건은 국어로 표현될 것이다. 이것은 아마 움직일 수 없는 사실일 것이다.
>
> 『국문학 개설』, 동국문화사, 1955, p.33

제일 먼저 주목되는 것은 '국어'가 아닐 수 없다. 그것은 국가를 전제로 한 것이 아닐 수 없다. 상상의 공동체로서의 근대 국가, 그러니까 국민국가가 국가의 장대한 폭력으로 만들어낸 것이 국어(국가어)이며 이로써 상상의 공동체의 성립이 가능했다. 그렇다면 문학은 어떤 것인가. 그 해답은 저절로 나올 수밖에 없는 바, '국어'가 전제됨으로써 가능했던 것이다.

> 국문학은 곧 이 국어를 표현도구로 하며 이루어진 언어 예술이다. 그러니까 국문학이야말로 가장 구체적인 우리 민족 생활의 표현물이라 하지 않을 수 없다. 우리의 마음을 표현하고 우리의 생활을 묘사하는 것은 비단 문학만은 아니다. 음악, 회화, 조각, 건축, 의상, 심지어는 일용잡기로서도 표현할 수 있겠지만 그것은 모두 간접적인 것이다. 그러나 문학은 마음과 정신이 스며 있는 언어를 사용하여 표현하고 있기 때문에 다른 어느 것보다도 가장 직접적이요 구체적인 것이다. 국문학사가 곧 민족의 생활사가 되고 민족 정신의 연원을 고전문학에서 찾는다는 이유는 여기 있는 것이고 국문학과 민족과의 관계는 국어와 민족과의 관계나 별 다름이 없는 것이다.
>
> 앞의 책, p.23

여기에서 드러난 '국가/국어'와 '민족/민족어'란 어떻게 이해해야 적절할까. 군은 금방 이렇게 지적할 것이다. 도남이 자기모순에 빠져 있다, 라고. 또 군은 아마도 조금 불안하여 금방 이렇게 덧붙이지 않을까 싶다. 이 모순 또는 자기분열은 도남에겐 비자각적이었다, 라고. 국가를 전제로 한 '국문/국어'를 내세우고 또 그것으로 하는 문학을 국문학이라 했을 때 도남의 의식 속에는 무엇보다 국가가 전제되어 있었다. 그것이 근대의 국민국가든 조선왕조든 좌우간 국가를 전제로 한 것이었다. 그러나 현실상에서는 도남에겐 그 국가라는 것이 결여되어 있었다. 있는 것이라고는 '민족/민족어' 뿐이었다. 관념상에서는 '국가/국어'를 지향하면서 심정적으로는 '민족/민족어'로 향하고 있었던 것이다. 국가의 결여 상태임에도 불구하고 도남으로 하여금 국어라는 논리적 사고를 갖게끔 한 것은, 그리하여 도남으로 하여금 논리와 심정의 모순을 가져다준 것은 어떤 경로를 통해서였을까. 군과 더불어 이 문제를 먼저 검토해 보면 어떠할까.

근대를 문제 삼을 경우, 이 시대를 이해하는 제일 큰 전제는 식민 체험이 아닐 수 없다. 근대적 학문의 영역에서 그러한 체험은 경성제국대학(1926)을 들 것이다. 일본 제국에서 여섯 번째로 설립된 경성제국대학은 식민지에 세워졌다는 특수성에도 불구하고, 근대적 학문의 교육 기관이란 점으로 요약될 수 있다. 물론 일본 국내의 제국대학에 들 수도 있고 구미의 학문으로도 길이 열려 있었지만, 그것들은 경성제대와는 동열에 놓일 수 없다. 경성제대 존립의 제일 큰 부분은 무엇보다 식민지 통치의 산물이란 점이다. 바로 여기에 이 대학 자체가 고유하게 갖는 자기모순이랄까, 논리와 심정의 틈이 개재했다. 두루 아는 바, 근대적 학문이란 그 속성상 가치중립이 아닐 수 없다. 그럼에도 여기에는 식민지적 조건이 개재해 있었던 만큼 자기모순성이 현실적으로 존재했다. 식민지적 조건에 대한 연구란 기왕에 넘칠 정도로 논의되었지만 그 가치중립적인 것에 대한 연구는 비교적 빈약한 편이다. 만일 이 양자의 연구가 심도 있게 이루어진다면 경성제대 자체가 안고 있는 자기모순이랄까 논리와 심정의 틈이 한층 뚜렷해질 수 있지 않을까 싶다. 그것은 도남의 모순성과 쌍을 이루는 것일 수도 있을 것이다. 이 점에 대해서 나는 군의 세대 감각을 빌어 이렇게 지적한 바 있다. "경성제대, 그것은 한 가지 고등교육기관인 것. 일본 것도 아니지만 조선 것도 아닌 것. 그 자체로 존재하는 지(知)의 한 가지 영역인 것. 이런 자리란 벌써 근대에 의한 초월이 아니겠는가."(『최재서의 『국민문학』과 사토 기요시 교수』,

역락, 2009, 머리말)라고. 그 근거를 밝히기 위해 그 책을 썼거니와 그 중 사소한 몇 가지 사례를 이 자리에서 잠시 보이기로 한다.

최재서에게 일본 문학을 가르친 다카기 이치노스케 교수의 회고록 속엔, "당신들 교수들이 아무리 조선인 학생을 일본 정신으로 훈도하려 해도 어림없다"(高木市之助, 『國文學50年』, 岩波新書, 1967, p.140)라고 그가 행패를 부렸다는 사실이 들어 있음을 지적하면 어떠할까. 또 그가 1940년 2월에 실시된 창씨개명을 1944년 1월에 감행했다는 사실을 지적하면 또 어떠할까. 그 악명 높은 『국민문학』을 창간·주관하면서도 당당히 본명 최재서를 사용했다는 것, 대동아작가대회에 참석할 때에도 본명으로 일관했다는 사실 등은 대체 무엇인가. 최재서와 사제 관계에 있던 사토 기요시(佐藤清) 교수의, 경성제대 학풍에 대한 언급 또한 인상적인 바 있었다. 특히 우수한 조선인 학생들이 모인 것은 제국대학의 이름에 이끌렸다기보다도 외국문학에 그들의 목마름을 풀어주는 어떤 요소가 제국대학 속에 있었던 까닭이라 본 그는 이렇게 결론짓고 있다. "20년간 조선인 학생과 교제하는 동안 얼마나 그들이 민족의 해방과 자유를 외국문학 연구에서 찾고자 하고 있었는가를 알고 충격을 받지 않을 수 없었다."(『佐藤清全集(3)』, 詩聲社, 1964, p.259)라고. 이러한 현상은 말을 바꾸면 학문이 지닌 가치중립성에서 온 것이라 볼 수 없겠는가. 학문이란 논리적으로 옳고 그름을 판단하는 것.

그 논리적 판단 기준이 심정적인 것과 모순을 유발한다면 어떻게 이에 대처해야 할까. 당초 도남에겐 '민족/민족어'가 있었다. 이에다 '국민/국어'를 대응시킨 것이 경성제대였다. 이 대학에 진학한 도남의 목적은 "민족정신의 고취와 민족독립운동의 일익"(『도남잡지』, 을유문화사, 1964, p.378)에 있었지만 정작 경성제대는 그에게 학문, 곧 '국민/국어'의 세계를 보여주었다. 국가가 결여된 장면에서 도남은 이 모순을 어떻게 수용·극복해 나갔을까.

이런 물음에는 인문학을 생각할 때 의미심장한 것이 스며 있다고 나는 생각한다. 앞에서 지적한 바와 같이 도남의 경우 이 모순성은 다분히 비자각적이었다. 그가 만일 이 모순에 자각적이었다면 임시정부의 존재에 주목, 응분의 행동을 취했을 터이지만 그는 그렇게 하지 않았다. 그는 이 모순을 비자각적 상태에서 그대로 고스란히 수용했다. 이 점은 도남의 한계이자 인문학이 지닌 순수성이었을 터이다. 그것은 도남을 에워싼 학문적 지평으로 메울 수 있다고 그가 믿었던 증거이기도 하다.

그 학문적 지평이 이른바 정신과학이다. 학문이란 과학을 가리킴이며 인문학에서의 그것은 정신과학이라 했고, 또 그것은 문학 해석에서 잘 드러났다. 도남은 당시에 인문학적 지평 속에 부상한 독일식 정신과학으로 국문학 연구에 다다랐기에 그가 놓인 모순성은 이것의 큰 힘 아래에 묻히고 만 것이다. 그는 이 모순성과 정신과학을 맞바꾸었다고 볼 것이다. 그것이 어째서 소중한가. 해결이 아닌 가능성이 그 속에 움트고 있어 보이기 때문이다. 이러한 사례는 사회과학 분야에서도 일어났다. 사회과학은 당시의 학풍으로는 유물사관에 입각한 사회경제사연구에 기반을 두고 있었다. 유진오, 박문규, 최용달, 이강국 등이 조직한 조선사회사정연구회(1931)도 이러한 것의 반영이다. 마르크스 사상을 가르친 교수도 있었지만, 순수한 학문에만 몰두한 학자들도 물론 있었다. 사회의 발전을 검토함에 있어 무엇보다 사회발전의 과학성을 경제 분야에서 찾아내고자 했음이 일반적 학풍이었다.

이러한 학풍 역시 식민지의 현실에서 보면 모순이 아닐 수 없었다. 제국주의 지향의 일본 국가는 어차피 청산되어야 할 대상, 비판의 대상이 아니면 안 되었다. 사회경제사의 처지에서 보면, 그러니까 마르크스주의에서 보면, 자본주의에 입각한 제국주의는 자동적으로 몰락하게 되어 있다. 반복되는 경제공황에 의하든, 노동자의 궁핍에 의하든, 그 내부가 안고 있는 모순 때문에 자기붕괴가 필연적이다. 자본주의의 과학적 연구에 의해 이러한 사실이 명백해졌을 때 지식이나 노동자가 할 수 있는 일은 무엇일까. 바로 여기에 초기 마르크스주의의 혁명적 낭만주의와 후기 마르크스, 곧 과학적 이론 사이의 모순이 놓여 있었다. 과학적 이론은, 그러니까 경제결정론은 혁명의 필연성을 설명할 수는 있지만 그 실천의 필요성을 설명하지는 않기 때문이다. 이 모순은 인문학의 도남이 직면한 '국가/국어' 대 '민족/민족어'의 모순성과 족히 대응된다.

경성제대란 새삼 무엇인가. 제1회 수석 입학생이자 졸업생인 유진오가 이러한 담화를 남긴 바 있음을 군도 알고 있다. "정치적 방면에서 해방 직후는 (경성제대 졸업생들이—인용자) 눈에 띤 활동을 했다고 할 수는 없다. 곧 일반 사회에서 경성제대 졸업생은 친일파이든가 아니면 공산주의자로 되어 버렸기 때문이다"(경성제국대학 창립 50주년 기념지『紺碧遙かに』, 耕文社, 1974, p.411)라고. 군은 이 대목을 어떻게 이해하는가. 꼭 경성제대에만 국한되었다고 할 수는 없지만 남한이나 북한의 나라 만들기에서 그들이 중추적 몫을 모르는 사이에 해왔다고 볼 수 있지 않겠는가. 요약컨대 경성제대란 인문학에서도 사회과학에서도 자기모순성을 안고 있었다는 것, 그 때문에 그 다음 세대는 문화담당자로서의 사명감을 부여받을 수 있었다. 나는 이 점을 유독 무겁게 생각하며 또 그 세대 감각의 의의를 크게 부각시키고자 한다. 그 사명감이란 위의 모순성을, 가능한 한도 내에서 학문적으로 그 밀도를 높이는 작업을 가리킴이다.

이러한 학문의 순도랄까, 밀도의 구축 또는 탐구로 나아갈 수 있는 사명감이 행인지 불행인지 전후 세대인 나의 세대에 주어져 있었다.

3. 경제결정론으로서의 근대에 대한 인식

나의 세대적 감각이 어찌 없었겠는가. 일제 말기 일본식 교육과 해방 직후 미국식 교육을 받았으며, 철이 들 무렵 6·25를 겪었다. 포성과 UN군과 피난민, 그리고 전란의 궁핍이 내 세대의 것이지만 동시에 그것은 민족 전체의 것인 만큼 표 나게 세대 감각을 형성할 수는 없었다. 총명한지라 군은 이 사실이 무엇을 뜻하는지 직감했을 터이다. 전후 세대로 말해지는 내 세대의 감각이란 내세울 만한 것이 따로 없다는 것을. 설사 있더라도 그것은 민족 전체의 것에 수렴될 수밖에 없음을. 나의 세대 감각이 민족 전체의 감각이었기에 거대하고도 성스러운 사명감이 부여된 형국이었다. 그 사명감은 흡사 나무가 자라듯 자연스러웠는데 또 천둥처럼 큰 울림이기도 했다.

두루 아는 바 해방공간은 나라 만들기로 요약된다. 나라 찾기에서 나라 만들기로의 인식 변화는 그 어떤 명제보다 우선하는 민족적 과제였다. 나라 만들기의 모델은 부르주아 단독 독재형, 노동계급 단독 독재형, 연합 독재형 등으로 부상되었으나 이런저런 사정으로 앞의 둘 만이 현실적으로 채택되어, 대한민국(1948. 8. 15)이, 이어서 조선민주주의인민공화국(1948. 9. 9)이 이루어졌다. 어느 쪽이든 국가를 세운 이상 그 국가의 존립근거를 가장 본질적인 데서 묻지 않을 수 없었다. 바로 그것이 식민 사관 극복이었다. 식민 사관이 과학으로 엄존하는 한, 새나라를 세워서 무엇 하겠는가. 다시 식민지가 될 것은 명약관화한 것. 그런데 만일 그것이 제국주의 학자들이 만들어낸 이데올로기의 일종이라면 어떠할까. 이를 밝혀 보라는 것이 남북한을 통틀어 인문학에 주어진 사명감이었다.

그렇다면 식민 사관 극복의 과제에서 나의 세대에 주어진 사명감은 도남이나 박문규, 이강국 등의 그것과 어떤 변별점이 있어야 하는가. 그것은 한 마디로 말해 학문적 밀도에 있다고 믿었다. 나라 찾기에 몰두한 윗세대의 인문학 및 사회학에서의 조급성이나 심정적 요소를 털어내고 오직 과학성에 입각하여 식민 사관이 지닌 이데올로기의 허구성을 비판하는 것으로 이 사정을 요약할 수 있다. 우리 세대의 인문학은 그 성과 여부는 별도로 하고라도 이 문제에 성스러운 사명감으로 임했다고 감히 말할 수 있다. 사명감이 열정을 동반하고 그 때문에 생긴 추진력은 우리의 몸을 매우 무겁게 했다. 무엇보다 우리는 식민 사관의 학문적 근거를 탐색하지 않으면 안 되었다. 그것은 두 가지 근거에서 출발되었는 바, '근대'로 말해지는 두 기둥인 국민국가와 자본제 생산양식이 그것이었고, 또 이 둘은 몸이 한데 붙은 샴쌍둥이여서 분리불가능이었다. 이 괴물이 작동되는 문학적 현상, 그것만이 근대 문학이며 그렇지 않은 것은 아무리 대단해도 근대 문학일 수 없다는 것. 한국의 근대에 대응되는 것만이 한국근대문학이라는 것.

이 순간 한갓 문학도인 내가 얼마나 당황했는가를 군은 아마도 상상키 어려울 것이다. 왜냐면 국민국가를 배우기 위해 정치학 공부가, 자본제를 공부하기 위해서는 경제학에의 천착이 불가피했기 때문이다. 이 둘이 분리불가능한 상태였지만 굳이 그 선후를 가린다면 자본제가 우선이었음이 드러나지 않겠는가. 근대란, 그러니까 자본제 생산양식이 이루어 냈다는 사실이 당시의 학문적 수준에서는 제일 과학성의 밀도가 높은 것으로 보였다. 오늘의 시선에서 보면 한갓 경제결정론에 지나지 않지만, 당시로서는 제일 학문적인 것으로 보였다. 왜냐면 식민 사관의 성립근거가 바로 이 사회경제사적 시선에서 왔기 때문이다. 곧 한 사회의 구조적 모순을 자본제 생산양식으로 극복할 수 있느냐의 여부에 식민 사관의 성립 유무가 놓여 있다고 인식되었던 까닭이다.

이러한 사회경제사적 시선은 남북한 학자들의 공동 관심사로 부상했다. 조선사의 어느 시점에서 이 자본제 생산양식의 맹아를 찾아내기만 하면 제일차적 발판이 구축될 수 있다고 우리는 굳게 믿었다. 이른바 내재적 발전론이 그것이다. 북한 학자들은 18세기 광산 운영 속에서 그러한 맹아를 찾아냈고, 남한에서도 18세기 양안(量案) 분석을 통해 농업경영에서 이 맹아를 검출해내었을 때(김용섭, 『조선후기 농업경제사 연구』, 1970~71), 우리 세대의 사명감은 모종의 실감으로 다가왔다. 내가 공저로 『한국문학사』(1973)를 쓴 것이 그 증거다. 군은 이 기묘한 저서를 이해하기 어려울 것이다. 공저라고 했거니와 실상 그 저자들은 사회경제사 쪽이었기 때문이다.

그렇다고 식민사관이 깡그리 극복되었던가. 이 물음이 그 뒤에 줄곧 내 뒷덜미를 잡고 놓지 않았다. 다음 두 가지 이유에서 그러했던 바, 하나는 인문학이 사회경제사에 흡수되어 그 독자성을 상실했음에서 왔다. 당시 내가 믿었던 것은 인문학과 사회경제사의 공존 또는 결합이었지만, 시간이 지날수록 이 경제결정론은 나를 불안케 했다. 인문학도인 나는 고아처럼 점점 설 마당이 없어 보였다. 다른 하나는, 이 점이 중요한데, 경제결정론이 한갓 또 다른 이데올로기임을 지적한 목소리들에 접했음이다. 식민지 수탈론도 식민지 근대화론도 그 사정 속에 있어 보였다. 진작 있어왔던 이 목소리가 비로소 내 귀에 울려 왔던 것이다. 그

울림이 증폭되자 과학이나 학문에서 말하는 진리란 과연 무엇일까 라는 의문 앞에 서지 않을 수 없었다. 이 물음에는 뉴턴을 비판하면서 등장한 아인슈타인의 상대성 이론에 비유함으로써 설명될 수 있음도 알아차릴 수 있었다. 진리가 진리일 수 있는 것은 그 자체에 허위가 될 가능성(falsiability)이 내포되어 있을 동안이라는, 상대성 이론을 둘러싼 세기적 문제계가 이를 잘 말해주고 있다(K. Popper, *Conjectures and refutations : the growth of scientific knowledge,* 1953 ; 이한구 역, 『추측과 논박』, 민음사, 2001 수록).

이 기준에 따른다면 경제결정론도, 한 동안이라는 유보적 조건 속에서의 사안이라는 것, 따라서 나의 인문학이 사회경제사와의 결합이라고는 하나 따지고 보면 그것의 부속물로 인식된 것도 그러한 유보적 조건 속에서의 일이었다. 요컨대 한 시대의 진리랄까 학설이란, 그러니까 세대 감각에 관련되어 이야기하면, 식민지 수탈론도, 식민지 근대화론도 원리적으로는 상대적 개념이 아니었던가. 이런 생각이 밀려오자 나의 세대 감각은 사명감과 더불어 종언을 고한 것이다. 굳이 말해 도남이나 박문규의 도달점과 근소한 학문적 차이를 이루어냈다 할지라도 더 이상 나아갈 지평은 보이지 않았다. 저마다의 세대는 '볼 수 있는 것'을 볼 따름이기에 이 얼마나 공평한가. 군은 내가 무엇을 염두에 두고 있는지 직감했을 줄로 믿는다. 나의 세대적 감각, 감히 말해 우리 세대의 사명감 수행에 결정적인 요인이 이른바 경제결정론이었다는 사실 말이다. 이 과제를 다음 세대는 또는 다른 세대는 어떻게 체험하고 있었을까. 왜냐면 내 세대에서의 주춧돌이 경제결정론이었다면, 필시 다음 세대도 이를 정면으로 돌파하지 않을 수 없었을 것이라 믿기 때문이다. 각 세대가 지닌 문화 담당 기능이 그것이다.

4. '거짓 희망'을 관통한 386 세대의 주체성

오늘의 처지에서 보면 경제결정론의 한계랄까 오류는 너무도 명백한 만큼 이를 문제 삼기란 좀 뭣 할지도 모른다. 그러나 군과 더불어 내가 대화하고 있는 이 장면이 세대 감각에 국한되었음에 주목하길 바란다. 경제결정론만큼 과학적인 것이 나의 세대 감각 속엔 달리 없었고, 더구나 그것 없이는 식민 사관 극복의 열쇠를 찾을 수 없었다. 인문학은, 사회과학에 기울어진 이 결정론의 종속물이어도 상관없다고 믿었다. 논리적으로 따져보면 경제결정론자들은 실상은 서로 상반된 명제를 동시에 주장한 형국이었다. 모든 것, 그러니까 혁명은 경제가 결정하는 것인 만큼 인간의 주체적 활동 영역일 수 없지만, 동시에 그럼에도 혁명이나 변혁을 주장한다면 이는 모순이 아닐 수 없다. 이 사실을 나의 세대는 설사 개념으로 이해할 수 있었다 하더라도 실감할 수는 없었다. 그것은 저 루카치의 고명한 저술 『역사와 계급의식』(1923)이 나오기 전까지의 상황에 비유될 수 없을까.

역사란 프롤레타리아의 주체성을 자각한 실천적 주체가 창조한다는 것, 그러니까 자연적 인과율에 의해 결정되지 않는다는 것. 이러한 주장은 헤겔적인 역사의 이성을 마르크스적 집단적(계급적) 의식으로 전환시켰다고 볼 것이다. 마르크스주의에 헤겔적 변증법을 도입한 주체성론이 당시에 던진 충격은 컸으리라 짐작된다. 유럽의 마르크스주의와 비서구의 그것을 양분할 정도였다. 그러나 주목할 것은, 그럼에도 불구하고 소련 중심의 실천자들은 자기 모순에서 한발자국도 벗어나고자 하지 않았고, 이로써 혁명을 완주해 나갔다. 주체성론이 반동으로 규정된 것도 이 때문이었다. 세계를 양분할 정도의 세력을 갖춘 실세로서의 스탈린주의를 그 누가 무시하거나 거부할 수 있었겠는가. 또 군은 이 대목에서 주목해야 한다. 설사 스탈린주의가 실세로 군림한 그 시대 속에서도 지식인의 자세가 있었다는 사실 말이다.

자본주의의 과학적 해명에 의해 그것이 자멸하게 되어 있다면, 또 그것이 과학이라면, 지식인이나 노동자는 대체 무엇을 할 수 있으랴. 이 딜레마를 어떻게 할 것인가. 과학적 이론은 혁명의 필연성을 해명하지만 실천의 필요성을 설명하지는 않는다는 이 모순. 실상 이 모순은 칸트의 제3의 안티노미(내적 필연성과 외적 필연성의 모순, 의욕적 주관주의와 결정론적 객관주의의 모순)에 근거하고 마르크스도 이 노선 위에 있다고 오늘날엔 말해진다. 그러니까 독일 관념론 특유의 것이며 루카치가 선 곳도 여기였다. 요컨대 루카치가, 역사 속에 의식적 실천이나 창조성이 들어설 여지, 곧 자유가 그 과정에 들어갈 수 있는, 역사적 힘으로 될 수 있는 분기점을 탐색코자 했던 것이라면, 일본의 지식층은 어떠했을까.

> 미키 기요시(三木淸)의 열렬한 독자인 가쓰다 슈이치(勝田守一)는 당시를 회고하여, "자기 탐구를 지향하는 청년들이, 내적 주체성의 확립과, 사회과학의 이론적 대상인 역사적 사회의 필연적 운동 사이의 긴장을 그대로 싸안으며 어떻게 살 것인가 라는 물음을 이론적으로 심화시키고자 하는 욕구가 결코 약하지 않았다"라고 『미키 기요시 전집』 월보(月報)에서 말했다. 사회적 실천이야말로 마르크스주의의 알파요 오메가이지만 그 실천에 몸을 맡기기 위해서는 마음으로 납득할 이유, 자기 것으로서 실감될 수 있는 근거가 필요했다. 특히 노동자도 농민도 아닌 지식인이나 학생에 있어서는 더구나 칸트나 헤겔의 논리에 다소나마 젖은 지식인 학생에 있어서는 그것은 피하기 어려운 욕구였다.
>
> 미우라 마사시[三浦雅士], 『批評という鬱』, 岩波書店, 2001, p.195

앞의 글에서 내가 이른바 한국의 세칭 386 세대의 얼굴을 얼핏 떠올렸다면 이는 과민반응일까. 어떤 식으로 규정하든 386세대의 속성은 주체성과 분리시켜 논의할 수 없다고 나는 믿는다. 어떠한 역사적 실천에 임할지라도 결정론에 의거할 수 없다는 것, 그렇지만 그 결정론을 또 깡그리 무시할 수도 없다는 것, 그 둘 사이의 분기점이랄까 거리를 잴 수 있는 감각을 갖춘 세대가 386세대라는 것. 이 세대 감각을 당사자의 입으로 말한 한 대목을 이 자리에서 군에게 보여주고 싶다.

> 박혜정. 서울대에서 "반전반핵 양키고홈", "독재타도"를 외치며 세 명의 학생이 죽어간 86년 5월, 한강에서 투신자살한 국문과 83학번 여학생이다. 마지막으로 남긴 말은 "숱한 언어들 속에 나의 보잘 것 없는 한 마디가 보태진다는 게 무슨 의미가 있겠니? 그러나 다른 숱한 언어가 그 각각의 것이듯, 나의 언어는 나의 것으로, 나는 나의 언어로 말할 수 있겠지"라고 시작하고 있었다. 그러나 이어지는 언어는 운동권 전위의 대열에 서기를 거부했으며 민중을 사랑할 수도, 하는 척 할 수도 없는 삶을 부끄러워하고 혼란스럽게 흐트러지고 있었다.
>
> 조관자, 「이야기가 찾은 언어의 뿌리」, 『사이』 제3호, 2007. 11. p.241

이것은 자살한 386세대의 목소리이자 회색인의 모습이다. 스스로 죽음으로써 그는 이론과 실천의 거리 측정에 실패했고, 따라서 그의 주체성은 자기를 향한 창(槍)으로 작동되었을 따름이다. 그렇다면 끝내 이론과 실천의 거리재기, 역사의 진행 과정 속에 창의성이 끼어들 수 있는 분기점을 모색한 경우는 어떠할까. 이 물음의 중요성은 그것이 인문학의 수준으로 향하고 있음에서 온다.

'거짓 희망'이 아닌 참된 희망을 찾아 헤매다 독재와 맞서고 또 북한의 주체사상까지 수용했으나 이 모두가 '거짓 희망'의 일종임을 알았을 때, 박혜정 모양 자살할 수도 있지만, 자살을 피하고 살아가는 방도는 무엇인가. 역사 자체를 '거짓 희망'으로 상정하고 이를 적으로 삼아 투쟁하는 길이 있을 수 있다. 요컨대 자기 속의 적을 가두고 자기와 고립무원의 투쟁을 하는 것. 여기에서 생겨나는 것이 인문학의 한 갖지 유형을 이루었다면 어떠할까. 군이 말해 386 세대의 인문학의 한 모습 말이다.

주체성을 잠시 보류하고라도, 미키 기요시의 동아협동체를 수용하는 서인식, 인정식 등 조선의 좌익계 지식인들의 전향 논리란 과연 무엇인가. 근대화를 통한 아시아 해방의 지평이 동아협동체 속에 엿보였다면 그것은 경제결정론 속에서 인간의 주체적 창의성이 개입하는 분기점을 찾는 것이 아니었을까.

이것은 식민지 통치를 '비식민지 정책'이라 재정의하고 변증해가는 자기기만적 윤리입니다. 그러나 이것이 기만적임에도 불구하고 어느 수준에서 정당성을 갖는 것처럼 말해지는 배경에는 아시아의 사회경제적 발

전을 말하는 지역 발전의 논리가 가로놓여 있습니다. 아시아 민족들의
해방, 공생을 말하는 '식민지 없는 제국주의'의 언설은 제국 외부의 독립
국가를 향해 발화된 외교 이념이 아니라 제국 내부의 식민지에도 반사되
어 내적 사회경제적 발전이 이야기됩니다. 그리하여 제국주의의 식민지
화에 의한 주체를 부정당해온 식민지 민족이 주체성을 회복하여 자립 발
전해 가는 것을 재촉하는 논리로 수용되어 갑니다. '식민지 없는 제국주
의'를 재검토하는 논의는 이러한 점을 둘러싸고 다시 비판적으로 탐구되
지 않으면 안 됩니다.

요네타니 마사후미[米谷匡史], 『アジア/日本』, 岩波書店, 2006. pp.123~124

자살 직전에까지 이른 386세대의 인문학의 가능성은 이 주체성을 역
사 속에 재고자 할 때 가까스로 왔다고 하면 어떠할까. 군은 이런 진술
이 무엇을 뜻하는지 짐작할 수 있을 것이다. 386세대의 주체성이란 역
사 속의 일이라는 것, 또 그것은 근대의 초극을 모색하면서도 결국 '근
대' 속의 일이라는 것. 그러기에 386세대에게는 문화담당자로서의 사명
감이 그나마 남아 있는 바, 이는 나의 세대와의 연계를 체감케 하는 문
화담당 기능의 가능성이 아니겠는가. '거짓 희망'을 피하기 위한 자살
이면에서 386세대는 이처럼 어느 수준에서 그 사명감을 갖추고 있었고,
그것이 주체성에 의거한 가부장제적 전승이었다고 한다면 이에 비할
때 군의 세대는 어떠할까.

5. 이중어 앞에 노출된 인문학적 세대감각

386세대와 군의 세대를 구분하는 지표 중의 하나는 이른바 국민교육
헌장이 아닐까 싶다. "우리는 민족 중흥의 역사적 사명을 띠고 이 땅에
태어났다"라는 명제를 DNA에 새긴 386세대에 비해 군의 세대는 얼마

나 난감한가. 저 국민교육 헌장이 철나기 전, 먼 기억 속에서 울리고 있었으니까. 이런 점에서 군의 세대는 생물학적으로 아주 신종자(新種子)라고 할 수는 없지만, 그래도 386세대 쪽보다는 군의 다음 세대, 곧 이른바 신종자 쪽에 한 발이 빠져 있는 형국이 아닐까.

잠시 그 신종자를 보자. 이 신종자의 명제는 태어남에 대한 무근거성이다. 아무런 사명도, 목적도 의도도 없이 세상이 던져진 존재[被投性]에 지나지 않으며, 따라서 절대적으로 혼자이며 그래서 불안과 공포 속에 놓여 있을 뿐이며 이 속에서 자기를 만들어가지 않을 수 없다. 이러한 신종자에 접근된 군의 세대는 386세대보다는 조금은 자유롭게 세계의 어느 지역이나 민족, 또는 국가나 종교를 초월해 세계 시민으로 설 수조차 있다. 민족이나 국가 또는 종교와는 무관한 인간 자체의 실존적 조건이 무엇보다 우선했던 것이기에 세계는 군과 같은 동류로 충만하다는 자신감이 군의 세대 감각의 한 모퉁이에 자리하고 있다. 한국인으로 세계 속에 우뚝 서기 전에 먼저 인간으로 설 수 있는 세대이기에 군의 세대는, 설사 신종자에는 여러모로 미치지 못하지만, 얼마나 외롭고 또 불안하며 그 때문에 얼마나 당당한가.

이 때 내가 주목하는 것은 군의 세대가 사용하는 언어이다. 물을 것도 없이 그 언어는 한국어다. 그러나 그것은 개별어이면서 동시에 보편어에 접근되어 있다고 할 것이다. 이 장면에서 한 때 구조주의자로부터 배척당한 언어본능설에 근거한 촘스키의 언어관이 새삼 빛을 발하고 있지 않았던가. 인간이란 종자는 보편 문법(언어)을 갖고 태어났다는 것, 그것이 개별언어권에 접할 때 변형되어 나타난다는 것. 한국어란 그런 것의 하나에 지나지 않는다. 이 분기점이 극히 자연스럽듯, 그 역행도 그러할 것이다. 개별어로서의 한국어는 이 분기점을 앞뒤로 하여 보편어로 재빨리 전환될 수 있을 터이다. 이러한 분기점의 인식은 386세대와 구별되는 또 다른 변별점이 아닐 수 없다. 군의 세대가 1940년대의 이중어 공간에 주목한 것은 결코 우연일 수 없다. 그것은 개별어와 보편어의 분기점에 대한 일종의 변형이 아닐 수 없다. '국민문학'이라는 명칭으로 포괄되는 1940년대의 문화 인식 공간에 주목할 때 이 분기점의 인식은 핵심 개념이다.

> 이 시기의 언어 상황은 이중어 상황이라 할 수 있는데, 그것은 두 가지 언어가 우열관계에 있으면서 서로 뒤섞이는 것을 말한다. 문학에서는 일본어를 사용하면서도 조선적인 감정을 부여하기 위해 그것을 뒤틀어서 사용하는 전유행위로 나타났다. 이것은 제국주의의 언어를 사용하면서도 조선의 고유한 특성을 드러내는 방식으로, 조선의 현실이 일본어를 통해 엑조티시즘으로 떨어지는 것을 막기 위해 일본어를 조선어의 영향권 내로 끌어들여 사용하는 것이다. 이것은 언어 사용만으로 드러나는 것이 아니고 김사량의 「풀속 깊이」나 최병일의 「배나무」처럼 언어 비틀기가 제국주의 담론을 비트는 것으로 나타나기도 했다.
>
> 윤대석, 「1940년대 '국민문학' 연구」, 서울대 박사논문, 2006

군의 세대의 처지에서 보면 식민 체험의 전 과정에서 제일 주목되는 것이 1940년대일 수밖에 없다. 이중어 공간이 거기 생생히 살아 있었던 까닭이다. 제국의 언어인 일본어와 조선어가 뒤섞이고 또 뒤틀리는 분기점과 그 자장에 다가갈수록 제국의 언어인 일본어도 개별어로서의 조선어와 등가일 수밖에 없게 된다. 실로 기묘한 이 체험은 군의 세대에겐 놀라움도 기묘함도 아니고 그냥 자연스럽지 않았을까. 이 분기점의 인식은 주체와 대상의 인식 범주의 산물인 저항과 협력의 논리와는 단연 구별되며 또한 흔히 말하는 탈식민주의와도 일정한 거리를 두고 있다고 할 것이다. 그 거리재기의 중요성은 '나'의 것도 아니지만 그렇다고 '너'의 것도 아님에서 온다. 이중어 글쓰기 공간이라고 바꾸어 부른다면 설명하기가 조금 쉬워질 것이다.

1940년대 '국민문학'적 상황이란 제국의 것도 아니지만 조선의 것도 아니라는 것, 따라서 그것에 대한 연구란 일본 제국의 속성을 이해하기 위한 것도 아니지만, 조선의 그것의 이해도 아니라는 것. 굳이 말해 인류사에서의 근대라는 한 시기의 동시대성의 체험에 다름 아니라는 것. 이를 두고 근대에 의한 초극이라 부를 법한 점도 있어 보인다(H. Harootunian, *Overcome by Modernity*, Princeton University Press, 2000). 그렇지만 이중어 글쓰기를 문학적 측면에서 검토할 땐 아주 특별한 요인이 무의식 속에서 작동되지 않았을까. 일종의 글쓰기 속에 숨은 쾌락에 동참하기 라고 말해질 수 있는 그런 측면도 있었을 터인데, 왜냐면 이것 없이는 어떤 연구도 그 밀도는 물론 지속성도 갖추기 어렵다고 내가 믿기 때문이다. 언어 자체가 본능의 소산이듯 이 쾌락 역시 같은 뿌리에 닿아 있을 터이다. 그러나 아직도 나는 군의 세대에서 이 과제를 표 나게 엿본 바 없기에 더 이상 말해볼 재간이 없다. 386 세대에 대해 내가 그토록 간절히 언급한 것에 비해 군의 세대에 대해서는 이 말을 아낄 수밖에 없는데, 그만큼 군의 세대의 가능성을 믿기 때문이다. 언어본능과 자유의 관계항에 대한 사유 말이다.

6. 무한자(無漢字) 세대와 문화 담당층의 소멸을 앞에 놓고

내게 있어 근대문학이란 국민국가를 전제로 한 것이며 그것은 상해 임시정부로 표상된 국가 개념이었다. 그 국가가 내세운 언어로 하는 문

학이 한국 근대문학이 아닐 수 없다. 일제 통치부가 여러 가지 조직과
행정 단위를 식민통치화하면서도 이 문학 제도만은 제외했음도 두루
아는 사실이다. 한국근대문학사의 성립근거는 이처럼 자명한 데서 왔
다. 그런데 일제 통치부가 이 문학제도까지 통치권 속에 넣고자 한 것
이 이른바 조선어학회 사건(1942. 10. 1)이다. 3·1 운동의 지도자 숫자
와 똑같이 33명에 맞추고 또 총독부 시정일(施政日, 공휴일)에 맞추어 감
행한 이 사건이 갖는 상징성은 일제 통치부 측에서 보면 '한국 근대문
학'의 종언에 해당된다(졸고, 「이중어 글쓰기 공간에서의 글쓰기 유형론」, 『김
윤식 선집(7)』, 솔출판사, 2005). 그러나 나의 처지에서 보면 또 우리 세대
의 시선에서 보면 단지 암흑기(1942. 10. 1~1945. 8. 15)에 지나지 않는
만큼 건너뛰면 그만인 시대인 것이다.

386세대는 이를 어떻게 인식했을까. 경제결정론 하나로 식민사관 극
복으로 달려간 나의 세대에 비해 386세대는 주체성과 경제결정론을 동
시에 인식함으로써 커다란 유연성을 획득하고 있었다. 그로써 386세대
는, 나의 세대와 비판적으로 연결되었고, 동시에 군의 세대를 향해서도
열려 있었다고 볼 것이다. 문화 담당층으로서의 소임도 이로써 가능했
다고 말할 수 있다. 그러나 군의 세대는 이 점에서, 감히 말하건대 매우
단선적이라 할 수 없을까. 그것은 군의 세대가 갖고 있는 본능(자유)에
서 말미암았다. 군은 속았는지도 모른다. 암흑기라 말해진 공간이란 군
의 세대 감각으로 보면 실로 눈부신 만화경이 아니었던가. 국내는 물론
일본 본토 또 만주까지 광대한 저널리즘이 이중어 공간으로 펼쳐져 있
었고 분량 또한 상상을 넘어서고 있지 않았던가. 이중어 글쓰기라 했지
만 큰 범주에서 보면 이상, 유진오, 이효석, 김사량 등으로 나눌 수 있
다. 「오감도」(1931)로 글쓰기에 나아간 이상의 경우가 가장 극단적이다.

지방어(모국어) 따위란 안중에도 없고 당초부터 제국의 '국어'인 일본어로 그가 출발했기 때문이다. 실상 그것은 일본의 국어이자 동시에 추상이자 관념의 최상위에 놓인 이른바 기하학이었다. '기하학의 글쓰기'라 함은 이 때문이다. 또 그가 사용한 언어는 실로 예외적인 준보편어 급에 오른 근대 일본어였다.

조금만 주의 깊게 읽는다면 그 이중어 글쓰기란 적어도 여섯 가지 이상의 유형이 있음을 알 수 있다. 일본 문단에 진출한 김사량, 유진오, 이효석 등이 제1형식이라면, 제2형식은 이광수의 경우, 제3형식은 최재서의 경우, 제4형식은 한설야로 대표되는 창작 유형, 제5형식은 조선어 자체의 이중성을 문제 삼은 것(이기영의 경우), 제6형식으로는 김종한의 시작 방식 등등. 이들 어느 형식도 내선일체 사상 일변도의 친일문학과는 일정한 거리를 갖고 있었다. 군의 세대는 이 공간 앞에서 숨을 쉴 수 있었는바 거기엔 숨구멍이 뚫려 있기 때문이다. 그것은 군이 놓인, 던져진 존재로서의 생리적 조건의 인식에서 왔다.

이 모든 현상들은 거시적으로는 식민체험의 세대적 감각에서 말미암은 것으로 정의될 수 있다. 그러기에 이중어 공간 앞에 넋을 잃고 있는 군의 세대도 식민 체험의 세대적 감각에 수렴될 성질의 것이 아닐 수 없다. 암흑기 건너뛰기와 만화경 즐기기란 386세대의 주체성과 함께 이 점에서 한 배를 탄 주민이 아니겠는가. 마지막으로 내가 386세대에겐 그렇게 말을 많이 걸었지만 군의 세대에겐 이처럼 말을 아끼고 있는 이유를 조금 말해봄으로써 이 어수선한 글을 마치고 싶다.

두루 아는 바 어느 세대나 그 전대의 문화를 이어갈 문화담당층으로서의 세대적 감각이 있다. 군의 세대가 설사 던져진 존재로서의 실존적 생리적 조건을 자각하고 있다고 할지라도 또 거기에서 아무리 많은 자유가 방출될지라도 식민지 체험의 범주 내에서 벗어나지 않았음에 주목하고 싶다. 한자 사용 체계 속의 사안인 이중어 글쓰기 공간이 이 사실을 직간접으로 말해주고 있는 만큼 군의 세대 역시 문화담당층의 임무에서 자유로울 수 없다. 이 장면에서 군의 세대는 386세대를 조금은 부러워해야 할지도 모른다. 그것은 군의 세대가 갖고 있지 않거나 적어도 군의 세대에 결여된 그 무엇을 386세대가 갖고 있음에 관련된다. 한자 사용의 위상 차이가 그것이다.

군의 세대는 한자를 사용하긴 해도 거의 무한자화(無漢字化)에 가깝다. 인문학을 위해 억지로 학습한 한자인 만큼 매우 제한적이며 따라서 기회만 오면 한글 순수사용으로 거침없이 나아가기 마련이다. 또 그것은 가속도가 붙은 사안이기도 하다. 무제한의 한글전용 앞에 제일 난처한 것의 하나에 문화담당 기능이 있다. 식민 체험의 전과정이 한자 사용 속에서 조성되고 그 전달체계가 이루어졌음을 염두에 둔다면 이 무한자화 시대의 도래는 문화담당층의 기능 상실이 목전에 와 있음을 시사하고 있다. 한국어/한글이란 새삼 무엇이뇨. 보편어/보편문법과 쌍을 이루는 것이며, 그것은 또 한순간 영어/영문법과 지척에 있을 터이다. 이 사태 앞에 군의 세대는 어떻게 장차 반응할까. 실로 궁금하지 않을 수 없다. 그도 그럴 것이 '무제한의 한글 전용화', 곧 무제한에 가까운 자국 문자의 일방적 질주는 동양 삼국에서는 단연 유별나기 때문이다. 이 경우 한글은 특정 문자가 아니라 투명체의 기호이며, 한 발자국만 나서면 보편 문자로 변형될 수 있는 가능체라 할 것이다.

군의 다음 세대의 전망은 어떠할까. 군의 세대는 그것이 다음처럼 한눈에 들어올 것으로 추정된다. 곧 인류사의 보편화가 그것이다. 그 보편어가 영어일지도 모르지만, 이 보편어화에의 출구찾기에 있어 군의 다음 세대인 신종자 순수 한글세대가 제일 민첩할 것으로 예상된다는 것. 그때 비로소 식민 체험의 세대 감각은 소멸될 처지에 놓일 것이다. 그 대신 인류사의 문화 담당층으로서의 유별난 세대감각을 그들이 새로이 부여받게 될 것이다.

여기까지 이르면 이상문학 연구 또한 그 내용도 실감도 각각 공중분해될 처지에 놓일 것이다. 왜냐하면 이미 군의 다음 세대엔 문학이 사라진 연후이겠기에 그러하다. 있는 것이라곤 다만 '문화적 현상'일 터이며, 그 역시 한갓 기호 행위에 시종하고 말 것이다. 어떤 특정 언어권일 수 없는 기호 놀이에 함몰되어 이상문학은 그 흔적도, 찾을 수도 찾을 필요도 없을 것이다.

이상문학 연구진의 세대 감각이란 새삼 무엇인가. 이런 물음은 아직도 신종자 연구진의 등장 이전에 던져질 성질의 것이다. 필자의 편의상의 세대 분류 개념인 식민지 세대(도남), 전후세대(필자), 386세대(조관자), 이중어 세대(윤대석)를 상정했을 때의 의의는 어디에서 오는가. 물을 것도 없이 그것은 한국 근대문학사의 전 과정에서 이상문학이 놓일 위치를 측정함에서 온다고 할 것이다. 이를 건너뛴 이상문학 연구란 자칫하면 낱말이나 어구나 영향관계에 대한 무수한 주석학에 함몰되어 정작 이상문학이 놓일 자리의 검토에는 이르기 어려울 것이다. 출구 없는 주석학에서 이상문학 연구를 건져낼 수 있는 것은 한국 근대문학사라는 총체성밖에 없다고 보기 때문이다.

자료

이상의 미발표 육필원고

獚

表札ニ……オレハコノ表札ヲ辛ラジテ發見シ得ヲトヲハ少シ……ニ一年ダラシイモノガ書イテアル　吸ハレタ　文字以外ニ　オレハアラヒヤ数字ノ幾

一匹ノ犬ガ鐵檻ニ圀圀サレテイル　先羊歯類ハ會史時代ノ万國旗ノ様ニ　鐵檻ヲ搖イデイル　・長閑ナ阿房宮ノ後庭デアル

旭ハ瞳ニ似テ稜針ヲ發ナス
オレハニ玄雄ニ冷々タ泉凄ヲ擦ニ付ケタ　金環ハ千秋ノ限ヲ經ニ染メタ・階笶尾ノ刻字ハ眼ヲ痂デイル―自藏ヵヵ・・・
奇怪十啼声ハ眼前ニアル・果ニ奇怪十啼声ハ眼前ニアヒッタ

第一ノ玄雄・錆ビタイタ金環・杜モシタ羊歯類ノ涙・薰猫尖住

夢
眠ト耳ガ忠ト車ノ様ニ　シ鐵條網ヲ越ヘテ　叢ヲ踏ンダ
雁ノ谷羽ニ連立蕎葉ハ歸郷鴉兵ニ・・・・偏枕ヵヵデ・・・・祭天ノ弱咅ヲ作曲シ　獨リ候ニ入ッテ喜ビタ　冷々モガ穐ノ央ヲ
奇怪十啼声ハ亦モ寵ニ青葉ヲヘベデイル

門限ヲ越エタ時刻剛ガ肌ヲ奪ッタ
月ヲ醒さら時ハ電卓が最后ノ被物ヲ肌ギ捨テ・イル所デアツタ　汗ガ花・中ニ花ヲ咲ヵモヒッタ
オレノ散策ハ愈角ヲ逸斷シ易カラ
奇怪十啼声ガ朝路ヲ轉ガシタ
故王ノ汗・・・・麻中ニ拭ハレタ・・・・・

十歩
或ハ臥歩黑ハ一歩ノ羊歩・・・・・
シテ　猶身ヲフォームノさぶらの
觴ヲ溢レ水ガコンクリートノ下ニ泥ヒテイルノガ云ヒ様ナキ懷シノンデオレハ毎朝トヵリ　シノ鐵條網ヲ外ヲ步イタ

夢ハ大ピラニ　オレヲ僞便ス・弾丸ハ地獄ノ枯草ノ様ニ接ビシ－・健康体ノマヘ―
夏毒が潰ス・冬ヅ迎ビテ舵デ糸様ナ春ガ來テオレヲ疎ヅタ　オレハピストルノ様ニ黑之三　瘦セヲ　軀ヲ金表枕深ヲヲ起エよハ不可能デアツタ
裝見・挽女・如前ニテ斯モ逃ク遣見・怖レ哀シミヘト轉ビタコトデアラ　ニ就ヘテオレハ熟考こ付タメニオレハ　オレノ夢想モオレノ籠カラ追放シタ
瞳ヲ挟リ合ケテ空服ヲ運ブ　オレノ隱依ハ重タイ・・・・オレハドラスレ　ヨイノダラウ・・・明日ト明日ト更ニ明日ノタメニオレハ深ク隊ニ落チタ

……いやどっても　だめだと思ふね……犬ハ旧武ラヒ　ぴすゐるヲ衛ヘテイル　シレヲオレノ前ニ突キ出スノダ・・・・　おねがひだ彼女を殺くてくれ
……あなたはMADEMOISELLE NASHIと知り合ひですか　私はかのじょのために逃開されて居る　ニチ・・・・オレ思ヲ救こ
……えさをやらう・・・オレハすてっきヲ持ッタ×あむんぜん翁ノ食事ノ如ク教テビデアレ×　弽雄

一九三二、一一、三、
畜

オレノ吹クラシテイル煙草ノ煙ガ風ニ煽ラレテ、様ニ消エ方ヲシナガラ 伸ビ消ヘテイク

……ああ 安ノ オレガ悲シイ……

……さあ 又アノ様ナガ まだ君ノ故郷ノ地名ガ何ガラシクモアルガ どうも わからない……

たったそれ丈カ。

消ヘテよく知らないガ

……誰ニ違ヒ 君ノ生年月日でも書いてもらえんだらう……

君ガオレヲ好クカモ「オレガオレヲ東洋人であると思ふ理由からだね……」

東洋人モ来たんだ オレハ東洋人ヲ好クタ

故郷ヲ読ム様ニ読ム 犬ノ顔ハ夏天ヲ表情シテイル

六ノ故郷ヲ読ム様ニ読ム オレハ東洋人ノ尻尾カラ遂ニ 東洋文字ノ奥義ヲ發堀シたんだ……

……どれ 「?」……

オレハオレノ父きらい……

犬ハ オレノ回向デ シテ激シク腺眼シタ イハ 胸ノ邊ニ塞ガレル感ゲヲ得ナカッタ ミ・ラシ感ジタママニ十七訳ニモ行ッナガラ

情ヤヒ犬ハ 一日僧モ表ノ裏ヲラ見學ナ

右ノ様ナ雨ガ降ツデモ オレハ犬ニ進ヒタカッタ……

ダレヘマモ アノ孔ノ裏長メヲ漬滴ト脈毒ヲ感ゲルらしい……

3

一九三二・一一・三

……花ガ覺俉ヲラ タ 犬ハ 載自ノ様ニ笑フ……鬚髯ヲ何ヲ?・ノ腹額

オレノ日課ノ重復ト安ニ犬ハオレニ朝ヲテ来タ 頭ハ日ミヨニ乾タ

オレハピストルヲ手ニ取見セタ 座トユふゼルデカラス……花ガ春青娘ノ町ヲナゲテイル

犬ハ 絆ヲ吐イタ

絆ノ忠器ハ連翹ヲ咲キ散ラシ

犬ハ 安心シテ……

胃ガ絶壁ニ MICROBE・様ナ希望ヲ ぶらすこよりと哀シデ大ハ悲シゲニ語ル

オレハ犬ノ前デ擦ヲマクッテ見セ 脈膊ガ モニタリズム・様ニ屑ニ塩ヲフリカケタ……おんなばかり……

2

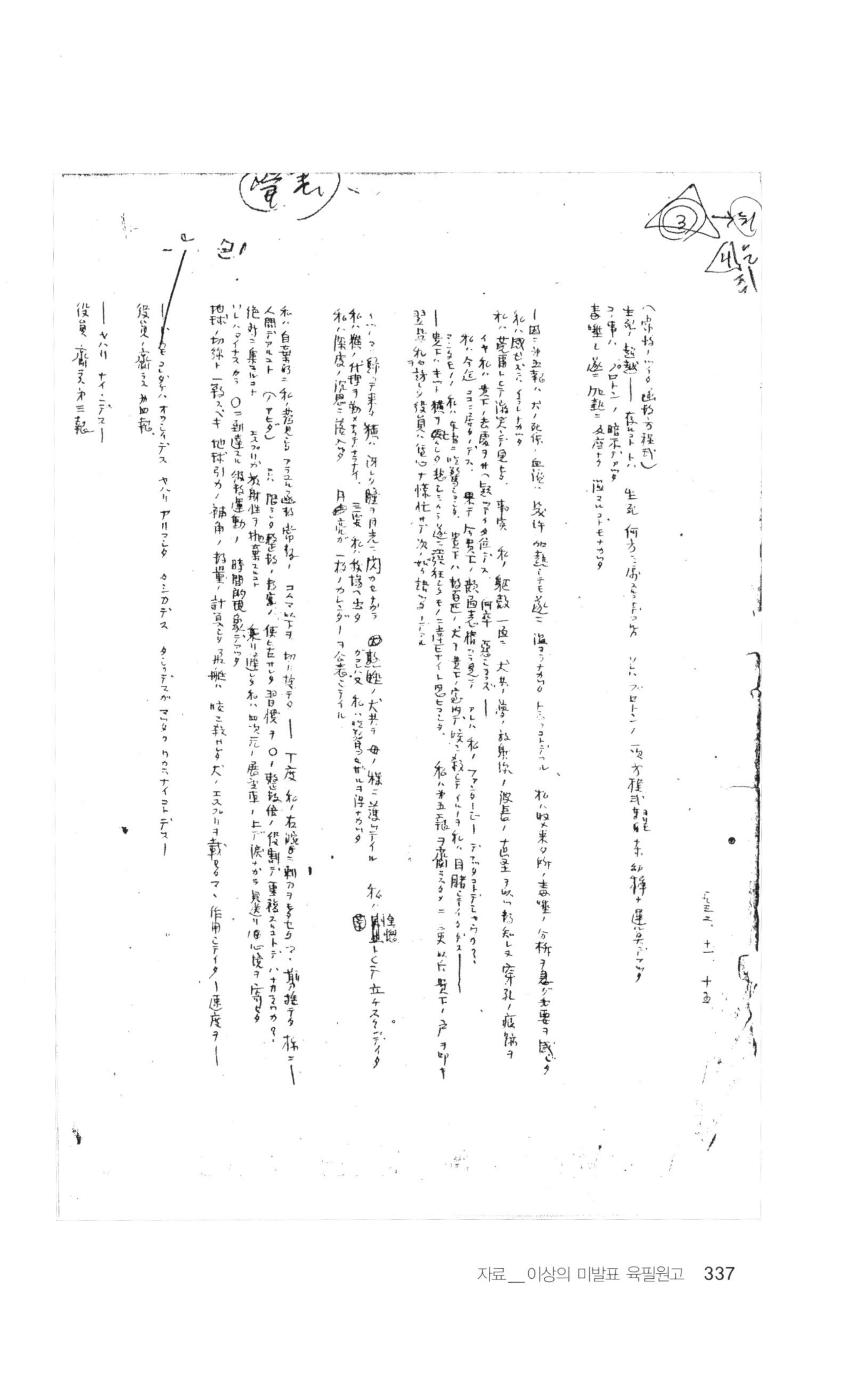

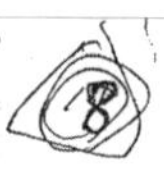

猫の記

作品第二番

記一

― 猫ハ私ノ牧場ヲ守衛スル犬ノ名々ヘデス ― （一九三一・二・二二自命名）

恥辱ノ系譜ヲ背負タマ丶、私ガ解剖台ノ露ト消エ丶日ハ、何時ノ日ハ系出デアラウ？

何時モ私ハ私ノ祖先ノ肉親ヲ侮辱シタイ　惡衝動ニカラレタ

記四

私ハ穿衣ノマ丶浴室ニ入リ、辛ラジテ浴槽ニ入ルノ一晩身ヲ比半ニ指イタマ丶、

私ノ入浴時ニハ猫ノ勤務中時ちハ牛ニ□ル

猫ノ裸像ハ私ノ裸像ヲ吾似テイル　或ハ□□ラ丶ハコ□コト□逆ニアルカモ知レナイ

記四

私ノ洛ノ此發声ノ遠ニ三角形ノ或ハ頂点ヲ正面ニ出發ちる

腹ノ内ノ一ノ結晶ヲ加蔵スベク小量ノリトマス瀧ヲ私ハ私ノ食事ニ係ヘ□コトヲ

私ノ想ヲ列ヲテ一心ち□ニ一私ハリトマス紙ニ書イタ

私ノ腦膵ノ慶性ちに酉入ル事件ノ多部分ヲ私ハ猫ニ貯蔵シラ一冷却サルベク加熱サ□

記三

言語ノ貯蔵倉庫ノ□□□□□□□□□□□□□

病魔ガ智蔵ニ甲和もしー世ニモ巧妙ヲ極メタ没病もり后ち滅ハとニ左右ヲ兼備ス□様ナり、

□□習慢ガ食事様ニ私ニ服薬ヲ堪進ニサセタ

一朝ノ私ノ食事ニ換ハ□ニ服薬ニ渋大ヘテイる　陰ヲ挑丶□□トしに述□猫ハ丶丶金属ノ花ヲ□□へ、私ノ半用ノ□ニ

智識ト共ニ私ノ病魔ハ深ヌル一方デアラウ

闇モナラ私ハ逆創病ヲ犯サ□タ　私ハ毎日もち印刷所ノ活字置場ニ私ハ病魔ヲ引摺り

か果こテノ大理石ノ種ヲ□ちが裳丰ヲ見ちり。ノ三ナラズ夏ノ人初ニ金属ノ花ヲサ丶せ身ちり

私ハ猫ノ皇元ヲ信じ之ヲ庭隅ニ埋メタ　勿論モノ□ノ不良品ヲモ一諸ニ私ハ試驗もり□友テ一

(B) 「이 아이에게 장난감을 주라」

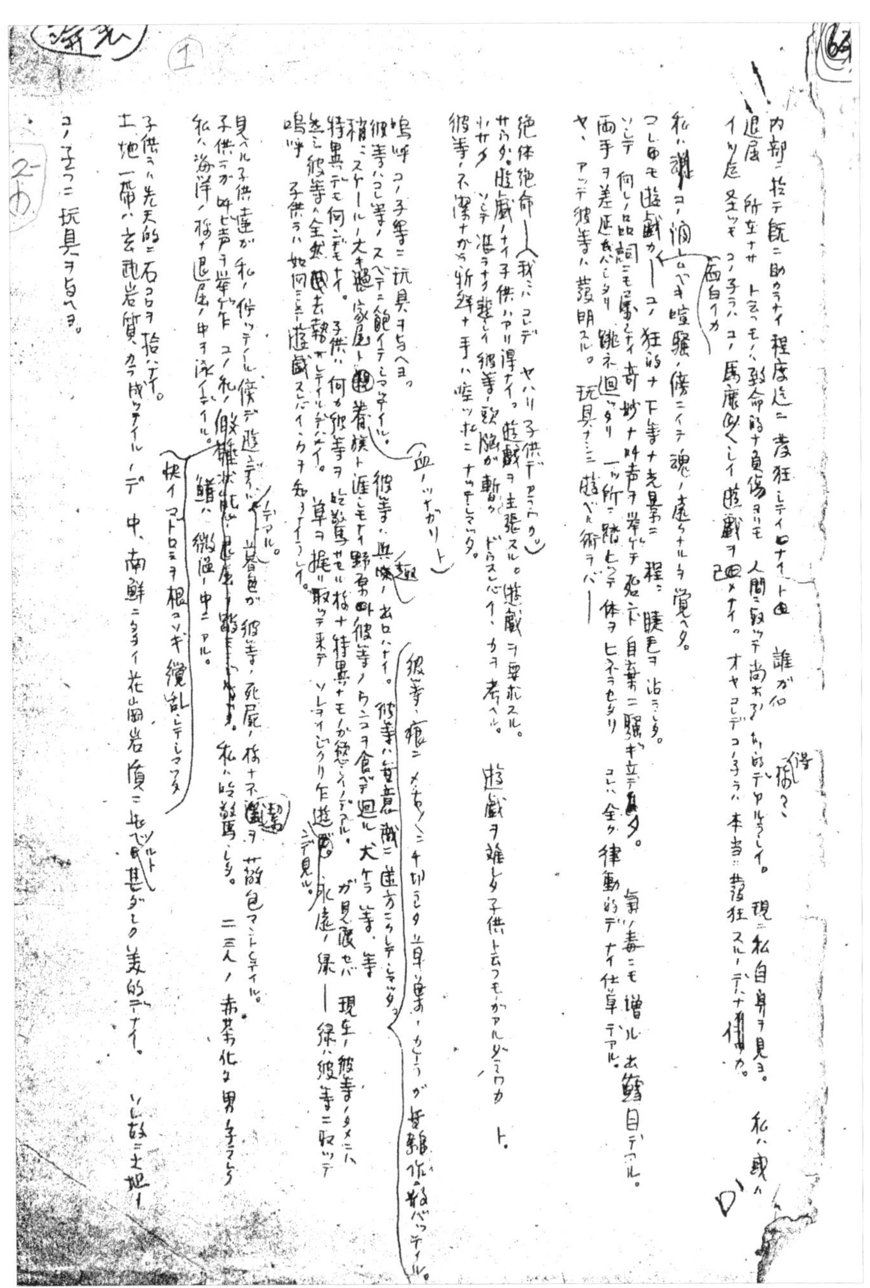

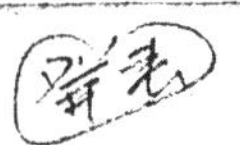

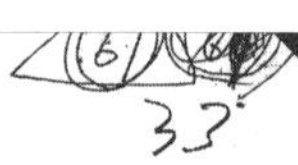

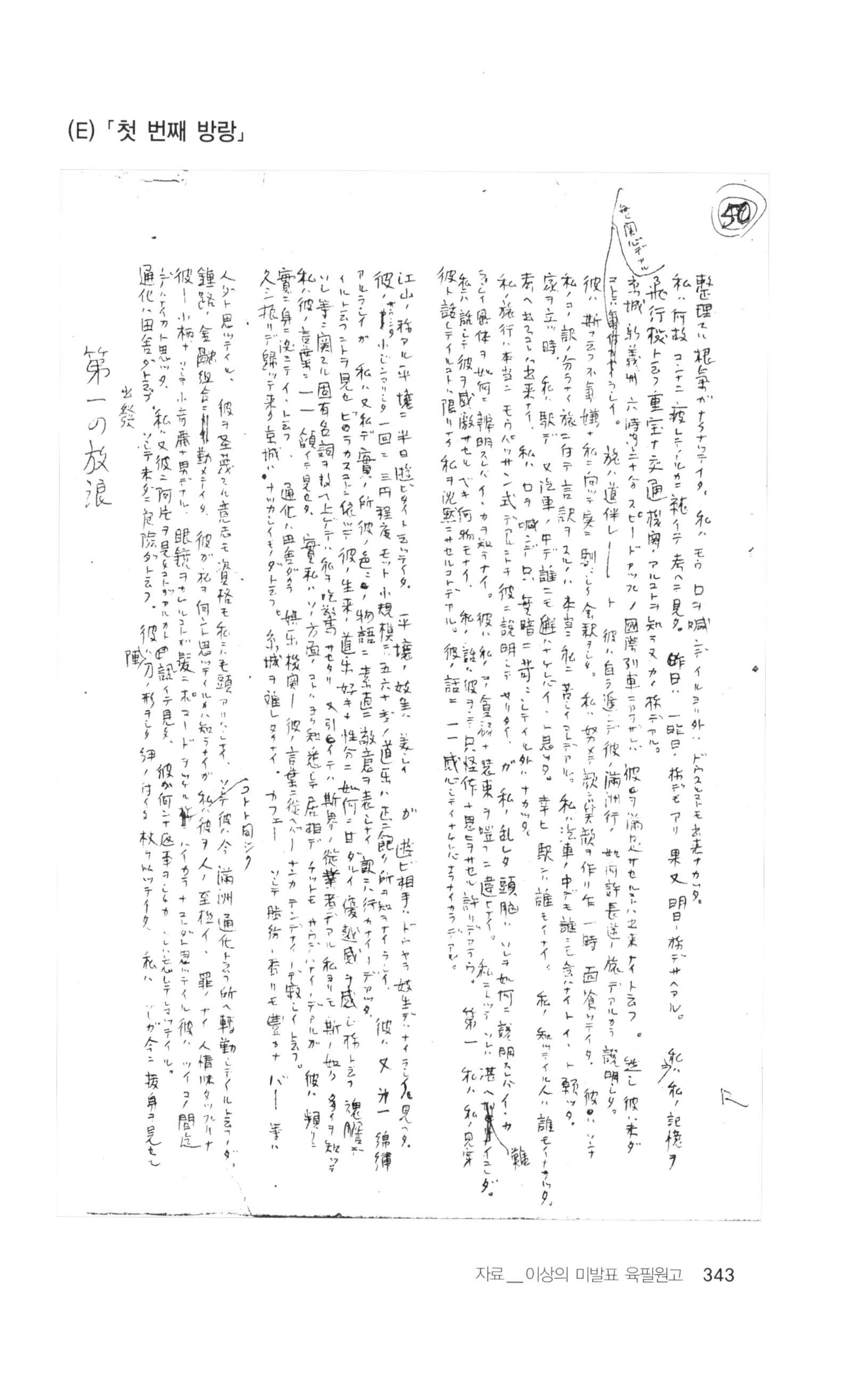

第二ノ放浪

第一ノ放浪

出發

二十八日

本ヲ閉ヂタ。活字ハ浮カラ游グ。

私ハモウ眠ラナケレバナラヌ。

今夜行列車ハ北續ヲ悲シンデイル。

憎ミニサヘイル。ケレドモ彼等ニ滅ンデシナイ。

私ノ悲シミガドウシテ彼等ヲ心カラ愛スルコトガ出来ナカッタカ。

私ハ厳格ナ姿勢ヲシナケレバナラナイ。私ハモウ一人キリナッテ

暗夜ノ鏡ノ様ニ湿氣ノナイ明澄サデ目ニ沁ミ冴ヘ渡ル。悲シクモ冴ヘイ。

枝ニコノ列車ヲ追ッテ尾行遅延ビ出来ル。

獨烈ナ毒臭ヲ放ツ全。何時モ私ニハヤ握ル私ノ生理ニ食入ッテイナイカ。

寸時タリトモ無ノ心ニ一握。不潔ニ空氣ニ浮ハ出テ来ル。彼掌ハ夢ニ不幸ヲ食ベテ生キテ

枝ニ先ノ暗キ書面デアル。絵ノ枝ニ光線ノ暗深刻ナ畫面デアル。ソノ陰デ

野原ノ枝ニ青イ林檎ノ皮ヲ剥イテイル。ソノ陰デ。私ハ何トイフ

彼等ヲ睨ハ寄思影ニ。心ニ平和ガアッタカ。私ノ妹トモ兄シャ

眉汚ニ緩ヲ寄セテ

彼等ハ今夕モ又不味イ食事ヨリタコトデアラウ。

私ハ世ノ不幸ヲ一人デニ背負ッテ生ミ出タ枝ナ犠辱ニ剃ガ一族ヲ都ニ遺シ出テ来ル。

少女ノ股ニ長ク下ガル皮ヲ一心ニ見凝メテイル。獨迎ローマン國派ノ絵ノ枝ニ来タ

私ハ煙草ヲ吸フ時、枝ナ息ヲシタ。アノ御嬢サンニ？野原ノ枝ニ青イ林檎ノ皮

イレテハナイカ。キングノコノ毎邪氣ナ男ノ心ヲ痛メ祗会ナ記事ガイ中ニ

不圖彼ノページヲメクル音ガシタ。コニ◎又何ノ心ニ云ルコトデアラウ。彼モ一心ニ本ヲ

遠ク少年ノ日。リンニシード油ノ芳香ニ魅入ルトイフ一人ノ病メル画人ハッテ白イシーツ上ニ黄癉色ノ血ヲ路イテイタ。

私ハ枝ニ蒼イ顔ヲシタ青年ガ古本ヲ賣ッテイル。私ハイシラフイジクル。見付ケル。中村君ニ自畫像ノデッサンダ。

咽デ枝ニ時雨レテイル。鐘ガ嗚ル。デアラウ。ガ夕靄ノ中ニ浸ミニテコッテ此方デハ聞ヘナイ。

私ハ冷イエナメル先ニ尖ガッタ靴ヲ履イテイル。私ハスタクト歩キ出ス。ヤガテ夢ニ枝ナ静カナ河ヘ出ル。川向ニ

ソノ岩ニ毛深イ[illegible]風貌ヲシテイル。ソノ下イツモドコノ國トモ知レナイ街ノ十字路ニ佇ンデイタ。

斯云フ幻像ノ中ニ出テ来ル自分。影像ニ定メテツヤノイ、ルパニカヨ着々非度ノ類瘷的ナ姿ダ。少年ノ枝ナ蒼イ掌

文字ハ午睡ノ枝ニ脇ノ下ニ躱ハイ。イメージハ遠ク海ヲ越ヘテ行ク。モウ海ノ音サヘガ聞ヘテ来ル。

斯云フ幻想スル。シカシソレニ詩人デアルガ故ニ、ロマンティストデアルガ故ニ、ノー辨慶ノ枝ニ

セルバンヲ出ス。アポリネールノ好キナテーマ小説ダ暗殺カモリ詩人ハ熱ハコース不思

私ハ何モウモセレシテシマハナケレバヨッナイ。私自身ヲ暗殺シテ来タ私ノ枝ニ私ガ靴ヲ

葡萄ノ枝ヲ食ベタ時ノ枝ナ默ニダ唇ロデアル。遠ク江西辺リニ蒲ヲ巻ッタ恋人ノ

私ハモノ女ノ方ヲ見ル。美シクハナイ。ガ感性的ナ額立チダ。肥ヘテ居相デ細ツツ

ヲ見ルニ目々光ニシヨリスル枝ナコレニシナイ。ナタラカナ遠ノ影デ眺メル。枝ニ誠ハ平和デアッタ。私ノ枝ニ彼ハ浮ニシテ女人

十佐ノ女ノ子ヲ伴レタ一人ノ女學生風ナ女人ノ上ニ彼ノ注意ガ向ヘラシ地メタ。助向ヒニ席ニツシメテシ

巨岩ノ枝ナ不安ガ空氣ノ呼吸ノ重圧トナッテ押被サッテ来タ。私ハ夜行列車ノ枝ニ娘ナ[illegible]ナイ。

見知ヲ又人ノ不遜ナコトイ軍内ノ一隅ニツシテ私ハ眠シハ藍、冴ヘニテ来ルカ。妹デアラウ。

彼ハやかゞラノ伴レタ男ニ話シテシヤ如何ナ無用デイルノヲ悟ッタデショウ

睡螺ナ大セシナナイ。

後方ヲ振返ッタ。
作キテイルノカ
カチ合ッテイル。

噴
ソコニハ誰モイナイ。私ハ坐土ヲ幾失シテシマッテイタ。
コハ牧豈ヲ啥ディルト見ヘル。コレハ只一人ディアルラシイ。
私耳ハ洞窟ノ様ニ。ソレ等ノ音響ヲ逐一反射スル。
来タ。一瞬月ハ煙ヲ挙ゲテ沈セラ眠ッタ。悲怖ノ深淵ノ中ニ。
喊声ヲ挙ゲル尚示早イ。
下弦月ダ。強シテ私ハ美シイト思フ。ソレハ非常ノ疲レニ違ヒナイ。
而モ私ハ何ヲ待ッテヰルデアラウ。ヤガテ人ニハ来ヒ来ル。

ト大キナ画体ニ比ベテ四バイブノ余リデモ小サイ情昔モカラ
彼等ハ長ノ祖先ノ煙管ヲ持テ、可笑シウテナラナイ
私ハシヲ吸ッテアラウ。モウコノ夜行列車ノ中デノ十年前
座室デアルカラ目撃シテシマタ。彼ニアニフシタ
満洲ノ煙草デモ入ッテイルデアラウ ト思フラ
ソシテ彼ハスーツケースノ中カラ四六半裁形
一私行ニ絶倫ナモノデアルカニ乾イテ修ノ体験ヲ
今ガシ違ッタ列車ハ ヒカリニ連ヒナイトイフ
私ノ傍ノ彼ハ、イツ問ヒカ目ヲ醒マシテ アノ陣ノ形

四何所カ私ノ耳、決シテ届カナイ偉大ナ地區ノ上ヲ走ッテイルデハナイカト
操手ニ厳ニ一挙手ヲ礼シテ見セタカ。私ノ内心ハ古キペロニ
私ハ煙草ヲトリ、見テハイケナイ 私ハ又何ニカフ偉容ナ光景ヲ
但カ 杉大ナル圏ガリ本体ノ中ニ次ヒ込ッテ行ウ
伴ッテイル・ヤガテ ゼンマイヲ巻イタカ、林ニ小刻ミ
車窓ノ外ヲ 見渡ッタラ コレハ又 幽霊ノ國、巡査ニテアラウ
向ノ方角ニ向ッテ 駆ケテイルノデ四アッタ。ソレニシテモ コレハ又 何ニトコノ
列車ハ 此ッテイル。夜霧ノ中ニ体温ヲ甘型裁せセテイタ。
私ノ犬ノ群ニ 追ハレテイル。私ハ奥ノ部ニ 跳デル。ヤガテ 私ノ歩運ハ大

私ノ耳ハ聾デアッタ。ソレハ南行 國際特急 ラシカッタ。ソレニシテモ 私ノ耳ハ聾デアッタ。
山ノ稜ニナモノガ開シ渡ッタ
何等カラコトデアラウ。
言葉ガ硝子ヲ透ッテ 澄渡ッタ 郷土ノ ナマリ トナッテ 傳ッテ来タ。
ソレ等ハ 笠上ニ紫メイイ。ソシテ 精ニ派手デアル。

手ヲ拱イデ 私ハ リノ痛ニ シイ光景ヲ 眺メテイル。肮ノ者 ●リニ 固ノ机デアル。
私ノ目ノ前デ人ノ 女人ガ 竹晩 オ産ヲシテイル。 耻骨ノ者ガ 非庫ラ痛ム。 机ノ上ニ 何モナイ。

ニジミ出タ。

私ハ身ニ輕イ。然シ寒サニ又今備ヘ得ル高貴ナセビロヲ着テイタ。

草ニハ縮レズニ、ステッキハ銀リ空氣ヲ戴ッタ。私ハ又ソレヲ先デ土ヲ押サヘテ見タ。真紅ナ血ノ様ナ液体がホンノ少シ振リ回スノが好キダ。頭ノノッペラナソ ステッキ 振リ回ニスト出來ナイ。私ハ足元ノ草ヲ薙ギ倒シテ見タ。

コレヲ造ヘタ人ハソレヲ知ッテイタカラコソアノ属ニモツカナイ非モノヲ造ヘタデアラウ。私ハソレヲツイテ見タ。

私ハ半バ嘲笑ヲ以テソレヲ視ル。髪メテイル。ソレハドウヤラ中味ノナイホンノ首ノ連刀デアルラシイ。人ニハアンナモノヲ買フデアル。

叩キ付ケルー扉ヲー音ノタメニ私ノ意海ハ一層明瞭ニナッタ。私ノ前ニアノ陣ノ形ノステッキが轉ンデイル。

或ハ誰カが私ノ傍ヲ通ッタノダ。ソレアノステッキ起ッシテ廻イタノデアラウ。アノ男ハ未ダ醒メナイ。ソノ間ニ私ハ何ニ上ニフ幻像ノ風景ヲ目ノアタリニ見タ。何ニトヲラフ粗忽ニツクレイ男デアラウ。ソレニテモ先程倒シヲウ起シ、私ハ手ニ白イ。

私ノ網膜ニ巨大ナ怪物が映ッタ。ソレハ段ニト遠クナラニ行ク。

草原が遠クニ連續ステイル。圃ヲ越ッテ牧草ノ香ヒが傅ッテイル。赤イ屋根が見ヘタ。ココニ一体何處ダトミラウ。

行ッタ。モウスッカリ私ハ小坊主ニナッテシマッテイル。歳月ニ私ノ少年ノモーデアル。然可憐ナ小兒デアッタ。私ノ内新ヘ牛科ニト引縮ッテ。

顔面ニ見ヨク報リ決コウテ行ッタ。毒氣ヲ咯ンダ蒼ミガ私ノ肉体ヲ圧㯃シタ。私ハ内新へ牛科ニト一瞬ノ

ソレヲ昆布ハウナギニ姿形ニテ行ッタ。昆布が家屋ノ株ナ粘ニシ岳両面ニハカスカナ音サヘ立テ馬サニ微苗ノ動メキ活シタ空氣ハ悲シロヲ失ッテイル。目高魚ノ株ナ微苗ノ動メキ。人ニハ重苦シイ見ヨシタ。中ニ大キク口ヲ開ケテイル者サヘアク。

ア、金魚組合ノ男、ハ、ッテイタ陣刀ノ形ノステッキヲ倒シタノだ。
通リ魔ノ株ニハ人ハ后方ヘドアヲ開ケテ次ノ車室ヘ次セヲ消シタ。
傍近来ル人ニ微カニ何物カヲ流ヘタ時ノ株ナ大キナ音ヲ立テイタ。目ニハ毒氣ヲ帶ビ。
恐ハニフ丈ノ高イ人ダ。坊主刈ダ。ロヲ一文字ニ喊セテイル。
私ハ生ッテイル方ヘコニ又何人テアラウ。麦形ニ動ク車室ノ倒シ
窓ノ外ニ潔イ霧ダ。何物モ見ヘナイ。
私ノ外ニ何物デモナイ。私ハ諦メル。海底ニ沈ム測量機ノ株ニ。
私ハ猫ノ株ニ冴ヘクトシテ端坐シテイタ。時ニ、時ニ、ホーッヲ明ニ寝ニ。
汽車ハ黄海道アタリヲ走ッテイルデアラウ。
血ハ休ムデアラウ。見ニシ顔ハ蒼褪メテ來タ。哀シミ余リニ近ク
疑ハシイ。カノ女學生達が寝テイル。黒イブローズが見エル。フトモ、
今ハ皆寝入ッテイル。ソレが私ニハ不思議テナラナイ。ドウシテ坐ッタマ

車窓

私ハ一時、時躊フ。

此ノ時私ノスベキ表情ハドンナノガ一番イ・ダラウ？、ドンナノガ一番私ニ表情ヲ強イルカ／梅ニモ見ヘルっ 私ハ何カノ表情ヲ、ドンナノガ一番月ノ自慢ニ融和スルデアラウ？、

ソレハヤ、過保ヲ ヤヘ帯ビテイルっ ソレテ自ラノ 疲倦タ者ヲ 耐ヘラレナク輝イテイル。

私ハ喜ンデ表情ヲ選択スルデアラウ。耐ヘラレナイ美シサデアル。

テ、デ別ナ方角カラ アー下弦ノ月デ再ビ逝セヲ老ハ気、 ガツ方角ノ異ハ如ク別物デアルニ相違ナイ。

（体内ニ）

タラウ。壺ニハ動ク株ニサヘ見ヘテ来タ。

駅ニ停止トイフ列車ガ一度モ停車シテイナイ。少クトモ私ノ記憶ニナイ。私ハソレヲ悲ク……

東雲ガ見ヘルテアラウ。ヤガテ老怖ノ経営スル牡蠣……

幸福デナイデサウナイ。冷ヘ行ク地球ノ上ニ夜トイフ壺ヲトラウ温カラ注キ合ハ々レナサウナイ。

一瞬 私ハ太古ヲ想ツテ見ル。 何ニトイフ唐知ヌ恐怖ト教伐ニ色マニ呪咀ノ大イナル塊デアッ……

私ヤカナ愛情ガ悪寒ノ株ニ私ヲ鵞フ。又毎夏ニ午前三時ノ冷氣ハ悲悲ニ変ウナイ。

八月ノ下旬／コノ轟ニ々ル音響・中ニ特ニノ音ハ遙カ鮮明デアレットハ不思議デアル。彼等ハ、

朧氣ガ消ヘテ透明十難難ニ層一層 悽惨テアル。 ＼トラ私ノ倒影ガ魔滅サレ肩情ヲ……

頭上ニ天ヲ摩スル所ニ一本ノ壺ガ見ヘ又。ソレハ黒童ゲタ 壺木ノ跡ニテアラウ。幽霊ヨリモ悽惨……

昇降台ニ三角ニ�仔テ 闇ヲ又眺メタ・コレ又星ト月トコ々ニデシマッテイル。悲臭ニ満ケ……

偶ニ不壱十車室デアラウ。コ々室ニ入レバ直チニ頭痛ヲ病マセシキラナイヒ、ソレテ嘔吐ガ……

空氣ハ稀薄ダート々ト過重ニ農宿ニテアル。 私ノ肺ハロニ十室事ノ中ニアツテ網ノ株ニ……

灯ハ物憂イ。コニ屍体ノ宅ニ壺ヒナイ。

限リナキ闇ニ 私ノ嘉ヘタ健康ハ耐ヘ得ナイデアラウ。私ハコノ遠方ノ恐怖カラ自発的ニ逃避シキキナイ。

いシラノ快色ニ威脅ニ私ハ耐ヘ心ニナナダラウ。ソレ々モノカラ犯サレテ 精神ノ入口ヲ空虚ニ……

今几テノ事情ガ私ヲ解クニデイル。人ニノ平和デアルコトガ、昇天ト称トンシ想念ニコトが、

緒土ノ岡ノ被デ一匹ノ蚯蚓ガ緒死ニデイル。私ハ美シノ一年折ニ死魚ノ株ニ古代メイタ……

私ノ骨ダケノ艇ヲガンアル所ニ運ヒ行カセルヤラ 朔ガ来タカラデヤル。

私ハ記憶ガ大事ミコトテシバシキラウ。私ノ精神カラハ異常十香リガシ……

二十九日

子供ガ二人 赤ク変タ 髪ノ毛ヲ反ニ 群カセ作 庭ノ中デ 遊デイルノカ
岩ニ蔦ガ紅イ。ソシテ 此ノ岩ニ 群樹ッタ草ノ 何カ 鏡物ノ様ニ
家ノ裏ニ 玉蜀黍ガ コレ丈ハ不規則ニ 立ツテイル。大キイ 膏ヲ 幾ツモ ツケテ 秋草ノ 間ニ
ソシテ 薄暗イ 台所ノ 中ニ コレモ上半身ハ 裸ノ若イ 嫁ガ 立働イテイル。チョコレート色ノ 皮膚ダ。
様ノ先テハ 〇老婆ガ 孫女ノ 髪ノ風ヲ 取ッテイル。 猿猴 類ノ様ニ――

イル様ニモ見ヘル。

垣根ヲ透カシテ 犬ガコチラヲ 怖ルシク見テイル。 ソシテ庭 辛芺ニ 掃清メシタ 庭ト小経ニ ハ 秦・栗・
一生垣ガ幽ニ 曲リ乍ラ通ッテイル。ソシテ戸ロガ 真直ニ 見透セヌ。 庭ニ 毬程モカル 百日草ガ 真紅ニ
栗ノ木ト 岩ト 少シノ 嶮シイ 崖ニ 廻ウ ソシテ 過突ノ 枝ニ 漁ヲ相ナ 農家 二三、 戸口ト 小経 ニ
山ニ 山住ニテ 人間ノ 呼吸ヲ 傳ヘルノデアッタ。
伏ヘルトカナイ。 コンナ――注意深ク 講速ノ 維持サヘ見モ作 一段ト碧シイ 声デ状ヘ立テタ、
農家ダ。犬ガ状ヘル。 純自ノ人間ノ 厳ヨリモ 直 宝デロ 曲家 畜ラシラ ナイ 歓付キダ。 下漁汞村ニハ、犬ハ

又風ガ吹イテシ、稍ニ 雨氣ヲ学ジ屋ダ、 康孫、 玉蜀黍ノ葉ガ擦レ音ガ寂シ、 ソシテ優シイ 或ハ 純ヲ解ク音 四ニモ似テ。
血ガ―― 疲シヲ 知ッナイ血ガ コレニ憤甲 遊ッテイル 自然ニ 千古 更ニ老ヒテ見ヒル 様ナ不ダ木。
稲田ウラ稲田へ 下へ下へト清水ハ流シテイルガ 眠ヲ 截ッテ礼結ヲ 付ケル所ニ 裏ニヲ 扱ヲ 桁ナ 水ノ音ガ 絶聞カナイ。
又風ガ吹イテ、 蛙ガ飛ビタ。 小サイ 蛙ダ。 小サイ 皮ガ浮ダ葉ノ 間ニ 斬シ見ヘタ。
ソシテ 小ノ方ヘハ 茶畑 野色ノ方ヘハ 稲田ト 境ニナッテイル。 ソレハソレ超ニ 限リナ 左ニ コレデ見ヘルノデアッタ。
ナ 幾ヲナ 横ニ 岡一面ガ 大豆畑―― シ、マ青室ニ 讀 テイル、 オレンヂ色、 裏ヲ 由護或ヨ様ニ メクッテ 見セタリ テン。
南ノ方ニ 雨ハモヤア 鉄骨、 橙ノ雲ハ 或ハ 紫色、 又別ナ山村へ 行ッテシマイタ デアラウ。

豚。 可愛イ小豚。 紫レイ 汚穢ノ中ニ 身ヲ ヲ シテイル。 小豚ノ水雷ノ 形ヲシテイル 仔豚デアル。
小舎ハ 非度シ 発臭ダ がしか 草イキレト 白ラ 又泥年ニ 割 散色デアル。 蜂ヲ ツケテイル。
南ノ瓜ガ 吊サレテイル。 ソレニ花ハ黄色ノ 不番用デ、 颊ニー 自然ノ セニシデアル ナ 卵ノ間―― 豚小舎ダ。 人ヲ近寄リシバ グーグート 圃惑ル。 小ノ低イ 葉茸キ ノ屋根 井海ニ 南瓜ノ葛ガ 被サリ 見事ナ

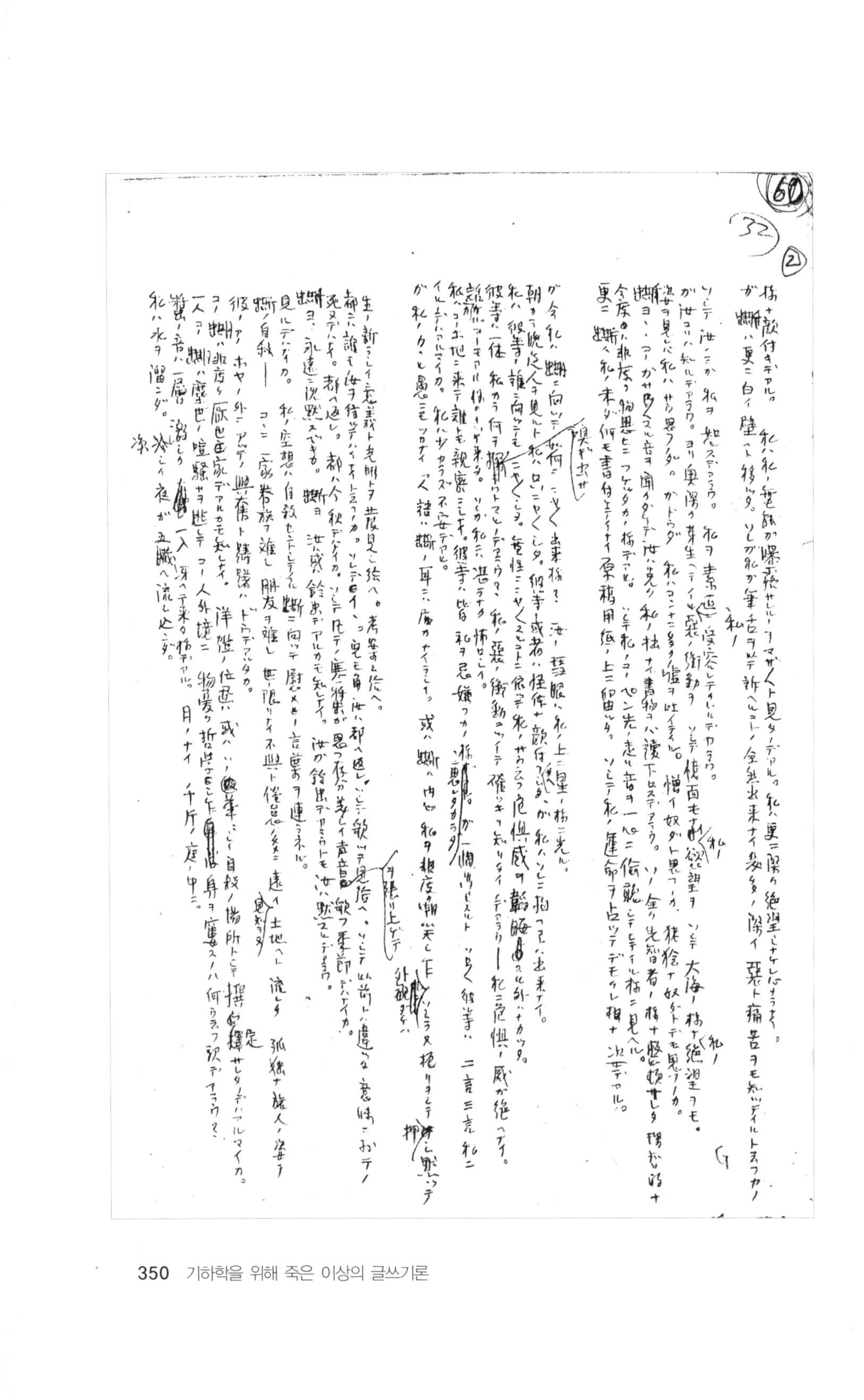

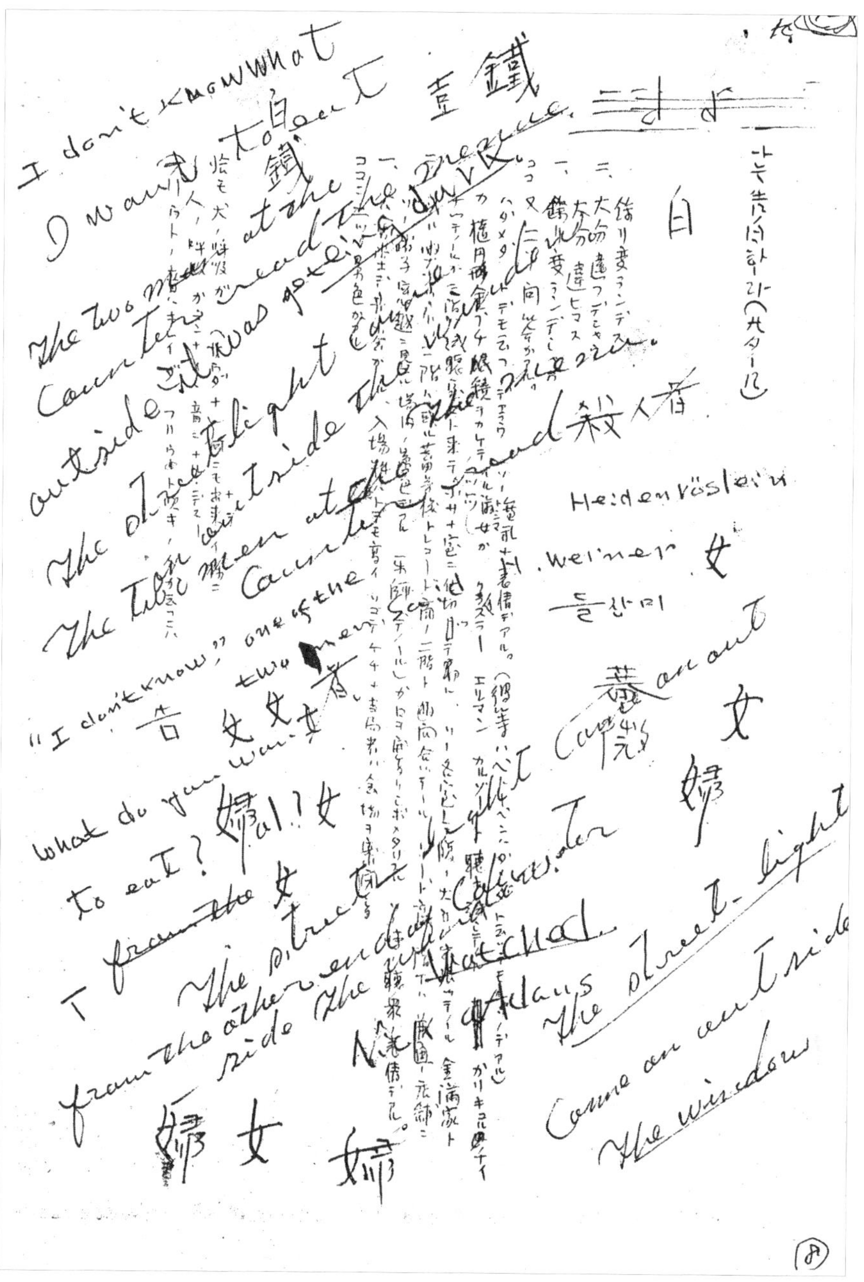

神ハ人ニ自殺ヲ暗示シテヰル……ト禿頭ノ翁ヲ思ヒッヒンカ？・

脆テ延ビル令嬢ノ断髪ノ毛髪

―妾ハ國品ヲ生産スルンデスー

留置場テスヒース、細ヲ取ラン令嬢ハ　一車ノ鋏ヲ観眉ニ亜ホ

2

前カラノタ毛髪ハ死ハイツモ　土泥ノ中ニ埋葬サルーイナ　梅本

私ノ肌ガ私ノ毛髪ニ斬ウテアル後ニ　地球ハ不毛地タトヒ、私ハ　サナトリウムノ一様ハ

梅樹ノ様ニ茶、根系ヨク　地球ニ根ヲ下ヒヒタイ、

私ノ肌ニ塗ラレ　香リ高イ香水　私ノ太陽浴

私ノ様ナ不毛地ヲ地球トスル　私ノ毛髪ヲ私ハ懐ム

1

未来ノ終リハ　刺ノアル

追去ノ削リハ　剪リ捨テラレタラ　私ノ爪ノ嫩芽ニアル

未来ハ終リハ　刺刀ヲ以ツタマ、切諸セシ　私ノ肌ニアル

ソハ　終リテアル　「過去ノ削リ」テア

ソハ　始マルテアル　未来ノ終リ」テア

to mall

to turn a minute

Clock

What time you got to eat

그 시간은 二十分

二十分